**BEST**SELLER

**Clive Cussler** posee una naturaleza tan aventurera como la de sus personajes literarios. Ha batido todos los récords en la búsqueda de minas legendarias y dirigiendo expediciones de NUMA, la organización que él mismo fundó para la investigación de la historia marina americana. Con ella ha descubierto restos de más de sesenta barcos naufragados de inestimable valor histórico y le ha servido de inspiración para crear dos de sus series más famosas, las protagonizadas por Dirk Pitt y por Kurt Austin. Asimismo, Cussler es un consumado coleccionista de coches antiguos, y su colección es una de las más selectas del mundo. Sus novelas han revitalizado el género de aventuras y cautivan a millones de lectores. Los carismáticos personajes que protagonizan sus series son: Dirk Pitt (*El complot de la media luna*, *La flecha de Poseidón...*), Kurt Austin (*El buque fantasma*, *El enigma del faraón...*), Juan Cabrillo (*El mar del silencio*, *La selva...*), Isaac Bell (*El espía*, *La carrera del siglo...*) o el matrimonio Fargo (*Las tumbas*, *El secreto maya...*). Actualmente vive en Arizona.

**Graham Brown** es coautor de las novelas protagonizadas por Kurt Austin *La guarida del diablo*, *La tormenta*, *Hora cero* y *El enigma del faraón*, de la serie NUMA, y autor de dos *thrillers* de aventuras. Además es piloto y abogado. Vive en Arizona.

Biblioteca

# CLIVE CUSSLER
# y GRAHAM BROWN

## El enigma del faraón

Traducción de
**Bruno Castaño Pérez**

**DEBOLS!LLO**

Título original: *The Pharaoh's Secret*

Primera edición: enero, 2017

© 2015, Sandecker, RLLLP, por acuerdo con Peter Lampack Agency, Inc.
350 Fifth Avenue, Suite 5300, Nueva York, NY 10118, EE. UU.
© 2017, Penguin Random House Grupo Editorial, S. A. U.
Travessera de Gràcia, 47-49. 08021 Barcelona
© 2017, Bruno Castaño Pérez, por la traducción

Printed in Spain – Impreso en España

ISBN: 978-84-663-3825-7 (vol. 244/55)
Depósito legal: B-19.801-2016

Impreso en Novoprint
Sant Andreu de la Barca (Barcelona)

P 3 3 8 2 5 7

Penguin
Random House
Grupo Editorial

# PRÓLOGO
## CIUDAD DE LOS MUERTOS

*Abidos, Egipto*
*1353 a.C., decimoséptimo año del reinado del faraón Akenatón*

La luna llena ponía un resplandor azul en las arenas de Egipto, pintando las dunas del color de la nieve y los templos abandonados de Abidos con tonos de hueso y alabastro. Bajo esa fría iluminación se movían unas sombras, una procesión de intrusos que se deslizaban atravesando la Ciudad de los Muertos.

Los intrusos, treinta hombres y mujeres, avanzaban a un ritmo sombrío, los rostros cubiertos por las capuchas de las exageradas túnicas, la mirada clavada en el camino. Pasaron por delante de las cámaras funerarias que contenían los faraones de la primera dinastía y los santuarios y monumentos construidos en la Segunda Era para honrar a los dioses.

En un polvoriento cruce, donde la arena arrastrada por el viento cubría la calzada de piedra, la procesión se detuvo en silencio. Su líder, Manu-hotep, escudriñó la oscuridad, ladeando la cabeza para escuchar mientras apretaba la empuñadura de una lanza.

—¿Has oído algo? —preguntó una mujer, deteniéndose a su lado.

La mujer era su esposa. Detrás de ellos venían otras familias y una docena de sirvientes que transportaban las camillas donde descansaban los cuerpos de los niños de cada familia. Todos con la vida segada por la misma misteriosa enfermedad.

—Voces —contestó Manu-hotep—. Susurros.

—Pero la ciudad está abandonada —dijo ella—. Por decreto del faraón, entrar en la necrópolis es ahora delito. Solo por estar aquí corremos peligro de muerte.

Manu-hotep se echó la capucha de la túnica hacia atrás, descubriendo una cabeza afeitada y un collar de oro que lo señalaba como miembro de la corte de Akenatón.

—Nadie es más consciente de eso que yo.

Durante siglos, Abidos, la Ciudad de los Muertos, había prosperado, poblada por sacerdotes y acólitos de Osiris, señor de la vida de ultratumba y dios de la fertilidad. Allí habían sido enterrados los faraones de la dinastía más antigua, y aunque los reyes más recientes se habían enterrado en otro sitio, habían seguido construyendo templos y monumentos en honor a Osiris. Todos menos Akenatón.

Poco después de convertirse en faraón, Akenatón había hecho lo impensable: rechazó los viejos dioses, minimizándolos por decreto y deponiéndolos después, echando abajo el panteón egipcio y sustituyéndolo por la adoración de una sola divinidad por él elegida: Atón, el dios sol.

Por ese motivo la Ciudad de los Muertos estaba abandonada, y hacía muchos años que no entraban en ella sacerdotes ni fieles. Cualquiera que fuera sorprendido dentro de sus límites sería ejecutado. Para un miembro de la corte del faraón, como Manu-hotep, el castigo sería peor: incesante tortura hasta que pidiera la propia muerte con oraciones y súplicas.

Cuando iba a hablar, Manu-hotep percibió un movimiento. De la oscuridad salió corriendo un trío de hombres armados.

Manu-hotep empujó a su mujer hacia las sombras y embistió con la lanza. Acertó en el pecho al hombre que iba delante, empalándolo y parándolo en seco, pero el segundo hombre clavó una cuchillada a Manu-hotep con una daga de bronce.

Manu-hotep torció el cuerpo para evitar el golpe y cayó al suelo. Arrancó la lanza y atacó con ella al segundo agresor. No acertó, pero el hombre dio un paso atrás mientras le salía por el pecho la punta de una segunda lanza: uno de los criados había empezado a participar en la lucha. El herido se desplomó de rodillas, boqueando y sin poder gritar. Cuando terminó de caer, el tercer agresor huyó a la carrera.

Manu-hotep se levantó y arrojó la lanza haciendo girar el cuerpo con potencia. El arma falló por unos centímetros y el objetivo desapareció en la noche.

—¿Ladrones de tumbas? —preguntó alguien.

—O espías —dijo Manu-hotep—. Durante días tuve la sensación de que nos seguían. Hay que darse prisa. Si se lo cuentan al faraón, mañana no estaremos vivos.

—Quizá deberíamos irnos —dijo su mujer—. Quizá nos estemos equivocando.

—El error fue seguir a Akenatón —afirmó Manu-hotep—. El faraón es un hereje. Osiris nos castiga por haberlo apoyado. Sin duda habrás advertido que son nuestros hijos quienes se duermen y no despiertan nunca más; solo nuestro ganado yace muerto en los campos. Debemos pedir clemencia a Osiris. Y debemos hacerlo ya.

Mientras hablaba, estaba cada vez más decidido. Durante los largos años del reinado de Akenatón, toda resistencia había sido aplastada por el poder de las armas, pero los dioses habían empezado a vengarse y ahora quienes habían apoyado al faraón eran los que más sufrían.

—Por aquí —señaló Manu-hotep.

Siguieron internándose en la ciudad silenciosa y pronto llegaron al edificio más grande de la necrópolis, el Templo de Osiris.

Era una construcción amplia, con azotea, rodeada de altas columnas que brotaban de enormes bloques de granito. Una gran rampa conducía hasta una plataforma de piedra exquisitamente tallada. Mármol rojo de Etiopía, granito veteado de lapislázuli persa. En la parte delantera del templo había un par de gigantescas puertas de bronce.

Manu-hotep se acercó y las abrió con asombrosa facilidad. Recibió una bocanada de incienso y el fuego que ardía delante del altar y las antorchas instaladas en las paredes lo sorprendieron. La luz vacilante le permitió ver unos bancos dispuestos en semicírculo. Sobre ellos yacían hombres, mujeres y niños muertos, rodeados por el llanto apagado y las oraciones susurradas de los miembros de su familia.

—Parece que no somos los únicos que han desobedecido el decreto de Akenatón —dijo Manu-hotep.

Los que estaban dentro del templo lo miraron, sin reaccionar.

—Rápido —ordenó a sus servidores, que se acercaron y colocaron los cuerpos de los niños donde encontraron sitio mientras Manu-hotep se acercaba al gran altar de Osiris, ante el cual se arrodilló junto al fuego, haciendo una reverencia en señal de súplica. De la túnica sacó dos plumas de avestruz—. Gran Señor de los Muertos, a ti venimos en sufrimiento —susurró—. Nuestras familias han padecido una desgracia. Sobre nuestras casas ha caído una maldición y nuestros campos se han vuelto improductivos. Pedimos que te lleves a nuestros muertos y los bendigas en el más allá. A ti, que controlas las Puertas de la Muerte, que a la semilla caída ordenas renacer, te rogamos: devuelve la vida a nuestras tierras y a nuestros hogares.

Depositó las plumas en el suelo con reverencia, las roció con una mezcla de sílice y oro en polvo y dio un paso atrás alejándose del altar.

Una ráfaga de viento recorrió la sala, empujando las llamas hacia un lado. Hubo entonces un sonoro estruendo que resonó en toda la sala.

Manu-hotep giró a tiempo para ver como, en el otro extremo del templo, se cerraban las enormes puertas. Nervioso, miró alrededor mientras las antorchas de las paredes parpadeaban, amenazando con apagarse. Sin embargo, siguieron ardiendo y pronto se estabilizaron. Restituida la iluminación, descubrió detrás del altar la silueta de unas figuras donde poco antes no había nadie.

Cuatro de ellas llevaban ropa negra y dorada: sacerdotes del culto de Osiris. La quinta lucía una vestimenta diferente, como si fuera el mismísimo señor del inframundo. Tenía las piernas y la cintura envueltas con la tela que se usaba para momificar a los muertos. Pulseras y un collar de oro contrastaban con su piel verdosa, y una corona repleta de plumas de avestruz le adornaba la cabeza.

En una mano esa figura llevaba un cayado de pastor y en la otra un mayal de oro, usado para azotar el trigo y separar el grano de la paja.

—Soy el mensajero de Osiris —dijo el sacerdote—. El avatar del Gran Señor del Más Allá.

La voz era profunda y resonante, de un tono casi sobrenatural. Todos los que estaban en el templo inclinaron la cabeza y quienes acompañaban a esa figura central se adelantaron. Caminaron alrededor de los muertos desparramando hojas, pétalos de flores y —esa fue la impresión que tuvo Manu-hotep— piel seca de reptiles y anfibios.

—Buscas el consuelo de Osiris —dijo el avatar.

—Mis hijos están muertos —respondió Manu-hotep—. Busco su protección en el más allá.

—Tú sirves al traidor —fue la respuesta—. Como tal, eres indigno de tal favor.

Manu-hotep siguió con la cabeza inclinada.

—He dejado que mi lengua hiciera el trabajo de Akenatón —admitió—. Por eso puedes castigarme. Pero lleva a mis seres queridos al más allá como se les había prometido antes de que Akenatón nos corrompiera.

Cuando Manu-hotep se atrevió a levantar la mirada, descubrió que el avatar seguía clavándole los ojos negros sin parpadear.

—No —dijeron finalmente aquellos labios—. Osiris te ordena actuar. Tienes que demostrar tu arrepentimiento.

Un dedo huesudo apuntó hacia un ánfora roja apoyada en el altar.

—En ese recipiente hay un veneno que no se puede degustar. Llévatelo. Échalo en el vino de Akenatón. Le oscurecerá los ojos y le impedirá ver. Ya no podrá mirar su precioso sol, y su gobierno se derrumbará.

—¿Y mis hijos? —preguntó Manu-hotep—. Si hago eso, ¿tendrán privilegios en el más allá?

—No —dijo el sacerdote.

—Pero ¿por qué? Pensé que tú...

—Si eliges este camino —le interrumpió el sacerdote—, Osiris ordenará que tus hijos vivan de nuevo en este mundo. Hará que el Nilo vuelva a ser un río de vida y permitirá que estos campos sean otra vez fértiles. ¿Aceptas el honor?

Manu-hotep vaciló. Una cosa era desobedecer al faraón, pero asesinarlo...

Mientras dudaba, el sacerdote se apresuró a actuar, metiendo una punta del mayal en el fuego que había junto al altar. Las hebras de cuero se encendieron de repente, como si estuvieran empapadas en aceite. Con un movimiento de muñeca, el sacerdote descargó el arma en las cáscaras y hojas secas desparramadas por sus seguidores. El fuego saltó al instante a la paja seca y corrió hasta rodear tanto a los vivos como a los muertos.

El calor hizo retroceder a Manu-hotep. El humo y los gases se volvieron insoportables, empañándole la vista y haciéndole perder el equilibrio. Cuando levantó la cabeza, un muro de fuego lo separaba de los sacerdotes, que se iban retirando.

—¿Qué has hecho? —gritó su mujer.

Los sacerdotes desaparecían por una escalera detrás del altar. Las llamas le llegaban al pecho y tanto los dolientes como los muertos estaban ahora atrapados por un resplandor circular.

—Dudé —murmuró Manu-hotep—. Tenía miedo.

Osiris les había dado una oportunidad y la habían desperdiciado. Agobiado, Manu-hotep miró el ánfora cargada de veneno que había en el altar. La desdibujaba el calor y después la ocultó el humo.

La luz que entraba a raudales por los abiertos paneles del techo despertó a Manu-hotep. El fuego se había apagado y en su lugar quedaba un círculo de cenizas. Olía a humo y en el suelo se veía una delgada capa de residuos, como si el rocío de la mañana se hubiera mezclado con las cenizas o como si hubiera caído una fina llovizna.

Aturdido y desorientado, Manu-hotep se incorporó y miró alrededor. Las enormes puertas en el otro extremo de la sala estaban abiertas y por ellas entraba el frío aire de la mañana. Después de todo, los sacerdotes no los habían matado. ¿Por qué?

Mientras buscaba la razón, a su lado se agitó una mano pequeña con dedos diminutos. Al volver la cabeza vio a su hija temblando como si sufriera una convulsión, boqueando como un pez en la orilla del río.

La cogió con las manos. No estaba fría sino caliente, no estaba rígida sino que se movía. No podía creerlo. Su hijo también se movía, pateando como si soñara.

Trató de que sus hijos dejaran de temblar y hablaran, pero no logró ninguna de las dos cosas.

Alrededor, otros niños despertaban de la misma manera.

—¿Qué les pasa a todos? —preguntó su mujer.

—Están atrapados entre la vida y la muerte —aventuró Manu-hotep—. Quién sabe qué dolor produce ese estado.

—¿Qué hacemos?

Ahora no podían vacilar. Ahora no había vuelta atrás.

—Haremos lo que Osiris nos ordena —dijo—. Cegaremos al faraón.

Se levantó y caminó deprisa sobre las cenizas hacia el altar. El ánfora roja llena de veneno seguía allí, aunque había quedado negra a causa del hollín. La agarró, colmado de fe y convicción. Repleto también de esperanza.

Manu-hotep y los demás salieron del templo, esperando que sus hijos hablaran o les respondieran o incluso permanecieran inmóviles. Pasarían semanas antes de que eso ocurriera, meses antes de que quienes habían sido resucitados empezaran a actuar como antes de caer en las garras de la muerte. Pero para entonces se estarían apagando los ojos de Akenatón y el reino del faraón hereje iría llegando rápidamente a su fin.

# 1

*Bahía Abukir, en la desembocadura del río Nilo*
*1 de agosto de 1798, poco antes del anochecer*

El ruido del fuego de cañones tronaba sobre la amplia extensión de la bahía mientras unos fogonazos iluminaban el lejano crepúsculo gris. Cada vez que los proyectiles de hierro caían a poca distancia de sus objetivos, brotaban géiseres de agua blanca, pero la escuadra atacante se acercaba con rapidez a la flota anclada. La siguiente andanada no sería disparada en vano.

Una chalupa avanzaba hacia esa maraña de mástiles impulsada por los fuertes brazos de seis marineros franceses. Iba directa al buque situado en el centro de la batalla en lo que parecía una misión suicida.

—Llegamos tarde —gritó uno de los remeros.

—Sigue remando —ordenó el único oficial del grupo—. Tenemos que llegar a *L'Orient* antes de que la rodeen los británicos y la flota entera entre en combate.

La flota en cuestión era la gran armada mediterránea de Napoleón, diecisiete barcos, incluidos trece navíos de línea. Devolvían las descargas inglesas con disparos atronadores y toda la zona quedó rápidamente envuelta en humo de cañón, incluso antes de que oscureciera.

En el centro de la chalupa, temiendo por su vida, iba un civil francés llamado Emile D'Campion.

Si no hubiera estado esperando morir en cualquier momento, D'Campion podría haber admirado la cruda belleza del espectáculo. El artista que llevaba dentro —porque era un conocido pintor— podría haberse planteado la mejor manera de plasmar toda aquella ferocidad en la quietud de un lienzo. Cómo representar los destellos de luz silenciosa que iluminaban la batalla. El aterrador silbido de las balas de cañón que chillaban hacia sus objetivos. Los altos mástiles se apiñaban como matorrales esperando el golpe del hacha. Podría haber dedicado especial atención al contraste entre las cascadas de agua blanca y los últimos toques de rosa y azul en el cielo cada vez más oscuro. Pero D'Campion temblaba de pies a cabeza y se aferraba al borde de la lancha.

Cuando un proyectil perdido produjo un cráter en la bahía a cien metros de distancia, intervino:

—¿Por qué demonios nos disparan?

—No nos disparan —respondió el oficial.

—Entonces ¿cómo explica que las balas de cañón caigan tan cerca?

—Puntería inglesa —dijo el oficial—. Es *extrêmement pauvre*. Muy pobre.

Los marineros se echaron a reír. Un poco exageradamente, pensó D'Campion. También ellos tenían miedo. Sabían que llevaban meses jugando al zorro con los sabuesos británicos. No habían coincidido en Malta por solo una semana, y en Alejandría por no más de veinticuatro horas. Ahora, con el ejército de Napoleón en tierra después de anclar los barcos en la desembocadura del Nilo, los ingleses y su cazador preferido, Horacio Nelson, habían encontrado el rastro por fin.

—Debo de haber nacido con mala estrella —murmuró D'Campion por lo bajo—. Propongo regresar.

El oficial negó con la cabeza.

—Tengo órdenes de entregarlo a usted y estos baúles al almirante Brueys a bordo de *L'Orient*.

—Conozco sus órdenes —respondió D'Campion—. Estaba presente cuando se las dio Napoleón. Pero si su intención es llevar esta lancha entre los cañones de *L'Orient* y los buques de Nelson, lo único que logrará es matarnos a todos. Debemos regresar, a la costa o a uno de los otros barcos.

El oficial dio la espalda a sus hombres y volvió la cabeza para mirar por encima del hombro hacia el centro de la batalla. *L'Orient* era el buque de guerra más grande y poderoso del mundo. Una fortaleza sobre el agua con ciento treinta cañones a su disposición, que pesaba cinco mil toneladas y que transportaba a más de mil hombres. Iba flanqueado por otros dos barcos de línea franceses en lo que el almirante Brueys consideraba una inexpugnable posición defensiva. Solo que nadie parecía haber informado de eso a los británicos, cuyos buques más pequeños arremetían contra él impertérritos.

Hubo un intercambio de granadas a corta distancia entre *L'Orient* y el buque británico *Bellerophon*. El barco británico, más pequeño, se llevó la peor parte, ya que la barandilla de estribor quedó hecha añicos y dos de los tres mástiles se quebraron y cayeron estrellándose contra las cubiertas. El *Bellerophon* se alejó hacia el sur, pero al abandonar la batalla ocuparon su lugar otros buques británicos. Mientras tanto, las fragatas, más pequeñas, se metieron en las aguas menos profundas, internándose en los huecos de la línea francesa.

D'Campion pensaba que entrar con la lancha en ese tumulto era una especie de locura e hizo otra sugerencia.

—¿Por qué no entregar los baúles al almirante una vez que haya despachado a la flota inglesa?

Al oír estas palabras, el oficial asintió.

—¿Ven? —dijo el oficial a sus hombres—. Por eso *Le General* lo llama *savant*.

El oficial señaló uno de los barcos de la retaguardia francesa, que aún no había sido atacado por los británicos.

—Vayamos al *Guillaume Tell* —dijo—. Allí está el contraalmirante Villeneuve. Él sabrá qué hacer.

Volvieron a remar con fuerza y la pequeña lancha se alejó de la mortífera batalla con la debida celeridad. Maniobrando en la oscuridad y bajo la capa de humo, la tripulación llevó la lancha hacia la retaguardia de la línea francesa, donde esperaban cuatro barcos extrañamente silenciosos mientras allí delante rugía la batalla.

En cuanto el bote chocó contra los gruesos maderos del *Guillaume Tell*, les tiraron unos cabos. Enseguida se amarraron y desde arriba los subieron, tanto a los hombres como la carga.

Cuando D'Campion llegó a cubierta, la ferocidad y la brutalidad de la batalla habían alcanzado una intensidad que difícilmente hubiera imaginado. Los británicos habían logrado una enorme ventaja táctica a pesar de su ligera inferioridad numérica. En vez de atacar toda la flota francesa por el flanco, ignoraron la retaguardia de los buques franceses y redoblaron el fuego sobre la primera línea. Ahora cada barco francés luchaba contra dos británicos, uno a cada lado. El resultado era previsible: la gloriosa armada francesa estaba siendo destruida.

—El almirante Villeneuve desea verle —anunció a D'Campion un oficial del Estado Mayor.

Lo condujeron bajo cubierta y lo llevaron ante la presencia del contraalmirante Pierre-Charles Villeneuve. El almirante tenía abundante pelo blanco, el rostro estrecho marcado por una frente alta y una nariz romana. Llevaba un uniforme impecable, con la parte superior de color azul oscuro, bordada en oro y atravesada por una banda roja. A D'Campion le pareció que estaba más preparado para un desfile que para una batalla.

Villeneuve jugueteó un instante con los candados del pesado baúl.

—Tengo entendido que es usted uno de los *savants* de Napoleón.

*Savant* era la palabra que usaba Bonaparte, y que molestaba a D'Campion y a algunos otros. Ellos eran científicos y académicos, reunidos por el general Napoleón y enviados a Egipto, donde según él encontrarían tesoros que disfrutarían en cuerpo y alma.

D'Campion era un incipiente experto en la nueva disciplina de la traducción de lenguas antiguas, y en ese sentido ningún lugar ofrecía mayor misterio o potencial que la tierra de las pirámides y la Esfinge.

Y D'Campion no era un sabio del montón. Napoleón lo había elegido personalmente para que desvelara la verdad que se escondía detrás de una misteriosa leyenda. Se le prometió una gran recompensa, incluida una riqueza que no podría acumular ni en diez vidas, y tierras que le daría la nueva República. Recibiría medallas y gloria y honores, pero antes debería encontrar algo que, según se rumoreaba, existía en el País de los Faraones: la manera de morir y después regresar a la vida.

Durante un mes, D'Campion y su pequeño destacamento habían estado tomando todo lo que podían llevar consigo de un sitio que los egipcios llamaban la Ciudad de los Muertos. Tenían escritos en papiros, tablillas de piedra y esculturas de todo tipo. Lo que no podían transportar, lo copiaban.

—Pertenezco a la Comisión de Ciencia y Arte —dijo D'Campion, usando el título oficial preferido.

Villeneuve no parecía muy impresionado.

—¿Y qué le ha traído a mi barco, comisionado?

D'Campion cobró ánimo.

—No puedo decírselo, almirante. Los baúles deben permanecer cerrados por orden del propio general Napoleón. No se puede hablar de su contenido.

Villeneuve seguía impertérrito.

—Siempre se pueden sellar de nuevo. Deme las llaves.

—Almirante —le advirtió D'Campion—, esto no le gustará al general.

—¡El general no está aquí! —exclamó Villeneuve con brusquedad.

En ese momento Napoleón ya era una figura poderosa, pero todavía no era emperador. El Directorio, formado por cinco hombres que habían conducido la Revolución, seguía al frente del gobierno mientras otros competían por el poder.

Aun así, a D'Campion le costaba comprender la actitud de Villeneuve. Napoleón no era un hombre con quien conviniera meterse; tampoco el almirante Brueys, que era el superior inmediato de Villeneuve y en ese momento luchaba por su vida a menos de media milla de distancia. ¿Por qué Villeneuve se preocupaba por esos asuntos en vez de ir a combatir contra Nelson?

—¡La llave! —exigió Villeneuve.

D'Campion superó las dudas y tomó la decisión más prudente. Sacó la llave del cuello y la entregó.

—Confío los baúles a su cuidado, almirante.

—Más le vale hacerlo —dijo Villeneuve—. Puede retirarse.

D'Campion dio media vuelta pero se detuvo en seco y arriesgó otra pregunta.

—¿Entraremos pronto en batalla?

El almirante enarcó una ceja como si la pregunta fuera absurda.

—No tenemos órdenes de hacerlo.

—¿Órdenes?

—No hemos recibido señales del almirante Brueys desde *L'Orient*.

—Almirante —dijo D'Campion—, los ingleses lo están atacando por ambos flancos. Seguramente no es el mejor momento para esperar una orden.

Villeneuve se levantó de repente y avanzó hacia D'Campion como un toro enfurecido.

—¡¿Se atreve a darme instrucciones?!

—No, almirante, solo...

—No nos favorece el viento —dijo Villeneuve con un

ademán displicente—. Tendríamos que recorrer toda la bahía para tener alguna esperanza de entrar en la pelea. Más fácil sería que el almirante retrocediera hasta nuestra posición y nos permitiera apoyarlo. Hasta ahora ha decidido no hacerlo.

—Pero no podemos quedarnos aquí quietos.

Villeneuve cogió una daga que tenía en el escritorio.

—Lo mataré si vuelve a hablarme en ese tono. Después de todo, *savant*, ¿quién le enseñó a navegar o a combatir?

D'Campion sabía que se había propasado.

—Mis disculpas, almirante. Ha sido un día difícil.

—Retírese —ordenó Villeneuve—. Y agradezca que no vayamos a entrar todavía en combate, porque lo pondría en la cubierta de proa con una campana al cuello para que los británicos hicieran puntería en ella.

D'Campion dio un paso atrás, hizo una ligera reverencia y desapareció de la vista del almirante con la mayor rapidez posible. Subió, encontró un hueco en la amura del buque y observó la carnicería a lo lejos.

Hasta desde esa distancia resultaba pasmoso ver tanta ferocidad. Durante varias horas las dos flotas se bombardearon mutuamente a bocajarro, una a la par de la otra, mástil contra mástil, tiradores selectos tratando de matar a cualquiera que anduviera a descubierto.

—*Ce courage* —pensó D'Campion. Cuánto valor.

Pero no bastaba con el valor. Para entonces, cada barco británico realizaba tres o cuatro disparos por cada uno de los franceses. Y, gracias a la reticencia de Villeneuve, tenían más buques participando en la batalla.

En el centro de la acción, tres de los barcos de Nelson machacaban *L'Orient*, transformándolo en un armatoste irreconocible. Hacía rato que había perdido la hermosa silueta y los imponentes mástiles. Los gruesos costados de roble estaban astillados y rotos. Hasta por el sonido de los pocos cañones que quedaban, D'Campion se daba cuenta de que el buque se estaba muriendo.

D'Campion veía que las llamas corrían como mercurio por la cubierta principal. Crueles, saltaban de aquí para allá, sin mostrar piedad, subiendo por las velas caídas y bajando por las escotillas abiertas hacia la bodega.

Se produjo un repentino destello que cegó a D'Campion aunque había cerrado los ojos. Le siguió el trueno más fuerte que había oído jamás. La onda de choque lo arrojó hacia atrás y le quemó el rostro y el pelo.

Aterrizó de lado, boqueando, rodando varias veces y tratando de apagar las llamas de la ropa. Cuando finalmente levantó la mirada, quedó estupefacto.

*L'Orient* había desaparecido.

Alrededor de los restos ardía un amplio círculo de fuego. Tan fuerte había sido la explosión que ardían otros seis barcos, tres de la flota inglesa y tres de la francesa. El estruendo de la batalla cesó mientras los tripulantes, con bombas y cubos, trataban desesperadamente de impedir su propia destrucción.

—El fuego debe de haber llegado al polvorín —susurró la voz de un apenado marinero francés.

En las profundidades de la bodega de cada buque de guerra había centenares de barriles de pólvora. La menor chispa representaba un peligro.

Por la manchada cara del marinero corrían lágrimas mientras hablaba, y aunque D'Campion tenía ganas de vomitar, estaba demasiado agotado para mostrar verdadera emoción.

Al llegar a Abukir había en *L'Orient* más de mil hombres. El propio D'Campion había viajado a bordo y había cenado con el almirante Brueys. Casi todos los hombres que había conocido en el viaje iban en ese barco, incluso los hijos de los oficiales, niños de tan solo once años. Al contemplar ese destrozo, D'Campion no podía concebir que hubiera sobrevivido uno solo de ellos.

También se habían esfumado —salvo los baúles de los

que Villeneuve se había apoderado— todos los esfuerzos de su mes en Egipto y la oportunidad de su vida.

D'Campion se desplomó en la cubierta.

—Me lo advirtieron los egipcios —dijo.

—¿Te lo advirtieron? —repitió el marinero.

—Que no sacara piedras de la Ciudad de los Muertos. Insistieron en que me caería una maldición. Una maldición... Me reí de ellos y de sus tontas supersticiones. Pero ahora...

Intentó levantarse pero volvió a derrumbarse. El marinero se acercó y le ayudó a meterse bajo cubierta. Allí esperó la inevitable arremetida inglesa que acabaría con ellos.

Esa arremetida llegó al amanecer, cuando los británicos se reagruparon y avanzaron para atacar lo que quedaba de la flota francesa. Pero en vez de estruendos producidos por el hombre y el espeluznante crujido de madera bajo las balas de cañón, D'Campion oyó solo el viento, mientras el *Guillaume Tell* se ponía en marcha.

Al subir a la cubierta descubrió que estaban viajando hacia el nordeste a toda vela. Los seguían los británicos, que rápidamente se iban rezagando. Esporádicas bocanadas de humo señalaban los inútiles esfuerzos por alcanzar el *Guillaume Tell* desde tan lejos. Pronto sus velas se volvieron casi invisibles en el horizonte.

Durante el resto de su vida, Emile D'Campion no dejaría de poner en duda el valor de Villeneuve, pero jamás criticaría la astucia del hombre, e insistiría ante quien quisiera oírlo que le debía la vida.

A media mañana el *Guillaume Tell* y otros tres barcos al mando de Villeneuve habían dejado atrás a Nelson y su implacable Banda de Hermanos. Se dirigieron a Malta, donde D'Campion pasaría lo que le quedaba de vida trabajando, estudiando y hasta conversando por carta con Napoleón y Villeneuve, sin dejar de pensar todo el tiempo en la pérdida de los tesoros que había sacado de Egipto.

## 2

*Motonave* Torino, *setenta millas al oeste de Malta*
*En la actualidad*

La motonave *Torino* era un carguero de trescientos pies de
eslora y casco de acero construido en 1973. Con su avanzada
edad, pequeño tamaño y baja velocidad, no era ahora más que
un buque costero que hacía rutas cortas por el Mediterráneo
y atracaba en varias islas pequeñas, en un circuito que incluía
Libia, Sicilia, Malta y Grecia.

En la hora antes del alba navegaba hacia el oeste, a setenta
millas de su último puerto de escala en Malta y con destino en
Lampedusa, la pequeña isla de soberanía italiana. A pesar de
la hora temprana, se apiñaban varios hombres en el puente.
Todos nerviosos, y con buena razón. Durante la última hora
un barco camuflado y sin luces los había estado siguiendo.

—¿Continúa acercándose?

La pregunta fue un grito del capitán del buque, Constantine Bracko, hombre robusto con brazos de martinete, pelo
entrecano y barba de tres días que parecía papel de lija.

Con la mano en el timón, esperó una respuesta.

—¿Y bien?

—El barco sigue allí —gritó el primer oficial—. Acompañando nuestra maniobra. Y acortando la distancia.

—Apaguemos todas las luces —ordenó Bracko.

Otro miembro de la tripulación cerró una serie de interruptores maestros y la *Torino* quedó a oscuras. Con el barco en tinieblas, Bracko volvió a cambiar de rumbo.

—Esto de poco servirá si tienen radar o gafas de visión nocturna —dijo el primer oficial.

—Nos permitirá ganar un poco de tiempo —respondió Bracko.

—¿Serán inspectores de la aduana? —preguntó otro miembro de la tripulación—. ¿O la Guardia Costera italiana?

Bracko negó con la cabeza.

—No tenemos tanta fortuna.

El primer oficial sabía lo que eso significaba.

—¿La mafia?

Bracko asintió.

—Tendríamos que haber pagado. Nos dedicamos al contrabando en sus aguas. Quieren su tajada.

Pensando que podría pasar inadvertido en la oscuridad de la noche, Bracko se había arriesgado, pero le había salido mal la jugada.

—Traed las armas —ordenó—. Tendremos que luchar.

—Pero, Constantine —dijo el primer oficial—, con lo que llevamos eso será peligroso.

La cubierta de la *Torino* iba cargada de contenedores, y la mayoría ocultaba tanques presurizados del tamaño de autobuses, llenos de propano licuado. Llevaban también otras cosas, incluidos veinte barriles de una misteriosa sustancia subida a bordo por un cliente egipcio, pero debido a los galopantes impuestos sobre el combustible en toda Europa era en el propano donde estaba el dinero fuerte.

—Hasta los contrabandistas tienen que pagar impuestos —masculló Bracko. Sumado el dinero que cobraban por la protección, por el tránsito y por atracar en los puertos, las organizaciones delictivas eran tan malas como los gobiernos—. Ahora vamos a pagar el doble. Nos quitarán el dinero y la carga. Puede incluso ser el triple, si deciden darnos un castigo ejemplar.

El primer oficial asintió. No tenía ningún deseo de pagar con su vida por el combustible de otro.

—Voy a buscar las armas —dijo.

Bracko le arrojó una llave.

—Despierta a los hombres. Si no luchamos, moriremos.

El tripulante partió hacia la cubierta inferior, donde estaban las literas y el pañol de armas. En cuanto se marchó, entró en la cabina de mando otra figura. Un pasajero que respondía al extraño nombre de Amón Ta. Bracko y la tripulación lo llamaban el Egipcio.

Delgado y larguirucho, con ojos hundidos, cabeza afeitada y piel de color caramelo, tenía poco que pudiera impresionar a Bracko. De hecho, Bracko se preguntaba por qué habían elegido una escolta tan poco imponente para acompañar lo que para él eran, sin duda, barriles de hachís o alguna otra droga.

—¿Por qué han oscurecido el barco? —preguntó sin rodeos Amón Ta—. ¿Por qué hemos cambiado de rumbo?

—¿No lo adivinas?

Después de unos cálculos, el Egipcio pareció entender. Sacó una pistola 9 milímetros del cinto y, sosteniéndola con poca firmeza, salió a la puerta, desde donde contempló el oscuro vacío del mar.

—Detrás de nosotros —dijo Bracko.

Mientras Bracko pronunciaba esas palabras, la realidad lo desmintió. Desde cerca de la amura de babor, iluminaron el barco dos haces de luz: uno pintó el puente con brillo cegador y el otro alumbró la barandilla.

Se acercaban con gran rapidez dos botes de goma. Instintivamente, Bracko hizo girar el barco hacia ellos, pero de nada sirvió; se desviaron y volvieron, igualando rápidamente su rumbo y velocidad.

Alguien lanzó hacia arriba unos arpeos, que se engancharon en los tres cables metálicos que hacían de barandilla de seguridad. Segundos más tarde, dos grupos de hombres armados empezaron a subir y a entrar en la *Torino*.

De los botes llegaba fuego de cobertura.

—¡Agáchate! —gritó Bracko.

Pero aunque una ráfaga de balas hizo añicos una ventana del puente y rebotó en la pared, el Egipcio no se puso a cubierto. Lo que hizo fue deslizarse con calma detrás de la gruesa mampara, echar un vistazo fuera y hacer varios disparos con la pistola que tenía en la mano.

Para sorpresa de Bracko, los disparos fueron mortales. Amón Ta había metido sendas balas en la cabeza de dos abordadores a pesar del cabeceo del barco y del difícil ángulo. Su tercer disparo apagó uno de los focos que apuntaban en su dirección.

Después de disparar, el Egipcio retrocedió sin prisa y sin malgastar movimientos mientras le respondía una furiosa lluvia de fuego automático.

Bracko permaneció en cubierta viendo el fuego enemigo tabletear alrededor de la caseta del timón. Una bala le rozó el brazo. Otra hizo añicos una botella de sambuca que Bracko guardaba como un talismán. Bracko vio el líquido derramado en la cubierta como mal presagio. Se suponía que los tres granos de café que contenía la botella auguraban prosperidad, salud y felicidad, pero no se los veía por ningún lado.

Enfadado, Bracko sacó su propia pistola de una funda sobaquera y se preparó para luchar. Miró al Egipcio, que seguía de pie. Viendo la conducta y la infalible puntería del hombre, la opinión que Bracko tenía de él cambió con rapidez. No sabía quién era de verdad ese egipcio, pero de repente comprendió que estaba mirando al hombre más letal del barco.

Bueno, pensó, al menos lo tenemos de nuestro lado.

—Excelente disparo —gritó—. Quizá te he juzgado mal.

—Quizá yo quise que fuera así —dijo el Egipcio.

Resonaron más disparos en la oscuridad, esta vez hacia popa. Bracko reaccionó levantándose y disparando a ciegas por la ventana rota.

—Malgasta su munición —dijo el Egipcio.

—Gano tiempo —replicó Bracko.

—El tiempo los favorece a ellos —sentenció el Egipcio—. Han abordado el barco por lo menos una docena de hombres. Quizá más. Hay un tercer bote de goma cerca de popa.

Un segundo intercambio de disparos en esa dirección confirmó lo que decía el Egipcio.

—Malas noticias —respondió Bracko—. El depósito de armas está en la cubierta inferior de popa. Si mis hombres no consiguen llegar allí o regresar, nos superarán ampliamente en número.

El Egipcio fue hasta la puerta del mamparo, la entreabrió y miró hacia el pasillo.

—Parece que ya ha ocurrido eso.

En el pasillo retumbaban unos pasos torpes y Bracko se preparó para luchar, pero el Egipcio abrió la puerta para que entrara un hombre que llegaba cojeando y sangrando.

—Han tomado la cubierta inferior —alcanzó a decir el tripulante.

—¿Y los rifles?

El tripulante negó con la cabeza.

—No pudimos llegar a donde están.

El hombre se apretaba el estómago, tapándose la herida de bala por donde le brotaba la sangre. Se derrumbó en el suelo y quedó allí tumbado.

Se acercaba el grupo de abordaje, disparando a todo lo que se interponía en su camino. Bracko abandonó el timón y trató de ayudar a su tripulante.

—Déjelo —dijo el Egipcio—. Necesitamos salir de aquí.

Bracko detestaba la situación, pero vio que era demasiado tarde. Furioso y sediento de sangre, amartilló la pistola y se acercó a la escotilla. Estaba preparado para entrar en batalla y disparar todos los tiros que fuera necesario sin medir las consecuencias, pero el Egipcio lo agarró de un brazo y lo detuvo.

—Suéltame —exigió.

—¿Para que muera inútilmente?

—Están asesinando a mi tripulación. No dejaré que eso ocurra sin responder.

—Su tripulación no vale nada —respondió con frialdad Amón Ta—. Tenemos que llegar a mi cargamento.

Bracko estaba aturdido.

—¿De veras crees que vas a salir de aquí con tu hachís?

—Esos barriles contienen algo mucho más potente —respondió el Egipcio—. Tan potente que puede salvar su barco de esos idiotas si llegamos allí a tiempo. Lléveme a donde están.

Mientras el Egipcio hablaba, notó en aquellos ojos una extraña intensidad. Quizá —solo quizá— no mentía.

—Acompáñame.

Seguido por el Egipcio, Bracko trepó por la ventanilla rota del puente y saltó sobre el contenedor más cercano. Era una caída de dos metros y aterrizó golpeándose con torpeza y lastimándose una rodilla.

El Egipcio aterrizó detrás, agachándose de inmediato y volviendo la cabeza.

—Tu cargamento está en la primera hilera de contenedores —explicó Bracko—. Sígueme.

Echaron a correr, saltando de un contenedor a otro. Al llegar a la fila delantera, Bracko se deslizó entre ellos y se dejó caer sobre la cubierta.

Acompañado por el Egipcio, se ocultaron un instante entre las enormes cajas metálicas. Para entonces, el apagado sonido de los disparos era mucho más esporádico: un tiro por aquí, otro por allí. La batalla estaba llegando a su fin.

—Es este —dijo Bracko.

—Ábralo —exigió el Egipcio.

Bracko metió la llave maestra en el candado y tiró con

fuerza de la palanca que aseguraba la puerta. Apretó los dientes mientras las viejas bisagras soltaban un chillido agudo.

—Entre —ordenó el Egipcio.

Bracko se metió en el oscuro contenedor y encendió una linterna de mano. Uno de los tanques cilíndricos de propano ocupaba la mayor parte del espacio, pero contra la pared de enfrente se veían los barriles blancos que el Egipcio había subido a bordo.

Bracko llevó a Amón Ta hasta donde estaban.

—Y ahora ¿qué? —preguntó.

El Egipcio no respondió. Se limitó a sacar la parte superior de uno de los barriles y dejarla a un lado. Para sorpresa de Bracko, tras el borde del contenedor brotó una niebla blanca que flotó hacia el suelo.

—¿Nitrógeno líquido? —preguntó, sintiendo un frío instantáneo en el aire—. ¿Qué demonios tienes ahí?

Amón Ta siguió sin prestarle atención, trabajando en silencio, sacando una botella criogénicamente enfriada con un extraño símbolo en el costado. Mientras miraba el símbolo, comprendió que aquello debía de ser un gas nervioso o algún tipo de arma biológica.

—Esto es lo que buscan —estalló Bracko, abalanzándose sobre el Egipcio y aferrándolo—. No el propano o el dinero de protección. Te buscan a ti y ese producto químico. ¡Tú tienes la culpa de que esos matones estén acabando con mi tripulación!

La reacción inicial había tomado por sorpresa al Egipcio, que rápidamente se recuperó. Se zafó de Bracko, le retorció uno de los fornidos brazos y lo arrojó al suelo.

Un instante después de caer, Bracko sintió el peso del Egipcio sobre el pecho. Al levantar la mirada vio un par de ojos despiadados.

—Ya no te necesito —dijo el Egipcio.

Un dolor agudo desgarró a Bracko mientras se le hundía en el estómago una daga triangular. El Egipcio retorció la hoja, la sacó y se levantó.

Con un dolor atroz, el capitán tensó y aflojó la mano. Su cabeza cayó hacia atrás, contra el suelo metálico del contenedor, mientras se apretaba el estómago y sentía que la sangre caliente y oscura le empapaba la ropa.

Sería una muerte lenta y dolorosa. Una muerte que el Egipcio no tenía necesidad de acelerar mientras limpiaba, tranquilo, la rechoncha hoja triangular de la daga y la guardaba en la funda, sacaba el teléfono por satélite y pulsaba un solo botón.

—Han interceptado nuestro barco —contó a alguien en el otro extremo de la línea—. Todo indica que son delincuentes.

Siguió una larga pausa y entonces el Egipcio negó con la cabeza.

—Son demasiados para combatirlos... Sí, ya sé que hay que hacerlo... La *Niebla Oscura* no caerá en manos ajenas. Dale recuerdos a Osiris. Te veré en la otra vida.

Cortó, fue hasta el otro extremo del tanque de propano y usó una llave inglesa grande con forma de media luna para abrir la válvula de seguridad. Se produjo un fuerte silbido y empezó a escapar el gas.

A continuación, sacó una pequeña carga explosiva de un bolsillo de la chaqueta, la sujetó a una pared del tanque y ajustó el temporizador. Hecho eso, regresó a la parte delantera del contenedor, entreabrió un poco la tapa y salió escurriéndose en la oscuridad.

Tendido en un charco de su propia sangre, Bracko sabía lo que le esperaba. A pesar de una muerte casi segura de una u otra manera, decidió hacer todo lo posible para impedir la explosión.

Giró sobre el cuerpo, soltando un gruñido de dolor. Consiguió arrastrarse hasta el borde del tanque, dejando un rastro de sangre. Trató de cerrar la válvula de seguridad usando la llave con forma de media luna, pero descubrió que le faltaban fuerzas para sostener con firmeza tan pesada herramienta.

La dejó caer al suelo y se arrastró con dificultad, lanzando gritos de angustia con cada movimiento. El olor del propano era nauseabundo y el dolor de estómago parecía un fuego interior. Le empezaba a fallar la vista. Encontró la carga explosiva, pero casi no veía los botones de la esfera del temporizador. Tiró de ella y logró arrancarla en el momento en el que se abrían las puertas del contenedor.

Bracko volvió la cabeza. Entraron corriendo un par de hombres, apuntándole con las armas. Al acercarse le vieron el temporizador en la mano.

Marcaba cero, y le explotó entre los dedos prendiendo fuego al propano. El contenedor estalló con un brillante fogonazo blanco.

La fuerza de la explosión desplazó la fila delantera de contenedores, que rodaron y cayeron al mar.

Bracko y los dos hombres de la organización criminal fueron vaporizados por el fogonazo, pero su intervención había frustrado el plan del Egipcio. Arrancada de la gruesa pared de acero del tanque de propano, la carga no tuvo fuerza suficiente para perforar el cilindro. Sí provocó una explosión instantánea y un virulento incendio alimentado por el propano que seguía escapando por la válvula abierta.

La lengua de fuego salía directamente del tanque y cortaba todo lo que tocaba como un soplete. Con los movimientos del tanque, la punta de la llama fue bajando hacia la cubierta.

Mientras los criminales supervivientes huían, la cubierta de acero empezó a ablandarse y a ceder debajo del tanque. A los pocos minutos la cubierta se había debilitado tanto que fue parcialmente atravesada por el pesado cilindro. El tanque había quedado torcido y la llamarada se había desviado hacia el lado. Ahora ya solo era cuestión de tiempo.

Durante veinte minutos el barco en llamas siguió hacia el oeste, una bola de fuego visible a millas de distancia. Poco antes del amanecer encalló en un arrecife. Estaba a solo media milla de la costa de Lampedusa.

Los más madrugadores de la isla salieron a ver el incendio

y a sacar fotos. Mientras contemplaban cómo se rompían los tanques de propano, quince mil galones de combustible a presión volaron en una explosión cegadora que iluminó el horizonte, que brilló más que el sol naciente.

Cuando se apagó el fogonazo, la proa de la motonave *Torino* había desaparecido y el casco se había abierto como si fuera una lata. Por encima, una oscura nube avanzaba hacia la isla, flotando en la brisa como una lluvia que nunca llegaba al suelo.

Las aves marinas empezaron a caer del cielo, chapoteando ligeramente y chocando contra la arena con golpes sordos.

Los hombres y las mujeres que habían salido a mirar el espectáculo corrieron a protegerse, pero los alargados tentáculos de la niebla flotante pronto les dieron alcance, y cayeron, estrellándose contra el suelo con la misma rapidez que las gaviotas caían del cielo.

Empujada por el viento, la Niebla Negra barrió la isla y siguió hacia el oeste. A su paso solo quedó silencio y un paisaje sembrado de cuerpos inertes.

# 3

*Mar Mediterráneo, 17 millas al sudeste de la isla
de Lampedusa*

Una figura oscura flotaba hacia el lecho marino en un descenso
relajado y controlado. Visto desde abajo, el submarinista, más
que un hombre parecía un mensajero que descendía de los cielos. Realzaban su forma unos tanques gemelos de buceador, un
voluminoso arnés y, sujeta a la espalda, una unidad de propulsión con unas alas cortas y regordetas. Completaba la imagen
una aureola luminosa producida por dos luces montadas en los
hombros que proyectaban haces amarillos en la oscuridad.

Al llegar a cien pies de profundidad, cerca del lecho marino, vio con facilidad un círculo luminoso en el fondo. En el
centro, un grupo de buceadores vestidos de naranja excava-
ban un hallazgo que contribuiría a la épica de las guerras pú-
nicas entre Cartago y Roma.

Tocó fondo a unos cincuenta pies de la zona de trabajo
iluminada y pulsó el interruptor del intercomunicador que
llevaba en el brazo derecho.

—Soy Austin —dijo al micrófono instalado en el casco—.
Estoy en el fondo y voy hacia la excavación.

—Recibido —respondió en su oído una voz ligeramente
distorsionada—. Zavala y Woodson esperan tu llegada.

Kurt Austin encendió la unidad de propulsión, se elevó con suavidad del fondo del mar y avanzó hacia la excavación. Aunque la mayoría de los buceadores llevaban trajes secos estándares, Kurt y otros dos estaban probando los nuevos trajes rígidos, mejorados, que mantenían una presión constante y permitían sumergirse y salir a la superficie sin necesidad de hacer paradas de descompresión.

Hasta el momento, a Kurt le había resultado cómodo y fácil de usar. No era de extrañar que fuera también un poco voluminoso. Al llegar a la zona iluminada, Kurt pasó junto a un trípode sobre el que había montado un reflector submarino. Alrededor del perímetro de la zona de trabajo se veían luces similares, conectadas por cables a turbinas parecidas a molinos de viento amontonadas a poca distancia.

El flujo del agua movía las palas de las turbinas que generaban electricidad y alimentaban las luces, lo que permitía excavar a una velocidad muy superior.

Kurt siguió avanzando, pasó por encima de la popa del viejo naufragio y descendió por el otro lado.

—Mira quién aparece finalmente —dijo una voz amiga por el intercomunicador del casco.

—Ya me conoces —respondió Kurt—. Espero hasta que todo el trabajo duro está hecho y entonces me presento para recibir los aplausos.

El otro submarinista soltó una carcajada. Nada más lejos de la verdad. Kurt era el primero en llegar y el último en irse, uno de esos que por pura terquedad se quedan trabajando en un proyecto condenado al fracaso hasta resucitarlo o agotar literalmente todas las posibilidades de repararlo.

—¿Dónde está Zavala? —preguntó Kurt.

El otro buceador señaló hacia un lugar alejado, casi en la oscuridad.

—Insiste en que tiene algo importante que mostrarte. Quizá encontró una vieja botella de ginebra.

Kurt asintió, accionó el propulsor y fue hasta donde Joe

Zavala trabajaba con otra buceadora, llamada Michelle Woodson. La pareja había estado excavando una zona alrededor de la proa del barco hundido, y había colocado unos escudos de plástico rígido para que la arena y el sedimento no volvieran a ocupar el sitio de lo que habían quitado.

Kurt vio que Joe apenas se enderezaba, y entonces oyó por el sistema de intercomunicación el despreocupado tono de voz de su amigo.

—Más vale hacer como que estamos ocupados —dijo Joe—. *El jefe* ha venido a visitarnos.

Técnicamente, eso era verdad. Kurt era el director de Proyectos Especiales de la Agencia Nacional de Actividades Subacuáticas, una rama algo peculiar del gobierno federal dedicada a los misterios del océano, pero Kurt no actuaba como el típico jefe. Prefería el enfoque de equipo, al menos hasta que había que tomar decisiones difíciles. Las tomaba en solitario. En eso consistía, para él, la responsabilidad de un líder.

Joe Zavala, por su parte, era menos empleado de Kurt que compañero de fechorías. Llevaban años metiéndose y saliendo de aprietos. Solo en el último año, habían participado en el descubrimiento del *Waratah*, un barco que desapareció y se creyó hundido en 1909; habían quedado atrapados en un túnel construido para una invasión por debajo de la Zona Desmilitarizada entre Corea del Norte y Corea del Sur; y habían abortado una operación mundial de falsificación de moneda tan sofisticada que no utilizaba imprentas sino exclusivamente ordenadores.

Después de esas aventuras, los dos necesitaban unas vacaciones. Una expedición para buscar reliquias en el fondo del Mediterráneo parecía el remedio adecuado.

—He oído que estáis aflojando el ritmo de trabajo —bromeó Kurt—. He venido a poner fin a esa situación y a recortar los sueldos.

Joe soltó una carcajada.

—Supongo que no despedirás a un hombre que está a punto de pagar una apuesta.

—¿Tú? ¿Pagar? Eso será el día que las ranas críen pelo.

Joe señaló el costillar del viejo barco.

—¿Qué me dijiste cuando vimos por primera vez las imágenes del sonar de profundidad?

—Yo dije que eran los restos de un barco cartaginés —recordó Kurt—. Y tú apostaste a que era una galera romana, lo que, para mi gran consternación, resultó ser cierto a juzgar por todos los artefactos que hemos recuperado.

—Pero ¿qué pasaría si yo solo tuviera la mitad de la razón?

—Entonces yo diría que has acertado más de lo normal.

Joe soltó otra carcajada y se volvió hacia Michelle.

—Muéstrale lo que hemos encontrado.

Michelle llamó por señas a Kurt y dirigió la luz hacia la zona excavada. Allí, un objeto largo y puntiagudo, ariete de proa de la galera romana, estaba claramente incrustado en otro tipo de madera. En la arena, donde ella y Joe habían excavado, se veía el casco roto de un segundo barco.

—¿Qué es eso? —preguntó Kurt.

—Eso, amigo mío, es un *corvus* —dijo Joe.

Esa palabra significaba «cuervo», y la vieja punta de hierro se parecía tanto al afilado pico de un pájaro que a Kurt no le costó imaginar de dónde venía el nombre.

—En caso de que hayas olvidado tus conocimientos de historia —prosiguió Joe—, los romanos eran malos marineros. Los superaban, con mucho, los cartagineses. Pero eran mejores soldados, y descubrieron una manera de convertir eso en ventaja: embistiendo a los enemigos estrellando este pico de hierro contra el casco del otro barco y usando un puente colgante para abordarlo. Con esa táctica, convertían cada enfrentamiento naval en una batalla cuerpo a cuerpo.

—¿Así que hay aquí dos barcos?

Joe asintió con la cabeza.

—Un trirreme romano y un barco cartaginés, unidos todavía por el *corvus*. Es una escena bélica de hace dos mil años congelada en el tiempo.

Kurt contempló con asombro el descubrimiento.

—¿Por qué se hundieron así?

—La presión del choque quizá quebró los cascos —aventuró Joe—. Los romanos no habrían podido soltar el *corvus* mientras los barcos se hundían. Se fueron del brazo al fondo del mar, unidos para toda la eternidad.

—Eso significa que los dos tenemos razón —dijo Kurt—. Supongo que después de todo no me vas a pagar ese dólar.

—¿Un dólar? —La pregunta fue de Michelle—. ¿Habéis pasado todo un mes hablando del tema por un mísero dólar?

—Tiene más que ver con el derecho a la jactancia —contestó Kurt.

—Además, me sigue descontando dinero del sueldo —se quejó Joe—. Así que eso es todo lo que pude apostar.

—Los dos sois incorregibles —dijo Michelle.

Kurt hubiera concordado orgullosamente con esa afirmación, pero no tuvo la oportunidad de hacerlo, porque por el sistema de intercomunicación se oyó otra voz que lo interrumpió.

La lectura de la pantalla montada en el casco le confirmó que la transmisión venía del *Sea Dragon*, que esperaba en la superficie. El pequeño icono de un candado con su nombre y el de Joe al lado le indicó que la llamada solo iba dirigida a ellos.

—Kurt, soy Gary —dijo la voz—. ¿Tú y Zavala me oís bien?

Gary Reynolds era el capitán del *Sea Dragon*.

—Alto y claro —replicó Kurt—. Veo que nos hablas por un canal privado. ¿Ocurre algo?

—Me temo que sí. Hemos recibido una llamada de socorro. Y no sé bien cómo responder.

—¿Por qué? —preguntó Kurt.

—Porque no viene de un barco —dijo Reynolds—. Viene de Lampedusa.

—¿De la isla?

Lampedusa era una pequeña isla con una población de

cinco mil habitantes. Territorio italiano, pero en realidad más cerca de Libia que del extremo sur de Sicilia. El *Sea Dragon* había atracado allí una noche por semana para recoger suministros y para recargar combustible antes de regresar y situarse de nuevo encima del naufragio. En ese mismo momento había cinco miembros de la NUMA en tierra, ocupándose de la logística y catalogando los artefactos recuperados en la excavación.

Joe hizo la pregunta obvia:

—¿Por qué podría alguien sentir en la isla la necesidad de transmitir una llamada de socorro por un canal naval?

—Ni idea —contestó Reynolds—. Los chicos de la sala de radio tuvieron suficiente rapidez mental para encender la grabadora cuando se dieron cuenta de lo que oían. Hemos escuchado varias veces la grabación, que es un poco confusa, pero no deja dudas de que viene de Lampedusa.

—¿Podemos escucharla?

—Pensé que no lo pedirías nunca —dijo Reynolds—. Espera un momento.

Al cabo de unos segundos se oyó un zumbido de interferencia y un poco de acople antes de que sonara una voz. Kurt no entendió la primera docena de palabras, pero la señal mejoró y la voz adquirió una mayor nitidez. Era una voz de mujer. Una mujer que sonaba tranquila pero que, al mismo tiempo, transmitía una necesidad urgente.

Habló en italiano durante veinte segundos y después cambió al inglés.

—... Repito, soy la doctora Renata Ambrosini... Nos han atacado... Estamos ahora atrapados en el hospital... Necesitamos ayuda urgente... Estamos encerrados herméticamente y se nos acaba el oxígeno. Por favor, respondan...

Siguieron unos segundos de interferencias y después se repitió el mensaje.

—¿Están saturadas las frecuencias de emergencia? —preguntó Joe.

—Para nada —respondió Reynolds—. Pero como medida de precaución por si acaso llamé al equipo de logística. Nadie coge el teléfono.

—Qué raro —dijo Joe—. Se supone que siempre hay alguien supervisando la radio mientras estamos aquí.

Kurt estuvo de acuerdo.

—Llama a algún otro sitio —sugirió—. Hay un puesto de la guardia costera italiana en el puerto. A ver si logras despertar al comandante.

—Ya lo intenté —dijo Reynolds—. También probé con el teléfono por satélite, por si acaso algo afectaba las radios. De hecho, marqué todos los números de Lampedusa que logré encontrar, incluido el de la comisaría local y el del garito donde pedimos pizza la primera noche que atracamos allí. Nadie contesta. No quiero parecer alarmista, pero por algún motivo la isla ha quedado incomunicada.

Kurt no se caracterizaba por sacar conclusiones precipitadas, pero la mujer había usado la palabra *atacar*.

—Comunícate con las autoridades de Palermo —dijo—. Una llamada de emergencia es una llamada de emergencia, aunque no provenga de un barco. Diles que vamos a ver qué podemos hacer para ayudar.

—Supuse que querrías hacer eso —dijo Reynolds—. Consulté las tablas de buceo. Joe y Michelle pueden salir a la superficie contigo. Todos los demás tendrán que ir en el tanque.

Eso era lo que esperaba Kurt. Comunicó la noticia al resto del equipo. Todos dejaron rápidamente las herramientas, apagaron las luces e iniciaron el lentísimo ascenso hasta el tanque de descompresión, arriado mediante cables y llevado después a la superficie en condiciones seguras de presurización.

Kurt, Joe y Michelle habían llegado a la superficie con los trajes rígidos propulsados y Kurt se estaba quitando el equipo cuando Reynolds les dio más malas noticias. Nadie respondía en Lampedusa. Como tampoco respondía ningún destacamento militar o de guardacostas en un radio de cien millas alrededor de la isla.

—Están cargando combustible en un par de helicópteros en Sicilia, pero no despegarán hasta por lo menos dentro de treinta minutos. Y una vez en el aire tienen una hora de viaje desde Sicilia.

—Para entonces podríamos estar en la playa, terminando el postre y pidiendo una copa —dijo Joe.

—Por eso nos piden que echemos un vistazo —explicó Reynolds—. Al parecer, somos lo que más se parece a un ente gubernamental oficial en la zona. Aunque nuestro gobierno esté en el otro lado del Atlántico.

—Muy bien —dijo Kurt—. Por una vez, no tenemos que pedir permiso o ignorar ninguna advertencia de que no nos metamos en algún lío.

—Yo señalaré el camino —propuso Reynolds.

Kurt asintió.

—No perdamos tiempo.

# 4

Al acercarse el *Sea Dragon* a Lampedusa, el primer indicio de problemas fue una cortina de humo negro y oleaginoso sobre la isla. Kurt observó aquello con unos prismáticos de gran potencia.

—¿Qué ves? —preguntó Joe.

—Un barco de algún tipo —dijo Kurt—. Fondeado cerca de la costa.

—¿Un petrolero?

—No sabría decirte —contestó Kurt—. Demasiado humo. Solo veo metales quemados y retorcidos. —Se volvió hacia Reynolds—. Acerquémonos y echemos un vistazo.

El *Sea Dragon* cambió de rumbo y el humo que los cubría se volvió más espeso y más oscuro.

—El viento está arrastrando ese humo sobre la isla —señaló Joe.

—Me gustaría saber qué transportaba el barco —dijo Kurt—. Si fuera algo tóxico...

No tuvo que terminar la frase.

—Esa médica dijo que estaba atrapada y quedándose sin oxígeno —añadió Joe—. Imaginé que el hospital se le había caído encima después de una explosión o un terremoto, pero supongo que lo que quería decir era que se estaba protegiendo del humo.

Kurt volvió a mirar con los prismáticos. Era como si hubieran abierto la parte delantera del barco con un abrelatas gigantesco; de hecho, parecía que la mitad de la nave había desaparecido. El hollín ennegrecía el resto del casco.

—Debe de estar encallado en el arrecife —dijo Kurt—. De lo contrario, se habría hundido. No veo ningún hombre. Que alguien llame a Palermo y les diga lo que hemos encontrado. Si pueden determinar qué barco es, quizá logren saber qué transportaba.

—Ya lo hago —dijo Reynolds.

—Y tú, Gary —añadió Kurt, bajando los prismáticos—. Sigue llevándonos a contra viento.

Reynolds asintió.

—No tienes que pedírmelo dos veces.

Ajustó el rumbo y redujo la velocidad mientras esperaban noticias. Cuando llegaron a quinientos metros del carguero, un tripulante gritó desde la cubierta de proa.

—¡Mirad esto! —exclamó.

Reynolds dejó de acelerar y el *Sea Dragon* se detuvo mientras Kurt salía a cubierta, donde encontró al tripulante señalando media docena de objetos que flotaban en el agua. Tenían unos cinco metros de largo, forma parecida a la de un torpedo y eran de color gris carbón.

—Ballenas piloto —dijo el tripulante al reconocer la especie—. Cuatro adultos. Dos crías.

—Y flotando al revés —comentó Kurt. En realidad, las ballenas flotaban de lado, rodeadas de algas, peces muertos y calamares—. Lo que ocurrió en la isla también está afectando al agua.

—Tiene que ser ese carguero —dijo alguien.

Kurt pensaba lo mismo, pero no dijo nada. Estaba ocupado estudiando el grupo de seres marinos sin vida que flotaba allí delante. Oía a Joe hablando con las autoridades italianas por radio, informando de su último descubrimiento. Notó que no todos los calamares estaban muertos. Unos se aferraban a otros, rodeándose con los cortos tentáculos en un abrazo espasmódico.

—Quizá deberíamos marcharnos —sugirió el tripulante, tapándose la nariz y la boca con la parte superior de la camisa, como si eso pudiera detener el veneno que posiblemente flotaba en el aire.

Kurt sabía que allí estaban seguros porque se encontraban a un cuarto de milla por barlovento del carguero y no se sentía ningún olor a humo. De nuevo tenía que pensar en la seguridad de la tripulación. Fue a la cabina.

—Avancemos otra milla —dijo—. Y vigila el humo. Si cambia el viento, tendremos que irnos antes de que nos alcance.

Reynolds dijo que sí con la cabeza, pisó el acelerador e hizo girar el timón. Mientras la velocidad del barco aumentaba, Joe dejó el micrófono de la radio en el soporte.

—¿Qué noticias hay?

—Les conté lo que habíamos encontrado —dijo Joe—. Según los datos recogidos anoche por el sistema de identificación automática, creen que el carguero es la motonave *Torino*.

—¿Qué transporta?

—Sobre todo componentes mecánicos y tejidos. Nada peligroso.

—Tejidos un cuerno —dijo Kurt—. ¿Cuánto tiempo se calcula que tardarán en llegar los helicópteros?

—Dos horas, quizá tres.

—¿Qué pasó con la información de que despegarían en treinta minutos?

—Despegaron —dijo Joe—. Pero al oír nuestro informe regresaron a Sicilia para repostar mientras reunían una tripulación especializada en materiales peligrosos.

—No me extraña —dijo Kurt.

Sin embargo, no podía dejar de pensar en la médica que se había comunicado con ellos por radio y en los miembros del equipo de la NUMA que seguían sin responder las llamadas, por no hablar de los otros cinco mil hombres, mujeres y niños que vivían en Lampedusa. Tomó una decisión rápida. La única decisión que le permitía la conciencia.

—Prepararemos la zódiac. Voy a buscar a nuestros amigos.

Reynolds oyó esas palabras y se apresuró a responder.

—¿Te has vuelto loco?

—Es posible —dijo Kurt—. Pero si me quedo esperando tres horas para saber si los nuestros están vivos o muertos, no hay duda de que terminaré perdiendo la chaveta. Sobre todo si resulta que podríamos haberlos ayudado pero preferimos quedarnos de brazos cruzados.

—Yo te acompaño —dijo Joe.

Reynolds les lanzó una mirada severa.

—¿Y qué pensáis hacer para que lo que aparentemente afectó al resto de la población de esa isla no os mate?

—Tenemos cascos integrales y mucho oxígeno puro. Si los usamos, no habrá ningún problema.

—Algunas toxinas nerviosas reaccionan con la piel —señaló Reynolds.

—Tenemos trajes secos impermeables —respondió Kurt—. Con eso no deberíamos tener problemas.

—Y podemos llevar guantes y cerrar con cinta todos los huecos —añadió Joe.

—¿Con cinta adhesiva? —preguntó Reynolds—. ¿Vais a jugaros la vida a la integridad de una cinta adhesiva?

—No sería la primera vez —admitió Joe—. En una ocasión yo la usé para pegar el ala de un avión. Aunque no dio el resultado que esperábamos.

—Esto es serio —dijo Reynolds, desconcertado ante lo que aquellos dos parecían dispuestos a hacer—. Es arriesgar la vida en vano. No hay siquiera motivos para pensar que queda alguien vivo en esa isla.

—No es verdad —negó Kurt—. Yo tengo dos motivos. Primero, recibimos esa llamada de radio, obviamente hecha después de lo que sucedió. Esa médica y varias personas más estaban con vida, o al menos lo estaban en ese momento.

Nada menos que en un hospital. Según el mensaje, estaban herméticamente encerradas, supongo que para evitar que entrara esa toxina. Quizá otros tomaron las mismas medidas. Incluidos nuestros compañeros. Además, algunos de esos calamares no han muerto. Andan por ahí chapaleando, aferrándose unos a otros y moviéndose lo suficiente como para que me dé cuenta de que no están preparados para asarse en una barbacoa.

—No son argumentos muy convincentes —dijo Reynolds.

Lo eran para Kurt.

—No me voy a quedar aquí esperando a descubrir que allí había gente que podríamos haber ayudado si hubiéramos ido antes.

Reynolds negó con la cabeza. Sabía que no iba a ganar esa discusión.

—Muy bien. De acuerdo —dijo—. Pero ¿qué se supone que debemos hacer nosotros mientras tanto?

—Estar atentos a la radio y vigilar los pelícanos de aquella boya —respondió Kurt, señalando un trío de aves blancas encaramadas a la baliza del canal—. Si empiezan a morir y a caer al mar, pega la vuelta y huye de aquí lo más rápido posible.

# 5

A pocas millas de distancia, una figura pensativa descansaba en una pequeña zódiac que había robado en el carguero siniestrado. Amón Ta había huido del barco por la popa y se había llevado una radio que la tripulación del carguero solía usar para inspeccionar el casco.

Estaba a no más de treinta metros del barco cuando ocurrió la explosión. Demasiado cerca. Tendría que haberlo matado la onda expansiva, o al menos haberlo incinerado por completo, pero el ruido sordo de la explosión solo lo había sobresaltado. El estallido no había arrasado con el buque tal como esperaba.

Algo había fallado. El instinto le dijo que tenía que abordar de nuevo la embarcación pero, a pesar de la explosión inicial, el carguero seguía funcionando a toda máquina y el pequeño bote del que se había apropiado era demasiado lento para darle alcance.

Poco más pudo hacer que mirar el barco seguir su marcha hasta encallar y finalmente explotar como pretendía.

Con todo, las cosas habían salido muy bien. En vez de destruir el suero enfriado criogénicamente, el fuego y la explosión lo habían atomizado, creando una niebla mortífera tan eficaz como cualquier gas nervioso. Miró, impotente, mientras la niebla se extendía hacia el oeste envolviendo la isla. Su intento de ocultar lo que él y sus superiores estaban haciendo había sido ahora transmitido a todo el mundo.

Como para demostrarlo, había oído una llamada de auxilio por la radio del bote. De una médica atrapada con varios pacientes en el hospital principal de la isla. Con claridad, la había oído relatar haber visto una nube de gas antes de ponerse en cuarentena con varias personas más.

Tomó una decisión irrevocable. Por si acaso la médica estuviera todavía viva, debía eliminarla y con ella todas las pruebas que pudiera haber recogido.

Metió la mano en el bolsillo, sacó una aguja hipodérmica envasada y arrancó la tapa con los dientes. Después de darle un rápido golpe con el dedo para asegurarse de que no había burbujas en la jeringa, se la clavó en una pierna y apretó el émbolo, inyectándose un antídoto. Una sensación de frío le recorrió el cuerpo junto con la medicina, y por un momento sintió un hormigueo en las manos y los pies.

Cuando se le pasó esta sensación, puso de nuevo en marcha el motor de la zódiac y arrancó hacia la isla, siguiendo la costa hasta encontrar un sitio seguro donde desembarcar.

Sin demora, echó a andar a paso ligero por una playa vacía y después subió por una escalera tallada en la roca hasta un estrecho camino que había en la cima.

El hospital quedaba a tres kilómetros de distancia. Y no lejos de allí estaba el aeropuerto. Buscaría a la médica, la mataría a ella y a los demás supervivientes y después iría al aeropuerto, donde podría robar un pequeño avión y partir hacia Túnez, Libia o incluso Egipto, y nunca nadie se enteraría de que había estado allí.

## 6

—No es exactamente lo que yo llamaría ropa informal de complejo turístico —dijo Joe.

Estar enfundado en un equipo completo de buceo, sentado en un bote bajo el sol ardiente, no solo era incómodo y complicado sino verdaderamente claustrofóbico. Ni siquiera podían sentir la brisa a través de las densas capas de los trajes.

—Pero al menos no nos asfixian los gases venenosos —añadió Kurt.

Joe asintió y mantuvo el rumbo del pequeño bote hacia la orilla.

Después de pasar por delante de la escollera avanzaron hacia el pintoresco puerto de Lampedusa, donde cabeceaban, ancladas, docenas de pequeñas embarcaciones.

—No se ve a nadie en cubierta —dijo Joe.

Kurt miró hacia las calles y los edificios que bordeaban el puerto.

—La primera parece desierta —sentenció—. No hay nada de tráfico. Ni siquiera un peatón.

Lampedusa no tenía más de cinco mil habitantes, pero según la experiencia de Kurt la mitad de ellos parecía estar siempre en la calle principal a la misma hora, sobre todo cuando necesitaba llegar a alguna parte. Motos y coches pequeños zumbaban en todas direcciones y camionetas de reparto se lanzaban atravesando el bullicio con ese arrojo tan italiano que hacía pensar que la mitad de los autóctonos podrían competir como pilotos de Fórmula 1.

Ver la isla tan tranquila le produjo un escalofrío.

—Gira hacia la derecha —dijo—. Alrededor de ese velero. Podemos tomar un atajo hasta el puesto de operaciones.

—¿Atajo?

—Hay un camino privado que nos deja mucho más cerca de nuestro edificio que el muelle principal —afirmó Kurt—. He pescado desde allí algunas veces. Nos ahorrará una larga caminata.

Joe cambió de rumbo y pasaron junto al velero por el lado de babor. Se veían dos figuras desplomadas en cubierta. La primera era un hombre que al parecer se había caído con un brazo enredado en el cordaje. La segunda era una mujer.

—Quizá tendríamos que...

—No podemos hacer nada por ellos —concluyó Kurt—. Sigamos.

Joe no respondió, pero mantuvo el rumbo del bote y pronto amarraron en el pequeño muelle del que Kurt había hablado.

—Me parece que no tendremos que preocuparnos de que alguien nos robe la embarcación.

Subieron a tierra con los voluminosos trajes y pronto llegaron a la calle que se extendía por la parte superior del muelle. Había allí más cuerpos, incluida una pareja de mediana edad con un niño pequeño y un perro atado a una correa. La acera, debajo de un par de árboles, estaba sembrada de pájaros muertos.

Kurt pasó junto a los pájaros y se arrodilló un instante para examinar a la pareja. Fuera de los moretones y los rasguños producidos por la caída, no tenían señales de hemorragia o de traumatismos.

—Es como si hubieran caído de golpe. Algo les sucedió sin previo aviso.

—Lo que atacó a estas personas, fuera lo que fuese, lo hizo de manera repentina —dijo Joe.

Kurt levantó la mirada, se orientó y señaló hacia la calle siguiente.

—Por aquí.

Él y Joe caminaron un par de calles hasta llegar al pequeño edificio que la NUMA usaba como centro logístico. La parte delantera era un garaje, ocupado ahora por los equipos y sembrado de objetos recuperados del barco romano hundido. Detrás había cuatro habitaciones pequeñas destinadas a oficinas y dormitorios.

—Cerrada —dijo Joe, moviendo el picaporte.

Kurt dio un paso atrás y después arremetió y golpeó con la bota la puerta de madera. El golpe fue suficientemente fuerte para astillar la madera y echar la puerta abajo.

Joe se metió por la abertura.

—¿Larisa? —gritó—. ¿Cody?

Kurt también gritó, aunque se preguntó cuánto sonido podría salir del casco. Parecía que casi todo el volumen le quedaba resonando en los oídos.

—Miremos en las habitaciones traseras —dijo Kurt—. Si alguien se dio cuenta de que era un vapor químico, la mejor defensa sería sellar la habitación más interior y refugiarse allí.

Arrastrando los pies, fueron hasta la parte trasera del edificio. Kurt entró en una habitación y la encontró vacía. Joe abrió la puerta de la habitación de enfrente y encontró algo distinto.

—Aquí.

Kurt salió de la habitación vacía y fue hasta donde estaba Joe. Boca abajo, sobre una mesa, yacían cuatro de los cinco miembros del equipo. Parecía como si cuando sufrieron el ataque estuvieran estudiando un mapa. En un sillón cercano, desplomado como si simplemente se hubiera quedado dormido, estaba Cody Williams, el experto en antigüedades romanas que dirigía la investigación.

—La reunión matutina —dijo Kurt.

—Comprueba si presentan signos vitales.

—Kurt, no están...

—Compruébalo de todos modos —respondió Kurt en todo severo—. Tenemos que asegurarnos.

Joe revisó el grupo de la mesa mientras Kurt se ocupaba de Cody, levantándolo del sillón y tendiéndolo en el suelo. Era un peso muerto, un muñeco de trapo.

Lo sacudió, pero no obtuvo ninguna reacción.

—No le siento el pulso —dijo Joe—. Tampoco era de esperar con estos guantes.

Joe empezó a quitarse uno.

—No —dijo Kurt.

Joe obedeció, y Kurt sacó un cuchillo y puso el borde plano de la hoja contra las ventanas de la nariz de Cody.

—Nada —dijo—. No hay condensación. No respiran.

Apartó el cuchillo y apoyó con suavidad la cabeza de Cody en el suelo.

—¿Qué demonios llevaría el carguero? —murmuró en voz alta—. No conozco nada que pueda hacer esto a toda una isla. Salvo, quizá, gases nerviosos de uso militar.

Joe estaba tan desconcertado como él.

—Y si fueras un terrorista y tuvieras un arsenal de gas nervioso mortífero, ¿por qué diablos habrías de usarlo aquí? Esto no es más que una mancha en el mapa en el medio del mar. Aquí lo único que hay son turistas, pescadores y buceadores.

Kurt volvió a mirar a los miembros caídos del equipo.

—No tengo ni idea. Pero ya te digo que vamos a buscar a las personas que hicieron esto. Y cuando las encontremos, van a desear no haber oído nunca hablar de este sitio.

Joe reconoció el tono de voz de su amigo. Era lo opuesto de la actitud amable y tranquila que Kurt solía transmitir. Era, en cierto modo, el lado oscuro de su personalidad. En otras palabras, era una respuesta estadounidense típica: «No me pises. Y si lo haces, ay de ti».

A veces Joe trataba de contener a Kurt cuando se ponía así, pero en ese momento sentía exactamente lo mismo.

—Llama al *Sea Dragon* —ordenó—. Cuéntales lo que hemos encontrado. Voy a buscar un juego de llaves. Tenemos que llegar a ese hospital y se me han quitado las ganas de caminar.

# 7

El motor V-8 del jeep arrancó con un rugido, rompiendo el silencio que inundaba la isla.

Kurt pisó el acelerador varias veces, como si el estruendo pudiera romper el hechizo que afectaba a quienes los rodeaban.

Metió primera y arrancó mientras Joe consultaba el mapa. Fue un viaje corto pero entorpecido por docenas de coches estrellados con radiadores humeantes junto a motociclistas desparramados. En cada cruce había un accidente múltiple y las aceras estaban cubiertas de peatones caídos.

—Parece el fin del mundo —sentenció Joe en tono grave—. Una ciudad de muertos.

Cerca de la entrada del hospital la calle estaba bloqueada por otro choque múltiple, en el que había volcado y se había derramado la carga un camión. Para esquivarlo, Kurt subió a la acera y atravesó un jardín de rocalla hasta la puerta principal.

—Tiene aspecto moderno el hospital —dijo Joe mirando la estructura de seis plantas.

—Por lo que recuerdo, lo renovaron y lo ampliaron para atender a los refugiados que llegan en botes de Libia y de Túnez.

Kurt apagó el motor, y al bajar del jeep se detuvo porque algo le llamó la atención.

—¿Qué pasa? —preguntó Joe.

Kurt miró hacia el lado de donde acababan de llegar.

—Me pareció ver que algo se movía.

—¿Qué clase de «algo»?

—No estoy seguro. Junto a los coches.

Kurt se quedó mirando un largo rato, pero no apareció nada.

—¿Vamos a comprobarlo?

Kurt negó con la cabeza.

—No es nada. Solo un reflejo en mi careta protectora.

—Podría ser un zombi.

—En ese caso no tendrás problemas —aseguró Kurt—. Por lo que sé, solo comen cerebros.

—Muy divertido —dijo Joe—. La verdad es que si alguien ha sobrevivido y nos ve vestidos así, se lo va a pensar dos veces antes de venir a presentarse.

—Lo más probable es que esté viendo visiones —respondió Kurt—. Vamos. Entremos.

Al acercarse, las puertas automáticas se abrieron con un chasquido. En la sala de espera encontraron una docena de cuerpos, la mitad desplomados en sillas. Junto a la recepción había una enfermera en el suelo.

—Algo me dice que no hace falta registrar nuestra entrada —dijo Joe.

—Podemos no hacerlo —añadió Kurt—, pero he consumido la tercera parte de un tanque de oxígeno. Tú estarás en la misma situación. Este sitio es muy grande y no me parece conveniente andar recorriendo las salas y mirando en cada habitación.

Encontró una guía, la abrió y buscó entre los nombres. Ambrosini estaba en la primera página, curiosamente escrito a mano, cuando todos los demás estaban mecanografiados.

—Debe de ser nueva —dijo Kurt—. Por desgracia, no figura ningún piso ni número de oficina.

—¿Qué te parece si usamos esto? —sugirió Joe mostrando un micrófono que parecía estar conectado a un sistema de megafonía—. Quizá responda.

—Perfecto.

Joe activó el sistema y, moviendo un interruptor que decía *Llamada general*, lo preparó para que pudieran comunicarse con todo el hospital; y entregó el micrófono a Kurt, que lo acercó a la placa frontal del casco y trató de hablar con la mayor claridad posible.

—Doctora Ambrosini o quien haya sobrevivido en el hospital, me llamo Kurt Austin. Recibimos su llamada de auxilio. Si oye el mensaje —estuvo a punto de decir «descuelgue el teléfono blanco»—, por favor comuníquese con recepción. Estamos intentando dar con usted, pero no sabemos dónde buscarla.

El mensaje se emitió por megafonía, no muy claro pero sí lo suficiente para que se entendiera. Iba a repetirlo cuando a su espalda se abrieron las puertas automáticas.

Sobresaltados, él y Joe se volvieron, pero no vieron a nadie, solo un espacio vacío. Tras un par de segundos, las puertas se cerraron.

—Cuanto antes encontremos a esas personas y salgamos de aquí, más contento me pondré —dijo Joe.

—No podría estar más de acuerdo.

El teléfono de la recepción empezó a zumbar mientras en el panel parpadeaba una luz blanca.

—Llamada para usted por la línea uno, doctor Austin —anunció Joe.

Kurt pulsó el botón del altavoz.

—Hola —dijo una voz de mujer—. ¿Hay alguien ahí? Soy la doctora Ambrosini.

Kurt se acercó al altavoz y habló pausadamente y con claridad.

—Me llamo Kurt Austin. Recibimos su llamada de emergencia. Hemos venido a ayudar.

—Ay, gracias a Dios —dijo ella—. Parece estadounidense. ¿Pertenece a la OTAN?

—No —respondió Kurt—. Mi amigo y yo pertenecemos a una organización llamada NUMA. Somos submarinistas y expertos en rescates.

Hubo una pausa.

—¿Cómo es que no le ha afectado la toxina? Afectó a todos los que han entrado en contacto con ella. Lo vi con mis propios ojos.

—Digamos que vamos vestidos para la ocasión.

—En cierto modo nos hemos vestido demasiado —dijo Joe.

—De acuerdo —respondió ella—. Estamos atrapados en la cuarta planta. Hemos sellado uno de los quirófanos con plásticos y esparadrapo, pero no podremos seguir aquí mucho tiempo más. Se está viciando demasiado el aire.

—Vienen en camino unidades militares italianas con un equipo especializado para materiales peligrosos —comentó Kurt—. Pero habrá que esperar unas horas.

—No podremos hacerlo —respondió ella—. Somos diecinueve personas. Necesitamos con desesperación aire fresco. Los niveles de $CO_2$ están subiendo con rapidez.

En una mochila, Kurt había traído dos trajes secos adicionales y un pequeño tanque de oxígeno manual de emergencia. El plan había sido transportar al *Sea Dragon* a quienes encontraran y después volver a por el resto. Pero con veinte personas atrapadas...

—Veo un inconveniente —dijo Joe.

—Un mar de inconvenientes —masculló Kurt.

—¿Qué ocurre? —preguntó la médica.

—No podemos sacarlos —dijo Kurt.

—Aquí no vamos a durar mucho más —respondió ella—. Algunos de los pacientes mayores ya han perdido el conocimiento.

—¿El hospital tiene una unidad de materiales peligrosos? —preguntó Kurt—. Podríamos tomar algunos trajes de allí.

—No —dijo ella—. No hay nada de eso.

—¿Y oxígeno? —inquirió Joe—. Todos los hospitales tienen oxígeno.

Kurt asintió.

—Esta semana te estás ganando el sueldo, amigo.

—¿Acaso no me lo gano siempre?

Kurt extendió una mano y la movió un poco, como si a veces tuviera sus dudas.

Mientras Joe fingía estar muy ofendido, Kurt volvió a coger el teléfono.

—¿En qué planta está el almacén? Les llevaremos más botellas de oxígeno. Las necesarias para que puedan resistir hasta la llegada de los militares italianos.

—Sí. Eso sería una solución —convino ella—. El almacén está en la tercera planta. Dense prisa, por favor.

Kurt colgó y fueron hacia el ascensor. Joe pulsó el botón y al abrirse las puertas vieron a un médico y a una enfermera desplomados en un rincón.

Joe fue a sacarlos, pero Kurt le dijo por señas que no lo hiciera.

—No hay tiempo.

Pulsó el número 3 y la puerta se cerró. Cuando sonó la campanilla, Kurt salió el vestíbulo mientras Joe arrastraba al médico y dejaba fuera del ascensor la mitad del cuerpo.

—¿Lo usas como tope de la puerta? —comentó Kurt cuando Joe lo alcanzó.

—No creo que le importe —insistió Joe.

—Supongo que no.

Encontraron el almacén al final del vestíbulo y entraron. Hacia el fondo había una jaula rotulada OXÍGENO MÉDICO. Forzaron la puerta. Dentro había ocho botellas verdes. Ojalá bastaran.

Joe entró empujando una camilla de ruedas.

—Échalas aquí. Así no tenemos que cargar con todo.

Kurt acomodó las botellas en la camilla. Joe las ató para que no se cayeran.

Sacaron la camilla por la puerta, trataron de girar y se fueron contra la pared.

—¿Dónde aprendiste a conducir? —preguntó Kurt.

—Hacer maniobras con estas cosas cuesta más de lo que parece —respondió el Joe.

Enderezaron la camilla y cogieron velocidad hacia el ascensor. A medio camino, oyeron otro sonido metálico y el ruido de las puertas del segundo ascensor al abrirse.

—Este edificio debe de estar embrujado —dijo Joe, sin detenerse.

—El edificio o su sistema eléctrico —comentó Kurt.

Cuando se estaban acercando al tablero, una figura muy bronceada salió a tropezones del ascensor de al lado y cayó al suelo.

—Auxilio —dijo, desplomándose contra la pared—. Por favor...

Atónito, Kurt detuvo la camilla y se agachó junto a él.

Al principio, el hombre tenía los ojos entornados, pero cuando Kurt se acercó, se abrieron y se clavaron en los suyos. No había en ellos delirios ni miedo, solo mortífera maldad, respaldada por la pistola de cañón corto que sacó y con la que disparó.

# 8

El disparo resonó en el estrecho pasillo y Kurt cayó hacia atrás, volteándose con torpeza. Aterrizó de lado y quedó allí inmóvil.

Sorprendido, pero dotado de rápidos reflejos que había perfeccionado en el cuadrilátero de boxeo durante media vida, Joe arremetió. La mano enguantada apartó de un golpe el brazo del hombre e hizo que los dos disparos siguientes se enterraran en la pared. Un cabezazo, ayudado por el casco metálico de buceo, hizo caer al hombre de bruces y el arma le voló de la mano y se deslizó por el gastado suelo blanco del pasillo.

Los dos hombres lucharon por ella. Joe llegó primero, la cogió y se levantó, pero los guantes le impidieron meter el dedo en el gatillo. El agresor lo derribó y ambos se estrellaron contra una puerta con un letrero que decía ATENCIÓN: IMAGEN POR RESONANCIA MAGNÉTICA.

La brusca caída los separó. Entorpecido por la limitada visibilidad que le permitía el casco, Joe perdió momentáneamente el rastro de la pistola y del adversario. Cuando miró alrededor, el arma se había esfumado, pero el hombre que los había atacado estaba tendido a siete u ocho metros de distancia. Parecía inconsciente.

Joe se levantó y dio un paso. Tenía una fuerte sensación de vértigo, como si le tiraran del cuerpo por detrás. Antes de poder dar otro paso, descubrió que estaba perdiendo el equilibrio. Lo primero que pensó era que la toxina lo había afectado, pero aquello no era una fantasía: de verdad tiraban de él hacia atrás, como si alguien le hubiera atado una cuerda a los hombros.

Enseguida entendió lo que ocurría. Se habían estrellado contra la puerta del laboratorio de resonancia magnética del hospital. Detrás de él, a ocho metros de distancia, había una máquina del tamaño de un coche pequeño. Esa máquina estaba repleta de potentes imanes superenfriados que no se podían desactivar. Al haber trabajado en un hospital durante un verano, Joe conocía bien el peligro de las máquinas de resonancia magnética: cualquier cosa hecha con metal ferroso que se acercara demasiado era atraída como por un haz tractor. Y Joe tenía un tanque de acero en la espalda además de un casco de acero en la cabeza.

Se inclinó hacia delante en un ángulo de treinta grados, luchando contra la fuerza magnética, tratando de que no lo levantara en el aire. En esa postura dio unos pasos, como quien avanza de frente hacia un huracán, pero su lentitud era exasperante.

El agresor estaba a solo tres metros de distancia, todavía recuperándose del golpe contra el suelo, pero a pesar de todos sus esfuerzos Joe no podía llegar hasta allí.

Se inclinó más, empujó con más fuerza y pisó algo resbaladizo. Al ceder el pie perdió de repente la tracción. Con eso bastó. En un instante se vio volando por el aire.

Su espalda chocó contra superficie curva de la máquina y su cabeza pegó un latigazo contra otra parte con gran estruendo.

Los imanes lo retenían en una extraña postura. Hasta tenía sujetos los pies, gracias a los vástagos de acero de las botas, y el brazo izquierdo, por el acero del reloj. Logró soltar el brazo derecho, pero la máquina le impidió liberar las otras partes del cuerpo.

Mientras tanto, el agresor había recuperado la conciencia. Se puso de pie, miró a Joe y negó con la cabeza como si estuviera alucinando. Se echó a reír y levantó la pistola, que se le escapó de la mano y fue a estrellarse contra la carcasa de la máquina, a centímetros de Joe.

Joe torció el cuerpo y alargó la mano tratando de cogerla, pero el arma seguía pegada a la máquina y fuera de su alcance.

El matón pareció sorprendido, pero pronto se sobrepuso. Sacó una segunda arma, un cuchillo corto triangular conectado a un puño americano. Metió los dedos en los orificios, cerró con fuerza la mano y empezó a avanzar hacia Joe.

—Quizá podemos hablar de esto —dijo Joe—. Estoy pensando que necesitas ayuda, ¿verdad? Quizá una póliza médica mejor. Quizá alguna con cobertura de salud mental.

—Me parece que lo mejor es que aceptes lo inevitable —respondió el hombre—. Así va a ser más fácil.

—Más fácil para ti, tal vez.

El hombre arremetió, pero Joe arrancó un pie de la máquina y le lanzó una patada a la cara.

El golpe lo sorprendió y lo echó hacia atrás. Reaccionó con rabia y levantó el brazo, preparándose para hacer un profundo agujero mortal en el pecho de Joe. Entonces la puerta se abrió a sus espaldas. En ella apareció Kurt con un soporte para gotero en la mano. Lo arrojó hacia ellos y la varilla metálica voló y atravesó el cuerpo del hombre como una jabalina, clavándolo contra la máquina, al lado de Joe.

Joe observó mientras los ojos del agresor se apagaban y después centró su atención en Kurt.

—Ya era hora de que llegaras. Por un momento pensé que ibas a estar todo el día haciendo de escarabajo patas arriba.

Joe vio una abolladura en la parte superior del casco y la sangre que corría por la cara de Kurt detrás del agrietado protector facial de acrílico.

—Me había quedado fuera de combate —dijo Kurt—. Pero pensé que no había necesidad de apresurarse. Sabía que te encontraría por ahí.

Una sonrisa de satisfacción cruzó el rostro de Joe.

—No pudiste resistir, ¿verdad?

—Fue demasiado fácil.

—Bueno, te conviene no acercarte más, si no quieres terminar como un imán de nevera aquí a mi lado.

Kurt se quedó junto a la puerta, con las manos en la jamba para no ser arrastrado. Miró a su alrededor. A la izquierda, detrás de una pared de plexiglás, la sala de control del escáner estaba vacía.

—¿Cómo lo apago?

—No se puede apagar —dijo Joe—. Los imanes funcionan sin interrupción. En el hospital donde trabajé en El Paso, quedó una silla de ruedas pegada a uno de estos aparatos. Hicieron falta seis tipos para arrancarla.

Kurt asintió sin dejar de aferrar la jamba. Tenía toda su atención en el hombre que había intentado matarlos a los dos.

—¿Qué problema crees que tiene?

—¿Aparte de la lanza que le asoma del pecho?

—Sí, aparte de eso —respondió Kurt.

—Ni idea —dijo Joe—. Aunque me parece raro que lo único que se moviera en esta isla fuera un loco desquiciado que quería matarnos sin razón aparente.

—¿Que te sorprende? —dijo Kurt—. De alguna manera, yo ya me he acostumbrado. Parece que estas cosas nos suceden. Pero lo que más me llama la atención es su atuendo, o su falta de atuendo. Nosotros sudamos los kilos de más en nuestra mejor imitación de traje resistente a productos químicos y él anda por ahí con ropa de calle y sin máscara.

—Quizá se haya limpiado la atmósfera —dijo Joe—. Eso significa que puedo...

—No te arriesgues —ordenó Kurt, levantando una mano—. No te quites ese equipo hasta que estemos seguros. Voy a llevarle el oxígeno a esa doctora Ambrosini. Veré si tiene idea de lo que pasó.

—Te ayudaría —dijo Joe—, pero...

Kurt sonrió.

—Sí, ya sé, estás un poco pegado.

—Debe de ser por el magnetismo de mi personalidad —comentó Joe.

Kurt soltó una carcajada y permitió que Joe tuviera la última palabra. Después se alejó por el pasillo.

# 9

Renata Ambrosini estaba sentada en el suelo de la sala de operaciones, de espalda a la pared, esperando impotente. Una situación a la que no estaba acostumbrada y que no le gustaba.

Con respiraciones cortas para conservar lo que quedaba de oxígeno en aquel sitio cerrado, se pasó los dedos por el exuberante pelo de color caoba, acomodándolo para rehacer la cola de caballo que lo mantenía en su lugar. Estiró y alisó la tela de la bata de laboratorio e hizo todo lo posible para no pensar en el reloj ni en el impulso casi incontrolable de arrancar el precinto de la puerta y abrirla de par en par.

El bajo nivel de oxígeno hacía que le doliera el cuerpo y le embotaba la mente, pero tenía claras sus prioridades. Dentro de la sala el aire era malo; en el exterior era mortal.

Originaria de la Toscana, Renata se había criado en varias partes de Italia, a las que viajaba acompañando a su padre, especialista que trabajaba para los carabineros. Su madre había sido asesinada durante una ola de crímenes cuando Renata apenas tenía cinco años, por lo que su padre se había convertido en justiciero, y la arrastraba por todo el país organizando unidades especiales de lucha contra el crimen organizado y la corrupción.

Heredera del coraje y la determinación de su padre y de la apariencia clásica de su madre, Renata había asistido con una beca a la facultad de medicina, donde se graduó con la mejor calificación, y trabajó algún tiempo como modelo para pagar las cuentas. En general, prefería la sala de urgencias a la pasarela. Para empezar, la vida de modelo implicaba que los demás la juzgaran, situación que no soportaba. Además, apenas tenía la estatura suficiente, incluso para una modelo europea, y su curvilíneo metro sesenta era poco adecuado para ser utilizado como percha andante.

En un esfuerzo por conseguir que los demás la tomaran en serio, llevaba el pelo recogido, usaba poco maquillaje y con frecuencia se ponía unas gafas que no la favorecían y en realidad no necesitaba. Pero a los treinta y cuatro años, con piel suave y aceitunada y unos rasgos que recordaban a una joven Sophia Loren, todavía sorprendía a sus colegas hombres mirándola con frecuencia.

Había decidido entonces asumir un oficio más duro, que la llevó a Lampedusa y que no dejaría lugar a dudas de quién era y qué se proponía. Aunque después del ataque se preguntaba si sobreviviría a esta última misión.

Espera, se dijo.

Volvió a aspirar el aire viciado y luchó contra el cansancio provocado por las altas concentraciones de dióxido de carbono. Miró el reloj. Habían pasado casi diez minutos desde la conversación con el estadounidense.

—¿Por qué tardarán tanto? —preguntó un joven técnico de laboratorio sentado a su lado.

—Quizá no funciona el ascensor —bromeó ella; después, cansinamente, se obligó a levantarse y fue a ver cómo estaban los demás.

Todas las personas que había logrado acorralar al comienzo del ataque abarrotaban la sala, incluida una enfermera, un técnico de laboratorio, cuatro niños y doce pacientes adultos con diversos achaques. Había entre ellos tres inmigrantes que acababan de llegar en un destartalado bote de remos desde la costa de Túnez tras sobrevivir al sol abrasador, al coletazo de una tormenta y a un par de ataques de tiburones cuando se vieron obligados a nadar los últimos quinientos metros. Parecía injusto, después de todo eso, que murieran envenenados por dióxido de carbono en el quirófano del hospital que había sido su salvación.

Como varios pacientes no respondían, cogió la última botella de oxígeno portátil. Abrió la válvula pero no oyó nada. Estaba vacío.

La botella se le cayó de la mano, golpeó contra el suelo y rodó hasta la pared de enfrente. Nadie a su alrededor reaccionó. Estaban perdiendo el conocimiento, entrando en un sueño profundo que pronto podría terminar en daño cerebral o muerte.

Avanzó a tropezones hacia la puerta, puso la mano en la cinta adhesiva y trató de despegarla. No tenía fuerzas suficientes.

«Concéntrate, Renata —se exigió—. Concéntrate.»

En la sala de al lado apareció una figura borrosa. Un hombre con una especie de uniforme. Su mente cansada pensó que parecía un astronauta. O quizá un alienígena. O simplemente una alucinación. Que aparentara desaparecer de repente no hizo más que confirmar su última suposición.

Agarró la cinta y empezó a tirar. Entonces oyó un grito.

—¡No!

La soltó. Cayó de rodillas y después de lado. Tendida en el suelo, vio que a través del plástico, por debajo de la puerta, asomaba un delgado tubo que silbaba como una serpiente, y por un segundo eso fue lo que creyó que era.

Entonces se le empezó a despejar la mente. Entraba oxígeno, oxígeno frío y puro.

Despacio al principio, pero luego con creciente velocidad, empezaron a desaparecer las telarañas. Sintió un subidón, doloroso pero grato. Inhaló profundamente mientras un escalofrío le recorría el cuerpo y la adrenalina le golpeaba como una ola.

Asomó un segundo tubo y el flujo se duplicó. Renata se apartó para que el oxígeno les llegara a los demás.

Cuando tuvo fuerzas suficientes, se levantó y apoyó el rostro en la ventana de la puerta. El astronauta de naranja reapareció, y fue hasta el intercomunicador de la pared del fondo. Al lado de Renata, el altavoz cobró vida con un tono estridente.

—¿Están todos bien?

—Creo que nos vamos a salvar —dijo ella—. ¿Qué le pasó en la cabeza? Está sangrando.

—Un puente demasiado bajo —dijo Kurt.

Renata recordó haber oído disparos. Le había parecido que era una fantasía, o incluso una alucinación.

—Oímos disparos —comentó—. ¿Alguien lo atacó?

Kurt se puso más serio.

—La verdad es que sí.

—¿Qué aspecto tenía? —preguntó Renata—. ¿Estaba solo?

Su salvador cambió de postura y se endureció un poco.

—Que yo sepa, sí —dijo, ya sin tratar de ser gracioso—. ¿Esperaban problemas de algún tipo?

La mujer vaciló. Quizá ya había hablado demasiado. Pero si aparecían más peligros, el hombre que tenía delante era el único que podría defenderlos hasta la llegada de las fuerzas italianas.

—Yo solo... —empezó a decir ella, y entonces cambió de táctica—. Todo esto es muy confuso.

Lo veía estudiarla a través de la visera agrietada y la ventana de la puerta. La distorsión bastaba para que no pudiera leerle con claridad la expresión, pero sentía que la estaba escrutando. Como si pudiera atravesarla con la mirada.

—Tiene razón —dijo él finalmente—. Muy confuso. En todos los sentidos.

Por el tono supo que en parte se refería a ella. Era poco lo que podía hacer ahora, aparte de callarse y disimular. Ese hombre le había salvado la vida, pero no tenía ni idea de quién era en realidad.

# 10

*Aeropuerto Nacional Reagan, Washington D. C.*
*5.30 horas*

El vicepresidente James Sandecker encendió un puro con un encendedor Zippo de plata que había comprado en Hawai hacía casi cuarenta años. Tenía muchos otros encendedores, algunos de ellos muy caros, pero el baqueteado Zippo, gastado en algunos sitios por el roce de los dedos, era su favorito. Le recordaba que algunas cosas estaban hechas para durar.

Dio una calada al puro, disfrutando del aroma, y luego exhaló un anillo de humo asimétrico. Recibió unas miradas furtivas. No estaba permitido fumar en el Air Force Two, pero nadie se lo iba a decir al vicepresidente. Sobre todo después de haber estado esperando en la pista de rodaje, perdiendo el tiempo, cuando se suponía que debían estar volando rumbo a Roma para una cumbre económica.

La verdad era que la demora solo había sido de diez o a lo sumo quince minutos, pero el Air Force One y el Air Force Two jamás esperaban en tierra a menos que hubiera un problema mecánico. Y si ese fuera el caso, el Servicio Secreto habría obligado a los pilotos a regresar y habría sacado al vicepresidente del avión hasta que lo hubieran reparado.

Sandecker se quitó el puro de la boca y miró a Terry Carruthers, su ayudante. Terry era un hombre de Princeton, muy agudo, que nunca dejaba un trabajo a medias y que cumplía magníficamente las órdenes. De hecho, las cumplía demasiado bien, pensaba Sandecker, ya que tomar la iniciativa no parecía formar parte de su vocabulario.

—Terry —llamó Sandecker.

—Sí, señor vicepresidente.

—No esperaba en una pista desde la época en la que usaba vuelos comerciales —explicó Sandecker—. Y para darte una idea de cuánto tiempo hace, Braniff era el mayor fenómeno del momento.

—Eso es interesante —comentó Terry.

—Sí, ¿verdad? —dijo Sandecker con una voz que parecía sugerir otra cosa—. ¿Por qué crees que nos hemos retrasado? ¿Por el estado del tiempo?

—No —dijo Carruthers—. El tiempo era perfecto en toda la costa este la última vez que miré.

—¿Habrán perdido las llaves los pilotos?

—Lo dudo, señor.

—Bueno... Quizá no recuerden el camino a Italia.

Carruthers ahogó una risita.

—Estoy seguro de que tienen mapas, señor.

—Está bien —dijo Sandecker—. Entonces, ¿por qué crees que la segunda persona más importante de Estados Unidos se está enfriando los talones en la pista de rodaje cuando debería estar volando por el cielo despejado?

—Bueno, la verdad es que no lo sé —tartamudeó Carruthers—. He estado aquí con usted todo el tiempo.

—Sí, ¿verdad?

Hubo una breve pausa, mientras Carruthers procesaba lo que Sandecker quería decirle.

—Voy a la cabina a averiguarlo.

—Hazlo —ordenó Sandecker—, o tendré un ataque de cólera de nivel tres y te pondré a cargo de una revisión a escala nacional de todo el sistema de control del tráfico aéreo del país.

Carruthers se quitó el cinturón de seguridad y salió como un tiro. Sandecker dio otra calada al puro y notó que los dos agentes del Servicio Secreto asignados a la cabina trataban de contener la risa.

—Esto —dijo Sandecker— es lo que yo llamo un momento de enseñanza de primer nivel.

Un instante después, el teléfono del brazo del asiento de Sandecker empezó a parpadear. Sandecker lo cogió.

—Señor vicepresidente —dijo Carruthers—. Nos acaban de informar acerca de un incidente en el Mediterráneo. Se ha producido un ataque terrorista en una pequeña isla frente a la costa de Italia que ocasionó algún tipo de explosión tóxica. En este momento están desviando todo el tráfico aéreo e impidiendo la salida de nuevos aviones.

—Entiendo —dijo Sandecker, recuperando la seriedad. Algo en la voz de Carruthers sugería que eso no era todo—. ¿Algún otro detalle?

—Solo que la primera noticia del incidente fue enviada por su antiguo equipo, la NUMA.

Sandecker había fundado la NUMA y había guiado la organización la mayor parte de su existencia antes de aceptar la oferta para convertirse en vicepresidente.

—¿La NUMA? —preguntó—. ¿Por qué habrán sido los primeros en saberlo?

—No estoy seguro, señor vicepresidente.

—Gracias, Terry —dijo Sandecker—. Será mejor que vuelvas y te sientes.

Carruthers colgó y Sandecker llamó de inmediato al oficial de comunicaciones.

—Póngame en contacto con la sede de la NUMA.

Al cabo de solo unos segundos Sandecker estaba hablando con Rudi Gunn, director adjunto de la NUMA.

—Rudi, soy Sandecker —dijo—. Tengo entendido que estamos metidos en un incidente en el Mediterráneo.

—Correcto —contestó Rudi.

—¿Es Dirk?

Dirk Pitt era ahora el director de la NUMA, pero durante el mandato de Sandecker como director, Pitt había sido su principal activo. Incluso ahora pasaba más tiempo sobre el terreno que en la oficina.

—No —dijo Rudi—, Dirk está en América del Sur con otro proyecto. En este momento son Austin y Zavala.

—Si no es uno, es el otro —lamentó Sandecker—. Dame los detalles que tengas.

Rudi explicó lo que sabían y lo que no sabían, y después indicó que ya había tenido una conversación con un oficial de alto rango de la Guardia Costera italiana y el director de una de las agencias de inteligencia italianas. Aparte de eso, poco podía añadir.

—Tampoco he tenido noticias de Kurt o de Joe —admitió Rudi—. El capitán del *Sea Dragon* dijo que desembarcaron hace horas. Desde entonces, no sabemos nada.

Otra persona se preguntaría qué clase de locura podría haber llevado a dos hombres a entrar en una zona tóxica con solo un equipo de protección improvisado, pero Sandecker había reclutado a Austin y Zavala precisamente porque eran esa clase de hombres.

—Si alguien sabe cómo cuidarse, son ellos —dijo.

—De acuerdo —convino Rudi—. Lo mantendré informado si lo desea, señor vicepresidente.

—Te lo agradeceré —dijo Sandecker mientras los motores empezaban a acelerar—. Parece que nos estamos poniendo en marcha. Cuando hables con Kurt y Joe, diles que voy para allí, y que si no reaccionan enseguida tendré que ir a controlarlos en persona.

Por supuesto, todo era en broma, pero se trataba de un sutil estímulo que Sandecker siempre había sabido dar muy bien.

—Se lo diré, señor vicepresidente.

El tono de la voz de Rudi era más positivo de lo que había sido al principio.

Sandecker colgó cuando el avión llegó a la pista y empezó a acelerar con el rugido de los motores. Después de recorrer poco más de dos kilómetros, la nariz del Air Force Two despegó, emprendiendo el largo viaje hacia Roma. Mientras ascendía, Sandecker se recostó en el asiento, preguntándose durante bastante tiempo con qué habrían tropezado Kurt y Joe. Nunca imaginó que sería él, en persona, quien encontraría la respuesta.

# 11

*Buque hospital* Natal
*Mar Mediterráneo*

Kurt, Joe y los demás supervivientes de Lampedusa estaban
sentados al aire libre en la cubierta de un barco de suministro
italiano con una gran cruz roja en la chimenea. Habían sido
evacuados por soldados con trajes de protección química, su-
bidos a helicópteros militares y trasladados al este. La operación se había realizado sin problemas. La parte más difícil había
sido despegar a Joe del escáner de resonancia magnética, pero
después de cortar las partes metálicas de su equipo habían logrado arrancarlo.

Tras las duchas de descontaminación y una batería de
pruebas médicas, les dieron ropa nueva en forma de sobran-
tes de uniformes militares, los llevaron a la cubierta y les ofre-
cieron el mejor café expreso que Kurt recordaba haber bebido.

Después de la segunda taza, literalmente no lograba quedarse quieto.

—Tienes esa mirada en los ojos —dijo Joe.

—Algo me está molestando.

—Quizá la cafeína —comentó Joe—. Has tomado suficiente para poner nervioso a un elefante.

Kurt miró su taza vacía y después volvió a mirar a Joe.

—Echa un vistazo —dijo—. Dime qué ves.

—No tengo nada mejor que hacer —respondió Joe. Miró en todas direcciones—. Cielo azul, agua reluciente. La gente feliz de estar viva. Aunque no dudo de que has encontrado algo que te pone triste.

—Exacto —dijo Kurt—. Lo he encontrado. Estamos todos aquí. Todos los supervivientes. Todos menos la persona que con la que más me interesa hablar: la doctora Ambrosini.

—La miré bien cuando subimos a bordo —dijo Joe, revolviendo el azúcar del café—. Comprendo que quieras volver a verla. ¿A quién no le gustaría jugar a los médicos con esa médica?

No se podía negar que era atractiva, pero Kurt quería hablar con ella por otras razones.

—Lo creas o no, me interesa más su mente.

Joe enarcó una ceja y después, con aire despreocupado, tomó otro sorbo de café, una manera de decir: «Sí, claro».

—Hablo en serio —insistió Kurt—. Quiero hacerle algunas preguntas.

—Empezando por «¿Me da su número de teléfono?» —arriesgó Joe—. Siguiendo por «¿En su camarote o en el mío?».

Kurt no pudo evitar reírse.

—No —insistió—. Dijo algunas cosas raras cuando llegué al quirófano. Parecía saber algo sobre el tipo que intentó matarnos. Por no hablar del hecho de que calificó de ataque el incidente desde el principio, desde la llamada de radio que interceptamos.

Joe ofreció una expresión más calculadora.

—¿Qué quieres decir?

Kurt se encogió de hombros como si fuera obvio.

—Un carguero en llamas cerca de la costa, humo negro que flota sobre la isla, personas que mueren por esa causa: se trata de un desastre. De un accidente. Incluso diría que de una catástrofe. Pero ¿un ataque?

—Son palabras fuertes —convino Joe.

—Tan fuertes como el café —dijo Kurt.

Joe miró a lo lejos.

—Creo que sé a dónde quieres llegar. Y aunque normalmente me gusta ser la voz de la razón, me he estado preguntando cómo sabía que había que reunir a todo un grupo de personas y sellar una habitación con suficiente rapidez para evitar la muerte de todos los demás en el hospital. Hasta para un médico es una respuesta muy rápida.

Kurt asintió.

—Pero es el tipo de respuesta que alguien que espera problemas puede haber tenido ya preparada.

—Un plan de emergencia.

—O el procedimiento operativo estándar.

Kurt miró alrededor. Estaban siendo observados por un trío de marineros italianos. Era una especie de guardia de honor, y los marineros no parecían muy interesados en cumplir con su tarea. Dos de ellos, apoyados en la barandilla, conversaban en voz baja en el otro extremo de la cubierta. El tercer guardia estaba más cerca, fumando un cigarrillo, al lado de una pequeña grúa mecánica.

—¿Crees que puedes distraer a los guardias?

—Solo si prometes escabullirte, armar revuelo y meternos en tantos problemas que decidan arrojarnos al agua —dijo Joe.

Kurt levantó una mano como si estuviera tomando juramento.

—Juro solemnemente.

—Muy bien —dijo Joe, terminando el resto del café—. Allá vamos.

Ante la mirada de Kurt, Joe se levantó y avanzó a paso lento hacia el tercer acompañante, el único que servía porque estaba cerca. Enseguida entablaron conversación, y Joe empezó a hacer ademanes para distraerlo.

Kurt se puso de pie y echó a andar. Se metió entre las sombras junto a una escotilla cerrada y se apoyó contra el mamparo. Cuando Joe señaló hacia algo en lo alto de la superestructura, el guardia inclinó la cabeza y miró bizqueando a la luz del sol mientras Kurt levantaba la escotilla, se metía por ella y la cerraba en silencio.

Por fortuna, el pasillo estaba vacío. No le sorprendió. El buque de abastecimiento era grande, de doscientos metros de eslora, sobre todo espacio vacío, tripulado quizá por menos de doscientos hombres. La mayoría de los pasillos estarían vacíos, y el verdadero reto era encontrar el que lo llevaría a la enfermería, donde sospechaba que estaría la doctora Ambrosini.

Empezó a avanzar hacia la proa, donde se habían realizado los procedimientos de descontaminación y las pruebas. La enfermería tenía que estar cerca. Si la encontraba, llamaría a la puerta y fingiría dolor de garganta o quizá apendicitis. Algo que no hacía desde sus tiempos de estudiante para evitar ir a la escuela.

Cogió una pequeña caja de repuestos que había quedado fuera del taller de máquinas. Años en la armada y viajando por todo el mundo con la NUMA le habían enseñado muchas cosas; una de ellas, que si no quieres que alguien te pare y te dé conversación, debes apretar el paso, evitar el contacto visual y, si es posible, llevar algo en la mano que parezca que debe entregarse lo antes posible.

La táctica funcionó a las mil maravillas, y pasó junto a un grupo de marineros que ni lo miraron. Desaparecieron a sus espaldas cuando Kurt encontró una escalera y bajó un nivel antes de seguir adelante.

Todo iba bien hasta que se dio cuenta de que estaba perdido. En vez del centro médico, lo que encontraba era despensas y compartimientos cerrados con llave.

«Vaya explorador», se dijo por lo bajo. Mientras trataba de orientarse, bajaron por la escalera un hombre y una mujer con bata blanca, hablando en voz baja entre ellos.

Kurt los dejó pasar y después los siguió.

«La primera regla si uno se pierde —reflexionó—, es ir detrás de alguien que parezca que sabe a dónde va.»

Descendió con ellos otros dos tramos de escaleras y después los siguió a lo largo de otro pasillo hasta que desaparecieron por una escotilla que con suavidad se cerró a sus espaldas.

Al acercarse, Kurt aflojó el paso. No veía nada en la puerta que hiciera pensar en otra cosa que otra despensa, pero cuando la entreabrió y echó una mirada furtiva, descubrió lo equivocado que estaba.

Se extendía ante él una sala cavernosa, iluminada desde lo alto por frías luces blancas. Parecía una bodega de carga, pero estaba vacía a excepción de cientos y cientos de cuerpos tendidos sobre catres o colchonetas colocados en el frío suelo de acero. Algunos llevaban trajes de baño, como si hubieran sido recogidos de la playa, otros informales pantalones cortos y camisetas, y otros ropa más formal, incluidas batas grises desechables como las que Kurt había visto usar al personal del hospital. Ninguno de ellos se movía.

Kurt abrió la puerta, entró y fue hacia el montón de cuerpos. No era esa presencia allí lo que lo sorprendía: después de todo, alguien tenía que recoger a los muertos y los helicópteros habían estado despegando y aterrizando todo el día. Lo sorprendía el hecho de que muchas de las víctimas tenían ahora conectados electrodos, monitores y otros instrumentos. Algunas tenían puestas vías intravenosas, y otras estaban siendo pinchadas y hurgadas por el personal médico.

Una figura sufrió unos espasmos cuando un técnico le aplicó electricidad, y al quitársela quedó inmóvil.

Durante un rato nadie se fijó en Kurt; al fin y al cabo, andaba vestido como un miembro de la tripulación, y ellos estaban demasiado ocupados. Pero al avanzar por la sala y reconocer a Cody Williams y a otros dos miembros del equipo de la NUMA, Kurt se delató. A uno de ellos le estaban inyectando algo mientras le retiraban un grupo de electrodos de la cabeza. A Cody le aplicaban el tratamiento de choque.

—¡¡Qué demonios pasa aquí!? —gritó Kurt.

Una docena de rostros se volvieron hacia él. De repente, todo el mundo supo que no pertenecía al grupo.

—¿Quién es usted? —preguntó uno de ellos.

—¿Quién diablos es *usted*? —preguntó Kurt—. ¿Y qué experimentos morbosos están haciendo con estas personas?

La voz atronadora de Kurt retumbó en la cavernosa bodega. Su colérica reacción sobresaltó el personal médico. Algunos cuchichearon. Alguien le dijo algo que sonaba a alemán, mientras otro gritaba llamando a la guardia de seguridad.

Al instante apareció un grupo de policías militares italianos que avanzaron hacia él desde ambos lados.

—Usted, quienquiera que sea, no está autorizado a estar en este lugar —dijo uno de los médicos, en un inglés con un acento que no era italiano; a Kurt le sonó a francés.

—Sáquenlo de aquí —ordenó otro. Para sorpresa de Kurt, ese médico parecía salido de Kansas o de Iowa.

A pesar de la advertencia, Kurt dio un paso adelante, acercándose al personal de la NUMA sobre el que parecía que estaban haciendo experimentos. Quería ver qué hacían a su gente e impedirlo. Los policías lo detuvieron. Porras en la mano. Pistolas Taser en la cadera.

—Métanlo en el calabozo —gruñó otro médico—. Y, por el amor de Dios, garanticen la seguridad en el resto del barco. ¿Cómo demonios se supone que vamos a trabajar de esta manera?

Antes de que pudieran llevarse a Kurt, intervino una voz de mujer.

—¿De verdad cree que es necesario poner grilletes a nuestro héroe y enterrarlo en el fondo de la bodega?

Eran palabras en inglés pero con acento italiano, y pronunciadas con la mezcla perfecta de autoridad y sarcasmo para asegurarse de que fueran cumplidas. Pertenecían a la doctora Ambrosini, que ahora estaba en una pasarela por encima de ellos.

Con la gracia de una bailarina, bajó por una escalera y atravesó la bodega de carga hasta donde estaban, cara a cara, Kurt y los policías.

—Pero, doctora Ambrosini... —se quejó uno de los médicos extranjeros.

—Pero nada, doctor Ravishaw. Me salvó la vida y la vida de otras dieciocho personas, y nos ha dado la mejor pista sobre el origen de este problema desde el comienzo de nuestra investigación.

—Esto es muy irregular —dijo el doctor Ravishaw.

—Sí —respondió ella—. De hecho, sí lo es.

Kurt escuchó con placer el intercambio verbal y advirtió que, irónicamente, la doctora Ambrosini era la persona más pequeña de la sala, pero que sin lugar a dudas dominaba la situación. Parecía realmente contenta de ver a Kurt, cuya ira, sin embargo, no se aplacaba solo con sonrisas y buen trato.

—¿Quiere decirme qué pasa aquí?

—¿Podemos hablar en privado?

—Me encantaría —dijo Kurt—. Dígame dónde.

La doctora Ambrosini fue hasta a una pequeña oficina al lado de la bodega de carga. Kurt la siguió y después de entrar cerró la puerta. Por su aspecto, la oficina funcionaba como intendencia, pero claramente el personal médico se había apropiado de ella.

—En primer lugar —dijo—, quiero darle las gracias por salvarme.

—Parece que acaba de devolverme el favor.

La doctora Ambrosini soltó una carcajada, se apartó un mechón de pelo de la cara y se lo acomodó detrás de la oreja.

—Dudo mucho de que lo haya salvado de algo —dijo—. Lo más probable es que haya salvado a esos pobres policías de una dolorosa refriega que, como mínimo, les habría lastimado el ego.

—Creo que me sobreestima —comentó Kurt.

—Lo dudo —respondió ella, cruzando los brazos sobre el pecho y apoyándose en el borde de la mesa.

Un buen piropo. Quizá cierto a medias, pero Kurt no estaba allí para intercambiar cumplidos.

—¿Podemos llegar a la parte en la que me cuenta por qué esos matasanos andan haciendo experimentos con mis amigos muertos?

—Esos matasanos son mis amigos —dijo ella a la defensiva.

—Por lo menos están vivos.

La doctora Ambrosini aspiró hondo, como si dudara de cuánto debía decir, y después exhaló.

—Sí —dijo—. Entiendo su molestia. Sus amigos, al igual que todos los habitantes de la isla, han sufrido bastante. Pero necesitamos descubrir...

—¿Qué tipo de toxina los mató? —dijo Kurt, interrumpiéndola—. Me parece una gran idea. Pero, si no me equivoco, creo que eso se hace mediante análisis de sangre y de muestras de tejidos. Y ya que estamos, quizá convendría que alguien analizara el humo que salía de ese carguero. No obstante, a menos que usted me explique algo que se me escapa, ¿qué necesidad hay de realizar ese tratamiento de doctor Frankenstein que acabo de ver por ahí?

—Tratamiento de doctor Frankenstein —repitió la doctora Ambrosini—. Es una descripción muy acertada de lo que están tratando de hacer.

Kurt se sentía desconcertado.

—¿Por qué?

—Porque —dijo la doctora Ambrosini— estamos tratando de resucitar a sus amigos y a todos los demás.

# 12

Por un momento, Kurt se quedó sin palabras.

—Repita eso —fue todo lo que pudo decir.

—Entiendo su sorpresa —dijo la doctora Ambrosini—. Como dijo el doctor Ravishaw, la situación es muy irregular.

—Más bien disparatada —replicó Kurt—. ¿De veras cree que va a reanimar a las personas como si fuera una especie de hechicera?

—No somos necrófagos —contestó ella—. Ocurre que los hombres y las mujeres de la bodega de carga no están muertos. No todavía. Y tratamos desesperadamente de encontrar alguna manera de despertarlos antes de que mueran.

Kurt pensó en lo que ella le decía.

—Revisé a varios personalmente —comentó—. No respiraban. En los recorridos que hice mientras esperaba la llegada del ejército italiano, pasé por delante de salas llenas de pacientes conectados a electrocardiógrafos: a ninguno le latía el corazón.

—Sí —dijo ella—. Estoy al tanto de eso. Pero el hecho es que respiran y su corazón bombea sangre. Solo que su respiración es extremadamente superficial y se produce a intervalos largos, cada algo más de dos minutos de promedio. Su ritmo cardíaco anda por un solo dígito y las contracciones ventriculares son tan débiles que un monitor típico no las detecta.

—¿Cómo puede ser?

—Están en una especie de estado de coma —dijo ella—, algo que nunca habíamos visto. Con un coma normal, ciertas partes del cerebro se apagan. Solo las regiones más primitivas y más profundas siguen funcionando. Se cree que el cuerpo hace eso como mecanismo de defensa, para permitir que el cerebro o el cuerpo se curen. Sin embargo, estos pacientes muestran actividad residual en todas las partes del cerebro, pero son insensibles a cuanto fármaco o estímulo hemos probado hasta el momento.

—¿Podría contármelo con palabras que un lego pueda entender?

—No han sufrido daño cerebral —dijo—, pero no pueden despertar. Si imaginamos que son ordenadores, es como si alguien los hubiera puesto en modo de espera o de reposo, y por mucho que pulsemos la tecla de encendido no logramos hacerlo funcionar de nuevo.

Kurt apenas sabía de fisiología humana lo necesario para meterse en problemas, por lo que decidió hacer preguntas en vez de sacar conclusiones precipitadas.

—Si sus corazones bombean con tan poca fuerza y tan poca frecuencia pequeñas cantidades de sangre, y su respiración es tan esporádica, ¿no corren el riesgo de sufrir falta de oxígeno y daño cerebral?

—Es difícil saberlo —respondió ella—. Pero creemos que funcionan con las constantes vitales al mínimo. Las bajas temperaturas corporales y los bajos niveles de actividad celular significan que sus órganos utilizan muy poco oxígeno. Eso podría querer decir que la respiración superficial y la débil actividad cardiovascular bastan para mantenerlos sanos y para mantener intactos sus cerebros. ¿Ha visto alguna vez sacar del agua helada a alguien que ha estado a punto de ahogarse?

Kurt asintió.

—Hace unos años rescaté un niño y a su perro de un lago congelado. El perro había perseguido a una ardilla sobre el hielo y quedó atascado cuando rompió el hielo con las patas traseras. El niño trató de ayudarlo, pero el hielo se quebró y los dos se hundieron en el agua. Cuando los sacamos, el pobre niño, que había estado sumergido por lo menos siete minutos, estaba azul. Tenía que haber muerto hacía un rato. El perro también tendría que haber muerto, pero los médicos lograron reanimarlos a los dos. El niño estaba bien. No tenía ningún daño cerebral. ¿Hablamos de lo mismo en este caso?

—Esperemos que sí —respondió ella—, aunque la situación no es la misma. En el caso del niño, el agua helada le causó una reacción espontánea en el cuerpo que pudo revertirse al trasladarlo a una temperatura normal. Estas personas no enfrentaron un cambio de temperatura instantáneo; los afectó algún tipo de toxina. Y, al menos hasta ahora, ni calor ni frío, ni descargas eléctricas directas, ni inyecciones de adrenalina, ni nada de nuestro botiquín de Frankenstein ha logrado sacarlos de ese estado.

—Entonces, ¿de qué tipo de toxina hablamos? —preguntó Kurt.

—No lo sabemos.

—Tiene que ser el humo de ese carguero.

—Podríamos pensar que sí —afirmó ella, asintiendo con la cabeza—, pero hemos tomado muestras. No contiene nada más que vapores de petróleo quemado y una ligera mezcla de plomo y amianto, nada diferente de lo que se encontraría en el humo de cualquier incendio a bordo.

—¿Así que el fuego y la nube que envuelve la isla son pura coincidencia? Eso no me convence.

—A mí tampoco —dijo la doctora Ambrosini—. Pero no hay nada en la nube que pueda hacer lo que hemos visto. Como mucho, podría producir irritación ocular, dificultades respiratorias y ataques de asma.

—¿Qué pasa, entonces, si no produjo eso el humo del barco?

La doctora Ambrosini hizo una breve pausa para estudiar a su interlocutor antes de continuar. Kurt sintió que ella había decidido ser más franca.

—Creemos que fue una toxina nerviosa, deliberada o accidentalmente convertida en arma por la explosión. Muchos gases nerviosos son de corta duración. El hecho de que no encontremos ningún rastro de ella en el suelo, en el aire o en muestras de sangre y tejidos de las víctimas nos dice que cualquiera que sea el agente, biológico o químico, no dura más de unas pocas horas.

Kurt veía la lógica de ese razonamiento; sin embargo, quedaban detalles sin explicación.

—Pero ¿por qué utilizar algo así contra un lugar como Lampedusa?

—No tenemos ni idea —dijo—. Así que nos estamos inclinando por el accidente.

Mientras Kurt pensaba en esas palabras, echó un vistazo a la sala. Había términos médicos garabateados en dos pizarras detrás de la mesa de trabajo. Una lista de fármacos que habían probado tachados. También vio un mapa del Mediterráneo con varias chinchetas clavadas. Una señalaba un punto en Libia, otra estaba fijada en una región del norte de Sudán. Otras estaban en Oriente Próximo y en zonas de Europa del Este.

—En su mensaje de radio usted describió esto como un atentado —dijo Kurt, señalando el tablero con la cabeza—. Supongo que sospechaba que era un ataque porque no se trata del primer incidente de este tipo.

La doctora Ambrosini frunció los labios.

—Es usted más observador de lo que le conviene. La respuesta es que sí. Hace seis meses se encontró a un grupo de radicales libios en el mismo estado. Nadie sabía qué les había pasado. Murieron ocho días más tarde. Debido a los lazos históricos de Italia con Libia, mi gobierno se comprometió a estudiar el hecho. Pronto descubrimos incidentes similares en varios hospitales de Libia y después en todos los lugares que ve señalados en el mapa. En cada caso, grupos radicales o figuras poderosas entraban en comas inexplicables y morían. Formamos un grupo de trabajo, adoptamos este barco como laboratorio flotante y empezamos a buscar respuestas.

Kurt agradeció esta explicación.

—¿Qué papel tiene usted en todo esto?

—Soy médica —respondió ella con indignación—. Especialista en neurobiología. Trabajo para el gobierno italiano.

—¿Y estaba en Lampedusa por casualidad cuando se produjo el ataque?

La doctora Ambrosini soltó un suspiro.

—Estaba en Lampedusa observando al único sospechoso que hemos podido vincular con los incidentes. Un médico que trabajaba en el hospital.

—No es de extrañar que supiera cómo protegerse y proteger a los demás —señaló Kurt.

La doctora Ambrosini asintió.

—Cuando has trabajado de lo que yo he trabajado, has visto lo que yo he visto en Siria, Irak y otros lugares, tienes pesadillas en las que la gente se desploma muerta a tus pies, con el cuerpo envenenado por un gas invisible y las células destruidas. Tomas mucha conciencia del entorno. Te vuelves defensivo. Casi paranoico. Y, sí, cuando vi esa nube y que la gente caía al entrar en contacto con ella, supe al instante lo que estaba ocurriendo. Lo supe.

Kurt admiraba esa historia y esos reflejos.

—¿Así que el muerto, el que nos atacó, era su sospechoso? —dijo.

—No —dijo la doctora Ambrosini—. No sabemos quién es. Obviamente, no llevaba ninguna identificación encima. No tiene marcas distintivas y le han quemado las huellas dactilares, supongo que deliberadamente, y no le queda en su lugar más que tejido cicatrizal. No tenemos ningún registro de la llegada a la isla de alguien que coincida con su descripción. Normalmente, eso no sirve de mucho, pero siendo tantos los que llegan a Lampedusa y tramitan solicitudes de inmigración y asilo, todo el mundo queda plenamente documentado, haya aterrizado en el aeropuerto o llegado al puerto o a la costa en una balsa destartalada.

—Pero si el hombre de la pistola no es su sospechoso, ¿quién lo es?

—Un médico llamado Hagen. Trabajaba en el hospital a tiempo parcial. Hagen tiene un pasado turbio. Sabíamos que estaba esperando recibir algo y sabíamos que ese algo llegaría hoy. Lo que no sabíamos era de dónde vendría, quién lo entregaría ni qué sería exactamente. Sin embargo, hemos logrado confirmar su presencia en tres de los lugares durante y antes de la hora de los otros ataques. Creemos, por tanto, que había una relación.

Kurt unió las piezas del rompecabezas.

—Así que el muerto con el arma era el mensajero —dijo—, trayendo el gas nervioso o toxina a ese doctor Hagen, cuando literalmente le explotó en la cara.

—Esa es nuestra teoría —respondió la doctora Ambrosini.

—¿Y qué me dice de Hagen?

—De las casi cinco mil personas de Lampedusa —dijo ella con mirada adusta—, Hagen es el único que está ahora en paradero desconocido. Lo teníamos bajo vigilancia constante, pero por desgracia el equipo quedó tan afectado por la toxina como todos los demás.

Kurt se reclinó en la silla y se quedó mirando el techo hasta clavar la mirada en una línea donde se superponían dos tonos diferentes de pintura, formando un tercer color, más oscuro.

—Entonces una nube mortal cubre la isla y las únicas dos personas en apariencia inmunes a sus efectos son el sospechoso y el hombre que intentó matarnos.

La doctora Ambrosini asintió.

—Correcto. ¿Eso le dice algo?

Claro que sí.

—Tienen una especie de antídoto —dijo Kurt—. Algo que bloquea los efectos paralizantes de la toxina que causa estos estados de coma.

—Es exactamente lo que pensamos —respondió ella—. Por desgracia, ni en la oficina ni en la casa ni en el vehículo de Hagen hemos encontrado nada que nos sirva. Tampoco hemos encontrado nada en la sangre del muerto que nos permita adivinar cuál era el antídoto.

—¿Eso le sorprende? —preguntó Kurt.

—La verdad es que no —contestó ella—. Dado que el gas nervioso era de corta duración, es lógico pensar que el antídoto también tenía corta vida.

Kurt veía ahora todo el desarrollo.

—Así que el antídoto ya ha perdido sus propiedades. Pero si se pudiera encontrar al médico desaparecido, se le podría convencer de que dijera dónde podemos conseguir más.

La doctora Ambrosini ensayó una amplia sonrisa.

—Usted es muy perspicaz, señor Austin.

—Deje de llamarme así —dijo Kurt—. Me hace sentir viejo.

—Kurt, entonces —dijo ella—. Llámame Renata.

Eso le gustaba.

—¿Tienes idea de dónde podría estar escondido el sospechoso?

Renata le lanzó una mirada de soslayo.

—¿Por qué lo preguntas?

—Por nada.

—No estarás planeando ir a buscarlo, ¿verdad?

—Claro que no —dijo Kurt—. Eso parece peligroso. ¿Qué te hizo pensar semejante cosa?

—Ay, no lo sé —dijo ella con timidez—. Solo todo lo que te he visto hacer hasta el momento, sumado a una conversación que tuve con el Director Adjunto de la Agencia Nacional de Actividades Subacuáticas poco antes de que te metieras en mi sala médica provisional.

Kurt hizo un gesto cómico.

—¿Has hablado con mi jefe?

—Rudi Gunn —dijo Renata—. Sí. Un hombre encantador. Me dijo que quizá te ofrecerías a ayudar. Y que si rechazaba tu oferta, te involucrarías de todos modos y que lo más probable era que lo echases todo a perder.

Ahora Renata lucía una sonrisa permanente; estaba tan contenta con el rumbo de la conversación que Kurt adivinó con facilidad lo que había ocurrido.

—A ver, ¿por cuánto me vendió?

—Me temo que te vendió por una canción.

—¿*O sole mio*?

—No solo por eso —contestó—. Añadió, como plus, al señor Zavala.

Kurt fingió indignación por haber sido traspasado a los italianos como si fuera un jugador de fútbol de las ligas menores, pero estaba más que feliz con el acuerdo.

—Así que me pagan en euros o...

—Satisfacción —dijo Renata—. Vamos a buscar a las personas que hicieron esto y vamos a impedir que hagan lo que están preparando. Y si tenemos suerte, podremos utilizar, para sacar a las víctimas del coma, el antídoto que impidió que Hagen y el asaltante sucumbieran a la toxina.

—No podría pedir una mejor compensación —comentó Kurt—. ¿Por dónde empezamos?

—Por Malta —dijo ella—. Hagen viajó allí tres veces el mes pasado.

Renata abrió un cajón, cogió una carpeta y sacó de ella unas fotos de vigilancia que le entregó a Kurt.

—Se reunió con este hombre varias veces. Hasta tuvo una fuerte discusión con él la semana pasada.

Kurt estudió la foto. Mostraba a un hombre de aspecto académico con una chaqueta de tweed con coderas. Estaba sentado en un café al aire libre, hablando con tres hombres. Más bien parecía que estaba rodeado.

—El del centro es Hagen —señaló Renata—. De los otros dos, no estamos seguros. Serán su séquito, supongo.

—¿Quién es el tío con aspecto de profesor?

—El director del Museo Oceánico Maltés.

—No entiendo —dijo Kurt—. Los directores de museo no suelen reunirse con terroristas y traficantes de gas nervioso y armas biológicas. ¿Estás segura de que existe una relación?

—No estamos seguros de nada —admitió Renata—. Salvo que Hagen se ha reunido de forma regular con este hombre, decidido a comprar algunos artefactos que el museo va a subastar después de una fiesta de gala dentro de dos días.

A Kurt no le gustaba nada.

—Todo el mundo tiene sus aficiones —dijo—. Hasta los terroristas.

Renata se sentó.

—Hagen no tiene el de coleccionar artefactos antiguos. Nunca ha mostrado interés en eso. Hasta ahora.

—De acuerdo —dijo Kurt—. Pero no sería tan estúpido como para volver allí.

—Eso es lo que pensé —respondió ella—. Solo que alguien acaba de meter doscientos mil euros en la cuenta que Hagen tiene en Malta. Una cuenta que abrió el día después de reunirse con el director del museo. La Interpol confirmó la transacción, que se inició unas horas *después* del incidente de Lampedusa.

Kurt le veía la lógica. Era algo que no se podía negar. El tal doctor Hagen estaba vivo, había huido de Lampedusa y después había transferido el dinero a la cuenta de Malta. Por la razón que fuera, parecía que el médico fugitivo volvía allí para reunirse de nuevo con el director del Museo Oceánico Maltés.

—La pregunta, entonces —dijo ella, cerrando la carpeta y cruzando las piernas—, es ¿te importaría ir a echar un vistazo?

—Haré más que echar un vistazo —prometió Kurt.

Eso le valió una expresión de agradecimiento.

—Te veré allí cuando tenga la seguridad de que todos los pacientes están adecuadamente hospitalizados y atendidos. Tengo que pedirte que no hagas nada hasta que yo llegue.

Kurt se levantó, sonriendo.

—Observar e informar —comentó—. Puedo hacer eso.

Ambos sabían que mentía. Si veía a Hagen, Kurt le echaría mano, aunque tuviera que hacerlo en plena calle.

# 13

*Desierto Blanco de Egipto, diez kilómetros
al oeste de las pirámides
11.30 horas*

Las palas de un helicóptero alteraron la tranquilidad del Desierto Blanco: un SA-342 Gazelle de fabricación francesa pasó a toda velocidad, a doscientos metros de altura, por encima de las dunas festoneadas.

El helicóptero, pintado con un dibujo de camuflaje para el desierto, era un modelo antiguo. Había pertenecido a los militares egipcios antes de su traspaso, por un precio insignificante, al propietario actual. Al atravesar la mayor de las imponentes dunas, se inclinó de lado y desaceleró.

El extraño estilo de vuelo le permitía a Tariq Shakir ver a un grupo de vehículos de carrera que allá abajo avanzaban por la arena abrasadora. Había siete en total, pero solo cinco se movían. Dos de los vehículos habían chocado de mala manera y estaban atascados en una depresión entre las dos últimas dunas.

Shakir levantó las costosas gafas de espejo y se llevó a los ojos un par de prismáticos.

—Dos están eliminados —dijo a otro pasajero—. Que vayan a recogerlos. El resto sigue compitiendo bien.

Los vehículos restantes treparon a la última e inmensa duna, rayando la superficie lisa, escupiendo arena con los neumáticos, forzando hasta el límite la tracción de cuatro por cuatro. Uno de ellos parecía haber dejado atrás al pelotón, quizá por haber encontrado arena más firme y un mejor camino hacia la cima.

—El número cuatro —informó una voz a Shakir por los auriculares—. Te dije que no lo vencerían.

Shakir echó un vistazo al lado trasero de la cabina del helicóptero. Iba allí sentado un hombre bajo con uniforme negro, sonriendo de oreja a oreja.

—No estés tan seguro, Hassan —le advirtió Shakir—. La victoria no siempre es de los más rápidos.

Dicho eso, Shakir pulsó el interruptor de la radio.

—Llegó la hora —dijo—. Permite que los demás lo alcancen y después apágalos a todos. Veremos quién tiene agallas y quién es proclive a ceder.

Recibió esa llamada un coche que iba por detrás del grupo de corredores. Un técnico que la escuchó cumplió las órdenes, tecleando rápidamente en el ordenador portátil antes de pulsar la tecla INTRO.

Allá en las dunas, el todoterreno que iba a la cabeza empezó a echar humo. Enseguida perdió velocidad y después se detuvo por completo. Los demás empezaron a acortar la distancia, separándose y preparándose para adelantar al desafortunado conductor y llegar al otro lado de la duna, a la línea de meta de esa extraña carrera, culminación de un agotador mes de pruebas para ver a quién escogería Shakir para meterlo en el nivel superior de su creciente organización.

—Eres muy injusto —gritó Hassan desde la parte trasera de la cabina.

—La vida es injusta —respondió Shakir—. En todo caso, he nivelado el campo de juego. Ahora veremos quién es hombre de verdad y quién es indigno.

En la arena, los otros vehículos se pararon en rápida sucesión y pronto el rugido de los motores y el chirrido de las transmisiones fue reemplazado por maldiciones y portazos. Los conductores, empapados en sudor, vestidos con ropa sucia y con aspecto de haber pasado por la guerra o por el infierno, o por ambos, bajaron de las máquinas con aturdida incredulidad.

Uno abrió el capó de su vehículo para ver si podía solucionar el problema. Otro pateó la carrocería, dejando una desagradable abolladura en la chapa metálica del caro todoterreno Mercedes. Otros cometieron actos de frustración similares. La fatiga y el cansancio parecían haberles minado la fortaleza mental.

—Van a abandonar —dijo Shakir.

—No todos —comentó Hassan.

Abajo, en la arena, uno de los hombres había tomado la decisión que Shakir esperaba. Había mirado a los demás, calculado la distancia a la cima de la duna y echado a correr.

Pasaron varios segundos antes de que los otros se dieran cuenta de lo que pretendía: terminar la carrera a pie y ganar el premio. La meta no quedaba a más de quinientos metros, y alcanzada la cresta casi todo sería cuesta abajo.

Los otros corrieron detrás y pronto hubo cinco hombres trepando por la duna, alcanzando la cresta y bajando por el otro lado.

En cierto modo costaba más bajar que subir por la suave arena. El viento había dado a la duna la forma de una empinada ola, y dos hombres tropezaron, cayeron y empezaron a rodar sin control. Uno de ellos comprendió que podía ir más rápido si se dejaba resbalar, y cuando llegó a la parte más escarpada se lanzó al aire y se deslizó sobre el estómago unos sesenta metros.

—Tendremos, después de todo, a un ganador —dijo Shakir a Hassan. Luego se volvió hacia el piloto—. Llévanos a la línea de meta.

El helicóptero giró y descendió, siguiendo una larga cicatriz diagonal que recorría el desierto en línea recta. Se conocía esa cicatriz como el oleoducto de Zandri. Una estación de bombeo situada en la base servía de línea de meta de la carrera.

El Gazelle aterrizó al lado, levantando una pequeña tormenta de arena y polvo. Shakir se quitó los auriculares y abrió la portezuela. Bajó de la cabina y sin levantar la cabeza fue hacia unos hombres con uniforme negro de fajina similar al de Hassan.

En otro tiempo y en otro lugar, Shakir podría haber sido una estrella de cine. Alto y delgado, con cara bronceada, pelo castaño grueso y mandíbula cuadrada y sólida que bien podría resistir la patada de un camello, tenía el atractivo de los amantes de la naturaleza curtidos por el sol. Exudaba confianza. Y aunque llevaba el mismo uniforme que quienes lo acompañaban, su porte lo destacaba como un rey entre plebeyos.

En los últimos años, Shakir había pertenecido a la policía secreta egipcia. Bajo el régimen de Mubarak, que había gobernado Egipto durante treinta años, como segundo jefe del servicio había dado caza a los enemigos del gobierno y contenido la marea de los insurgentes hasta la llegada de la llamada Primavera Árabe, que puso a Egipto patas arriba y marcó el comienzo de lo que Shakir y otros como él consideraban una época de caos. Años más tarde, aquel caos apenas empezaba a disminuir, con no poca ayuda de Shakir y algunos más, que reconstruían la estructura de poder del país desde su nuevo lugar en las sombras de la industria privada.

Valiéndose de las habilidades que había perfeccionado al servicio de su país, Shakir había construido una organización llamada Osiris. Con ella se había hecho rico. Y si bien no era una organización delictiva en el sentido estricto, hacía los negocios con cierto brío y reputación. Si el cronograma no le fallaba, Osiris pronto controlaría no solo Egipto sino la mayor parte de África del Norte.

Por el momento se centraba en la carrera, el final de una

ardua competencia que enfrentaba a veinte hombres por la oportunidad de entrar en su unidad especial secreta. Ya tenía decenas de hombres y mujeres distribuidos por África del Norte y por Europa, pero para triunfar necesitaba más, necesitaba sangre nueva, reclutas que entendieran lo que significaba trabajar para él.

Sobre la duna, los conductores uno y cuatro se habían separado del resto. Al llegar a la extensión plana del fondo, corrieron hacia la estación de bombeo. El número uno llevaba ventaja, pero el número cuatro, el favorito de Hassan, se le iba acercando. Justo cuando parecía que Hassan estaba a punto de acertar con su elección, el número cuatro cometió un error fatal. Calculó mal la naturaleza de la competición, que carecía de reglas y permitía la victoria a toda costa. Como la vida misma.

Tomó la delantera, pero al hacerlo el otro conductor lo embistió, lo empujó por la espalda y lo derribó. Cayó boca abajo en la arena y el otro conductor, para mayor escarnio, lo pisoteó mientras seguía avanzando.

Cuando el número cuatro levantó la mirada, todo había terminado. El piloto número uno le había ganado. Llegaron los demás, a tropezones, y pasaron a su lado; él quedó en el suelo, abatido y amargado.

Al llegar los otros también a la línea de meta, Shakir hizo un anuncio.

—Todos han terminado la carrera —dijo—. Todos han aprendido las únicas reglas de vida que importan: nunca se abandona, no se muestra piedad, ¡hay que ganar a cualquier precio!

—¿Qué pasa con los demás? —preguntó Hassan.

Shakir se quedó pensando. Un par de conductores se habían quedado en la duna, sin voluntad de participar en la carrera a pie después de todo lo que habían pasado. Y también estaban los otros dos cuyos vehículos habían chocado.

—Oblígalos a regresar al punto de control anterior.

—¿A pie? —preguntó Hassan, horrorizado—. Eso está a cincuenta kilómetros.

—Entonces que se pongan ya en marcha —dijo Shakir.

—Desde aquí hasta el punto de control no hay nada más que arena. Morirán en el desierto —aseguró Hassan.

—Es probable —admitió Shakir—. Pero si sobreviven habrán aprendido una valiosa lección, y quizá yo recapacite y considere que se los puede reclutar.

Hassan era el asesor más cercano de Shakir, un viejo aliado de sus tiempos del servicio secreto. En raras ocasiones, Shakir permitía que su viejo amigo influyera en sus decisiones, pero no esa vez.

—Haz lo que he ordenado.

Hassan cogió una radio e hizo una llamada. Apareció una hueste de guerreros de uniforme negro para encaminar a los rezagados en un viaje que probablemente los llevaría a la muerte. Mientras tanto, el conductor número cuatro se levantó y, tambaleándose, atravesó la línea de meta.

Hassan le ofreció agua.

—No —respondió Shakir con brusquedad—. Él también tendrá que caminar.

—Pero estuvo a punto de vencer —dijo Hassan.

—Sin embargo, abandonó a punto de llegar a la línea de meta —argumentó Shakir—. Rasgo que no soporto en ninguno de mis hombres. Caminará con los demás. Y si me entero de que alguien le ha ayudado, más le valdrá a esa persona suicidarse para no sufrir lo que pienso hacerle.

El conductor número cuatro miró incrédulo a Shakir, pero en sus ojos no había miedo sino un desafío feroz.

Shakir valoró de verdad la ira de esa mirada, y por un instante sopesó la idea de revocar la orden, antes de decidir que debía cumplirse.

—La caminata empieza ya —dijo Shakir.

El número cuatro se apartó de Hassan, dio media vuelta sin decir una palabra e inició la ardua caminata sin mirar hacia atrás.

Mientras se alejaba, Shakir leyó un comunicado que le acaba de entregar un ayudante.

—Malas noticias.

—¿Qué ha pasado? —preguntó con impaciencia Hassan.

—Se ha confirmado la muerte de Amón Ta —respondió Shakir—. Lo mataron dos estadounidenses antes de que pudiera llegar al médico italiano.

—¿Estadounidenses?

Shakir asintió.

—Parece que miembros de la organización llamada NUMA.

—La NUMA —repitió Hassan.

Ambos pronunciaron la sigla con desdén. Habían estado metidos en el mundo de los servicios de inteligencia el tiempo suficiente como para haber oído rumores acerca de las hazañas de esa agencia estadounidense. Supuestamente compuesta por oceanógrafos y especialistas de este tipo.

—Esto no puede ser nada bueno —añadió Hassan—. Tú y yo sabemos que han causado más problemas que la CIA.

Shakir asintió.

—Por lo que recuerdo, fue un miembro de la NUMA quien salvó a Egipto de la destrucción de la presa de Asuán hace unos años.

—Cuando todos estábamos del mismo lado —señaló Hassan—. ¿Corremos algún riesgo?

Confiado, Shakir negó con la cabeza.

—Ni el carguero ni Amón Ta ni la carga sirven de pista para llegar a nosotros.

—¿Qué me dices de Hagen, nuestro agente en Lampedusa? Amón Ta debía entregarle la Niebla Negra para que él pudiera, con ella, influir sobre los gobiernos de Europa.

Shakir siguió leyendo.

—Hagen escapó y regresó a Malta. Intentará, una vez más, comprar los artefactos antes de que se los ofrezcan al público. Si no lo consigue, tratará de robarlos. Promete enviar un informe en dos días.

—Ahora Hagen es el único vínculo con nosotros —dijo Hassan—. Tendríamos que eliminarlo. Inmediatamente.

—No antes de que consiga esos artefactos. Quiero esas tablillas en nuestro poder o destruidas de manera tal que nadie pueda rehacerlas.

—¿Merecen de verdad tanto esfuerzo? —preguntó Hassan—. Ni siquiera sabemos bien qué hay en ellas.

Shakir estaba cansado de las interminables preguntas de Hassan.

—Escúchame —ladró—. Estamos a punto de meter a los líderes europeos en un sueño profundo que nos dará carta blanca para anexar la parte más valiosa de ese continente sin ningún tipo de repercusión. Si alguien encuentra una pista para llegar al antídoto que figura en esas tablillas, si alguien descubre cómo contrarrestar la Niebla Negra, todo nuestro plan, basado exclusivamente en la presión, fracasará. ¿Cómo puedes no entender eso?

Hassan se puso a la defensiva.

—De acuerdo, pero ¿qué te hace pensar que se encontrará información en esos artefactos?

—Porque eso es lo que buscaba Napoleón —dijo Shakir—. Había oído rumores acerca de la niebla, envió a sus hombres a la Ciudad de los Muertos y se llevó todo lo que pudo encontrar. Nada más que por un golpe de suerte hemos logrado reconstruir la fórmula a partir de lo que quedaba intacto y de lo que se recuperó en la bahía. Eso significa que se robó gran parte de la información. Información que los europeos quitaron a nuestros antepasados. No voy a permitir que la utilicen contra nosotros. Si en estas reliquias queda algún detalle, habrá que recuperarlas y destruirlas. Hecho eso, y no antes, eliminaremos a Hagen.

—Él es demasiado débil para hacerlo solo —comentó Hassan.

Shakir se quedó pensando.

—Estoy de acuerdo. Envía a un grupo de agentes nuevos

para apoyarlo. Con la orden de hacerlo desaparecer cuando termine la misión o si se convierte en un estorbo.

Hassan asintió.

—Por supuesto. Los escogeré personalmente —dijo—. Mientras tanto, han llegado los otros, y te esperan abajo en el búnker.

Shakir echó un suspiro. Por desagradable que fuera, hasta él tenía que rendir cuentas ante alguien. Osiris era una fuerza militar privada, el comienzo de un imperio que, en vez de responder ante gobiernos, los controlaría. Pero en muchos aspectos, al menos hasta que ese plan se convirtiera en realidad, era también una corporación, de la que Shakir era presidente y consejero delegado.

Los otros, como los había llamado Hassan, eran el equivalente de los accionistas y los miembros del consejo de administración, aunque todos tenían objetivos más grandes que el mero éxito comercial. Para esos hombres, hasta la riqueza insondable sabía a poco. Codiciaban el poder y el control, querían imperios propios, y Shakir era el hombre que les daría esos imperios.

# 14

Shakir marchó hacia el reluciente gasoducto y la larga estructura de bloques de cemento que contenía una de sus muchas estaciones de bombeo. Dos de sus hombres montaban guardia. Abrieron las puertas y las sostuvieron, mirando al frente. Sabían que no debían mirar a Shakir a la cara.

Una vez dentro, Shakir fue hasta la parte trasera del edificio. Una puerta con reja lo separaba de un ascensor de mina. La abrió, entró en la caja diseñada para llevar grandes grupos de hombres y equipos pesados, y apretó el botón.

Dos minutos y ciento veinte metros más tarde, las puertas se abrieron y Shakir salió a un cavernoso recinto subterráneo iluminado por luces ocultas en el suelo y las paredes. Parte de la cueva era natural, el resto tallado por el equipo de minería y los ingenieros de Shakir. Tenía doscientos metros de longitud. La mayor parte estaba ocupada por monstruosas bombas del tamaño de casas pequeñas y por docenas de grandes tubos que se retorcían y serpenteaban por la enorme caverna antes de unirse en un punto central y hundirse y desaparecer en el suelo.

Shakir se quitó las gafas de sol, impresionado como siempre, por la obra. Caminó junto a la descomunal maquinaria hasta un centro de control, donde unas grandes pantallas mostraban el contorno de Egipto y gran parte de África del

Norte. Una serie de líneas atravesaban el mapa, desdeñando todas las fronteras. Números al lado de cada línea indicaban presiones, caudales y volúmenes. Le agradaban unas pequeñas banderas que parpadeaban en verde.

Finalmente llegó a la lujosa sala de conferencias. Aparte de la vista —que no tenía—, la habitación era como cualquier espacio para reuniones de negocios en un edificio de oficinas. La mesa de caoba del centro estaba rodeada de lujosas sillas ocupadas por hombres corpulentos. Pantallas en la pared mostraban el logotipo de Osiris.

Shakir se sentó a la cabecera de la mesa y escrutó al grupo que lo esperaba. Cinco egipcios, tres libios, dos argelinos, un representante del Sudán y otro de Túnez. Shakir había tomado Osiris de la nada y en unos pocos años la había convertido en una gran corporación internacional. La fórmula del éxito requería cuatro ingredientes principales: trabajo duro, astucia despiadada, contactos y, por supuesto, dinero. Dinero de los demás.

Shakir y sus compinches del Servicio Secreto habían proporcionado las primeras tres partes; los hombres que rodeaban la mesa habían proporcionado la última. Todos eran ricos y la mayoría habían tenido poder en otra época, *habían tenido* porque la Primavera Árabe que había expulsado a Shakir los había afectado aún más a ellos.

Todo comenzó en Túnez, donde un vendedor ambulante pobre que durante años había sido maltratado por la policía se prendió fuego en protesta.

Parecía tan imposible en aquel momento que ese acto tuviera algún efecto a largo plazo, que fuera algo más que otra vida quemada y desechada. Pero como se vio después el hombre no solo se prendió fuego sino que fue el fósforo que prendió fuego al mundo árabe y redujo gran parte de este a cenizas.

Primero cayó Túnez, y los que habían gobernado el país durante décadas huyeron a Arabia Saudí. Después le tocó sufrir a Argelia. Y a continuación el fuego se propagó y engulló a Libia, donde Muamar Gadafi había gobernado más tiempo y con mayor dureza que nadie: cuarenta y dos años con puño de hierro. Los que tenía cerca habían logrado riqueza y poder por obra del petróleo. Cuando llegó la guerra civil, muchos ni siquiera escaparon con vida, pero quienes habían sido lo suficientemente listos como para enviar el dinero y la familia al extranjero tuvieron más suerte, aunque, al igual que sus compatriotas tunecinos, pronto se convirtieron en refugiados, hombres sin país ni destino.

Después Egipto se derrumbó y en mayor o menor grado los ecos arrastraron al Yemen, Siria y Baréin. Todo a partir de aquella pequeña chispa.

Ahora que se habían apagado las llamas, los hombres que habían sobrevivido al incendio querían volver a imponer su control.

—Confío en que todos hayan tenido un viaje agradable —dijo Shakir.

—No queremos intercambiar banalidades —comentó uno de los egipcios, un hombre de pelo blanco, elegante traje occidental y voluminoso reloj Breitling en la muñeca. Había hecho su fortuna recibiendo grandes sumas de dinero de la Fuerza Aérea Egipcia por usar aviones que a él le habían vendido por centavos.

—¿Cuándo empezará la operación? Estamos todos impacientes.

Shakir se volvió hacia otro subordinado.

—¿Están listas las estaciones de bombeo?

El hombre asintió con la cabeza, tocó el teclado que tenía delante y mostró el mismo esquema de África que había estado expuesto en la sala de control.

—Como se puede ver —dijo Shakir—, la red está completa.

—¿Hay algún indicio de que se haya detectado nuestra perforación? —preguntó uno de los ex generales libios.

—No —insistió Shakir—. Al usar la construcción del oleoducto para ocultar nuestro trabajo subterráneo, hemos impedido que nadie sospeche mientras accedemos a todas las zonas importantes del profundo acuífero subsahariano. Que, como todos saben, alimenta cuanta fuente y oasis del desierto hay desde aquí hasta la frontera occidental de Argelia.

—¿Y qué pasa con los acuíferos poco profundos? —preguntó uno de los libios—. Nuestro pueblo lleva años dependiendo de ellos.

—Nuestros estudios muestran que todas las fuentes de agua dulce dependen del cuerpo líquido más profundo —aseguró Shakir—. Una vez que empezamos a extraer de él agua en grandes cantidades, las reservas se vuelven poco fiables.

—Quiero que se interrumpa el suministro —insistió el tunecino.

—Es imposible interrumpirlo del todo —dijo Shakir—. Pero esto es un desierto. Cuando Túnez, Argelia y Libia sufran de la noche a la mañana una reducción del suministro de agua del ochenta al noventa por ciento, estarán a nuestra merced. Hasta los rebeldes necesitan beber. Se les devolverá el agua cuando vosotros estéis de nuevo en el poder. Trabajando juntos, Osiris controlará entonces toda África del Norte.

—¿Y qué pasa con el agua? —preguntó el argelino—. No se puede echar miles de millones de litros de agua en el desierto todos los días sin que nadie se dé cuenta.

—El agua corre por las tuberías —explicó Shakir, señalando la red que cruzaba el mapa—, y después por los canales subterráneos, aquí, aquí y aquí. A partir de esto, entra en el Nilo. Desde donde fluye de forma corriente hasta el mar.

Los dueños del poder se miraron con aprobación.

—Ingenioso —dijo uno de ellos.

—¿Qué nos dices de los europeos y los estadounidenses que quizá protesten por nuestro repentino retorno? —preguntó el libio.

Shakir sonrió.

—De eso se encarga nuestro hombre en Italia —explicó—. Tengo la extraña sensación de que eso no será un problema.

—Muy bien —dijo el libio—. ¿Cuándo se pondrá esto en marcha? ¿Necesitas algo más?

Shakir valoraba su entusiasmo. Expulsados de sus lugares de poder, esos hombres estaban tan impacientes por regresar que le darían cualquier cosa para que él se lo garantizara. Pero en términos de dinero y concesiones ya les había arrancado lo suficiente. Había llegado el momento de actuar.

—La mayoría de las bombas lleva meses funcionando —les contó—. El efecto de sifón ha empezado a surtir efecto. El resto se puede poner en marcha de inmediato. —Hizo una seña a un técnico—. Da a las otras estaciones la orden de que conecten todas las bombas.

Al ejecutar el técnico la orden de Shakir, llegó a través de la pared el zumbido de las gigantescas bombas y turbinas. Pronto habría demasiado ruido para seguir con la conversación verbal. Shakir decidió pronunciar la última palabra.

—En el desierto llamamos «siroco» al viento cálido. Hoy lo generamos. Barrerá África, poniendo fin a esta Primavera Árabe y dejando en su lugar el verano más reseco y abrasador.

# 15

*Gafsa, Túnez*

Al calor de la tarde, Paul Trout sudaba empapando la ropa y sentía que le ardía la cara a pesar del sombrero de tamaño casi mexicano que llevaba puesto. Cuando bajó el sol, sus rayos se le metieron por debajo del ala, picándole la piel con especial júbilo, como si quisieran decirle que los pálidos nativos de Nueva Inglaterra no tenían cabida en esa parte del mundo.

Con dos metros de altura, Paul era el excursionista más alto del grupo que subía por una rocosa colina desprovista de follaje. También era el menos atlético. Unos pasos por delante, su esposa, Gamay, seguía dando zancadas por la montaña como si estuviera en su país paseando al perro. Llevaba ropa de correr y gorra de béisbol de color canela. El pelo rojizo, recogido en una cola de caballo, le salía por la parte trasera de la gorra y se balanceaba a un lado y a otro.

Paul se encogió de hombros. Alguien tenía que ser el atleta de la familia. Y alguien tenía que ser la voz de la razón.

—Creo que tendríamos que hacer un descanso —dijo.

—Vamos, Paul —gritó Gamay, allí adelante—, ya falta poco. Una colina más y podrás hacer un alto en las milagrosas aguas del lago más nuevo del mundo y descansar en la playa de Gafsa.

La zona cercana a la ciudad de Gafsa había sido un oasis desde la época del imperio romano. Fuentes, baños y charcas curativas salpicaban el lugar. Supuestamente, la mayoría poseía poderes terapéuticos de uno u otro tipo. De hecho, durante las pausas mientras estudiaban las antiguas ruinas y examinaban la famosa Kasbah, Paul y Gamay habían pasado horas relajándose en una piscina alimentada por una fuente excavada por los romanos y rodeada de altos muros de piedra.

—Agua milagrosa es lo que sobra en el hotel —bromeó Paul.

—Sí —dijo Gamay—. Pero esas aguas han estado ahí desde hace miles de años. Este lago acaba de aparecer de la nada hace seis meses. ¿No te intriga?

Paul era geólogo. Criado en Massachusetts, había pasado mucho tiempo en el agua y curioseando en el famoso Instituto Oceanográfico Woods Hole. Con el tiempo, ingresó en el Instituto Scripps de Oceanografía y obtuvo un doctorado en geología marina, centrado en las estructuras de suelo de las profundidades del mar. Se asociaba su nombre con varias patentes relacionadas con tecnologías para el estudio de las formaciones geológicas debajo del lecho oceánico. Así que, dados sus antecedentes, la idea de un lago que aparece de la nada le llamó ciertamente la atención, aunque su interés tampoco era excesivo, y después de una hora de conducir por lo que alguien había imprecisamente llamado «camino», y de treinta minutos adicionales de caminata bajo un sol abrasador, estaba llegando a su límite.

—Ya casi hemos llegado —gritó Gamay.

A Paul le asombraba su mujer, una criatura de energía ilimitada, siempre en movimiento. Ni siquiera en casa parecía quedarse quieta. Tenía un doctorado en biología marina, aunque había acudido a tantas clases de otras disciplinas que podría tener varios títulos más. Después de haberla observado durante años, Paul sabía que se aburría con facilidad de todo lo que dominaba, y que siempre buscaba un nuevo desafío.

A menudo insistía, guiñando un ojo, en que él no paraba de frustrarla, y que esa era la clave de su matrimonio largo y feliz. Eso y un sano deseo de aventuras compartidas, apoyadas en su trabajo para la NUMA, que a menudo se prolongaba durante las vacaciones.

Allí adelante, Gamay llegó a la cima de la cresta incluso antes que el guía. Se detuvo, miró alrededor y se puso las manos en las esbeltas caderas.

El guía se detuvo al lado de ella unos segundos más tarde, pero en vez de parecer impresionado mostró un atisbo de confusión en el rostro. Se quitó el sombrero y, perplejo, se rascó la cabeza.

Al llegar a la cima, Paul entendió por qué. Lo que había sido un profundo lago rodeado de montañas rocosas era ahora una marisma con un círculo de cuatro metros de agua salobre en el centro. Una raya descolorida manchaba el barranco circundante, señalando el punto más alto del agua como el anillo de espuma de jabón que se forma alrededor de una bañera.

Algunos otros turistas llegaron a la cima poco después de Paul. Como él, se habían quedado sin habla. Habiendo visto una selección de impresionantes fotografías antes de contratar la excursión y ser transportados al desierto, no era eso lo que esperaban.

—Qué espectáculo tan lamentable —dijo una mujer con acento sureño—. A eso, en mi pueblo, ni siquiera lo llamaríamos «charco».

El guía, un hombre del lugar que vivía de llevar turistas al lago, parecía confundido.

—No entiendo. ¿Cómo puede ser? Hace dos días, el lago llegaba hasta aquí.

Señaló el anillo descolorido que rayaba las rocas.

—Evaporación —sentenció un escocés—. Aquí hace mucho calor.

Mirando el barro, Paul se olvidó de todos sus dolores y achaques. Sabía que estaban ante un misterio. Una cosa era la aparición de un lago: todos los días brotaban fuentes de agua fría y caliente, pero que un lago desaparezca de la noche a la mañana... eso es algo muy diferente.

Oteó el entorno para tener una idea de la superficie y de la profundidad, e hizo una estimación aproximada del volumen del lago.

—Esa cantidad de agua no se pudo evaporar en dos meses —dijo—. Menos aún en dos días.

—Entonces, ¿adónde se fue? —preguntó la mujer sureña.

—Quizá se la robó alguien —respondió el escocés—. Después de todo, esta zona se encuentra en plena sequía.

En eso, el hombre tenía razón. Túnez estaba sufriendo mucho, incluso para los parámetros de África del Norte. Pero ni llenando un millar de camiones cisterna se podría haber drenado un lago de este tamaño. Paul buscó una brecha en el paisaje o alguna vía de escape por donde pudiera fluir el agua. No vio nada parecido.

Empezaron a zumbar moscas alrededor y el grupo se quedó en silencio. Por último, la mujer sureña consideró que ya había visto suficiente. Palmeó en el hombro al guía, dio media vuelta y empezó a bajar por la colina.

—Me parece, cariño, que alguien le quitó el tapón. Lo siento.

En rápida sucesión, la siguieron los demás, que poco interés tenían en el estudio de un agujero en el barro. Incluso se fue el guía, que no paraba de hablar, tratando desesperadamente de explicar qué aspecto había tenido el lago hacía apenas unos días, e insistiendo con toda tranquilidad que, aunque hubiera desaparecido, no les reembolsarían nada.

Paul se entretuvo pensando en lo que estaban viendo y observando a un grupo de niños que había echado a andar por el barro seco para conseguir los últimos restos de agua.

—Tiene razón —le dijo a Gamay, que se había acercado.

—¿En qué?

—En que alguien ha quitado el tapón —dijo—. Fuentes como esta suelen brotar con frecuencia de los acuíferos. Por lo general, cuando las capas rocosas subterráneas se agrietan y se mueven. A veces el agua queda atrapada y forma un lago, como aparentemente hizo aquí. A veces la fuente lo sigue alimentando, y a veces el fenómeno es único y no se repite. Pero aunque las capas rocosas se muevan y corten el flujo del agua, el lago suele quedar en su sitio durante meses, hasta que el sol lo seca. Para que este largo desapareciera con tanta rapidez el agua tuvo que marcharse a algún otro sitio. Pero no sale de aquí ningún arroyo. El paisaje es un enorme cuenco rocoso.

—Así que si no puede ir hacia arriba ni hacia fuera, debe de haber ido hacia abajo —dijo Gamay—. ¿Es esa su teoría, señor Trout?

Paul asintió.

—Hasta el sitio de donde salió.

—¿Has oído que esto haya ocurrido alguna vez?

—No —dijo Paul—. La verdad es que no.

Mientras miraban con asombro y sacaban algunas fotos, un hombre que había estado haciendo lo mismo en otra parte del borde, se acercó a ellos. Era más bien bajo, de más o menos un metro sesenta y cinco, con rostro bronceado tapado por un sombrero de lona flexible y cubierto por una barba incipiente y entrecana. La mochila, el bastón y los prismáticos sugerían que era un excursionista. Pero Paul notó que llevaba en la mano un nivel de agrimensor negro y amarillo.

—Hola —saludó el hombre, levantando apenas el ala del sombrero con el dedo—. No pude evitar escuchar la conversación sobre la desaparición del lago. Todo el día ha estado llegando gente que después se marchaba moviendo la cabeza con decepción. Ustedes son las primeras personas que oigo tratando de descubrir qué ocurrió y qué ha pasado con el agua. Por casualidad ¿son geólogos?

—Yo tengo formación de geólogo —dijo Paul, ofreciendo la mano—. Paul Trout. Esta es mi mujer, Gamay.

El hombre estrechó la mano de Paul y después la de Gamay.

—Yo me llamo Reza al-Agra.

—¿Cómo está usted? —dijo Gamay.

—He tenido mejores días —admitió él.

Paul señaló con la cabeza las herramientas de agrimensor.

—¿Ha venido aquí a medir el lago?

—No exactamente —respondió el hombre—. Como usted, yo trataba de entender cómo y por qué ha desaparecido el agua. El primer paso fue calcular cuánta agua llegó a haber aquí.

—Nosotros nos conformábamos con tratar de adivinarlo —admitió Paul, pensando que el cálculo preciso sería una exageración.

—Sí, claro... —dijo Reza—. Yo no me puedo permitir ese lujo. Soy el director de recuperación de agua del gobierno libio. Se supone que tengo que ser preciso.

—Pero estamos en Túnez —señaló Gamay.

—Me doy cuenta —dijo el hombre—. Pero pensé que tenía que verlo. En mi profesión, la desaparición de los ríos es un mal presagio.

—Este no es más que un pequeño lago en medio del desierto —dijo Gamay.

—Pero no es el único —comentó el hombre—. En mi país, las reservas de agua se han estado secando durante el último mes. Los lagos alimentados por manantiales se secan, los arroyos no son más que hilos de agua. Por no mencionar que todos los oasis del país, que habían sido verdes desde que gobernaban la zona los cartagineses, están adquiriendo un color marrón. Hasta el momento hemos resuelto la situación bombeando más agua subterránea, pero últimamente muchas estaciones de bombeo informan de una drástica reducción de los flujos. Creímos que era un problema local, pero al enterarnos de la desaparición de este largo, que ahora compruebo con mis propios ojos, es evidente que se trata de un problema mucho más extendido de lo que imaginábamos. Indica que se ha producido un cambio drástico en la capa freática.

—¿Qué puede haber pasado? —preguntó Gamay.

—Nadie lo sabe —se limitó a decir el hombre—. ¿Ustedes aceptarían ayudarme a descubrirlo?

Paul miró a su mujer. Entre ellos circuló un mensaje tácito.

—Nos encantaría —dijo Paul—. Si nos lleva más tarde al hotel, recogeremos nuestras cosas y dejaremos que la excursión siga sin nosotros.

—Magnífico —dijo Reza con una sonrisa—. Mi Land Rover está en el camino.

# 16

*Puerto de La Valeta, Malta*

Entrar en el puerto de La Valeta era como viajar al pasado, a una época en la que pequeños enclaves como Malta, gobernados por grupos de hombres poderosos, eran vitales para el comercio internacional y para el control del Mediterráneo.

Cuando el *Sea Dragon* dejó atrás el rompeolas, la vista fue casi la misma que la de la isla en sus mejores tiempos, y Kurt no tuvo ningún problema en imaginarse viviendo allí en el siglo XIX, o en el XVIII, o incluso en el XVII.

Frente a ellos, iluminada por el sol poniente, dominaba el paisaje la cúpula de la iglesia carmelita. Alrededor se levantaban viejos edificios y otras iglesias. El propio puerto estaba protegido por nada menos que cuatro guarniciones con muros de piedra y plazas de artillería y ciudadelas que todavía vigilaban el estrecho canal.

El fuerte Manoel brotaba de una isla situada dentro de la ensenada, mientras que el fuerte San Telmo estaba en el extremo de la península. Sus descoloridos muros de piedra parecían brutales e inexpugnables después de casi quinientos años. Directamente enfrente, defendiendo el lado derecho del puerto, el fuerte Ricasoli tenía un diseño diferente y parecía bajo y sobrio, con muros que se extendían hasta conectarse con el rompeolas, donde había un pequeño faro. Finalmente, dentro del puerto, estaba el fuerte San Ángel, asentado al borde del agua sobre una estrecha franja de tierra.

Y como si todos los fuertes no bastaran para sugerir que Malta era una fortaleza, todos los malecones, edificios y peñascos naturales estaban formados por la misma piedra de color leonado.

Parecía que, en vez de haber sido construida sobre el suelo a lo largo de los años, había sido tallada y cincelada en un solo bloque de piedra caliza.

—Uno se pregunta cómo hicieron los forasteros para apoderarse de la isla —dijo Joe, asombrado con las fortificaciones.

—Como se hace siempre para vencer la fuerza bruta —respondió Kurt—. Con engaños y trampas. Napoleón, rumbo a Egipto, atracó en el puerto y empezó a comprar víveres para sus barcos. Los lugareños, ávidos de dinero, lo dejaron entrar. En cuanto la flota traspuso los fuertes, ya sin peligro, desembarcó el ejército y apuntó con las armas a los residentes.

—Un caballo de Troya que ni siquiera tuvieron que construir —resumió Joe.

El *Sea Dragon* se había metido ya en el puerto interior y avanzaba hacia una zona abierta en los muelles. Aquel sitio era más moderno, con pequeños buques cisterna descargando combustible y gasóleo para calefacción junto a cruceros y voluminosos buques de carga. El *Sea Dragon* atracó junto a ellos.

Sin esperar a que amarraran la embarcación, Kurt y Joe saltaron al muelle y echaron a andar enérgicamente hacia la calle.

—Pon dos hombres a vigilar todo el tiempo —gritó Kurt volviendo la cabeza—. Sospecho que hay por aquí hombres peligrosos.

—¿Como vosotros? —respondió Reynolds con un grito.

Kurt lanzó una carcajada.

—Tratad de no hacer mucho lío —añadió Reynolds—. Nos hemos quedado sin dinero para fianzas.

Kurt saludó con la mano. Él y Joe llegaban tarde a una cita con el conservador del Museo Oceánico Maltés.

—¿Crees que el conservador todavía nos estará esperando? —preguntó Joe mientras trataban de parar un taxi.

Kurt miró hacia el cielo. Faltaba poco para el anochecer.

—Creo que hay un cincuenta por ciento de probabilidades.

Arriba, en la calle, se detuvo un taxi y se montaron.

—Tenemos que ir al Museo Oceánico —dijo Kurt.

El conductor se manejó muy bien por las estrechas y tortuosas calles, pasando varios semáforos en ámbar y depositándolos delante del museo, junto a una estatua de Poseidón.

Después de pagar y añadir una generosa propina, Kurt y Joe atravesaron la plaza, evitando una zona acordonada por una construcción. Al llegar delante del museo, subieron los escalones hacia una fachada impresionante, como era de esperar.

El frente del Museo Oceánico Maltés le recordó a Kurt la New York Public Library, incluso con los leones de piedra a los lados. Al llegar a la puerta, Kurt habló con un guarda de seguridad y Joe esperó mientras el guarda llamaba a un número.

Poco después, apareció un hombre alto y delgado con una chaqueta de tweed provista de coderas.

Kurt le tendió la mano.

—Supongo que es usted el doctor Kensington.

—Llámeme William —dijo el hombre, estrechando la mano de Kurt. Era un expatriado inglés. Uno de tantos en una isla que había formado parte del Imperio Británico durante más de un siglo.

—Sentimos llegar con retraso —dijo Kurt—. Tuvimos el viento en contra.

Kensington sonrió.

—Es lo normal. Por eso se han inventado las motonaves.

Entre risas, Kensington los hizo pasar al edificio y después cerró la puerta. La seña con la cabeza al guarda de seguridad pareció natural, pero antes de atravesar con él la sala, Kurt notó que el hombre echaba un vistazo a la puerta y doblaba uno de los listones de la persiana para ver mejor.

Kensington se apartó de la ventana y los llevó por el vestíbulo y después por un amplio salón donde había preparativos en marcha para la fiesta de la subasta que tendría lugar al cabo de unos días. Siguieron hasta la oficina de Kensington, una pequeña habitación rectangular en un remoto rincón del tercer piso atestada hasta el techo de pequeños artefactos, pilas de revistas y trabajos académicos. La ventana parecía fuera de lugar, dado que era un estrecho vitral.

—Restos del uso anterior del edificio como abadía en el siglo XVIII —explicó Kensington.

Al sentarse los tres hombres, se encendieron fuera unos reflectores, acompañados por los ruidos de una obra en construcción: martillos neumáticos y grúas y hombres gritando.

—Un poco tarde para ponerse a destrozar el lugar —comentó Kurt.

—Están rehaciendo la plaza —explicó Kensington—. Trabajan de noche para no molestar a los turistas.

—Ojalá hicieran eso en las calles de mi ciudad —dijo Joe—. Llegaría al trabajo mucho más rápido.

Kurt le dio a Kensington su tarjeta.

—NUMA —dijo el conservador del museo, leyendo con atención—. No es la primera vez que trabajo con esta empresa. Siempre ha sido un placer. ¿En qué les puedo servir?

—Estamos aquí para informarnos sobre la recepción previa a la subasta.

Kensington guardó la tarjeta.

—Sí —dijo—. Va a ser muy emocionante. La fiesta tendrá lugar dentro de dos noches. Será de punta en blanco. Me gustaría invitarlos, pero me temo que es para un grupo cerrado.

—¿Qué ocurre en esa fiesta?

—Permite que los invitados examinen los lotes de manera virtual —dijo Kensington— y midan sus fuerzas, para saber con quién compiten en la subasta. —Ensayó una sonrisa—. Nada infla los precios como una competencia alimentada por el ego.

—Me imagino —dijo Kurt.

—Les puedo asegurar —añadió Kensington— que la gente está dispuesta a pagar un ojo de la cara por el derecho de ver algo que nadie ha visto durante cientos o incluso miles de años.

—Y pagar aún más para llevárselo a casa y no compartirlo con nadie.

—Sí —convino Kensington—. Pero no hay en eso nada ilegal. Y todo es para beneficio del museo. Somos una organización privada y tenemos que financiar nuestras actividades de restauración con algo aparte de vender entradas.

—¿Tiene la lista de los objetos que saldrán a la venta?

—Sí —dijo Kensington—. Pero no puedo compartirla. Normas y cosas por el estilo.

—¿Normas? —preguntó Kurt.

—Y cosas por el estilo —repitió Kensington.

—No sé si entiendo —dijo Kurt.

En la frente de Kensington apareció una gota de sudor.

—Ya se sabe lo que pasa cuando se explora el mar. En cuanto se recupera algo y se revela al mundo, la gente empieza a disputarse su propiedad. Cuando se recupera oro de un galeón español, ¿a quién pertenece? El equipo de salvamento dice que es suyo. Los españoles insisten en que se trata de un barco de ellos. Los descendientes de los incas dicen que el oro era suyo y que nosotros se lo quitamos de su territorio. Eso con el oro; con los artefactos es aún peor. ¿Saben que Egipto ha presentado una demanda ante Inglaterra para recuperar la piedra de Rosetta? ¿Y el Obelisco Letranense de Roma? Originariamente estaba fuera del Templo de Amón en Karnak, hasta que Constancio II se apropió de él. Quería llevarlo a Constantinopla, pero el obelisco no llegó más allá de Roma.

—Entonces, lo que quiere decir...

Kensington habló con franqueza.

—Esperamos demandas en cuanto se revele qué contienen los lotes. Nos gustaría disponer al menos de una noche para disfrutarlos antes de que se nos echen encima los abogados de todo el mundo.

Era una buena historia, quizá hasta parcialmente verídica, pensó Kurt, pero Kensington ocultaba algo.

—Señor Kensington —empezó a decir.

—William.

—No quiero hacer esto —prosiguió Kurt—, pero no me deja alternativa.

Sacó las fotos que le había dado la doctora Ambrosini y deslizó una sobre la mesa.

—¿Qué se supone que tengo que ver aquí?

—Ese es usted —dijo Kurt—. No es la mejor foto, de acuerdo, pero es usted, sin duda. Hasta lleva la misma chaqueta de tweed.

—Sí. ¿Y qué?

—Los otros hombres que aparecen en la foto... —siguió Kurt—. Digamos que no es el tipo de gente con la que a uno le gustaría retratarse. Dudo incluso que sean el tipo de invitados que tendrá en la fiesta.

Kensington miró la foto con atención.

—¿Reconoce a alguno? —preguntó Joe.

—Este —dijo Kensington, señalando al desaparecido doctor Hagen—. Es una especie de cazador de tesoros, un coleccionista menor. Médico, si no me falla la memoria. Los otros dos son colegas suyos. Pero no veo qué relación puede tener esto con...

—Es un médico —lo interrumpió Kurt—. En eso no se equivoca. También es sospechoso de ser terrorista, y está en busca en relación con el incidente que ocurrió ayer en Lampedusa. Quizá hayan participado también los demás.

El rostro de Kensington empalideció. Los medios de información habían estado cubriendo el hecho sin cesar, describiéndolo como el peor desastre industrial desde Bhopal.

—No he oído hablar de terrorismo —dijo—. Creía que era un accidente químico causado por ese buque de carga que encalló.

—Eso es lo que se le dice al mundo —aseguró Kurt—. Pero no es la verdad.

Kensington tragó saliva y carraspeó. Tamborileó con los dedos y después jugueteó con un bolígrafo en el escritorio mientras fuera se ponía en marcha una grúa.

—No... No sé qué quieren que diga —tartamudeó—. Ni siquiera recuerdo el nombre de esa persona.

—Hagen —recordó Joe, siempre servicial.

—Sí, es cierto... Hagen.

—Me parece que es usted un poco olvidadizo —dijo Kurt—. Según la persona que sacó esta foto, ha estado tres veces con Hagen. Esperamos que por lo menos recuerde qué quería.

Kensington suspiró y miró alrededor, como buscando ayuda.

—Quería una invitación para la fiesta —aclaró finalmente—. Dije que no podía hacerle el favor.

—¿Por qué?

—Como ya expliqué, es una reunión muy exclusiva. Reservada para solo unas docenas de mecenas extremadamente ricos y amigos del museo. El doctor Hagen no podía permitirse estar en la mesa.

Kurt se recostó en la silla.

—¿Ni siquiera con doscientos mil euros?

Ese dato llamó la atención a Kensington, pero el conservador del museo recobró de inmediato la compostura.

—Ni siquiera con un millón.

Kurt siempre había creído que el dinero era para comprar los artefactos, pero quizá tenía otro objetivo.

—En caso de que le ofreciera ese dinero como soborno, usted sabrá muy bien que esas personas no suelen pagar. Prefieren borrar sus huellas. Pueden mostrarle el dinero. Hasta pueden pagarle algo y dejarle tener el dinero. Pero cuando consiguen lo que quieren, se asegurarán de que no viva lo suficiente para gastarlo.

Kensington no respondió con indignación; se quedó en silencio, como si estuviera pensando en lo que acababa de decirle Kurt.

—Pero ya lo sabe —añadió Kurt—. De lo contrario, no habría estado mirando por la ventana como si lo anduviera acechando la Parca.

—Yo...

—Usted está esperando que vuelvan —dijo Kurt—. Les tiene miedo. Y le puedo asegurar que no se equivoca.

—No les he dado nada —dijo Kensington en su propia defensa—. Les pedí que se fueran. Pero usted no lo entiende. Ellos...

Kensington calló y se puso a juguetear con algo en el escritorio antes de alargar la mano y abrir un cajón.

—Despacio —dijo Kurt.

—No busco un arma —explicó Kensington, sacando un frasco de antiácidos casi vacío.

—Podemos protegerlo —aseguró Kurt—. Podemos entregarlo sano y salvo a las autoridades, que velarán por su seguridad, pero primero tiene que ayudarnos.

Kensington se echó unos antiácidos en la boca. Parecía que eso le ayudaba a tranquilizarse.

—No hay nada de que protegerme —dijo, masticando las pastillas—. Esto es ridículo. Un par de coleccionistas me acosan buscando unos artículos y de repente paso a ser un delincuente consumado. Un asesino múltiple.

—Nadie lo acusa de eso —dijo Kurt—. Pero esos hombres estuvieron involucrados con el atentado. Y usted, quiera o no quiera, está enredado con ellos. En cualquier caso, corre peligro.

Kensington se masajeó la sien; fuera sonaron unos gritos y alguien puso en marcha un martillo neumático.

Kurt vio que ese hombre era presa de una gran confusión. Con la mano en la sien parecía querer quitarse el dolor, el ruido, el estrés.

—Les aseguro —dijo Kensington— que no sé nada acerca de esos hombres. Solo querían, como ustedes, información sobre algunos artículos de la subasta, artículos de los que, por un pacto de confidencialidad, no puedo hablar. Pero antes de que empiecen a imaginarse cosas, les puedo asegurar que esos artículos no tienen nada de extraordinario. No son nada fuera de lo común.

Finalmente allí fuera cesó el martillo neumático, y en el relativo silencio que se produjo, Kensington cogió un bolígrafo con una mano visiblemente temblorosa.

—No son más que chucherías —prosiguió, hablando casi distraídamente mientras apuntaba algo en un papel—. Objetos egipcios no verificados. Nada de gran valor.

Abajo, en el patio, rugió un motor. Un ruido potente y extrañamente fuera de lugar. Bastó para que a Kurt se le pusiera de punta el pelo de la nuca. Volvió la cabeza y vio que una sombra se balanceaba por delante del vidrio coloreado de la ventana.

—¡Cuidado! —gritó, tirándose al suelo.

Se produjo entonces un tremendo estruendo y el brazo de una grúa entró por la ventana como un ariete.

Volaron pedazos de vidrios en todas direcciones mientras el brazo amarillo y negro avanzaba golpeando el escritorio de Kensington y aplastándolo contra la pared, inmovilizando de paso al responsable del museo.

El brazo se retiró unos metros y Kurt se lanzó hacia Kensington, lo agarró y lo arrastró apartándolo de allí antes de que la grúa acabara con los restos del escritorio y dejara un agujero en la vieja pared de piedra que había detrás.

Una tercera embestida de la grúa estuvo a punto de derribarles el techo en la cabeza.

—¡Kensington! —gritó Kurt, mirando al hombre.

Kensington tenía la cara aplastada, la nariz rota, los dientes y la cara destrozados. La punta del brazo le había pegado directamente. No respondía, pero aparentemente respiraba.

Kurt lo apoyó en el suelo y descubrió que tenía una nota arrugada en la palma de la mano. Mientras se la sacaba, Joe gritó:

—¡Al suelo!

El brazo de la grúa se balanceaba. Kurt tapó a Kensington y agachó el cuerpo todo lo que pudo mientras los atacantes derribaban otra pared.

Esta vez el brazo quedó atascado en la mampostería debajo de la ventana. Hubo un tibio intento de arrancarlo y después la máquina se detuvo.

Kurt corrió hasta la abertura en la pared. Vio a un hombre en la cabina de la pequeña grúa moviendo desesperadamente los mandos mientras otro lo acompañaba, armado con una ametralladora.

Al descubrir a Kurt, el hombre levantó el arma y disparó una rápida ráfaga. Kurt se apartó mientras las balas pegaban cerca de la abertura pero no daban en el blanco.

Joe ya estaba al teléfono, pidiendo ayuda. Aún no había cortado cuando se produjeron más disparos.

Kurt comprendió que iban en otra dirección. Volvió a mirar hacia fuera. Los atacantes corrían, disparando sobre la gente para abrirse paso.

—Quédate con Kensington —ordenó Kurt—. Los voy a perseguir.

Antes de que Joe lograra protestar, Kurt salió por lo que quedaba de la ventana y empezó a bajar como pudo por el brazo de la grúa.

# 17

Kurt bajó arrastrándose por el brazo de acero de la grúa, usando como asideros los agujeros circulares. Vio a tres hombres armados que corrían atravesando la calle hacia una microfurgoneta aparcada al otro lado. Saltó cuando estaba cerca del suelo y descubrió que había allí varios trabajadores muertos a tiros para quitarles la grúa.

Al otro lado de la calle se encendieron las luces de la furgoneta y arrancó el motor.

Kurt miró alrededor buscando algo con lo que perseguirlos. La única posibilidad real era un pequeño volquete Citröen. Se trataba de un vehículo estrecho y alto, de aspecto extraño para los gustos estadounidenses, pero mucho más adecuado para las apretadas calles de una pequeña isla.

Corrió hacia él, subió y descubrió que tenía la llave de contacto puesta. Arrancó, metió primera y aceleró atravesando la plaza en diagonal, bajando por los escalones y tratando de interceptar la furgoneta. La pequeña furgoneta era demasiado ágil. Hizo un viraje brusco, subió a la acera y treinta metros más adelante volvió a bajar a la calzada.

Kurt dio marcha atrás e hizo girar el volante hasta que quedó apuntando en la dirección correcta.

Estaba a punto de pisar el acelerador cuando vio delante del museo un rostro conocido.

—¡Sube! —gritó.

Joe subió de un salto al vehículo mientras Kurt lo ponía en marcha.

—¿No podrías haber alquilado algo un poco más pequeño? —preguntó Joe.

—Incluye una actualización gratuita —dijo Kurt—. Ser socio tiene sus privilegios.

—¿Qué pasa si la policía decide que entre esos privilegios no está el de robar volquetes de la escena del crimen?

—Depende —contestó Kurt.

—¿De qué?

—De que haya o no atrapado a los malos.

A pesar del ruido del motor del volquete, no parecía muy probable que fueran a conseguirlo. La furgoneta no era ningún coche de carrera, pero era ágil y manejable, y rápidamente los iba dejando atrás. En comparación, el volquete parecía lento y pesado.

Por un instante, una congestión de tráfico niveló un poco la situación, pero la pequeña furgoneta logró escabullirse pronto. Kurt no tenía esa opción. Encendió todas las luces y se puso a tocar con desenfreno la bocina.

Al cruzarse con el volquete, los conductores más sensatos se apartaban, pero los vehículos aparcados en el borde de la calle no tenían tanta suerte. Kurt no podía evitar rozarlos, y arrancó cinco espejos consecutivos.

—Me parece que te saltaste uno —dijo Joe.

—Lo arrancaremos al volver.

Con el pie en el suelo, Kurt seguía acelerando.

—Me parece que te pedí que te quedaras con Kensington.

—Lo hice —dijo Joe.

—Me refería a que te quedaras hasta que recibiéramos ayuda.

—La próxima vez tendrás que ser más concreto.

Ahora iban reduciendo la distancia con la furgoneta, aumentando la velocidad; la calle era más ancha y bajaba hacia el puerto, donde después de una curva pasaba por delante de yates millonarios y pequeños barcos pesqueros. Uno de los que iban en la furgoneta no parecía contento. Rompió la ventanilla trasera y empezó a disparar hacia el volquete que los perseguía.

Instintivamente, Kurt se agachó mientras las balas acribillaban el parabrisas. Al mismo tiempo, giró hacia la derecha y se metió por una calle lateral que se desviaba del puerto.

—Ahora vamos en dirección contraria —señaló Joe.

Kurt seguía con el pie pegado al suelo. Redujo una marcha pero sin bajar la potencia.

—Y ahora vamos aún más rápido en dirección contraria —añadió Joe.

—Esto es un atajo —dijo Kurt—. Aquí la costa tiene forma de mano y los dedos se internan en el puerto. Mientras ellos siguen el borde de uno de esos dedos, nosotros atravesaremos la palma.

—O nos perderemos —comentó Joe—. Porque no tenemos ningún mapa.

—Basta con que tengamos el puerto siempre a la izquierda —dijo Kurt.

—Espero que no se les ocurra cambiar de dirección.

Resultaba fácil orientarse en el puerto, ya que todos los fuertes y edificios importantes estaban iluminados por reflectores. Incluso desde los puntos más altos se veía la calle de abajo.

—Allí —dijo Joe, señalando.

Kurt también la vio. La pequeña furgoneta seguía avanzando. A la misma velocidad que antes. Parecía que el conductor no tenía interés en mezclarse con ellos.

Bajando una cuesta, el volquete empezó a adquirir velocidad. Vibraba y se sacudía y la carga de barras y trozos de hormigón que llevaba en la caja saltaban a un lado y a otro produciendo un considerable estruendo.

Fueron hacia el cruce.

—¿Qué vas a hacer? —preguntó Joe.

—Como los romanos, los voy a embestir.

Joe se apresuró a buscar un cinturón de seguridad, pero no lo encontró.

—¡Espera!

Al llegar a la confluencia con la otra calle, erraron el blanco. Habían tomado tanta velocidad al bajar por la cuesta que Kurt no pudo sincronizar bien el encuentro. Ahora estaban en la delantera.

—Vamos por delante de la furgoneta que supuestamente estamos persiguiendo —dijo Joe.

—Ponle remedio.

Joe hizo la única cosa sensata que se le ocurría. Levantó la palanca del sistema hidráulico y el volquete descargó centenares de kilos de hormigón roto, metales retorcidos y otros escombros.

La descarga rodó hacia la furgoneta, golpeándola como un alud, abollándole el radiador. Con el parabrisas destrozado por el rebote de los trozos de hormigón, la furgoneta perdió el control, salió de la calzada y volcó.

Kurt pisó el freno y el volquete patinó y finalmente se detuvo. Saltó de la cabina y corrió hacia la furgoneta volcada. Joe lo siguió, armado con una palanca.

Al llegar vieron que echaba vapor por el radiador y que todas las piezas metálicas estaban abolladas y aplastadas. En el aire había olor a gasolina.

No tardaron en comprobar que el hombre que iba en el asiento del pasajero estaba muerto. Un trozo de los escombros había entrado por la ventanilla y le había pegado en la cabeza. Pero era el único que quedaba dentro.

—¿Dónde están los demás? —preguntó Joe.

Al volcar los vehículos, los cuerpos suelen salir despedidos, pero Kurt no veía a nadie. Entonces, a lo lejos, descubrió que dos figuras corrían entre las rocas hacia el fuerte San Ángel.

—Espero que hayas traído las zapatillas de correr —dijo, arrancando hacia allí—. Aún no hemos terminado.

# 18

El doctor Hagen corría atropelladamente hacia el fuerte que se levantaba a lo lejos, impulsado por una mezcla de conmoción y de miedo. Las cosas iban de mal en peor. Mediante un sistema de espionaje, se había enterado de que Kensington por poco no había revelado a los hombres de la NUMA lo que pretendía hacer. Aterrorizado, había exigido que los agentes de Osiris mataran al conservador del museo antes de que pudiera dejarlos al descubierto, y estaba seguro de que lo habían logrado. Pero desde entonces todo había sido un desastre: la persecución, el choque, la pérdida de las armas al volcar.

—Necesitamos ayuda —gritó Hagen—. Que vengan a socorrernos.

Por suerte, el otro asesino todavía llevaba la radio sujeta al cinturón. La sacó y pulsó el botón de llamada sin dejar de correr.

—Sombra, soy Garra —dijo—. Necesitamos una extracción.

—¿Qué pasó, Garra?

Había inquietud en su voz.

—Kensington se encontró con los estadounidenses. Nos iba a delatar. Tuvimos que matarlo. Ahora nos andan persiguiendo.

—Mátalos.

—No podemos —dijo—. Están armados. —Eso era mentira, pero el equipo de extracción no tenía por qué saberlo—. Estamos heridos. Uno ha muerto. Necesitamos que nos saquen de aquí.

Delante, se levantaba el fuerte San Ángel, con los imponentes muros alumbrados de un naranja cegador por una hilera de potentes reflectores. Cuanto más se acercaban al fuerte, más alumbrado estaba el terreno circundante. Era como correr por Times Square. Pero no tenían alternativa. La seguridad estaba al otro lado.

—¿Qué pasó? —gritó Hagen—. ¿Qué dijo?

—Sombra, ¿me recibes?

Se produjo un silencio antes de que reapareciera la voz en la línea.

—El bote estará en el canal. Liquiden a los perseguidores y después naden hacia él. No nos fallen. Si lo hacen, ya saben lo que les sucederá.

Hagen no pudo evitar oír la respuesta. No le gustaba, pero era mejor que nada. Redujo la marcha. Garra, el hombre que supuestamente debía ayudarlo, seguía corriendo sin parar, subiendo por la rampa hacia el fuerte. Estaba en mejor forma que Hagen. Y aparentemente no le importaba que lo atraparan.

# 19

Kurt y Joe iban acortando la distancia que los separaba de los asesinos, pero aquellos dos hombres les llevaban una gran ventaja y, al llegar al fuerte, desaparecieron.

Sin perder velocidad, Kurt continuó subiendo por la rampa, seguido de cerca por Joe.

Kurt pasó de la carrera al trote. El resplandor anaranjado de los reflectores y las sombras cuando algo tapaba la luz complicaban la visión. Se mantenía a cierta distancia de los muros. No quería que alguien escondido en un rincón le saltara encima.

Incluso desde ese ángulo, la estructura del fuerte resultaba imponente. Construido en una lengua de tierra que se internaba en el puerto de La Valeta, tenía forma de pastel de boda multicapa, pero los muros de cada nivel tenían una inclinación diferente, de manera que a un barco atacante le resultaría imposible encontrar un punto seguro desde donde disparar.

Kurt aflojó el paso. El muro del fuerte quedaba a su derecha, las aguas del puerto a su izquierda. Pasó por delante de una puerta cerrada y después encontró una escalera que se metía en el muro como un estrecho cañón. Había allí también una puerta, pero un rápido vistazo le indicó que por allí habían entrado los hombres.

—Rompieron la cerradura —dijo, empujando la puerta.

Después de mirar con atención, Kurt empezó a subir. Se mantenía pegado a la pared, pero al llegar arriba fue emboscado por un hombre cojo que saltó hacia él con una espada en la mano.

Kurt logró esquivar el filo, cayó al suelo, rodó y se levantó en el momento en el que aparecía Joe. El hombre de la espada retrocedió y miró a Joe y la palanca que llevaba en la mano y después a Kurt.

Kurt vio una armadura, exhibida como parte de la ilustre historia del fuerte. En el suelo había tirado un guantelete. De esa armadura había sacado la espada.

El hombre apuntó con ella a uno y después al otro. Kurt lo reconoció.

—Tú debes de ser Hagen —dijo—. El médico cobarde que huyó de una isla moribunda.

—No sabes nada de mí —gruñó Hagen.

—Sabemos que tienes un antídoto para lo que les ocurrió a los pobladores de Lampedusa. Si nos cuentas en qué consiste, quizá logremos que no vayas a la cámara de gas.

—Cállate —gritó Hagen.

Hizo una finta hacia Kurt y después otra hacia Joe, describiendo un largo arco con la espada.

La vieja hoja silbó cortando el aire nocturno, pero Joe saltó hacia atrás con los reflejos de una mangosta y desvió el golpe mortal con un rápido movimiento de la palanca. Saltaron unas chispas en la oscuridad, acompañadas por el estruendo metálico del choque de las dos armas.

—Esta situación está adquiriendo un tono medieval —dijo Joe.

Hagen embistió. Lanzó varios golpes a Joe, tratando de hacerle retroceder por las escaleras, quizá con la esperanza de que cayera, pero todos los ataques fueron desviados, y tras un último voleo Joe rompió la punta de la espada de Hagen y a continuación le dio una patada en el pecho, todo con un solo y rápido movimiento. Hagen cayó de espaldas y se preparó para embestir de nuevo.

—Eres muy hábil con esa cosa —dijo Kurt.

—He visto varias veces toda la serie de la Guerra de las Galaxias —respondió Joe con orgullo.

—¿Así que tienes a ese controlado?

—Totalmente —dijo Joe—. Ve a buscar a su socio. Cuando regreses ya lo tendré envuelto para regalo.

Cuando se marchó Kurt, Joe encaró directamente a su enemigo. Después de medir la situación, dejó de sostener la palanca como si fuera una espada y la agarró con las dos manos, como si fuera un bastón de guerra.

Hagen le lanzó otro golpe, pero Joe lo detuvo con un extremo de la palanca y con el otro le pegó en la cara y le dejó sangrando la nariz.

—¿Sabes que a los médicos les gusta decir que «esto no te dolerá nada»? —dijo Joe—. No creo que eso se aplique en este caso. Lo más probable es que te duela bastante.

Hagen atacó con ímpetu y se puso a lanzar golpes. Luchaba con desesperación, gritando y hasta escupiendo a Joe.

Joe era puro equilibrio y aplomo. Se movía con la rapidez de un luchador preparado. Su juego de piernas era tranquilo y preciso. Cada arremetida recibía una respuesta adecuada, bloqueándola o esquivándola.

Contraatacaba con facilidad, haciendo fintas con una punta de la palanca y después blandiendo la otra.

—No solo he visto todas las películas de la Guerra de las Galaxias —avisó—; también soy admirador de Errol Flynn.

—¿Quién es Errol Flynn? —preguntó Hagen.

—Me estás tomando el pelo.

Hagen no respondió y Joe adoptó la postura de ataque. Pinchó al médico con una punta de la palanca y lo hizo retroceder, y después, con la otra, le descargó un golpe. Del hombro de Hagen salió un ruido escalofriante, y el médico soltó un grito de dolor.

—Creo que te di en el hueso *humerístico* —dijo Joe—, aunque me parece que no fue nada divertido.

Hagen soltó un gruñido.

—Fue en la clavícula, idiota.

Ahora estaba torcido como un pájaro con un ala rota.

—Muy bien, voy a probar de nuevo —dijo Joe, levantando la palanca para darle otro golpe.

—Basta —exclamó Hagen, tirando la espada al suelo—. Me rindo. Deja de golpearme.

Hagen se arrodilló, apretándose la clavícula rota y haciendo muecas de dolor, pero cuando Joe se adelantó, el médico le hizo una última trampa. Sacó una jeringa del bolsillo y trato de clavar la aguja en la pierna de Joe. Este lo vio a tiempo y bloqueó hacia abajo el movimiento, dirigiéndolo al muslo del propio Hagen.

Lo que había en la jeringa, fuera lo que fuese, actuó de manera casi instantánea. El médico puso los ojos en blanco y cayó de lado sobre el hombro herido sin la menor queja.

—Muy bien —dijo Joe—. Ahora tengo que llevarte.

Joe se inclinó a su lado y le buscó el pulso. Por suerte, lo encontró. Quitó la jeringa y rompió la aguja antes de guardarla en el bolsillo. Le pareció que sería prudente averiguar qué contenía.


Mientras Joe pensaba qué hacer con el médico inconsciente, Kurt se movía con deliberada cautela buscando al segundo fugitivo. Suponía que el hombre se había quedado sin munición o que había perdido el arma, porque no había vuelto a disparar, pero eso no garantizaba que no estuviera preparando otra emboscada.

Al oír un ruido de pasos en la grava suelta de otra escalera, Kurt pegó el cuerpo a la pared y fue a asomar la cabeza por la esquina. La escalera se curvaba formando una espiral y subía hasta el siguiente nivel de las almenas. No era una subida larga, pero la pared de piedra impedía ver más que unos pocos escalones cada vez.

Kurt se quedó perfectamente inmóvil, escuchando. Por unos segundos no se oyó ningún ruido. Después, de repente, el eco sordo de alguien que corría y llegaba al final de la escalera.

Kurt se abalanzó hacia allí y empezó a subir con rapidez. Treinta escalones curvos y estrechos, tallados para hombres del siglo XVII, que tenían zancadas más cortas y cuerpos más pequeños. Entraba justo, pero avanzó con rapidez y llegó arriba a tiempo para ver a un hombre corriendo por el espacio llano de la cubierta de artillería.

El hombre iba hacia el otro extremo, donde una hilera de viejos cañones apuntaba hacia el mar. Kurt echó a correr detrás de él, saltando por encima de un corto muro y atravesando en diagonal un patio. Se estaba acercando cuando su presa trepó a la muralla y saltó tres metros hasta la cubierta inferior.

Kurt llegó al muro, apoyó en él una mano y saltó también por encima hasta el siguiente nivel. Flexionando las piernas para absorber el impacto, se mantuvo erguido, pero el asesino ya estaba a quince metros de distancia y saltando por encima del siguiente muro.

Kurt lo siguió y descubrió que allí había que saltar más de tres metros.

—Al final me toca perseguir a un tío que parece una cabra de monte.

Kurt calculó el salto a una rampa de piedra inclinada. Saltó hasta allí y continuó la persecución.

El objetivo se alejaba, corriendo hacia otro muro. Ese estaba en la parte frontal del fuerte, asomando sobre el puerto. Hasta el momento, habían subido a la cima y bajado dos niveles del pastel de bodas. Kurt suponía que allí se acababa la persecución. Estaban ahora en la cubierta inferior del fuerte y la altura, del otro lado del muro, era de veinticinco, quizá treinta metros, con nada en el fondo más que rocas.

El hombre pareció darse cuenta, frenó antes de llegar al muro y volvió la cabeza para mirar a Kurt. Tras una leve vacilación, arrancó de nuevo, corrió en línea recta y saltó al precipicio. Una caída necesariamente mortal.

Kurt llegó el borde y miró hacia abajo, esperando encontrar un cuerpo aplastado contra las rocas. Lo que vio, en cambio, fue un estrecho corte rectangular tallado en la roca, como un canal. El hombre que había saltado no solo estaba vivo, sino que nadaba como un campeón olímpico hacia una lancha motora que lo esperaba.

No le quedó más remedio que mirar con reticente admiración cómo subían a bordo al nadador y desaparecían en la oscuridad de la noche.

—¿Qué ocurrió? —gritó una voz un nivel por encima.

Kurt volvió la cabeza y vio a Joe sosteniendo del cogote al doctor Hagen.

—Se escapó —dijo Kurt—. Tengo que admitir que se lo merece.

—Al menos tenemos a este —respondió Joe.

Mientras hablaba se oyó un estampido seco y el prisionero se hundió y cayó de lado. Kurt y Joe se pusieron a cubierto pero no hubo más disparos.

Detrás del muro, Kurt miró alrededor. Tanto él como Joe eran suficientemente inteligentes para no asomar la cabeza, y comunicarse desde la protección que les aseguraban los muros de piedra.

—Joe —gritó Kurt—. Dime que estás bien.

—Sí, estoy bien —respondió Joe con voz triste—. Pero nuestro prisionero está muerto.

Kurt debería haberlo adivinado.

—Maldita sea —masculló—. Todo esto para nada.

—¿Tienes alguna idea de dónde vino el disparo?

Teniendo en cuenta la posición de Joe en el nivel superior y la manera en la que resonó en las paredes, el disparo tenía que haber venido de algún sitio en el agua.

—Del otro lado del puerto —calculó Kurt.

Arriesgó un vistazo en aquella dirección. La lancha motora se había ido, pero de todos modos no era una plataforma adecuada para disparar. Sobre la orilla de enfrente había otras estructuras, incluidas las fortificaciones y la plaza de artillería de otro fuerte.

—Eso está a más de trescientos metros —dijo Joe.

—A oscuras y con algo de viento —comentó Kurt—. Vaya disparo.

—Sobre todo porque fue a la primera —añadió Joe—. Sin corrección.

No hablaban de esa manera por morbosidad. Trataban de determinar la naturaleza de su enemigo.

—Y en vez de matarnos a nosotros, mataron a uno de los suyos —dijo Kurt.

—¿Estás pensando lo mismo que yo? —preguntó Joe—. ¿Que esos tíos son profesionales?

—Asesinos a sueldo —aseguró Kurt—. Hagen no fue más que otra víctima.

Para entonces, unidades policiales avanzaban por la calle hacia el fuerte. Los destellos rojos y azules de una lancha motora que navegaba hacia ellos desde el puerto interior mostraban que la policía también estaba allí. Demasiado tarde, pensó Kurt. Los culpables estaban muertos o habían huido.

Sin levantar la cabeza, por miedo a que siguiera allí el francotirador, sacó del bolsillo la nota que Kensington había tratado de escribir. Estaba manchada de sangre, pero algo se podía leer. Parecía que había un nombre escrito. Sophie C...

No le decía nada. Pero en ese momento nada parecía tener sentido. Guardó el papel, esperó la llegada de la policía y se preguntó cuándo vendría una racha de suerte.

Al otro lado del río, en unas ruinas tan antiguas y propicias como las del fuerte San Ángel, otra figura acababa de convencerse de que le había tocado esa racha. Observaba las consecuencias de su disparo.

Después de divisar al enemigo, había calculado la velocidad del viento y combatido una repentina visión borrosa, haciendo que la doble imagen fuera una sola, y apretado el gatillo. Los problemas de visión acompañaban las llagas y las ampollas de la cara, que poco a poco iban mejorando.

El número cuatro llevaba esas cicatrices con orgullo. Había sobrevivido a la marcha de la muerte para regresar al punto de control, y le habían dado una segunda oportunidad de servir a Osiris. Con un solo disparo había demostrado su valía.

Desmontó el rifle de cañón largo, examinó con atención la foto electrónica que había sacado del disparo mortal y por un instante se preguntó si no debería haber matado a los estadounidenses. Pero solo había tiempo para un disparo limpio, y había que acallar a Hagen. Su decisión había sido acertada. En la siguiente oportunidad mataría a los estadounidenses.

Después de guardar el rifle usó con cuidado una bufanda para envolverse el rostro dañado, y para ocultar la gasa empapada en ungüento antibiótico curativo que le cubría la nuca. Después se alejó y desapareció en la noche.

## 20

—Pensé que no ibais a actuar hasta que yo llegara.

Quien hablaba era Renata Ambrosini.

Estaba sentada con Kurt y Joe en una lujosa suite del último piso del hotel más caro de Malta. Kurt sostenía un vaso de whisky con hielo contra la frente para aliviar un feo golpe que había recibido. Joe trataba de estirarse la espalda y aflojar un calambre en el cuello.

Que no estuvieran en la cárcel era un pequeño milagro. Pero después de su arresto y detención, las llamadas de los gobiernos estadounidense e italiano y un vídeo de un testigo ocular inclinaron la balanza a su favor. En dos horas pasaron de ser amenazados con cincuenta años de trabajos forzados a ser considerados candidatos al título de Caballero de la Orden de San Juan. Habían aprovechado bien el día. Pero los dos habrían cambiado los elogios por una pista mejor.

—Te puedo asegurar que nos hemos esforzado —dijo Kurt—. Pero después de que rompieron la pared y se dieron a la fuga, mucho no pudimos hacer.

Renata se sirvió un trago y se sentó junto a Kurt.

—Por lo menos, los dos estáis bien. Tanto Kensington como Hagen están muertos.

Joe parecía abatido.

—Tendría que haberlo dejado en el suelo. Cuando lo llevé junto a la pared solo estaba semiconsciente.

—No te eches la culpa —dijo Kurt—. Era imposible saber que tenían un francotirador cubriéndoles la fuga.

Joe asintió.

—¿Se pudo saber qué había en la jeringa?

—Ketamina —dijo Renata—. Un anestésico corriente, de acción rápida. Nada parecido a lo que nos afectó en Lampedusa.

—¿Puede la ketamina ser el antídoto? —preguntó Kurt esperanzado.

—Hice que el doctor Ravishaw investigara —dijo Renata—. Por las dudas. No produjo ningún efecto. Así que volvemos a empezar de cero.

Kurt tomó un sorbo de whisky mientras miraba la nota arrugada que Kensington le había dado.

—¿Consiguiendo nombres y teléfonos de paso por la isla? —preguntó Renata.

—Kensington estaba escribiendo esto cuando el brazo de la grúa atravesó la pared.

Kurt le entregó el papel.

—Sophie C. No me suena.

—A nosotros tampoco —dijo Kurt—. Pero intentaba decirnos algo.

—Quizá Kensington quería que encontráramos a esa persona —sugirió Joe—. Quizá esa persona pueda ayudarnos. Quizá Sophie C. es la misteriosa mecenas que dona todos los artefactos para esa enorme subasta.

—Es una pena que no haya escrito más rápido —dijo Kurt.

—Lo raro es que lo haya escrito —comentó Renata—. ¿Por qué no lo dijo verbalmente?

Kurt se había estado preguntando lo mismo.

—Por la manera en que hablaba y miraba alrededor, parecía que podría haber un micrófono oculto en la habitación. O que al menos Kensington lo sospechaba.

Renata tomó un sorbo del vaso.

—Así que os escribe una nota con información mientras en voz alta niega tenerla.

Kurt asintió.

—Quizá creía que podían oírlo pero no verlo. Me parece que quería ayudarnos y que al mismo tiempo no lo descubrieran.

—Pero ya que lo tenían en un puño, ¿por qué lo mataron? —preguntó Renata.

—Por la misma razón que mataron a Hagen —explicó Kurt—. Para borrar las huellas. Habrán pensado que tarde o temprano se derrumbaría. Nuestra llegada quizá aceleró las cosas.

—Podríais haber sido objetivo los tres —sugirió Renata.

—Quizá —dijo Kurt. A esas alturas no importaban las razones. Sí el resultado, que favorecía claramente al adversario ahora que ellos habían perdido dos de las mejores pistas—. Tenemos que encontrar a esa tal Sophie —señaló Kurt, dirigiéndose a Renata—. Tú tienes más acceso que nosotros a nombres y antecedentes. ¿Crees que se puede contar con la ayuda de tus amigos de la Interpol? Quizá esa mujer haya sido amiga de Kensington o miembro de la junta directiva del museo o una de las donantes.

—Quizá sea una de las personas invitadas a la fiesta —advirtió Joe.

Renata asintió.

—Pediré a la AISE y a la Interpol que lo averigüen —dijo—. Es una isla pequeña. No creo que cueste tanto dar con ella. Si no aparece nada inmediatamente, ampliaré la investigación. Puede ser un nombre en clave o la denominación de una cuenta o un programa informático... algo.

—Hasta podría ser el francotirador de Joe —dijo Kurt.

—¿Por qué no? —comentó Renata—. Así es el mundo moderno. Una chica puede, de mayor, ser lo que quiera.

Kurt asintió, con expresión seria, y tomó otro sorbo de

whisky. El fuego frío del licor, combinado con la sensación de entumecimiento que producía el vaso helado contra la frente, había bajado el dolor a un nivel tolerable. Sentía que se le despejaba la mente.

—Todo se centra en algo relacionado con el museo. Kensington dijo que esos hombres buscaban artefactos egipcios, que él tachó de chucherías, pero quién sabe si decía la verdad. Necesitamos echar un vistazo. Y eso significa que Joe y yo iremos a la fiesta.

—A mí la ropa formal me queda muy bien —dijo Joe.

—No salgas todavía a mostrar tu esmoquin. No vamos a ir muy elegantes. Después de lo que ocurrió anoche, no nos conviene llamar la atención.

—Siento que hay un disfraz en mi futuro —comentó Joe.

—Algo mejor que un disfraz —dijo Kurt, sin dar detalles.

—Me impresiona que no se haya suspendido esa fiesta —señaló Renata.

Kurt coincidió con ella.

—A mí también. Pero a veces las cosas funcionan al revés. Por lo que he oído, el incidente no ha quitado interés a la fiesta, sino que lo ha estimulado. Casi como si el peligro excitara a la gente. De manera que en vez de suspenderla han triplicado la seguridad e invitado a más compradores potenciales.

—¿Y cómo nos lo haremos nosotros? ¿Nos presentaremos y tocaremos el timbre? —preguntó Joe—. ¿Mientras la triple fuerza de seguridad hace la vista gorda?

—Mejor todavía —respondió Kurt—. Nos van a escoltar personalmente hasta la fiesta.

## 21

*Sur de Libia*

La cabina del viejo DC-3 se estremecía sin parar mientras el avión atravesaba el desierto a una altitud de ciento cincuenta metros y a una velocidad de casi doscientos nudos. Por la vibración, Paul Trout calculó que las hélices no estaban bien sincronizadas o quizá un poco descentradas. Pensó, con morbosidad, si una de ellas estaría a punto de soltarse y salir volando hacia el desierto o, como un vengativo abrelatas, a punto de abrir de un tajo la cabina.

Como de costumbre, Gamay no compartía ninguno de esos temores. Iba en el asiento de la derecha, donde normalmente se sienta el copiloto, disfrutando de la vista desde la ventanilla y de la emoción de viajar con tanta rapidez a tan baja altitud.

Reza, su anfitrión, iba sentado con Paul detrás de los asientos de los pilotos.

—¿Tenemos que viajar tan rápido? —preguntó Paul—. ¿Y tan cerca del suelo?

—Es lo que conviene —insistió Reza—. De lo contrario, los rebeldes nos pueden disparar con mayor facilidad.

No era el tipo de respuesta que Paul buscaba.

—¿Rebeldes?

—Estamos todavía en un estado de guerra civil de baja

intensidad —dijo Reza—. Tenemos milicias que a veces trabajan con nosotros y a veces nos combaten; agentes extranjeros, sobre todo egipcios; los hermanos musulmanes; hasta miembros del viejo régimen de Gadafi. Todos luchando por el poder. En estos tiempos Libia es un sitio muy complicado.

De repente, Paul sintió el deseo de haberse quedado otro día en Túnez y haber regresado a Estados Unidos. Estaría sentado en el porche, fumando en pipa y escuchando la radio en vez de andar arriesgando la vida.

—No se preocupe —dijo Reza—. Serían muy tontos si gastaran un misil en un avión tan viejo como este. Normalmente nos disparan con los rifles y todavía no nos han dado.

Dicho eso, Reza pasó el brazo por detrás de Paul y golpeó la moldura de madera que revestía el mamparo. Como todo lo demás en el DC-3, pertenecía literalmente a otra era, y estaba casi gastada del todo, rozada por todas las personas que habían entrado y salido de la cabina en los últimos cincuenta años.

Los mandos estaban en el mismo estado. Palancas grandes, abultadas, sobadas y desgastadas por los hombres y mujeres que las habían manejado durante décadas. El yoke del piloto era del tipo de medio volante y hasta estaba torcido en el medio. El que había delante de Gamay tenía un aspecto un poco mejor.

—Quizá tendríamos que haber venido por tierra —comentó Paul.

—Son ocho horas de viaje en camión —explicó Reza—. Solo noventa minutos por aire. Y aquí arriba se está mucho más fresco.

Noventa minutos, pensó Paul, consultando el reloj. Menos mal. Eso significaba que ya estaban llegando.

Volando todavía a gran velocidad, atravesaron una serie de pliegues rocosos que brotaban de la arena como el lomo de un monstruo marino. Siguieron hacia el sur y describieron un círculo alrededor de lo que parecía una salina seca, antes de enfilar hacia una pista de tierra paralela a algo que a Paul le hizo pensar en un yacimiento petrolífero con torres, grúas y varios edificios grandes.

El aterrizaje fue relativamente suave, con un solo rebote y después un largo rodaje mientras se iba reduciendo la marcha. Como la mayoría de las aeronaves de los primeros tiempos de la aviación, el DC-3 contaba con rueda de cola. Tenía dos ruedas grandes debajo de las alas y una pequeña rueda guía en el extremo trasero, debajo de la cola. Eso producía, al aterrizar, una extraña sensación de planchazo, y entonces, a medida que disminuía la velocidad, iba levantando la nariz. Era todo muy anticuado, pensó Paul, pero se alegró de estar en tierra de nuevo.

En cuanto sus botas tocaron la arena, se volvió para ayudar a bajar a Gamay; le ofreció la mano, que ella usó para apoyarse y saltar.

—Fue asombroso —dijo ella—. Cuando regresemos, aprenderé a volar. Joe me podría enseñar.

—Suena estupendo —dijo Paul, esforzándose por mostrarse comprensivo.

—¿Viste el Oasis Bereber? —preguntó ella.

—No —dijo Paul, tratando de acordarse—. ¿Cuándo pasamos por encima?

—Cuando estábamos haciendo la última maniobra para el aterrizaje —dijo Reza.

—¿Se refiere a aquella zona seca?

Reza asintió.

—En una semana pasó de saludable paraíso tropical a salina. En todo el Sáhara se asiste ahora al mismo proceso que vimos en Gafsa.

—Parece imposible —dijo Paul.

Reza se tapaba el sol con una mano.

—Entremos —invitó.

Los condujo al edificio principal, esquivando una larga hilera de bombas y una serie de tuberías que se perdían en la distancia, hacia Bengasi. Después del calor del desierto, volver al aire acondicionado producía un grato alivio. Se acercaron a un grupo de trabajadores.

—¿Algún cambio? —preguntó Reza—. Cambio positivo, quiero decir.

El técnico principal negó con la cabeza.

—La producción ha bajado otro veinte por ciento —explicó con seriedad—. Hemos tenido que apagar tres bombas más. Se estaban recalentando y no sacaban más que lodo.

Mientras escuchaba la conversación, Paul miró alrededor. La sala estaba llena de pantallas y terminales de ordenador. Las pocas ventanas que había tenían un tinte reflectante. Le recordaba un centro de control de tráfico aéreo.

—Bienvenido a la cabecera del Gran Río Artificial —dijo Reza—. El mayor proyecto de irrigación del mundo. Desde aquí, y desde varios sitios más, sacamos agua del Acuífero de Arenisca Nubio y la repartimos, después de ochocientos kilómetros de desierto, a las ciudades de Bengasi, Trípoli y Tobruk.

Reza tocó una pantalla y por ella empezaron a pasar fotografías de gigantescas bombas trabajando y agua bajando en torrente por inmensas y oscuras tuberías.

—¿Cuánta agua sacan? —preguntó Gamay.

—Hasta hace poco, siete millones de metros cúbicos por día —dijo—. Eso equivale, para los estadounidenses, a casi dos mil millones de galones.

Paul estudiaba los paneles; veía indicadores en amarillo, naranja y rojo. Nada aparecía en verde.

—¿Cuánto los ha afectado la sequía?

—Ya sacamos casi un setenta por ciento menos —dijo Reza— y la situación va empeorando.

—¿Ha habido terremotos? —preguntó Paul—. A veces la actividad sísmica puede cortar pozos y desequilibrar acuíferos. Entonces cuesta más recuperar el agua.

—No ha habido terremotos —respondió Reza—. Ni siquiera temblores. Geológicamente, esta zona es increíblemente estable. Aunque políticamente no lo sea.

Paul estaba francamente desconcertado, y dijo lo único que tenía sentido.

—Estoy seguro de que nadie quiere hablar de esto, pero ¿es posible que se esté secando el acuífero?

—Buena pregunta —dijo Reza—. Aquí el agua subterránea permanece desde el último período glacial. Es evidente que la que sacamos no se reemplaza. Pero casi todos los cálculos sugieren que debería durar por lo menos cinco siglos. Las mediciones más prudentes indican que hay reserva por lo menos para cien años. Y hace solo veinticinco que empezamos la extracción. Como usted, carezco de respuesta. No sé a dónde va el agua.

—¿Qué es lo que sabe usted? —preguntó Gamay.

Reza se acercó a un mapa.

—Sé que la sequía avanza, que empeora con rapidez. También parece extenderse hacia el oeste. Los primeros informes de problemas con los pozos vinieron del extremo oriental. —Señaló un punto al sur de Tobruk, donde Libia y Egipto tienen frontera común—. Eso fue hace nueve semanas. Poco después, algunos pozos de Sarir y Tazerbo, en el centro del país, empezaron a perder presión. Y hace treinta días notamos que por primera vez bajaba el volumen de los pozos de la parte occidental, al sur de Trípoli. Allí todo ocurrió con rapidez, y en cuestión de días el volumen de agua bombeada se redujo a la mitad. Por eso fui a Gafsa.

—Porque Gafsa queda aún más al oeste —señaló Paul.

Reza asintió.

—Quería ver si continuaba el efecto, y confirmé que sí. Mis homólogos en Argelia empiezan a notarlo también. Pero ninguno de esos países depende tanto del agua subterránea como nosotros. En los veinticinco años que llevamos explotando estos pozos, la población de Libia se ha duplicado. Nuestra agricultura de regadío ha aumentado un cinco mil por ciento. Todo el mundo depende ahora del acceso al agua.

Paul asintió.

—Y si cuando abren el grifo no sale nada, se verán en aprietos.

—Ya ocurre —le aseguró Reza.

—Aparte de usted, ¿hay alguien más investigando esto? —preguntó Gamay.

Reza se encogió de hombros.

—La verdad es que no. No hay nadie más preparado para hacerlo. Y como se imaginará, con una guerra civil en marcha el gobierno tiene cosas más importantes de las que ocuparse. O eso cree. Se me ha preguntado si es obra de los rebeldes. Tendría que haber dicho que sí. Habrían puesto a mi disposición todos los recursos del país. Pero dije que no. De hecho, les dije que era una idea ridícula. —Reza hizo una mueca mientras contaba el incidente—. Y puedo asegurar que no conviene decirle a un político que sus preguntas son ridículas. Al menos en mi país.

—¿Por qué?

—Parece obvio.

—No —lo corrigió Gamay—. ¿Por qué no habrían de ser los rebeldes?

—Los rebeldes ponen bombas —dijo—. Esto es algún tipo de fenómeno natural. Un desastre natural en ciernes. Además, todo el mundo necesita agua. Todo el mundo tiene que beber. Si desaparece el agua, habrá guerra pero nada por lo que luchar.

—¿Cómo hace el país para sobrevivir? —preguntó Paul.

—Por ahora, los depósitos en las afueras de Bengasi, Sirte y Trípoli van cubriendo todas las necesidades —explicó Reza—. Pero ya ha empezado el racionamiento. Y si nada cambia, en unos días tendremos que cortar el suministro a barrios enteros. A partir de ese momento, todo el mundo hará lo que la gente desesperada hace. Entrará en pánico. Y volverá a reinar el caos.

—Seguramente lo tomarán en serio si les muestra esas proyecciones —dijo Gamay.

—Ya se las he mostrado —explicó Reza—. Lo único que hacen es ordenarme que resuelva el problema. De lo contrario, me reemplazarán y me acusarán de mala gestión. Antes de regresar tengo que encontrar una solución. Al menos una teoría que explique lo que ocurre.

—¿Qué profundidad tiene el Acuífero de Arenisca Nubio? —preguntó Paul.

Reza postró en la pantalla un corte del proceso de perforación.

—La mayoría de los pozos tienen entre quinientos y seiscientos metros de profundidad.

—¿Se podría perforar un poco más?

—Es lo primero que se me ocurrió —dijo Reza—. Hicimos un par de pruebas hasta los mil metros. Pero no encontramos agua. Seguimos hasta los dos mil metros. Y nada.

Paul estudió la imagen. El diagrama mostraba el recinto, en la superficie, como una serie de pequeños cuadrados grises. El pozo estaba representado con un color verde vivo, lo que permitía seguirlo con facilidad a través de capas de tierra y roca hasta la arenisca rojiza donde seguía atrapada el agua de la era glacial. Por debajo de la arenisca había una capa oscura, que seguía hacia abajo hasta una profundidad de mil metros. La zona siguiente estaba representada en gris y carecía de marcas.

—¿Qué clase de piedra hay por debajo de la arenisca? —preguntó Paul.

Reza se encogió de hombros.

—No lo sabemos bien. No se ha hecho ningún estudio para saber qué hay por debajo de los dos mil metros. Supongo que más roca sedimentaria.

—Quizá deberíamos averiguarlo —dijo Paul—. Quizá el problema no esté en la arenisca. Quizá esté debajo.

—No tenemos tiempo para hacer una perforación tan profunda —dijo Reza.

—Podríamos hacer un estudio sísmico —sugirió Paul.

Reza cruzó los brazos sobre el pecho y asintió.

—Me encantaría hacerlo, pero para ver a través de tanta roca necesitamos un poderoso explosivo que emita vibraciones. Por desgracia, nos han confiscado las reservas de explosivos.

—Parece una medida razonable. El gobierno no quiere que los rebeldes se apoderen de los explosivos —dijo Gamay.

—Son los rebeldes quienes se los han llevado —explicó Reza—. El gobierno decidió entonces no reemplazarlos. En todo caso, yo no tengo aquí nada que pueda crear un sonido que penetre lo suficiente en la roca y nos devuelva una señal clara.

Por un momento, Paul no supo qué decir. Entonces se le ocurrió una idea, una idea tan loca que quizá hasta podría llegar a funcionar. Miró a Gamay.

—Ahora sé lo que siente Kurt cuando llega la inspiración. Es una mezcla de locura y de genio.

Gamay ahogó una risita.

—Con Kurt, a veces la mezcla no es muy equilibrada.

—Espero que no sea el caso en esta ocasión —dijo Paul antes de volver a dirigirse a Reza—. ¿Hay aquí algún equipo de sonido para grabar una señal?

—El mejor del mundo.

—Prepárelo —dijo Paul—. Y por mucho que me cueste decirlo, pida que echen gasolina a ese viejo avión suyo. Saldremos a dar una vuelta.

## 22

El DC-3 carreteó por la pista de tierra, pasó junto a la estación de bombeo y, como pudo, empezó a trepar por el aire. En la tarde calurosa le costaba ganar altitud, aunque los dos motores Curtiss-Wright Cyclone se esforzaban haciendo la mayor cantidad posible de revoluciones por minuto. Al salir de la línea de montaje, habían alcanzado cada uno mil caballos de fuerza, pero no había grado de mantenimiento que pudiera asegurar esa potencia setenta años más tarde. La aeronave logró sin embargo coger velocidad y ascender, volando hacia el sur, hasta que llegó a diez mil pies de altura, donde el aire era fresco y seco. Después de estabilizarla, dieron la vuelta para regresar al campo de aviación.

Dentro del aparato, el piloto de Reza llevaba los mandos mientras Paul y Gamay, en el centro de la cabina, sostenían por los lados un armatoste rodante, compuesto por una abollada plataforma con cuatro ruedas que tenía un asa por un lado. Sobre la plataforma iba un bloque de hormigón que pesaba cerca de cuatrocientos kilos. Paul y Gamay hacían todo lo posible para que ni el hormigón ni la plataforma que lo sostenía se movieran prematuramente.

Mientras desataba una correa, Gamay miró hacia Paul.

—Tienes todo bien sujeto por ese lado, ¿verdad?

Paul estaba agachado, sosteniendo todo con firmeza para

que no se deslizara hacia la cola del avión antes de que estuvieran preparados.

—Estamos a dos minutos de la zona de lanzamiento —gritó el piloto.

—Llegó la hora de saber si funciona —dijo Paul—. Vamos ahora, despacio.

Con Gamay aferrando el asa y Paul tirando de la plataforma por el otro lado, empezaron a avanzar hacia la parte trasera del avión. Habían quitado los asientos y también la puerta de carga. Veloces corrientes de aire pasaban por delante del enorme hueco. Un hueco por el que Paul y Gamay planeaban empujar la plataforma, con la esperanza de no caerse ellos.

Todo anduvo bien hasta que llegaron a menos de dos metros de la puerta abierta. Como era de esperar, al acercarse a la cola el morro del avión empezó a subir. Haciendo equilibrio con el trozo de hormigón sobre la plataforma, Paul y Gamay llevaron trescientos setenta kilos desde la parte delantera del avión hasta casi el extremo trasero. Eso cambió el equilibrio de la aeronave, haciendo que pesara más la cola. En consecuencia, el morro fue apuntando cada vez más hacia arriba.

—Empuja hacia delante —gritó Gamay.

—Supongo que sabe hacerlo —dijo Paul, preparándose para que la plataforma no siguiera rodando.

—Entonces ¿por qué no lo hace? —preguntó ella.

En realidad, el piloto empujaba, pero los mandos obedecían con mucha lentitud. Empleó más fuerza y utilizó la aleta compensadora. El avión respondió, bajando apreciablemente el morro; demasiado, en realidad. De repente, la plataforma quiso rodar hacia la cabina de mando, tratando de apisonar a Gamay por el camino.

—Paul —gritó ella.

Paul poco podía hacer, más que intentar detener la plataforma. Logró hacerlo cuando Gamay ya había quedado encajada contra los asientos que no habían quitado.

Al moverse el peso hacia delante, se incrementó el efecto de morro bajo que el piloto trataba de conseguir y el avión empezó a caer en picado.

Gamay sintió que la aplastaban. Empujó la plataforma con todas sus fuerzas.

—¡Esta es la peor idea que has tenido jamás! —gritó—. Como las que suele tener Kurt.

Paul tiraba de la plataforma con todo el cuerpo, tratando de quitar la presión que sufría Gamay. En ese instante tuvo que darle la razón.

—¡Tira! —le gritó ella al piloto, dándole ya instrucciones—. ¡Tira!


Reza y su equipo habían estado instalando sensores en el suelo, esperando el regreso de la aeronave y de la bomba de hormigón que transportaba. Oyeron que se acercaba, levantaron la mirada y vieron que corcoveaba y se lanzaba en picado, con gran estruendo de motores, y después reducía la velocidad. Desde el suelo, parecía que iba montado en una montaña rusa.

—¿Qué hacen? —preguntó uno de los hombres a Reza.

—Los estadounidenses están locos —dijo otro.


Arriba, en el avión, Paul pensaba lo mismo. Al levantarse el morro, la plataforma había vuelto a ser manejable, y la habían llevado hacia la cola. Esa vez el piloto estaba preparado y controló mucho mejor la inclinación.

Eso dejó a Paul cerca de la puerta abierta, sosteniendo la plataforma y la carga de hormigón y tratando de encontrar la manera de echarla por allí sin caer.

Podía empujarla con fuerza, pero ¿cómo haría él para frenar?

—¡Estamos casi en la zona de disparo! —gritó el piloto.

Paul miró a Gamay.

—Esto parecía mucho más fácil cuando se me ocurrió.

—Tengo una idea —dijo ella—. ¡Alabea hacia la izquierda! —le gritó al piloto.

El piloto se volvió para mirarla.

—¿Qué?

Ella hizo un movimiento con la mano hacia un lado y volvió a gritar. Daba la impresión de que el piloto no entendía. Paul sí.

—Gran idea —dijo—. ¿No puedes enseñarle?

Gamay soltó la plataforma y corrió a la cabina de mando. Volvió a sentarse en el asiento del copiloto y agarró el volante.

—Así.

Llevó el yoke hacia la izquierda. El piloto la imitó y el DC-3 se inclinó.

En la parte trasera, Paul se había atado un brazo a una correa de sujetar carga y había apoyado la espalda en el fuselaje. Al inclinarse el avión, empujó la plataforma con los pies y miró como salía por la puerta llevando encima el pesado bloque de hormigón.

Cuando el avión volvió a nivelarse, se acercó con cautela a la puerta. Allá detrás, la plataforma y el bloque caían como dos bombas individuales, sin dar vueltas, con suavidad, en silencio.

Gamay corrió a mirar.

—¡Es la mejor idea que se te ha ocurrido jamás! —gritó, dándole un beso en la mejilla. Paul sonrió para sus adentros, viendo que se acercaba la culminación de sus esfuerzos.


Abajo, Reza y los demás técnicos observaban también la caída del bloque.

—Ahí viene —dijo Reza—. ¿Todo el mundo listo?

Distribuidos en unas cuantas hectáreas de tierra había cuatro equipos. Cada uno había perforado el suelo y colocado sensores. Si todo salía bien, esos mecanismos recogerían el eco de las ondas de sonido producidas por el choque del hormigón contra el suelo. Y esperaban, a partir de ese eco, descubrir qué había debajo de la arenisca.

—¡Verde! —gritó alguien.

—¡Verde! —confirmó el resto.

La pantalla de Reza también estaba verde. Sus sensores funcionaban a la perfección. Lanzó una última mirada hacia arriba, encontró el objeto que caía y le pareció que iba directamente hacia él. No puede ser, se dijo.

Esperó exactamente un segundo y entonces echó a correr por la arena.

El bloque de hormigón cayó a solo cincuenta metros de Reza, pero el golpe retumbó en el desierto con un sonoro estruendo que no solo le llegó por los oídos: también lo sintió en el pecho y en las extremidades. Era exactamente lo que esperaban.

Se levantó con rapidez y corrió atravesando la nube de polvo para ir a mirar en el ordenador.

—Vamos, vamos —suplicó. Finalmente, por la pantalla empezaron a correr unas líneas quebradas. Más y más cada segundo. Diferentes frecuencias de diferentes profundidades.

—Tenemos los datos —gritó—. Bien, datos de profundidad.

Exultante, se quitó el sombrero y lo arrojó al aire mientras el DC-3 se alejaba. Los datos eran solo una parte. Ahora tendrían que descubrir su significado.

## 23

Tariq Shakir estaba en una cámara reservada en otro tiempo para los faraones y sus sacerdotes. Una tumba oculta, jamás tocada por ladrones, estaba repleta de bienes y tesoros que en mucho superaban los encontrados con Tutankamón. Cubrían las paredes piezas de arte y jeroglíficos del apogeo de la Primera Dinastía. Una copia pequeña de la Esfinge, cubierta con pan de oro y piedras azules semipreciosas, dominaba un extremo de la enorme sala, y en el centro descansaba una docena de sarcófagos. Dentro de cada uno, el cuerpo de un faraón supuestamente robado y profanado hacía miles de años. Alrededor de ellos había animales momificados, puestos allí para que los sirvieran en la otra vida, y cerca descansaba la armazón de un bote de madera.

El mundo en general nada sabía de esa cámara, hecho que Shakir no tenía intención de revelar. Pero de vez en cuando llamaba a expertos para que trabajaran en ella y no veía motivos para que su gente no pudiera disfrutar de la recuperada gloria de los antiguos. Después de todo, si triunfaba, una nueva dinastía de su propia creación se instauraría en el norte de África.

Pero ahora tenía un problema.

Dejó la cámara mortuoria y entró en la sala de control. Allí, su fiel lugarteniente Hassan estaba de rodillas, con una pistola apuntándole a la cabeza por orden de Shakir.

—¿Tariq? ¿Por qué haces esto? —preguntó Hassan—. ¿Qué ocurre?

Shakir dio un paso hacia su amigo y levantó un dedo. Eso bastó para tranquilizar a Hassan.

—Te lo voy a mostrar.

Con un mando a distancia, encendió un monitor en la pared de enfrente. Al iluminarse la pantalla apareció la cara ampollada por el sol del candidato número cuatro.

—Llegó un informe desde Malta —dijo Shakir—. Hagen y dos miembros del equipo que tú elegiste tenían como misión eliminar a los estadounidenses. Mataron a uno de ellos, capturaron a Hagen y otro escapó. Supongo que entenderás por qué es imperioso que ninguno de nuestros agentes sea capturado.

—Claro que lo entiendo —dijo Hassan—. Por ese motivo envié...

—Enviaste a un candidato que me ha fallado —tronó Shakir—. Un candidato que, según se me hizo creer, había muerto en el desierto hace tres días.

—Yo nunca insinué que hubiera muerto.

—Me ocultaste que había sobrevivido —dijo Shakir—. Es exactamente la misma trasgresión.

—No —insistió Hassan—. Sobrevivió. No preguntaste. Me atreví a ejecutar tu oferta de que cualquiera que lograra regresar al punto de control tendría otra oportunidad.

Shakir despreciaba que usaran sus propias palabras contra él.

—Ocurre que no es posible que alguien haya sobrevivido a la caminata de regreso al punto de control. No es posible hacer esos cincuenta kilómetros a través del desierto, bajo el sol implacable, sin agua y sin sombra después de semanas de agotadora competición y sueño escaso.

—Te aseguro que lo logró —dijo Hassan—. Y sin ayuda. Mírale la cara. Mírale las manos. Cavó una madriguera en la arena cuando pensó que iba a morir. Se ocultó allí hasta el anochecer. Después salió y siguió andando.

Shakir había visto las cicatrices. «Listo —pensó—. Ingenioso.»

—¿Por qué no informaron de esto mis hombres?

—Cuando llegó no había nadie en el punto de control —insistió Hassan—. Los hombres se habían ido convencidos, como tú, de que nadie completaría la caminata. El número cuatro se puso en contacto conmigo. Viendo su fortaleza y su determinación, pensé que era el candidato perfecto para vigilar a nuestros propios hombres. Estaba allí sin su conocimiento. Si flaqueaban, tenía orden de eliminarlos e impedir que nos descubrieran.

Shakir era el líder indiscutible de Osiris, pero no tenía miedo a admitir sus errores. Si lo que Hassan contaba era verdad, el número cuatro merecía sin duda que lo distinguieran con un puesto, y algo no menos importante, con un nombre.

Tras ordenar a Hassan que no hablara, Shakir restituyó el sonido a la comunicación por satélite e interrogó el número cuatro. Las respuestas fueron muy parecidas, aunque no idénticas. Shakir sintió que le decían la verdad, que aquello no era una historia ensayada.

Miró a los guardias que estaban detrás de Hassan.

—Suéltenlo.

Los guardias dieron un paso atrás y Hassan se puso de pie. Shakir se volvió hacia el número cuatro.

—Te voy a contar una historia —comenzó—. Cuando yo era niño, mi familia vivía en las afueras de El Cairo. Mi padre buscaba metal en la basura para venderlo. Así sobrevivimos. Un día entró en mi casa un escorpión grande. Me picó. Iba a aplastarlo con un ladrillo cuando mi padre me paró la mano.

»Dijo que me enseñaría una lección. Puso entonces el escorpión en un tarro y trato de ahogarlo, primero con agua fría y luego con agua caliente. Después lo dejo el sol, durante días, debajo de un vidrio transparente. Más tarde le echó alcohol. El escorpión trató de nadar pero no pudo y finalmente se acomodó en el fondo del recipiente. Al día siguiente volcamos el alcohol y echamos el escorpión en la tierra, junto a nuestra casa. No solo seguía vivo, sino que inmediatamente intentó atacarnos. Antes de que pudiera picarme, mi padre lo lanzó lejos de un escobazo. "El escorpión es nuestro hermano —dijo—. Tozudo, venenoso y duro de matar. El escorpión es noble."

En la pantalla, el número cuatro asintió casi imperceptiblemente.

—Has demostrado tu valía —dijo Shakir—. Ahora eres uno de nosotros. Un hermano. Tu nombre en clave será Escorpión, porque has demostrado ser tozudo, duro de matar y, sí, incluso noble. No pediste clemencia en el desierto. No cediste al miedo. Por eso, te apruebo.

En la pantalla, el hombre que acababa de ser investido, inclinó la cabeza.

—Lleva con orgullo esas cicatrices —dijo Shakir.

—Lo haré.

—¿Qué órdenes tienes? —preguntó Hassan, tratando de retomar la conversación, pero sobre todo agradecido de estar vivo.

—Las mismas de antes —dijo Shakir—. Conseguir los artefactos antes de que se hagan públicos y borrar todo registro de ellos en el museo. Esta vez irás tú a supervisarlo personalmente.

## 24

*Malta*
*19.00 horas*

Un chirrido estridente desgarró la noche cuando una furgoneta de reparto se acercó marcha atrás al área de carga y descarga de un gran almacén. El almacén pertenecía al Museo Oceánico Maltés y en él se guardaban la mayoría de los proyectos en curso.

Desde la puerta del almacén, dos guardas de seguridad y un operador del montacargas miraban como se acercaba la furgoneta.

—¿Te das cuenta de que estamos aquí metidos, recibiendo cosas —dijo uno de los guardas—, mientras el resto disfruta allí, dentro del museo?

En la calle, limusinas y coches exóticos se habían estado deteniendo delante del edificio principal del museo, donde tendría lugar el baile de etiqueta. Algunos de los asistentes llegaban directamente desde sus yates.

Entre los coches, las esposas y las amantes, por no hablar de las azafatas —que llevaban relucientes vestidos—, el guarda del almacén tenía la clara impresión de que estaba perdiendo una oportunidad.

El segundo guarda se encogió de hombros.

—Espera a que alguien pierda un pendiente: se armará un buen alboroto y aquí estaremos nosotros, tranquilamente sentados, informando de que todo está bien.

—Quizá tengas razón —dijo el primer guarda, cogiendo una tablilla con portapapeles—. Vamos a ver qué tenemos aquí.

Fue hasta el área de descarga mientras otro guarda, a poca distancia, cerraba la puerta. Un vallado perimetral de alambre de espino era la primera línea de defensa. Las puertas del almacén, con teclados numéricos de seguridad en los que había que usar tarjetas de acceso, eran la segunda, pero los propios guardas de seguridad vigilaban el almacén las veinticuatro horas. Y desde el ataque que había matado a Kensington habían triplicado el personal.

La furgoneta tocó la plataforma y la alarma, afortunadamente, dejó de sonar.

El conductor saltó de la cabina, fue a la parte trasera y abrió la puerta, que traqueteó deslizándose hacia arriba.

—¿Qué tienes para mí? —preguntó el guarda.

—Una entrega de última hora.

El guarda echó una ojeada a la furgoneta. Dentro solo había una caja de madera de unos tres metros de largo, cerca de uno de ancho y casi dos de alto.

—¿Número de factura? —preguntó.

—SN-5417 —dijo el conductor, consultando sus propios papeles.

El guarda revisó la primera página del albarán de entrega y no encontró nada. Pasó rápidamente a la segunda página.

—Aquí está. Lo han añadido en el último momento. ¿Dónde has estado? Tendrías que haberlo entregado hace una hora.

El conductor parecía molesto con la pregunta.

—Empezamos con retraso, y tu gran fiesta está convirtiendo el tráfico en una pesadilla. Tienes suerte de que haya venido.

El guarda no lo dudaba.

—Echemos un vistazo.

Metió un destornillador grande por debajo de la tapa de la caja, hizo palanca y la abrió.

Dentro, sobre un lecho de paja, descansaba el estrecho cañón de un arma antipersonal usada para disparar metralla al enemigo. Según la nota de entrega, procedía de un balandro británico del siglo XVIII. A su lado, envueltas en papel sin ácido y protegidas por plástico de burbujas, había varias espadas.

Satisfecho, el guarda se dirigió a un operador de montacargas.

—Lleva esto a la parte trasera y ponlo en algún sitio donde no estorbe. Nos ocuparemos de llevarlo a donde corresponda cuando termine la fiesta.

El operador de montacargas asintió. A diferencia de los guardas, le gustaba estar allí. El turno de la noche significaba horas extras. Si se extendía hasta después de la medianoche, como casi seguro ocurriría, contaría como tiempo doble. Puso en marcha el montacargas, recogió la caja y se metió en el almacén. Hizo un rápido giro y pronto se vio avanzando por el pasillo central del laberíntico espacio. Al llegar a un punto donde la nueva caja no molestaría, frenó.

Puso la caja en el suelo con un ligero crujido. Una rápida ojeada le sirvió para saber que la vieja paleta de madera, debajo, se había roto. Se encogió de hombros. Sucedía todo el tiempo.

Dejó la caja, retrocedió y se puso en marcha de nuevo hacia la entrada del edificio. Todo quedaría tranquilo por un rato. Decidió que mientras durase la calma, vería un poco la tele en el cuarto de receso.

Aparcó el montacargas, se quitó el casco y entró por la puerta. Lo primero que notó fue que había varios cuerpos en el suelo; reconoció dos de ellos: eran los guardas que acababan de revisar la nueva entrega.

Al otro lado de la sala había más guardas de seguridad con la pistola en la mano. Dio media vuelta para salir por la puerta, pero no llegó. Recibió tres disparos casi simultáneos, acompañados por el chasquido apagado de las armas automáticas con silenciador.

Cayó de rodillas y un cuarto disparo acabó con su sufrimiento. Se desplomó de lado, quedando en el suelo junto a uno de los otros trabajadores muertos.

Si el operador del montacargas hubiera vivido lo suficiente para pensarlo, habría reconocido en los hombres armados a los empleados recién contratados: trabajadores temporales para reforzar la seguridad durante la subasta. También habría notado que detrás de ellos había un hombre con la cara quemada. Pero antes de que sus sinapsis cerebrales registrarán eso, murió.

# 25

En un espacio estrecho y claustrofóbico, Kurt miró a través de una máscara de buceo hacia la nada representada por la más completa oscuridad. Inspiraba bocanadas suaves y acompasadas de un pequeño regulador y trataba de calcular cuánto tiempo había pasado. No era fácil saberlo. La inmovilidad completa en la oscuridad y el silencio equivalía a estar en un tanque de aislamiento sensorial.

Intentó estirar las piernas, que tenía dolorosamente dormidas. Moviendo y torciendo los pies como un pequeño animal que trata de cavar en el suelo, empujó los materiales de embalaje como quien empuja con los pies entre las sábanas demasiado ajustadas de una cama bien hecha de hotel.

—Cuidado —dijo una voz—. Me estás pateando las costillas.

Kurt sacó los labios del regulador.

—Perdón —dijo.

El estiramiento le había ayudado un poco, pero seguía incómodo: algo afilado le pinchaba la espalda, y la paja que habían usado como material aislante le producía picor. No aguantaba más.

Movió el brazo a través del relleno hasta que lo tuvo delante de la cara y vio entonces las pequeñas marcas brillantes del reloj Doxa.

—Las diez y media —dijo—. La fiesta debe de estar en marcha. Es hora de salir del suelo, como las cigarras.

—Detesto esos bichos —comentó Joe—. Pero no tendré problemas en imitar uno si con eso dejas de patearme.

Kurt se fue abriendo paso hasta salir a través de la paja y el poliestireno, atento a cualquier signo de peligro fuera de la caja. Como no oía nada, tocó un interruptor en un lado de la máscara. Se encendió un solo diodo blanco, parecido a una lámpara para leer. Eso le permitió a Kurt ver que a su lado salía Joe de la mezcla de materiales de embalaje allí.

—Esta quizá sea la peor idea que has tenido hasta ahora —susurró Joe—. Cuando se lo cuente a Paul y a Gamay, nunca podrán creer que haya funcionado.

—Trataba de encajar bien mi pensamiento —dijo Kurt.

—Muy divertido —contestó Joe. Por el tono, no lo parecía—. ¿Cuánto tiempo estuviste esperando para hacer el juego de palabras?

—Por lo menos una hora —dijo Kurt—. Sé en qué me equivoqué. La próxima vez usaremos una caja más grande.

—La próxima vez harás tú mismo de caja.

A pesar de todo el esfuerzo por crear un doble fondo, la paja y el poliestireno se les habían desparramado alrededor. La furgoneta había estado retenida por el tráfico. Y, para colmo, en el momento de la entrega habían sentido como si los hubieran soltado desde un metro de altura.

—Suerte que no han mirado con mucha atención ese cañón tuyo —añadió Joe—. Dice MADE IN CHINA por un lado.

—¿Hubieras preferido tener encima un cañón de verdad? —preguntó Kurt.

—No parece muy cómodo —respondió Joe.

A Kurt tampoco se lo parecía.

—Ojalá que nos hayan entregado en la dirección correcta.

Kurt liberó la otra mano y abrió algo que llevaba sujeto con velcro al brazo. Sacó un delgado cable negro y lo desenrolló. Conectó un extremo a las gafas y el otro a un pequeño cilindro que en realidad era una cámara diminuta y se preparó para echar un vistazo al entorno.

—Arriba periscopio —susurró.

Encendió la cámara tocando un botón e hizo pasar el cable por un pequeño agujero practicado en la tapa de la caja.

Al enfocar la lente, se proyectó una imagen en el interior de la máscara de Kurt. Tenía mucho grano, porque la parte trasera del almacén estaba muy poco iluminada.

—¿Ves algún destructor japonés? —cuchicheó Joe.

Kurt hizo un plano panorámico, torciendo poco a poco el cable.

—Nada más que mar abierto, señor Zavala. Llévenos a la superficie.

Kurt recogió la cámara y la desconectó mientras Joe intentaba levantar la tapa. Kurt se ocupó de lo que le correspondía, apagó la luz de la máscara y juntos quitaron la tapa.

Joe salió primero, y unos segundos después lo hizo Kurt. Los dos se escondieron detrás de la caja hasta que recuperaron la sensibilidad en las extremidades.

—Este sitio parece mucho más grande desde dentro que desde la calle —señaló Joe.

Con un rápido vistazo, Kurt entendió que aquello, más que una serie de sectores bien ordenados, era un laberinto. En la parte trasera, donde habían salido de la caja, todos los elementos estaban dispuestos en el suelo, pero el resto del espacio se veía repleto de estantes y anaqueles, ocupando a veces hasta tres niveles distintos.

—No podremos revisar estos materiales en un par de horas —comentó Joe.

—La mayor parte tiene poco valor —dijo Kurt—. Necesitamos centrarnos en los objetos que irán a la subasta. Sobre todo, cualquier cosa relacionada con Egipto. Supongo que todo lo que planean vender estará en la planta baja, quizá incluso separado de todo lo demás. Así que ignoremos los estantes a menos que algo nos llame la atención. Tú te ocupas del lado izquierdo y yo me ocupo del derecho. Iremos hacia el frente.

Joe asintió y se puso un pequeño altavoz en el oído conectado a una radio. Kurt hizo lo mismo. Los dos sacaron también cámaras que harían fotografías digitales en infrarrojo. Fotografías que podrían revisar después.

—Mantén los ojos bien abiertos —advirtió Kurt—. El personal de seguridad estará nervioso después de lo que pasó la otra noche. Y yo preferiría que no me disparara ni tener que dispararles a ellos para protegernos. Si ocurre algo, encontrémonos aquí o pongámonos a cubierto.

—No tienes que recordármelo —dijo Joe—. Las pistolas Taser y los aerosoles de gas pimienta de poco sirven ante pistolas y escopetas de verdad.

Sabiendo que tratarían con inocentes guardas de seguridad, solo habían traído métodos no letales para someter a quienes se les cruzaran en el camino.

—Entonces no te metas con personas que tengan pistolas y escopetas —dijo Kurt.

—Buen consejo en cualquier circunstancia.

Kurt sonrió e hizo la V de la victoria con dos dedos antes de salir de allí y acostumbrar la vista al espacio poco iluminado.

# 26

Hassan había llegado a Malta poco antes de la fiesta con la orden de ocuparse de la operación. Tenía que recuperar la mayor cantidad posible de registros de los jeroglíficos y destruir todas las pruebas que quedaran. Por fortuna, sus hombres ya se habían infiltrado en el servicio de seguridad del museo. Haciéndose pasar por guardas legítimos, se habían apoderado del almacén y estaban preparados para buscar y retirar los objetos. Lo único que Hassan necesitaba para que el plan funcionará a la perfección era lograr que el supervisor de seguridad siguiera hablando con el resto de sus hombres.

Hassan estaba detrás del supervisor con una pistola en la mano, mientras el supervisor hablaba por radio con los guardas asignados a la sala de baile. En un sospechoso golpe de suerte, las tres cuartas partes del personal de seguridad estaban destacadas en la sala de baile o en los alrededores. Eso dejaba solo a ocho hombres en el almacén. Y dos de ellos trabajaban como agentes secretos para Osiris.

Hassan sabía que los objetos que había en el almacén eran valiosos, pero el valor que él les daba no era nada comparado con el que les atribuían los capitanes de la industria que llegaban en yates y aviones privados con la intención de comprarlos para sus propias colecciones.

Llegó una llamada por radio.

—Hemos estado mirando. Más diamantes y perlas de las que se puedan contar. Pero por aquí todo está seguro.

El supervisor vaciló.

—Contéstale —ordenó Hassan, poniéndole una pistola en los riñones.

El encargado activó su micrófono.

—Muy bien —dijo—. Infórmame dentro de media hora.

—Afirmativo. ¿Quieres intercambiar algunos de los hombres? Quizá esos se estén aburriendo por ahí.

Hassan dijo que no con la cabeza. No había nadie vivo para hacer un intercambio.

—Esta vez no —respondió el supervisor—. Sigue vigilando.

Hassan suponía que por un rato estarían seguros.

—Ahora muéstrame dónde están los lotes treinta y uno, treinta y cuatro, y cuarenta y siete.

El supervisor se quedó pensando un segundo de más. Con la mano, Hassan le dio un revés en la cara, haciéndolo caer con la silla.

—Verás, es que no me gusta esperar —explicó Hassan.

Sumisamente, el supervisor nocturno levantó las manos.

—Se los mostraré.

Hassan se volvió hacia Escorpión.

—Busca los explosivos y algo en lo que transportar los objetos. Si fuera necesario, los destruiremos, pero yo preferiría llevarlos de vuelta a Egipto, que es su lugar natural.

Señaló a un segundo hombre.

—Infecta el ordenador con el virus Cyan. Quiero que se borre todo registro de esos objetos.

El hombre asintió y Hassan se quedó satisfecho. Todo parecía estar saliendo bien. Pero nadie prestaba atención a las parpadeantes pantallas de televisión. En dos de ellas se veía a un par de figuras vestidas de negro moviéndose furtivamente por el almacén en penumbra.

Escorpión reapareció con una carretilla de cuatro ruedas.

—Excelente —dijo Hassan—. Empecemos con el lote treinta y uno.


Joe se había detenido delante de una caja de plástico duro. Al lado había un letrero con el número XXXI.

—Treinta y uno.

Abrió la caja dura y desenvolvió una lámina ignífuga de Nomex. Dentro, había partes de una tablilla de arte egipcio rota. En ella se representaba a un hombre alto y verde que estiraba la mano sobre un grupo de personas tendidas en el suelo del templo. Detrás de ellos se veía a hombres y mujeres con túnicas blancas. Unas líneas dibujadas entre la mano del hombre de piel verde y las personas dormidas o muertas hacían pensar que las estaba haciendo levitar. En la esquina superior se veía un disco que podría ser el sol o la luna, tapado como en un eclipse.

Joe había pasado algún tiempo en Egipto. Había realizado allí un poco de arqueología. Reconocía parte de la iconografía.

Tenía un cable conectado con un auricular. Si lo apretaba podía hablar, y Kurt recibía la señal.

—He encontrado una tablilla con arte egipcio —dijo—. Tendrías que ver a este tío de piel verde. Es enorme.

—¿Estás seguro de que no es una versión antigua de *El increíble Hulk*? —preguntó Kurt en voz baja.

—¿Ves? Eso sí que tendría valor —respondió Joe susurrando.

Joe levantó la cámara, escaneó la obra de arte y después la tapó antes de seguir adelante.

En el otro extremo del almacén, Kurt tenía menos suerte, pero se daba toda la prisa que podía. Ese museo, como la mayoría, tenía muchos más objetos de los que podía exponer. Por consiguiente, prestaba con frecuencia piezas, o rotaba los objetos en exhibición, pero la mayor parte de ese exceso quedaba en el almacén.

Eso y la falta de un método perceptible de clasificación complicaban aún más el trabajo. Hasta el momento, Kurt había descubierto secciones que se remontaban a la guerra del Peloponeso y al Imperio romano colocadas al lado de objetos de ambas guerras mundiales. Se había topado con una sección dedicada a reliquias de la Revolución francesa, armas de los británicos usadas en Waterloo y hasta una bufanda supuestamente usada para contener la hemorragia del almirante Nelson cuando lo hirieron en Trafalgar.

Kurt se imaginó que, si la bufanda fuera auténtica, tendría una importancia casi religiosa para la Marina Británica. El hecho de que estuviera a la venta en Malta, le hacía dudar de su procedencia. Pero no era la primera vez que se encontraban tesoros en patios traseros.

Después encontró ciertos objetos napoleónicos, incluidos algunos señalados con carteles, en uno de los cuales se leía el número XVI.

Un paso en la dirección correcta, pensó.

Lo primero que descubrió fue un grupo de cartas, incluidas órdenes que Napoleón había enviado a sus comandantes exigiendo más disciplina en la tropa. En el siguiente grupo de documentos había uno en el que se pedía más dinero. Esa carta había sido devuelta a París, pero la habían interceptado los británicos. Finalmente, había un libro pequeño, catalogado como *Diario de Napoleón*.

A pesar de la falta de tiempo, Kurt no pudo resistirse a echarle una ojeada. Nunca había oído hablar del diario de Napoleón. Abrió el recipiente y quitó el protector ignífugo que rodeaba el libro. Resultó que no era un diario sino un ejemplar de la *Odisea* de Homero en griego. Lo hojeó un poco. De vez en cuando, en los márgenes, había anotaciones en francés. ¿De puño y letra de Napoleón? Supuso que sí, aunque quizá eso fuera algo discutible.

Mientras estudiaba las anotaciones, descubrió algo más: ciertas palabras estaban encerradas en círculos, y faltaban algunas páginas. Supuso, por los bordes irregulares, que esas páginas habían sido arrancadas. El folleto adjunto indicaba que lo había acompañado hasta su muerte en Santa Elena.

A pesar de la curiosidad, Kurt cerró el libro, lo envolvió, lo dejó donde lo había encontrado y siguió adelante. Era interesante, pero los hombres que habían matado a Kensington buscaban objetos egipcios.

En la siguiente sección, Kurt encontró dos tanques de cristal, cada uno del tamaño de un camión pequeño. El primero contenía varios tesoros colocados en rejillas de porcelana y casi parecía un lavaplatos gigantesco. El segundo albergaba un par de cañones grandes, colgados de eslingas. Una nota, escrita con lápiz de cera en el cristal, señalaba que los tanques estaban llenos de agua destilada, método muy común para quitar sales incrustadas en objetos de hierro y de bronce recuperados del mar.

Kurt miró a través del cristal. No había nada egipcio en ninguno de los tanques.

—Como en el supermercado —masculló—, siempre me equivoco de pasillo.

Cambió de lugar y tuvo que agacharse entre las sombras. En la penumbra, al final de ese pasillo, percibió un movimiento. Un hombre y una mujer. Curiosamente, vestidos como si fueran invitados de la fiesta. Y ambos llevaban pistolas en la mano.

## 27

Kurt pulsó el interruptor de conversación del auricular.

—Me he encontrado con alguien —anunció.

—Yo tampoco estoy solo por aquí —respondió Joe.

—Veámonos a medio camino —dijo Kurt—. Tenemos que ponernos a cubierto.

Volvió hacia atrás y se encontró con Joe cerca de los dos tanques de agua destilada.

—Salió de la oficina un grupo de hombres armados hasta los dientes —explicó Joe—. Iban vestidos como guardas, pero llevaban a otro hombre a punta de pistola. Yo diría que se ha producido un golpe bien hostil. Sugiero que nos escondamos o que desaparezcamos de escena.

Señaló el pasillo.

—También viene una pareja por ese lado.

—¿Más guardas?

—No, a menos que los guardas lleven esmoquin y vestido de noche. Supongo que vienen de la fiesta.

Antes de poder añadir algo más, oyeron el ruido sordo de ruedas pesadas en el suelo de cemento. Un par de perezosos rayos de linterna recorrieron los estantes cuando el grupo que Joe había visto se acercó a la esquina.

—¿Tendremos que volver a la caja? —preguntó Joe.

Kurt miró alrededor. Había perdido la pista del segundo

grupo. Y no le gustaba la idea de caminar por el almacén esperando no chocar con algún pistolero loco. Sobre todo cuando parecía que había tantos.

—No —dijo—. Tenemos que escondernos.

—De acuerdo. No hay por aquí muchos sitios donde hacerlo.

Joe no se equivocaba. En algunas estanterías había demasiadas cosas para poder meterse, y en otras había tan pocas que no ofrecían ninguna protección verdadera. Miró por encima del hombro los enormes tanques parecidos a acuarios y los cañones que había guardados dentro. Eran su única esperanza.

—Llegó la hora de mojarnos.

Joe dio media vuelta, vio el tanque y asintió. Subieron por una pequeña escalera apoyada en el borde y se metieron en el agua con la mayor suavidad posible. Cuando se disiparon las ondas, ocuparon un lugar detrás del primer cañón y miraron por encima, como un par de caimanes ocultos detrás de un tronco en un manglar.

Pasó por delante el primer grupo: cinco hombres, tres de ellos armados, uno empujando una plataforma móvil y otro que parecía a merced de los demás, porque tenía una pistola apuntándole a la espalda. Como había dicho Joe, todos iban vestidos como si pertenecieran a un equipo de seguridad. Siguieron avanzando, sin mirar los tanques, y pronto se perdieron por otro pasillo.

—Es evidente que están aquí para recoger alguna cosa —cuchicheó Kurt.

Antes de que pudiera añadir algo más, apareció la pareja, que en vez de juntarse con los demás caminó con más cautela, mirando los objetos de los estantes.

Kurt los oía hablar en voz baja. La pared trasera del tanque, que era más alta que la delantera, hacía de cámara de resonancia, recogiendo y amplificando los sonidos.

—Entiendo lo que dijiste de la mujer —dijo Joe, sin levantar la voz.

Era alta y delgada, y llevaba un vestido negro con una abertura en la pierna. Curiosamente, calzaba zapatos de tacón bajo. Se acercó a uno de los estantes.

—Aquí hay otra —le oyeron decir—. Pero no puedo leer el cartel. Está demasiado oscuro.

El hombre del esmoquin miró alrededor.

—Por el momento no nos han detectado —dijo—. Disimula un poco la luz del móvil.

La mujer tapó un poco el débil brillo del teléfono con la mano. Estudió el cartel.

—No es lo que buscamos —dijo, con tono de frustración.

El hombre miró hacia el pasillo y tomó lo que parecía una sabia decisión.

—Salgamos de aquí rápido. No me gustan las multitudes.

Con pistolas equipadas con silenciador firmemente empuñadas, la pareja se alejó de allí.

—Algo me dice que no están con el grupo —comentó Kurt, aseverando lo obvio.

—¿Cuántas personas andan robando este sitio? —preguntó Joe.

—Demasiadas —dijo Kurt—. Debe de ser este el almacén más inseguro del mundo occidental.

—Y nosotros somos los únicos que no llevan armas —advirtió Joe—. Una clara desventaja.

Kurt no pudo estar más de acuerdo, pero le preocupaba otra cosa.

—El hombre del esmoquin —dijo—. ¿Te resultó conocida su voz?

—Vagamente —dijo Joe—. Pero no logro identificarla.

—Yo tampoco —contestó Kurt—. No le miré bien la cara, pero sé que he oído antes esa voz.

Por el momento, el pasillo parecía despejado.

—¿Convendrá que vayamos por ahí? —preguntó Joe.

—No creo que podamos llegar a la puerta —respondió Kurt—. Debemos asustar a todo el mundo y alertar a las autoridades. No se me ocurre otra manera de hacerlo que haciendo funcionar la alarma contra incendios. ¿Viste alguna por algún lado?

Joe señaló hacia el techo.

—¿Qué te parece esa?

Kurt levantó la mirada. Un sistema de tuberías recorría el techo, como una red eléctrica. En varios puntos sobresalían boquillas y sensores cónicos, marcados con relucientes diodos verdes. Tenían que ser detectores de calor o de humo.

—¿Puedes subir allí? —preguntó Kurt.

—Estás hablando con el campeón de la competición en barras infantiles San Ignacio —afirmó Joe.

—No tengo ni idea de qué es eso —dijo Kurt—. Pero supongo que debo tomarlo como una respuesta afirmativa.

—Confía en mí —le pidió Joe—. El andamiaje que rodea las estanterías facilitará las cosas.

Después de echar una rápida ojeada hacia el pasillo, Joe salió del tanque, bajó por la escalera y empezó a trepar. Al llegar al segundo nivel, siguió por el estante y después por otra escalera. Casi había llegado el techo cuando se oyeron varios disparos y se armó la gorda.

## 28

Kurt volvió rápidamente la cabeza al oír que retumbaban disparos en las profundidades del almacén.

—Maldita sea —masculló. Levantó un poco la cabeza para ver mejor.

Joe se puso a cubierto y Kurt centró su atención en el pasillo que conducía a la batalla. El hombre del esmoquin y la mujer del vestido de noche intercambiaban disparos con el grupo que se hacía pasar por guardas de seguridad. Recibían disparos desde dos direcciones, pero no parecían asustados. Retrocedían sistemáticamente, haciendo disparos individuales de protección.

Empezaron a retroceder con mayor rapidez cuando uno de los guardas se desmadró, se puso a disparar con una metralleta y destrozó una pila de ánforas de arcilla. Fragmentos de cerámica saltaron por el pasillo y el polvo de arcilla inundó el aire. Balas perdidas atravesaban el almacén y algunas daban en el tanque, dejando muescas y fisuras en las paredes de cristal.

El hombre del esmoquin se arrojó al suelo para eludir el ataque y enseguida se levantó. Agarró a la mujer y juntos fueron más atrás y usaron una esquina del cruce de pasillos como punto desde donde disparar. Kurt escuchaba lo que decía el hombre.

—MacD, soy el presidente. Nos están aporreando. Necesitamos que nos saquen de aquí ¡ya!

El presidente...

La mujer dio media vuelta y disparó en otra dirección.

—Nos están rodeando, Juan. Tenemos que movernos.

Juan, pensó Kurt. ¿Juan Cabrillo?

Juan Cabrillo, presidente de la Corporación, un hombre que había perdido una pierna ayudando a Dirk Pitt en una operación de la NUMA hacía unos años. Era el capitán del *Oregon*, un barco de carga que por fuera parecía un cacharro golpeado, pero que por dentro estaba repleto hasta más no poder del armamento más avanzado, equipos de propulsión y electrónica.

Kurt no sabía qué demonios hacían Juan y su amiga en el almacén, pero sí que estaban en dificultades, numéricamente superados y a punto de verse rodeados. Los inmovilizaba allí el fuego cruzado, y entonces apareció corriendo por el pasillo un tercer grupo de guardas que pasaron por delante de Kurt preparando un explosivo para arrojárselo a Cabrillo.

Kurt entró en acción. Apoyó el hombro en el cañón y lo empujó hacia el cristal. El cañón, colgado de la eslinga, se balanceó hacia delante, estrellando la punta contra la pared del tanque. Aparecieron unas grietas diagonales en el cristal, pero la pared resistió.

El cañón retrocedió y volvió a columpiarse hacia delante. Kurt empujó con mayor fuerza. Esa vez, los doscientos cincuenta kilos del cañón actuaron como un ariete. El cristal se hizo añicos. Salieron corriendo por el suelo cuarenta mil litros de agua que arrastraron a los hombres que tenían los explosivos y los aplastaron contra los estantes al final del pasillo.

La ola también se llevó a Kurt, que terminó encima de uno de los pistoleros. Moviéndose con rapidez, le descargó un estruendoso puñetazo en la mandíbula.

El segundo agresor se estaba levantando cuando se le estrelló un objeto en la cabeza, lanzado desde arriba por el fuerte brazo de Joe Zavala.

Kurt se abalanzó sobre el bloque de explosivos, quitó los dos cables eléctricos y gritó hacia donde estaba Cabrillo:

—¡Juan, por aquí!

Cabrillo miró hacia el pasillo, vacilando, como si aquello fuera un ardid.

—¡Rápido! —gritó Kurt—. Os están rodeando.

Se acabó la vacilación.

—¡Corre! —ordenó Cabrillo a su compañera.

La mujer corrió sin dudar mientras Cabrillo disparaba otra andanada antes de seguirla a ella y agacharse junto a Kurt.

—Kurt Austin —dijo Cabrillo, moviendo la cabeza con incredulidad—. ¿Qué es lo que te trae a este follón?

—Parece que la necesidad de salvarte el pellejo —dijo Kurt—. ¿Y a ti?

—Es una larga historia —respondió Cabrillo—. Relacionada con lo que pasa en Mónaco.

Aunque había estado ocupado, Kurt se había enterado de la destrucción que se había producido en el Grand Prix de Mónaco. Durante los últimos cuatro días esa noticia había estado compitiendo, en cuanto a tiempo de emisión durante las veinticuatro horas, con el incidente de Lampedusa. Quitó la pistola al hombre que había dejado inconsciente y entró en la batalla.

Los hombres disfrazados de guardas se pusieron a cubierto. Al encontrarse ante tres defensores en vez de dos, y ver que el torrente se había llevado a los refuerzos, enseguida se volvieron más cautos. Ahora había empate técnico.

—Por favor, que alguien me diga qué es lo que pasa —dijo la mujer.

Cabrillo intentó explicar la situación a su manera, quitándole importancia.

—Un viejo amigo —se limitó a decir.

Kurt miró con atención a la mujer. Se preguntó quién sería.

—Supongo que no te llamarás Sophie.

Ella le devolvió una mirada feroz.

—Naomi —dijo.

Kurt se encogió de hombros.

—Valía la pena arriesgar.

Cabrillo sonrió al oír ese intercambio de palabras.

—De verdad, ¿qué haces aquí? —dijo, dirigiéndose a Kurt.

Kurt señaló con la mano hacia los hombres contra los que estaban luchando.

—Tienen algo que ver con el desastre de Lampedusa.

—¿Está investigando eso la NUMA?

—En nombre de otro gobierno —respondió Kurt.

Cabrillo asintió.

—Parece que ambos andamos muy ocupados. ¿Te puedo ayudar en algo?

Sonó una nueva serie de disparos. Los tres se apretaron más en el hueco que había debajo del último estante. Cuando devolvieron el fuego, los atacantes retrocedieron de nuevo.

—No estoy seguro —dijo Kurt—. Se trata de unos objetos egipcios que esperaba encontrar aquí.

—Hace falta tener suerte para encontrar algo en este sitio —dijo Cabrillo—. Nosotros hemos estado buscando un libro que tenía Napoleón en Santa Elena.

La mujer le lanzó una mirada glacial, pero Juan la pasó por alto.

—¿Un viejo ejemplar de la *Odisea*? —preguntó Kurt—. ¿Con unas anotaciones manuscritas en el margen?

—Exacto. ¿Lo has visto?

Kurt señaló hacia sus adversarios.

—Por allá.

En ese momento ya solo había disparos esporádicos. Cada grupo ocupaba una zona protegida, dejando un espacio intermedio vacío y peligroso.

—Parece que se han propuesto no dejarnos ir en esa dirección —señaló Juan.

—Tengo una solución —dijo Kurt.

Levantó la mirada y lanzó un silbido a Joe.

Joe retomó la subida hacia el detector de humo. Llegó al punto más alto del estante superior, pero desde allí no lograba tocar el sensor. Apartó una caja y estiró el brazo, esfuerzo que lo dejó al descubierto. Uno de los pistoleros disparó. Las balas empezaron a hacer agujeros en el techo, alrededor de Joe.

Kurt miró hacia el pasillo y levantó la pistola, pero Cabrillo disparó primero. Un solo disparo bastó para acabar con el atacante.

Ya sin moros en la costa, Joe volvió buscar el detector de humo, y apoyó contra él la pistola Taser. El calor de mil voltios entre chispas y chasquidos fue instantáneamente interpretado como incendio potencial. Empezaron a chillar alarmas y a parpadear luces estroboscópicas y a caer chorros de agua en el espacio abierto del almacén.

Los atacantes tardaron solo segundos en darse a la fuga. El agua dejó de caer en cuanto Joe apartó la Taser del sensor, pero ya aparecerían las autoridades.

—Quince metros más allá de aquel cruce —le indicó Kurt a Cabrillo—. Primer estante a la izquierda. Yo, en tu lugar, me daría prisa.

Cabrillo le ofreció la mano.

—Hasta la próxima.

Kurt se la estrechó.

—No con balas sino con una copa delante.

Cabrillo y la mujer se alejaron mientras Joe terminaba de bajar al suelo.

—¿Era quien pienso que era? —dijo Joe en cuanto terminó de bajar.

Kurt asintió.

—En estos almacenes se encuentra uno a la gente más simpática. Vamos, salgamos de aquí.

Al llegar a la zona de descarga se toparon con un mar de

coches de bomberos y patrulleros de la policía entrando en el aparcamiento. También estaban llegando vehículos camuflados, cargados de miembros del verdadero equipo de seguridad de la fiesta.

—Por la puerta lateral —sugirió Joe.

Volvieron corriendo al almacén y lo atravesaron hasta la otra salida. Joe miró a través de la puerta hacia el callejón.

—Parece que no hay nadie.

Salieron al callejón, pero antes de que pudieran dar cinco pasos aparecieron ante ellos unas luces. Los enfocó e iluminó un reflector, mientras la barra giratoria del techo del coche, roja y azul, los encandilaba. Los dos se detuvieron en seco y levantaron las manos.

—A lo mejor son los mismos policías que nos arrestaron el otro día —comentó Joe—. Muy simpáticos.

—Ojalá tengamos la misma suerte —dijo Kurt.

El coche policial se detuvo y bajaron de él dos agentes con la pistola en la mano. Kurt y Joe no se resistieron. Los esposaron, los metieron en el coche y los sacaron de allí en tiempo récord. Kurt notó que no los llevaban hacia la comisaría que tan bien conocían, sino hacia el centro de la ciudad.

—Supongo que podemos hacer una llamada telefónica, ¿verdad?

—Ya la ha hecho alguien en nombre de ustedes —dijo el agente, que curiosamente no hablaba con acento mediterráneo sino arrastrando las palabras como en Luisiana—. El propio presidente.

El agente lanzó un llavero al regazo de Kurt.

—MacD —se presentó—. Su amigo en los bajos fondos.

Kurt sonrió mientras se quitaba las esposas y después hacía lo mismo con las de Joe. Los agentes apagaron las luces y la sirena del coche y unos minutos más tarde los dejaron a solamente dos calles del hotel.

—Gracias por sacarnos del aprieto —dijo Kurt—. Dile a Juan que yo pago el primer trago.

MacD sonrió.

—Nunca le dejará pagar, pero se lo diré de todas formas.

Kurt cerró la puerta. MacD hizo una señal al conductor y el coche arrancó.

—¿Podremos reclutar a Juan y a su equipo para esta misión? —preguntó Joe.

—Parece que tienen otros problemas de los que ocuparse —respondió Kurt.

Echaron a andar hacia el hotel. Estaban libres y limpios, empapados, con zumbido en los oídos por los disparos, pero la calle estaba desierta y tranquila. Y a pesar de todo, a pesar de todo lo que habían arriesgado, no estaban más cerca de encontrar una respuesta que el día anterior.

—Extraña noche —dijo Kurt.

—Eso es quedarse corto —comentó Joe.

Se metieron en el hotel, subieron en el montacargas hasta su piso y fueron cansinamente hasta la habitación, donde descubrieron que los esperaba Renata, que a diferencia de ellos estaba sonriente.

—¡Qué caras más terribles!

Kurt no lo dudaba.

—Algo me dice que has tenido mejor noche que nosotros —señaló Kurt, cerrando la puerta y desplomándose en el primer sillón.

—Tendría que haber sabido que todos esos coches policiales eran obra vuestra.

—No solo nuestra —dijo Joe—. Venimos de una fiesta que nadie olvidará.

Kurt esperaba que detrás de la sonrisa de Renata hubiera algo de sustancia.

—No me digas que has encontrado a Sophie C.

—A decir verdad, sí —dijo Renata—. Y no está nada lejos de aquí.

# 29

La noticia le dio a Kurt un subidón de energía.

—¿Cuándo iremos a verla?

—Espero que sea dentro de mucho tiempo —respondió Renata—. Ya no está entre los vivos.

Mala noticia, pensó Kurt.

—No parece afectarte mucho.

—Bueno —dijo Renata—, es que ha pasado cierto tiempo. Murió en 1822.

Kurt miró a Joe.

—¿Encuentras algún sentido a todo esto?

Joe dijo que no con la cabeza.

—El dióxido de carbono me ha afectado la capacidad de raciocinio y no oigo bien.

—Sé que te diviertes con el tema —dijo Kurt—, pero vayamos al grano. ¿Quién es Sophie C.? ¿Y qué relación puede tener una mujer que murió en 1822 con el doctor Kensington y el ataque a Lampedusa?

—Sophie C. —explicó Renata— es la abreviatura de Sophie Celine.

—Estuve a punto de acertar —dijo Joe.

Kurt ni siquiera respondió.

—Sigue.

—Sophie Celine era prima tercera, y amada lejana, de Pierre

Andeen, prestigioso miembro de la Asamblea Legislativa Francesa, constituida después de la Revolución. Como los dos estaban casados con otras personas, no pudieron vivir oficialmente juntos, pero eso no les impidió tener un hijo.

—Escandaloso —señaló Kurt.

—Por supuesto —dijo Renata—. Pero haya o no sido escandaloso, el nacimiento de ese niño fue un momento emocionante para Andeen, que usó su influencia en el Ministerio de Marina francés para poner a un barco el nombre de la madre.

—Como una especie de regalo —añadió Kurt.

—Yo te puedo asegurar —dijo Joe— que la mayoría de las mujeres prefieren joyas.

—Pienso lo mismo —convino Renata.

—¿Qué le pasó entonces a Sophie? —preguntó Kurt.

—Vivió hasta una avanzada edad, y fue enterrada en un cementerio privado en las afueras de París después de morir mientras dormía.

Kurt entendió hacia dónde apuntaba.

—Supongo que el barco al que se refería Kensington se llama *Sophie Celine*.

Renata asintió y entregó a Kurt un documento impreso con la historia del barco.

—El *Sophie C.* pertenecía a la flota mediterránea de Napoleón y estuvo atracado en Malta durante el breve período de dominación francesa. Por pura casualidad, se hundió durante una tormenta después de haber partido de aquí cargado con el tesoro francés saqueado en Egipto. Se lo encontró, y excavó los restos la Protectora D'Campion, un grupo sin ánimo de lucro financiado por una familia rica maltesa. Después de guardar los objetos en su colección privada durante años, decidió recientemente poner algunos a la venta. El museo haría de intermediario, quedándose con un porcentaje.

—Son los mismos artículos que nuestros amigos violentos se llevaron sin pagar un centavo... —dijo Joe.

—Kensington comentó que ni por doscientos mil dólares

conseguirían sentarse a la mesa, así que se llevaron el bufet entero.

Joe hizo la pregunta obvia:

—¿Por qué Kensington nos dio la pista del *Sophie Celine* si ni siquiera nos quiso decir qué era lo que se iba a subastar?

—Por la misma razón por la que esos tíos no lo mataron y se llevaron los objetos hasta que aparecimos nosotros haciendo preguntas. Debe de haber algo relacionado con el naufragio que todavía buscan, algo que todavía no ha aparecido.

—Las tablillas egipcias que vi estaban rotas —dijo Joe—. Eran pedazos, fragmentos. Quizá andan buscando las partes que faltan.

—¿Dónde fue el naufragio? —preguntó Kurt, dirigiéndose a Renata.

—Aquí está el lugar —dijo ella, entregando a Kurt el resto de las notas—. Queda a unas treinta millas al este de La Valeta.

—La última vez que miré, no se iba por ahí hacia Francia —señaló Kurt.

—El capitán trataba de evitar los barcos británicos. Planeó una ruta que iba primero hacia el este y después hacia el norte, intentando rodear la costa de Sicilia o atravesando el estrecho entre Sicilia y la tierra firme de Italia. Aparentemente, encontró mal tiempo antes de poder hacer cualquiera de esas cosas. Se supone que volvió hacia atrás, pero que no logró llegar al puerto.

Por primera vez en días, Kurt tuvo la sensación de que llevaban la delantera.

—Supongo que sabemos qué haremos a continuación. Y también lo que harán ellos. Cuando descubran que esas tallas y tablillas son solo versiones parciales y fragmentarias, se meterán en ese naufragio a recuperar todo lo que queda.

—Eso es lo que yo haría —dijo Kurt—. Todavía no entiendo qué significa todo esto ni qué buscan, pero si no tuvieran verdadero interés habrían parado de buscar y se habrían ido. Algo me dice que nos conviene ir a ver esos restos de naufragio antes de que lo hagan ellos.

## 30

El *Sea Dragon* zarpó de La Valeta con Kurt, Joe, la doctora Ambrosini y una tripulación mínima a bordo. Por un exceso de cautela, Kurt había enviado a todos los demás de vuelta a Estados Unidos.

—Sigue con este rumbo —le pidió al capitán Reynolds.

—De acuerdo —dijo Reynolds—. Pero comprenderás que pasaremos a millas del naufragio a menos que viremos hacia el norte.

—Cuento con ese desvío para disponer del elemento sorpresa.

Reynolds asintió y volvió a mirar la pantalla de navegación.

—Tú eres el jefe.

Confiado en que iban en el rumbo correcto, Kurt fue a popa y descubrió que Joe y Renata estaban montando un planeador.

—¿Preparada para volar?

—Casi —dijo Renata. Comprobó los pestillos de la carga y activó una cámara que contaba con un potente zoom—. Todo listo.

Kurt se colocó delante de los mandos del cabrestante, que normalmente utilizaban para remolcar un aparato de sonar, pero habían reemplazado el cable de acero por un hilo de plástico sujeto ahora al planeador que Joe llevaba a popa.

—Está todo listo —dijo Renata.

En popa, Joe sostuvo el planeador por encima de la cabeza. La corriente de viento producida por la marcha de la embarcación, embolsada por las largas alas, se esforzaba por arrancárselo de las manos.

Cuando lo soltó, el planeador alzó el vuelo y Kurt lo dejó subir desenrollando del tambor del cabrestante el delgado cable de fibra óptica. Al elevarse por encima y por detrás de la embarcación, Renata empezó a conducirlo con la mano utilizando un pequeño mando. Cuando alcanzó una altura de doscientos metros, lo detuvo.

—Bloquéalo allí —le pidió a Kurt.

Kurt detuvo el cabrestante y el planeador se quedó allí arriba, siguiendo al *Sea Dragon*.

—¿Qué se ve con la función de «vista de pájaro»?

Renata encendió la cámara del planeador y miró en una pantalla de ordenador que tenía a la derecha. Al principio todo estaba borroso, pero el autofoco corrigió la imagen con rapidez y vieron con claridad el *Sea Dragon* arando por un campo de intenso azul.

—Tenemos buen aspecto —dijo ella—. Ahora veamos a nuestros amigos.

Apuntó hacia el norte, donde aparecieron un par de embarcaciones. Al principio solo eran pequeñas manchas en el océano, como dos granos de arroz sobre un mantel azul oscuro, pero cuando Renata ajustó el potente zoom de la cámara del planeador los objetivos aparecieron con claridad.

—Un barco de buceo y una barcaza —dijo.

—¿Puedes acercar más la imagen? —pidió Kurt.

—Sin ninguna dificultad.

—Empieza por la barcaza —sugirió él.

Renata se centró en la barcaza, alargando la lente telescópica hasta que empezaron a aparecer los detalles. En letras blancas sobre el casco rojo se podía leer *Protectora D'Campion*. En un extremo había una pequeña grúa que en ese momento sostenía un gran tubo de PVC. Del tubo salía agua turbulenta y sedimento. El sedimento caía sobre un filtro metálico diseñado para atrapar todo lo que fuera más grande que una piedra del tamaño de un puño, pero los residuos y el agua de mar se estrellaban con fuerza, dejando una mancha lechosa que se extendía hacia el oeste de la barcaza.

—Parece que están limpiando —dijo Joe.

—Están aspirando todo el fondo marino —añadió Kurt.

El recorrido de la cámara mostró a dos hombres estudiando varios objetos atrapados en los filtros. Después de una rápida ojeada, los lanzaban por la borda.

—Piedras, caracoles o trozos de coral —aventuró Kurt.

—Deben de estar buscando objetos valiosos —dijo Joe—. Más tablillas como las que vi en el museo. ¿Qué les importa devolver al mar tesoros menores?

—Les importaría si de veras trabajaran para la protectora —dijo Kurt—, pero me parece que no es el caso. —Se volvió hacia Renata—. ¿Podrías centrarte en el otro barco?

Renata cambió el ángulo de la cámara y la detuvo en el barco de buceo de sesenta pies. En la cubierta de proa se veían montones de equipos y tubos de submarinismo. En popa había una gran cantidad de personas sentadas al sol, de piernas cruzadas.

—Están asistiendo a una clase de yoga o...

Detrás de aquellos hombres había otra figura sosteniendo un rifle de cañón largo.

Renata trató de acercarse más, pero a la función de bloqueo automático de la cámara le costaba enfocar la cara del hombre.

—No le veo los rasgos —dijo ella.

—No hace falta —añadió Kurt—. Me parece que todos sabemos de quién se trata.

—Llegados a este punto, quizá deberíamos ponernos en contacto con la Guardia Costera o la Fuerza de Defensa Maltesa —sugirió Renata—. Podrían enviar algunos barcos de la Fuerza de Defensa. Podríamos acorralar a toda la banda.

—Me gusta esa idea —dijo Kurt—, solo que seríamos responsables de la muerte de esos pobres buceadores. Esos tíos van en serio. Ya los vimos eliminar a uno de los suyos para que no pudiéramos sacarle información. Mataron a Hagen y a Kensington y a la mitad del equipo de seguridad en el museo. Hasta intentaron volar el almacén. Si llamamos a la Fuerza de Defensa Maltesa, matarán a esos buceadores y huirán de inmediato. Incluso si se los atrapa o rodea, creo que son capaces de disparar hasta la muerte o de volarse con un explosivo. Entonces tendríamos que empezar de nuevo, cargando con otra docena de cadáveres.

Renata compartía ese razonamiento. Lanzó un suspiro y se quitó de la cara un rizo de pelo oscuro.

—Supongo que tienes razón. Pero nosotros no podemos detenerlos.

—Quizá podríamos utilizar el elemento sorpresa —sugirió Kurt.

—No quería decírtelo, pero dejamos la capa de invisibilidad en Washington —dijo Joe.

—No digo que nos acerquemos a ellos por la superficie —comentó Kurt.

—Entonces llevamos la lucha a las profundidades —dijo Joe.

—Tendremos el factor sorpresa de nuestro lado. Y quizá consigamos algunos aliados.

—¿Dónde?

—Si esos hombres contaran con buceadores propios, no necesitarían tenerlos en cubierta a punta de pistola. Si los buceadores de la protectora trabajan abajo para que no maten a sus amigos en el barco, quizá aceptarían amotinarse si se les presentara la oportunidad.

—Así que llegamos allí, hacemos amigos y ponemos en marcha una sublevación —observó Joe.

—Contrainsurgencia clásica —señaló Kurt.

Veinte minutos más tarde bajaron del barco a Kurt y a Joe enfundados en trajes de propulsión y con un vehículo de control remoto llamado *Turtle*. Todavía estaban a tres millas del sitio del naufragio, quizá distancia suficiente para que los matones armados no sospecharan. Pero para no correr riesgos, el capitán Reynolds desvió el *Sea Dragon* de la ruta que llevaba. Si los estaban observando con el radar o con prismáticos, pensarían que era un barco inofensivo que iba hacia el sur.

Cuando la plataforma llegó al agua, fueron barridos de ella Kurt, Joe y el *Turtle*. Ajustaron su flotabilidad y desaparecieron debajo de la superficie, hundiéndose despacio, aferrándose a la armazón del vehículo y acomodándose en las partes curvas detrás de la bulbosa nariz hidrodinámica. A los treinta pies de profundidad, Kurt indicó con el pulgar que todo iba bien, y las hélices del *Turtle* empezaron a girar.

El *Turtle* era normalmente pilotado desde el buque nodriza, allá en la superficie, pero como estaba diseñado para funcionar en concierto con los buceadores en el fondo del mar, los mandos podían estar ligados a los trajes de buceo que Kurt y Joe llevaban puestos. En ese caso, quien iba conectado y conduciendo era Joe.

—Llévanos abajo —dijo Kurt—. Abracemos el fondo.

—De acuerdo —respondió Joe.

Las aguas al este de Malta eran relativamente poco profundas, con una zona llamada meseta de Malta que se extendía hacia el este y también hacia el norte, hasta Sicilia. El *Sophie Celine* había quedado a noventa pies de la superficie. A suficiente profundidad para representar un desafío y a no tanta distancia de la superficie como para que pudieran trabajar buzos normales con un mínimo de luz natural.

—Llegando al fondo —anunció Joe.

Además de tener los mandos, Joe estaba conectado con la telemetría del vehículo. Veía en una pantalla virtual dentro del casco a qué profundidad estaban, hacia dónde iban y a qué velocidad.

Pronto apareció el fondo marino, iluminado por las luces delanteras del vehículo, que Joe estabilizó antes de ajustar el rumbo y accionar el acelerador.

—Voy a apagar las luces —dijo Joe—. No quiero que nadie nos vea llegar.

—Trata de no chocar contra nada —avisó Kurt.

Al apagarse las luces la aventura se transformó en un viaje por un túnel oscuro hasta que se les adaptaron los ojos.

—Hay más luz de la que esperaba —comentó Joe.

—El mar está tranquilo —dijo Kurt—. Eso siempre ayuda. Hay menos sedimento dando vueltas por ahí.

—Yo diría que la visibilidad es de cincuenta pies.

—Asegúrate entonces de parar por lo menos ciento diez pies antes del naufragio.

El *Turtle* era rápido para ser un vehículo de control remoto. Con un empujón de la corriente, casi llegaban a siete nudos, pero tardaron cerca de veinte minutos en acercarse al sitio, un débil resplandor a lo lejos.

—Hay por lo menos tres o cuatro luces de buceadores —dijo Joe.

Kurt comprobó que era cierto y entonces vio aparecer a una quinta y a una sexta cuando alguien salió de detrás de un montículo de sedimento.

Allá arriba, las luces eran borrosas, como si las ocultara un remolino de polvo. Kurt ya sentía los extraños latidos de la aspiradora submarina.

—Nos acercamos un poco más y yo me bajo —dijo Kurt—. Me acerco al primer buzo y le pregunto si necesita ayuda.

Kurt abrió un panel en el brazo del traje. Una pantalla impermeable traduciría todo lo que él dijera a palabras impresas, permitiéndole comunicarse con los otros buzos.

—¿Y qué pasa si es uno de los malos?

—Para eso tengo esto.

Kurt sacó de la caja de herramientas un arpón submarino Picasso de doble riel. Las dos flechas estaban colocadas una al lado de la otra, y los gatillos uno delante del otro. Tenía puesto el seguro.

—Te traje uno por si lo necesitas —añadió Kurt—. Pero por ahora quédate en el perímetro y vigila bien. Si me meto en aprietos, ya sabes lo que tienes que hacer.

Estaban a unos cien pies de la actividad. Kurt dudaba de que alguien los viera, así como un hombre en una habitación iluminada no puede ver a alguien que está fuera una noche oscura, pero no quería correr riesgos.

—Yo me bajo aquí —dijo.

Se apartó del *Turtle*, encendió sus propios propulsores y avanzó en diagonal. Miró para atrás una última vez y comprobó que Joe se mantenía en su puesto tal como él le había ordenado.

# 31

Kurt avanzó por el agua en casi completo silencio; el ligero zumbido de su propulsor apenas resultaba audible. Parecía que en el lado izquierdo del naufragio había más actividad. Por lo menos cinco luces en esa zona, además de los buzos con equipo estándar trabajando en la aspiración del fondo marino. Fue hacia la derecha, donde solo veía dos luces.

Al acercarse a través de la nube, vio que los buzos trataban de desenterrar algo metido debajo de los huesos fosilizados del viejo barco.

A diferencia de las excavaciones de la NUMA, y de cualquier otra excavación submarina de la que Kurt había tenido noticia, aquellos hombres estaban literalmente haciendo trizas el naufragio, rompiendo las cosas y tirándolas.

Supongo que cuando uno tiene una pistola en la cabeza no piensa en la conservación.

A esas alturas, Joe estaba demasiado lejos para captar una transmisión de radio, así que Kurt estaba librado a sus propios recursos. Se acercó a los buzos, que no habían notado su presencia.

—Activa la comunicación escrita —susurró.

En la pantalla del casco apareció un pequeño cuadrado verde con la letra *T* dentro.

Tenía que trabajar con una cantidad limitada de caracteres, así que puso la cosa más sencilla que se le ocurría.

«Estoy aquí para ayudarte.»

La pequeña pantalla del brazo se iluminó y Kurt dio un codazo al acelerador.

Alargó la mano y tocó en el hombro al buzo que tenía más cerca, esperando que volviera la cabeza asustado o sorprendido. Pero, curiosamente, el hombre siguió trabajando.

Kurt lo tocó de nuevo, con más fuerza. Como no ocurrió nada, lo agarró del hombro y lo hizo girar.

El buzo lo miró como si fuera incapaz de reaccionar. Kurt vio que tenía la cara azulada y los ojos entornados. Esos hombres llevaban allí abajo un largo tiempo. Demasiado.

Kurt señaló el brazo y la pantalla.

El hombre leyó el mensaje y asintió lentamente. Agarró una pequeña pizarra que tenía al lado y garabateó en ella «Cavo lo más rápido que puedo». Y volvió al trabajo.

«Cree que soy uno de los malos.» Eso significaba que había capataces allí abajo, entre los buzos.

Kurt volvió a agarrar al hombre de los hombros.

«Vengo a rescatarte.»

El hombre pestañeó y abrió un poco más los ojos. Daba la impresión de que ahora entendía. Se agitó tanto que Kurt tuvo que calmarlo.

«¿Cuántos malos?»

El hombre escribió 9.

«¿Todos aquí abajo?»

5↑... 4↓

«Cinco arriba y cuatro en el agua.» Era peor de lo que Kurt había esperado.

«Muéstramelos.»

Antes de que el hombre pudiera mostrarle algo, una ola de luz les pasó por encima. Los ojos del buceador contaban lo que ocurría. Kurt dio media vuelta y vio a un hombre que arremetía con un arpón en la mano.

# 32

Kurt apartó al buzo de un empujón y levantó el Picasso para disparar, pero el atacante estaba demasiado cerca y terminaron luchando cuerpo a cuerpo en vez de usar los arpones.

Para disgusto de Kurt, el agresor tenía puesto un casco integral y un traje semirrígido. De lo contrario, Kurt no habría dudado en arrancarle la máscara, pero terminaron dando vueltas y rodando hasta que Kurt logró hacerle una llave de cabeza; entonces accionó los propulsores y aceleró hacia un afloramiento de maderos y coral que en otro tiempo había sido la proa del *Sophie C.*

El atacante soltó el arpón y sacó un cuchillo, pero antes de que pudiera usarlo Kurt lo arrastró sobre la proa y le estrelló la nuca contra el afloramiento a máxima velocidad.

Al chocar, el cuerpo del buzo se puso fláccido; soltó el cuchillo y se hundió hacia el fondo con los brazos extendidos, por lo menos fuera de combate.

Desde el otro lado de la obra se acercaron a toda velocidad dos hombres. Como el primero, llevaban puestos cascos integrales, pero a diferencia del que acababa de noquear, para circular por el agua contaban con propulsores propios.

Por el lado de Kurt pasó un arpón, dejando una estela de burbujas. Kurt se zambulló hacia el fondo, pateando el sedimento para usarlo como cortina de humo.

Puso sus propios propulsores a toda velocidad y la nube creció a su espalda. Recordó un viejo adagio de un piloto de la Segunda Guerra Mundial con el que había trabajado hacía años: «En las nubes, gira siempre a la izquierda». No sabía por qué a la izquierda y no a la derecha, pero si servía para los cielos sobre Midway, también servía para el fondo del mar.

Con los propulsores a toda potencia, giró a la izquierda arrastrando el pie para levantar más sedimento. El truco funcionó durante un instante, pero de repente las luces de un hombre rana se acercaron rápidamente a través de la nube. El hombre reconoció a Kurt y levantó un arma.

Kurt giró, y en vez de oír el zumbido de otro arpón, oyó el estampido seco y apagado de un rifle. Muy parecido al del venerable AK-47.

Una de las alas que tenía montadas en los hombros quedó hecha trizas. Kurt siguió avanzando, pateando furiosamente para añadir fuerza a los propulsores.

Logró llegar al otro lado del naufragio.

—Joe, si me oyes, necesito con urgencia tu ayuda. Son tres contra uno y estos hombres andan con rifles subacuáticos. Sus propulsores parecen de fabricación rusa, así que supongo que los rifles tienen el mismo origen.

A Kurt se le ocurrían dos tipos diferentes de rifle que los rusos habían diseñado para los comandos y hombres rana de sus Spetsnaz. Un arma llamada APS, que disparaba proyectiles especiales con núcleo de acero llamados rayos y que medían más de diez centímetros de longitud. Esos pesados rayos traspasaban el agua mucho mejor que cualquier bala de plomo estándar, pero aun así tenían un alcance limitado debido a la densidad del agua. A esa profundidad el alcance estaría entre los cincuenta y los sesenta pies, pero como atestiguaba el dolor de espalda de Kurt, incluso fuera de una distancia mortal podían dar un buen golpe.

—Joe, ¿me oyes?

Otra cosa que hacía el agua muy densa era limitar hasta los más avanzados sistemas de comunicación. Joe estaba fuera del alcance. Kurt miró hacia la izquierda, hacia la popa del *Sophie Celine*, de donde venían unas luces. Miró hacia la derecha y vio lo mismo.

—Tres asesinos buscándome y solo me quedan dos arpones —masculló—. La próxima vez traeré un montón.

Decidió ir hacia la derecha y avanzar sosteniendo un arpón en cada mano. Las luces del otro buceador salieron de la penumbra. Kurt apuntó y disparó. El arpón salió certero y pegó al atacante en el hombro, por debajo de la clavícula, y le salió por la espalda.

Se produjo un ciclón de burbujas mientras el hombre, muerto de dolor, se retorcía como un atún ensartado. En vez de ir hacia el fondo, empezó a subir en espiral, apretándose la herida y soltando el rifle.

Kurt dejó que se fuera y se lanzó hacia el rifle, que desapareció en la penumbra.

—Luces —dijo.

Tenía el ala izquierda destrozada, pero la luz del hombro derecho se encendió instantáneamente. Iluminó el arma que se iba hundiendo y al mismo tiempo delató la posición de Kurt.

Trato justo.

Kurt se zambulló a toda velocidad, mientras oía el estampido de otro rifle. Los rayos se incrustaron en el sedimento, allí delante, y no tuvo más remedio que dar media vuelta para no terminar muerto.

Los últimos dos buzos convergían en él. Kurt recuperó el equilibrio y disparó el último arpón, apuntando al hombre del rifle. El efecto fue letal, pues le atravesó el cuello. El hombre quedó fláccido y quedó flotando en un brillante charco de sangre.

Kurt se volvió hacia donde creía que el rifle caído había tocado el fondo, y llegó al lugar en el mismo momento en que lo hacía el último miembro vivo del grupo atacante.

Los dos cogieron el arma al mismo tiempo, Kurt por la culata y su adversario por el cañón. Kurt estaba mejor colocado y la arrancó de las manos del otro.

Trató de apuntar con ella y disparar, pero el otro buzo estaba demasiado cerca. Echó un brazo alrededor del casco de Kurt e intentó quitarle la manguera de aire.

Kurt le dio un rodillazo en el estómago y el hombre soltó la manguera, pero sacó algo que Kurt no esperaba: un palo explosivo diseñado para matar tiburones o cualquier cosa que tocara. Kurt bloqueó el brazo del buzo y le apretó la muñeca para impedir que el explosivo entrara en contacto con su cuerpo y le abriera un agujero. Había visto cómo esas armas acababan con un tiburón de cinco metros con solo tocarlo. No tenía ningún deseo de terminar de esa manera, ni de ninguna otra.

Giraban como un torbellino, entrelazados en un combate ingrávido. La luz del hombro de Kurt se reflejaba en la máscara del hombre. Los cegaba a los dos, pero no dejaban de luchar.

Solo entonces comprendió Kurt cuánto más grande que él era aquel hombre, que al agarrarle el ala del hombro pudo hacer más presión, y a pesar de todos los esfuerzos de Kurt el palo explosivo se le seguía acercando a las costillas.

El agresor lo tenía atrapado, sin posibilidades de escapar, y lo sabía. Kurt le vio la cara de loco, acercándose para matarlo.

Entonces, una ola de luz los envolvió a los dos mientras algo borroso, amarillo, salía velozmente de la oscuridad y, como un autobús, chocaba contra el atacante. Kurt retrocedió tambaleándose, agradecido de ver a Joe en el *Turtle* empujando al hombre por el mar como embestiría un toro al matador después de cornearlo.

Joe no se detuvo hasta incrustar al hombre en el fondo,

aplastándolo bajo el peso y la fuerza del *Turtle* y abandonándolo semienterrado en el sedimento.

Kurt se dejó caer hasta el fondo, agarró de nuevo el rifle y esperó a que Joe diera la vuelta.

El *Turtle* se detuvo junto a Kurt. Resultaba fácil ver el rostro sonriente de Joe dentro del casco.

—¿Estaría mal pintar el símbolo de hombre muerto en el costado del *Turtle*? —preguntó Joe.

—Por mí puedes hacerlo —dijo Kurt—. ¿Por qué tardaste tanto?

Joe sonrió.

—Desde donde estaba, no sabía si te divertías o corrías peligro. Solo cuando oí los rifles comprendí que quizá te superaban en potencia de fuego.

Paradójicamente, bajo el agua el sonido llegaba más lejos que los proyectiles o las transmisiones de radio.

—Tengo que reconocer el mérito de los rusos —dijo—. Fabrican armas muy interesantes.

—Esa quedará muy bien en tu colección —señaló Joe.

Kurt coleccionaba armas únicas, procedentes de todo el mundo. Había empezado con pistolas de duelo, tenía algunos raros revólveres automáticos Bowen y últimamente había ampliado la lista con revólveres de seis tiros del Viejo Oeste, incluido un Colt 45 que había usado para despachar al último villano al que se habían tenido que enfrentar.

—Claro que sí —dijo—. Aunque me parece que todavía tendrá algún otro uso antes de acabar en una vitrina.

—Te habrás dado cuenta de que estamos haciendo las cosas al revés —comentó Joe—. Hasta ahora hemos empleado un gran esfuerzo en conquistar el terreno más bajo. No es exactamente la estrategia militar clásica.

—Con un poco de suerte, todavía no sabrán que estamos aquí —añadió Kurt.

Puso en marcha los propulsores y volvió nadando al sitio del naufragio, donde los buzos civiles que habían usado como esclavos estaban reuniendo algunos otros tanques sacados de la plataforma de pertrechos.

Se mostraron a la defensiva con Kurt y con la llegada de Joe.

—Conviene que enciendas el sistema de escritura en pantalla —sugirió Joe.

—Muy bien —dijo Kurt, activando la pantalla—. «Guardas muertos. Los sacaremos de aquí.»

Uno de ellos señaló hacia arriba y garabateó algo furiosamente en su pizarra.

Kurt nunca había visto jeroglíficos peores.

«¿Cuánto tiempo llevan aquí?», preguntó.

Mostraron cuatro dedos.

—Cuatro horas a noventa pies de profundidad —explicó Joe.

Habrían usado Nitrox o Trimix, no oxígeno puro. Pero aun así, después de haber pasado tanto tiempo en el fondo, necesitarían horas para descomprimirse antes de volver a la superficie. Un rápido inventario le permitió saber que no había tanques suficientes. Ni mucho menos. Los buzos morirían si no se encontraba otra solución.

Kurt puso una mano en el hombro del buzo principal y negó con la cabeza.

«No podrás ir arriba.»

El buzo también negó con la cabeza y volvió señalar la superficie.

«Tendrás una embolia», dijo Kurt.

El buzo leyó las palabras en la pequeña pantalla y después volvió señalar hacia arriba. A continuación hizo un extraño ademán.

«No sé qué quieres decir», dijo Kurt.

Parecía que el buzo había entrado en pánico. Kurt necesitaba calmarlo. Le señaló la pizarra.

«Escribe despacio.»

El buzo cogió la pizarra con la mano, borró lo que había

garabateado antes y esta vez escribió más metódicamente, como un chico que intenta, con paciencia, mejorar la caligrafía. Cuando terminó, le dio la vuelta y se la mostró a Kurt.

Había escrito una sola palabra. Se podía leer con facilidad.

¡BOMBA!

# 33

El buzo señaló furiosamente la zona donde estaban excavando. Escribió algo más en la pizarra.

«Cuando atacaste pusieron bomba.»

Kurt empezó a ver el modelo de comportamiento. Esos tíos querían las reliquias del naufragio. Pero si no podían apoderarse de ellas, estaban decididos a impedir que cayeran en otras manos.

«Muéstramela.»

El buzo vaciló.

«¡Muéstramela!»

De mala gana, el buzo echó a nadar, moviendo despacio las piernas y conduciendo a Kurt hacía el naufragio. Cuando llegaron, el buzo apuntó con su luz. El equipo había usado una aspiradora para excavar toneladas de cieno. Habían sacado objetos del sedimento y descartado todo lo que no tuviera aspecto egipcio. Mosquetes, toneles podridos y botas antiguas descansaban en el fondo, como una pila de basura.

El barco era un esqueleto. La mayoría de la tablazón exterior había desaparecido y solo quedaba el costillar, hecho con maderos más gruesos. Mientras flotaba por encima de esos restos, Kurt vio lo que intentaba decirle el buzo. No una bomba sino dos, bloques de C-4 conectados a temporizadores, como habían intentado hacer en el almacén. El problema era que habían arrojado esos explosivos entre los huesos del barco como quien arroja filetes dentro de la jaula de un animal.

Aferrándose a los maderos, Kurt miró más de cerca. Los temporizadores digitales que tenían conectados mostraban unos números inquietantes: 2:51, y bajando.

Trató de meterse entre los restos para llegar a las bombas, pero no había espacio suficiente. Estiró un brazo e intentó sin suerte tocar una con los dedos, pero quedaba por lo menos treinta o cuarenta centímetros fuera de su alcance.

—Joe —gritó—. Necesito tu ayuda.

Joe y el *Turtle* llegaron cuando el temporizador marcaba exactamente 2:00. El vehículo tenía un brazo manipulador, que Joe alargó con rapidez pero que tampoco llegaba a las bombas.

—Salgamos de aquí —dijo Joe—. Yo puedo arrastrar a estos hombres.

—Demasiado tarde —señaló Kurt—. No lograremos alejarnos lo suficiente. Por la cantidad de C-4 que hay aquí, estoy seguro de que la onda expansiva nos aplastaría como un submarino alcanzado por una carga de profundidad. Necesitamos otra solución.

Algo chocó contra él, y al girar Kurt vio al buzo que había rescatado. Tenía el tubo aspirador en la mano.

—Excelente idea —dijo.

La máquina seguía aspirando, chupando una pequeña cantidad de agua. Kurt metió el tubo en el costillar del barco y abrió la válvula.

En el primer intento, aquello succionó el gran bloque cuadrado de explosivos, que quedó atascado contra la punta de la boquilla. Tiró del tubo y cuando logró apartarlo de los maderos liberó la carga. Allí fue muy fácil arrancarle los cables eléctricos y, por las dudas, Joe también paró el temporizador.

—Cuarenta segundos —dijo mirando el número congelado en la pantalla—. Saquemos rápidamente la segunda.

Kurt ya estaba bajando la aspiradora. Apuntó hacia el segundo explosivo, del tamaño de una pelota de béisbol, que en vez de quedar atascado en la punta de la boquilla como el primero desapareció dentro del tubo.

Kurt y Joe miraron hacia arriba, siguiendo el tubo que se prolongaba hasta la superficie.

—¿Dónde crees que terminará eso? —preguntó Joe.

Kurt no respondió, pero los dos conocían la respuesta. La única duda era si la bomba llegaría a la superficie en cuarenta segundos o quedaría atascada en algún lugar del recorrido. Kurt mantuvo la fuerza de succión al máximo, esperando que el paquete llegara a destino.


En la superficie, el ruidoso compresor que alimentaba la aspiradora había pasado de ralentí bajo a estruendoso rugido. El hombre a cargo, llamado Farouk, parecía satisfecho. Había empezado a pensar que estaban dejando de trabajar allá abajo.

Hasta ese momento habían recuperado algunas chucherías, pero nada importante. Empezaba a preocuparse. Cada vez que pasaba un barco a lo lejos, se preguntaba si sería de la OTAN o un patrullero maltés.

Cambió de lugar, acercándose a donde la tubería descargaba su contenido en el filtro metálico, observando con alegría cómo el hilo de agua que llegaba del fondo se convertía en torrente, sobre todo de agua con algo de sedimento. Pero aquello podría cambiar en cualquier instante. Finalmente, cayó una ola de cieno y después algo sólido que quedó en el filtro y uno de los hombres alargó la mano para cogerlo.

—¡No! —gritó Farouk.

La explosión le ahogó el grito y arrojó de la barcaza a Farouk y al otro hombre. La parrilla del filtro, el compresor y una parte grande del casco de la barcaza recibieron el resto de la onda expansiva.

Empezó a entrar agua y la popa de la barcaza bajó con rapidez.

El único superviviente a bordo se levantó en algún sitio de la cubierta cerca de proa. Le zumbaban los oídos, le daba vueltas la cabeza y vio el agua verde que corría sobre el barco, que se estaba inclinando, y no perdió tiempo en preocuparse por los demás. Saltó por la borda y echó a nadar hacia la otra embarcación.

Al llegar a la escalera, se le acercó uno de los hombres para ayudarlo a subir, pero antes de poner el pie en el primer peldaño, algo afilado se le clavó a las piernas, apretándolas y tirando hacia abajo. Cayó al agua.

Un tiburón, pensó, temiendo la peor clase de muerte. Pero al mirar hacia atrás vio algo amarillo y borroso. Era un sumergible que avanzaba marcha atrás, aprisionándole las piernas con las pinzas y arrastrándolo bajo el agua.

Cuando estaba a punto de desmayarse, las pinzas se aflojaron y lo soltaron. Salió a la superficie y se encontró a cien metros del barco de buceo, incapacitado para hacer mucho más que toser y mantenerse a flote. Miró alrededor. No se veía el sumergible por ninguna parte.

Los dos hombres del barco de buceo tenían las armas en la mano, y miraban el agua alrededor. Sabían que los estaban atacando.

—¿Ves algo? —gritó uno de ellos.

—No.

—Fíjate al otro lado.

—¡Allá! —gritó el segundo.

Abrió fuego sobre lo que creyó que era un submarino, y las balas se perdieron en el agua. Fuera lo que fuese aquello, desapareció con rapidez.

—¡Por allá! —gritó el primer hombre al ver una mancha amarilla.

El sumergible avanzaba apenas por debajo de la superficie, directamente hacia ellos, con el casco perfectamente visible a la luz del sol. Los dos hombres apuntaron y empezaron a disparar, acribillando el agua y haciendo saltar cintas de espuma.

La bestia amarilla seguía atacando. El casco salió a la superficie y se transformó en un blanco fácil. Los dos hombres seguían descargando sus armas, pero el vehículo no paró hasta chocar contra ellos.

El impacto sacudió la embarcación, pero ellos mantuvieron el equilibrio mientras la máquina se ponía de lado, avanzaba rozándolos y se perdía lo lejos.

Solo entonces se dieron cuenta de que en el sumergible no iba nadie.

Detrás de ellos, un silbido de admiración los trajo de vuelta a la realidad. Al darse vuelta vieron a un hombre de pelo plateado enfundado en un traje isotérmico apuntándoles con uno de los rifles APS.

Kurt había salido la superficie detrás de ellos y había subido a cubierta mientras los otros se preocupaban por el ataque de la máquina amarilla.

—Arrojen las armas al océano —exigió.

Los hombres acataron la orden y levantaron las manos.

—Boca abajo en la cubierta —ordenó Kurt—. Las manos detrás de la cabeza.

Cumplieron también esa orden.

Sin dejar de apuntarles, Kurt se acercó al capitán y usó el cuchillo para soltarlo y quitarle la mordaza de la boca.

—Tienen abajo a mis hombres —dijo el capitán en un inglés chapurreado.

—No se preocupe —respondió Kurt—. Sus hombres están bien.

El capitán negó con la cabeza.

—Esos hombres llevan abajo desde el amanecer, y el tanque de descompresión estaba en la barcaza.

—Nosotros tenemos uno en nuestra embarcación —dijo Kurt—. Lo traeremos.

Llamó al *Sea Dragon* por la banda de radio marina.

—¿Y los D'Campion? —preguntó el capitán—. Ellos son los que gestionan la conservación.

—¿En qué situación están?

—Los tienen estos hombres.

—Tendría que haberlo supuesto —dijo Kurt. Apuntó con el arma a uno de los matones—. ¿Radio o teléfono?

—Teléfono —respondió el hombre—. En la mochila.

Kurt sacó el teléfono por satélite de la mochila verde y obligó al prisionero a marcar el número.

—Adelante —dijo una voz ronca—. ¿Qué avances hay?

—¿Es usted el hombre que tiene secuestrados a los D'Campion? —preguntó Kurt.

—¿Quién habla?

—Me llamo Austin —contestó Kurt—. ¿Con quién tengo el desagrado de hablar?

—Si no conoce mi nombre, me parece prudente no revelarlo —dijo el hombre.

—Pronto lo sabré —dijo Kurt—. Cuando hayamos interrogado a sus hombres, sabremos todo lo que hay que saber sobre usted y sobre lo que buscan.

La primera respuesta fue una carcajada.

—Esos hombres no saben nada relevante. Puede torturarlos. De la peor manera. No se enterará de nada nuevo.

Kurt estaba en desventaja, situación que tenía que revertir rápidamente.

—Es posible —dijo—. Pero algo aprenderemos, sin duda, de los objetos que han recuperado. Las reliquias egipcias deben de ser un fascinante pasatiempo. Tengo curiosidad por ese hombre grande de piel verde. Parece tener poderes mágicos para resucitar a la gente.

Era una apuesta, pero pareció funcionar. Esa vez, en lugar de una carcajada, hubo silencio. Una respuesta mucho mejor, pensó Kurt. Parecía haberle tocado la fibra sensible.

—¿Tiene la tablilla?

—En realidad, tengo tres —mintió Kurt.

—Le ofrezco un trato —dijo el hombre en el otro extremo de la línea telefónica.

—Escucho.

—Me trae las tablillas y yo le doy a los D'Campion vivos.

—Trato hecho —dijo Kurt—. Dígame dónde.

## 34

—¿Estás seguro de que fue buena idea traer a estos tíos? —preguntó Renata, señalando a los hombres ahora atados en la cubierta de proa. Viajaban hacia el lugar de la cita a gran velocidad.

—Les prometimos un trato —dijo Kurt—. Me parece que por lo menos debemos mostrarles la mercancía.

—¿Qué piensas que ocurrirá cuando descubran que tenemos hombres capturados pero no tablillas? —preguntó Joe.

—Disparos, explosiones y caos generalizado —respondió Kurt.

—Bueno... Lo normal —dijo Joe con cara de palo.

—Otro día de oficina —añadió Kurt.

Joe se rio un poco, pero Renata solo ofreció una lánguida sonrisa.

—Aquí está el verdadero problema —dijo ella por último—. Aunque tuviéramos las tablillas, quizá no aceptarían entregar a los D'Campion, sobre todo si los D'Campion saben qué andan buscando esos hombres. Los artículos que había en el museo salieron de la colección D'Campion. Ellos excavaron el *Sophie C.* hace años. Eso significa que representan para ellos un peligro tan grande como el de los propios objetos.

Kurt miró hacia el mar, entornando los brillantes ojos azules para protegerse de la luz. Tenían por delante una dura tarea, que no cambiaría ni con todos los chistes del mundo.

—Tendremos que cogerlos por sorpresa. ¿Con qué armas contamos?

Joe había estado revisando los pertrechos requisados a los prisioneros.

—Dos AK-47 y un rifle APS —dijo—. Sin cargadores adicionales. Unas noventa balas divididas entre las tres armas.

—Yo tengo una Beretta 9 milímetros con cargador completo, dieciocho proyectiles —añadió Renata.

—Y yo tengo un bloque de C-4 —dijo Kurt.

—Eso por lo que se refiere a las armas. ¿Qué pasa con el reconocimiento?

Renata utilizó el teléfono para descargar una imagen por satélite de la zona.

—Este es el lugar que han elegido.

La imagen de la bahía era clara. Con forma de lágrima y rodeada por acantilados de piedra caliza. En la copa de la bahía había una playa arenosa. Al sol de la tarde, el agua transparente era turquesa.

—¿Qué hay aquí? —preguntó Kurt, tocando en un punto de la pantalla.

Renata agrandó la imagen.

—Edificios —dijo.

Estaban construidos en los acantilados de piedra caliza, y parecían tener varios pisos y terrazas escalonadas. Atravesaba parte de la bahía un estrecho puente.

—Un hotel abandonado —dijo ella, leyendo información sobre el lugar—. Este es el edificio principal. El puente fue creado para llevar a los huéspedes del hotel a la playa.

—El puente sobre el agua ¿es como los de los complejos turísticos de Bali? —preguntó Joe.

—No creo —dijo ella—. Por el aspecto que tiene, parece que lo levantan para que pasen por debajo los barcos. Según la información que he encontrado, la idea era que se pareciera a la Ventana Azul, una famosa formación natural situada más abajo en la costa.

Kurt había visto la Ventana Azul hacía unos años. Un imponente arco de más de cincuenta metros de altura que sobresalía del mar. Unos adictos a la adrenalina que viajaban con él habían querido saltar desde la cima. Kurt les advirtió que informaría a los familiares más cercanos.

—Ese puente será un problema —dijo Kurt—. Lo mismo que los acantilados que rodean la bahía. Son buenos sitios para los francotiradores. Y como ya hemos visto, cuentan con uno o dos.

—Quizá podemos acercarnos por detrás —sugirió Joe—. Actuar esta vez por arriba.

Renata amplió la imagen y estudió el borde. El hotel estaba aislado, muy lejos de la zona poblada más cercana, con la que solo estaba conectado por un camino de tierra. No había manera de llegar a ese camino por mar, salvo mediante una desvencijada escalera que subía en zigzag al lado del hotel.

—Podríamos utilizar a estos tíos como escudos humanos —sugirió con frialdad Renata.

—Me encantaría —dijo Kurt—. Pero parece que no tienen reparos en disparar a los suyos. Quizá hasta nos lo agradecerían.

—¿Cómo podremos, entonces, impedir que nos ataquen con un lanzagranadas y vuelen la embarcación en el instante en que entremos en la bahía?

—No podemos —dijo Kurt, comprendiendo con rapidez la verdad de la situación—. Sobre todo si les da lo mismo apoderarse de los objetos imaginarios que destruirlos. Pero cuento con que quieran ver lo que traemos. Y si nos vuelan o nos hunden, nunca sabrán con seguridad si esos objetos estaban a bordo. Solo hay que estar preparados para responder cuando se den cuenta de que no tenemos nada.

—¿Ideas? —preguntó Joe.

—Tú eres el genio mecánico —dijo Kurt—. ¿Qué puedes hacer con todo esto?

Joe observó la cubierta. Tenían tanques de buceo, mangueras, un bichero y algunos cabos.

—No se puede hacer mucho —contestó—. Pero ya se me ocurrirá algo.

# 35

Con Kurt a los mandos, el barco de buceo aceleraba hacia la apartada bahía y el hotel abandonado, dibujando una estela blanca en las aguas verdiazules. Mientras Kurt conducía, Joe construyó un búnker atando tanques vacíos.

—Esas cosas, ¿no estallan si las perfora una bala? —preguntó Renata.

—Solo en las películas —dijo Joe—. Pero por las dudas las descargué. Ahora no son más que latas de acero gruesas, de pared doble. Perfectamente dispuestas para poder escondernos detrás.

—Eres muy valiente —dijo ella—. Los dos.

—No te olvides de contárselo a tus amigas cuando hayamos terminado de salvar el mundo para la humanidad.

Renata sonrió.

—Tengo algunas amigas que estarían encantadas de conoceros.

—¿Algunas?

—Tres o cuatro —respondió ella—. Tendrán que pelearse por vosotros.

—Eso podría ser interesante —añadió Joe con una sonrisa pícara—. Pero basta de hablar de mí. Espero que esto funcione —dijo, dirigiéndose a Kurt—. De repente tengo muchas muchas ganas de sobrevivir.

Terminó de atar los últimos tanques mientras se acercaban a los altos acantilados que marcaban ese lado de la isla de Gozo.

—Tu nido de cuervo es todo lo seguro que he podido lograr —dijo mirando a Kurt—. Yo iré por debajo.

Kurt asintió y se volvió hacia Renata.

—Tienes que ocultarte. Ellos todavía no saben de ti.

—Yo no iré a meterme bajo cubierta mientras vosotros lucháis contra las personas que atacaron a mi país —respondió ella.

—Eso es exactamente lo que vas a hacer —ordenó Kurt—. La caseta de popa tiene un tragaluz. Quita el cerrojo y espera el momento oportuno para actuar.

—¿Por qué la caseta de popa?

—Porque voy a entrar marcha atrás. Por si tuviéramos que irnos rápidamente.

A Renata no parecía gustarle la propuesta, pero aceptó.

—Está bien, de acuerdo —dijo—. Por esta vez.

Se pusieron equipos de comunicación. Después de probar el suyo, Renata bajó a la cubierta principal y de allí fue a la caseta de popa. Como le había sugerido Kurt, quitó el cerrojo, pero no abrió la ventana, y después sacó la Beretta y esperó.

Cuando se estaban acercando al hueco entre los acantilados de piedra caliza, Kurt hizo girar el barco y entró marcha atrás en la bahía, a paso de tortuga. Al pasar entre los acantilados, se agazapó detrás de los tanques de oxígeno, rifle en mano, mirando aquellas altas rocas en busca de signos de peligro y esperando tener que abrir fuego inmediato y directo.

—Aún estamos vivos —dijo mientras la bahía se abría a su alrededor.

—Por ahora —gruñó Joe desde abajo, en cubierta.

Acercando el ojo a un catalejo, Kurt estudió la situación que tenían por delante.

—Veo a tres tíos armados esperando en el muelle de hormigón junto al puente. Un par de vehículos al final del camino. Ningún barco.

—Deben de haber entrado —dijo Renata—. ¿Eso es bueno?

—Bastante —respondió Joe—. A menos que naden muy rápido, si huimos seguramente no puedan perseguirnos.

—Que no te vean —dijo Kurt—. Hay un posible francotirador en el techo del hotel. Acabo de ver un reflejo en su mira telescópica.

—Tú eres, ahí, el más expuesto —señaló Renata.

—Pero tengo la cabeza dura —respondió Kurt—. Así que no me pasará nada. Además, no atacarán antes de tener lo que quieren.

Kurt puso el motor en ralentí con lo que el barco bajó todavía más la velocidad, y fue marcha atrás hasta tocar con la popa contra el muelle de hormigón. Desde allí, un sendero conducía hasta las escaleras que llevaban al puente. Otro sendero conducía a la ruinosa casucha de mantenimiento.

Uno de los tres hombres se acercó con un cabo en la mano.

—No necesitamos atarlo —gritó Kurt, echando una mirada furtiva entre los tanques—. No nos vamos a quedar mucho tiempo. ¿Dónde está tu jefe?

De la casucha salió un hombre bajo y fornido. Llevaba gafas de espejo y el pelo muy corto, como un militar.

—Aquí estoy.

—Usted debe de ser Hassan —dijo Kurt.

El hombre parecía molesto.

—Eso, y no mucho más, es lo que hemos arrancado a los suyos —comentó Kurt.

—No significa nada —insistió el hombre—. Pero puede usarlo, si así lo desea.

—Tiene aquí un bonito lugar —señaló Kurt, todavía parapetado detrás del muro de tanques—. Pero como guarida rufianesca parece un poco destartalada.

—No malgaste conmigo su humor —rugió Hassan—. Quizá podría levantarse y mirarme a la cara como un hombre.

—Con mucho gusto —dijo Kurt—. Pero primero tendrá que decirle a su francotirador que tire el rifle a la bahía.

—¿Qué francotirador?

—El que está en el techo del hotel.

Por un estrecho hueco entre los tanques, Kurt vio la irritación en la cara del hombre.

—Ahora o nunca —gritó Kurt, volviendo a encender los motores en velada amenaza de irse.

El villano se acercó una radio a los labios y susurró algo que después repitió con más firmeza. Allá arriba, en el techo, el francotirador se incorporó, cogió un rifle largo y pesado, y lo levantó. El rifle cayó girando despacio y se estrelló ruidosamente en las calmadas aguas de la ensenada.

—¿Satisfecho? —preguntó Hassan.

—Esperemos que no tenga otra arma —susurró Joe—. O que no haya más francotiradores.

—Muy alentadoras palabras —dijo Kurt entre dientes—. Pero hay una sola manera de averiguarlo.

Kurt se levantó despacio, con el rifle APS en la mano mientras contaba tres armas similares apuntándole. Hassan parecía llevar una pistola, que por el momento seguía enfundada en una sobaquera.

—¿Dónde están los D'Campion? —preguntó Kurt.

—Muéstreme primero las tablillas —exigió Hassan.

Kurt dijo que no con la cabeza.

—Eso no. Para serle franco, ni siquiera sé qué hice con ellas.

Volvió a aparecer la expresión de fastidio. Hassan lanzó un fuerte silbido y un movimiento sobre el puente atrajo la mirada de Kurt. Pusieron en pie a un par de figuras y las acercaron al borde. Los D'Campion, una pareja mayor, estaban encadenados juntos y fueron obligados a acercarse al borde del puente, donde no había barandilla. Kurt vio en la mano del hombre un objeto con fondo curvo, sujeto por una cadena a sus pies.

—Eso va a ser un problema —masculló Kurt.

—¿Qué ves? —preguntó Renata.

—Rehenes encadenados juntos y enganchados a un ancla de barco.

—¿Un ancla?

—Eso parece. No es grande —añadió—. Quizá no pese más de diez kilos. Pero eso basta para que un buen hombre no pueda salir del agua. Un buen hombre y su mujer.

Hassan empezó a impacientarse.

—Como ve, están vivos. Aunque no lo estarán por mucho tiempo si no me da lo que quiero. Veo solo a dos de mis hombres.

—El resto, a estas alturas, están alimentando a los tiburones —dijo Kurt. Era una verdad a medias. Dos de los matones heridos habían sido atendidos en el *Sea Dragon*. Serían entregados a las autoridades en cuanto atracara el barco.

—¿Y las tablillas? —gritó Hassan.

—Quite primero las cadenas a los D'Campion —exigió Kurt—. Como muestra de buena fe.

—Para mí la buena fe no existe.

A Kurt no le cabía ninguna duda.

—Bien, de acuerdo —dijo—. Aquí tiene.

Tiró de una cuerda de nailon que descorrió una lona tendida sobre la cubierta de popa. Al apartar la lona, quedó a la vista un baúl grande que usaban para guardar el equipo de buceo.

—Las tablillas están allí.

Hassan vaciló.

—No se las voy a llevar personalmente —dijo Kurt.

Hassan desconfiaba, por supuesto.

—¿Dónde está su amigo el espadachín?

Kurt contuvo una sonrisa.

—Estoy aquí —gritó Joe, abriendo una ventanilla en el lado de popa del camarote. Como Kurt, Joe estaba protegido por una corta pared de tanques de submarinismo. A diferencia de la barrera protectora de Kurt, dos de los tanques delante de Joe estaban todavía presurizados, y habían sido conectados a una manguera que corría por debajo de la lona hasta un agujero en la parte trasera del baúl.

—Muy bien —dijo Hassan.

Por señas, ordenó a dos hombres que se adelantaran.

Los hombres fueron hasta el borde del muelle con los rifles en la mano, saltaron al barco de buceo y se acercaron con cautela al baúl.

—Si esto es una trampa... —amenazó el hombre.

—Ya sé, ya sé —dijo Kurt, interrumpiéndolo—. Nos matará y ahogará a los D'Campion. Ya he oído ese discurso.

Los dos pistoleros se acercaron al baúl como si fuera un animal salvaje que pudiera cobrar vida en cualquier momento. Kurt sonrió como si aquello le hiciera gracia y se permitió apartar perezosamente el rifle y dejar de apuntarles.

Al llegar junto al baúl, uno de los hombres se agachó para abrirlo. El otro se quedó montando guardia.

Dentro del camarote, las manos de Joe buscaron las válvulas de los tanques de oxígeno, que ya estaban un poco abiertas y presurizando el baúl de fibra de vidrio, pero cuando uno de los hombres se acercó, Joe abrió las válvulas al máximo.

La tapa del baúl saltó de repente, golpeando al hombre en la cara. Una delgada capa de gasolina que Joe había vertido dentro del baúl salpicó el aire empujada por la repentina corriente de oxígeno a alta presión, mientras un pedernal que había pegado a la bisagra soltó una chispa que produjo un fogonazo de estilo Hollywood, una bola de fuego apropiadamente impresionante que hizo poco daño pero que tiró de espaldas a los dos hombres y llamó la atención de todos con una ola de llamas anaranjadas y una nube de humo oscuro que salió retorciéndose como una ola.

Kurt volvió a agarrar correctamente el rifle. Ignorando a los hombres que habían sido derribados por la explosión, y a Hassan, que todavía no había sacado el arma de la sobaquera, hizo un par de disparos, centrados en los pistoleros que quedaban en el muelle. Ambos disparos dieron perfectamente en el blanco, y los hombres se derrumbaron sin devolver fuego.

Kurt giró hacia la derecha y disparó por tercera vez, ahora a Hassan, pero el hombre se escabulló y logró guarecerse en la destartalada casucha.

Kurt se volvió hacia la izquierda, con la esperanza de tener a buen tiro al matón del puente, pero antes de que pudiera disparar de nuevo las balas empezaron a rebotar a su alrededor y a machacar los tanques de oxígeno vacíos, y tuvo que agacharse.

Se puso a cubierto cuando llegaron más balas haciendo resonar los tanques. En los tubos aparecían abolladuras agrandadas, distorsionadas como cuando se golpea un metal con un martillo de bola. Kurt se alejó rodando cuando un tercer impacto dio de lleno en el blanco y la piel metálica del tanque más cercano se abrió, escupiendo fragmentos en su dirección.

—Joe, estoy arrinconado.

—Viene del techo del hotel —respondió Joe, disparando ráfagas hacia el edificio para aliviar un poco la situación de Kurt.

Kurt vio al francotirador agachándose detrás de la pared baja del techo. Notó que contaba con un rifle común sin mira telescópica.

—Tiene una puntería tremenda —dijo cambiando de lugar y añadiendo unos disparos a los que había hecho Joe.

Para entonces, los hombres que habían sido derribados por la explosión se estaban levantando. Uno recogió el rifle y apuntó con él hacia el camarote donde se ocultaba Joe. Antes de que el hombre pudiera disparar, Renata abrió el tragaluz y tiró dos veces. El hombre recibió los dos disparos en el pecho y cayó al agua.

Su socio echó a correr.

Renata le apuntó a las piernas y le dio en la parte trasera de las rodillas, derribándolo pero manteniéndolo con vida para poder interrogarlo más tarde.

Del techo del hotel llegaron más disparos y los pistoleros que Kurt y Joe habían atado cayeron como bolos. Teniendo en cuenta el trato que habían dado a los buzos, obligándolos a matarse trabajando, Kurt no derramó ninguna lágrima.

—Empújalos —oyó que gritaba Hassan—. ¡Empújalos ya!

Sobre el puente había un forcejeo con los D'Campion, que cayeron al agua desde diez metros de altura con un estruendoso impacto y desaparecieron bajo la superficie.

—¡Los rehenes están en el agua! —gritó Kurt, agachando la cabeza al oír otra ráfaga—. Sigo arrinconado. No puedo asomarme. Joe, ocúpate de ellos.

—En eso estoy —gritó Joe.

Joe respondía al fuego esporádico de alguien escondido detrás de los vehículos y a disparos que salían de la casucha donde se había ocultado Hassan. Cerró la válvula de uno de los tanques, cortó con el cuchillo parte de la manguera y lo llevó al otro extremo del camarote, donde lo usó para romper la ventana y después lo arrojó por la abertura.

—¡Zavala se despide! —gritó.

Tomó carrera y se lanzó por el hueco de la ventana destrozada con perfecta forma, clavándose en el agua sin recibir un solo disparo.

Una vez sumergido, Joe empezó a mover con fuerza las piernas, nadando hacia abajo hasta atrapar el tanque.

Abrió la válvula, dejó salir unas burbujas y se puso la punta de la manguera en la boca. No era la mejor manera de recibir aire, pero funcionaría.

Dio media vuelta y nadó pasando por debajo del barco, avanzando hacia la base del puente. La bahía era como una piscina y pronto divisó a los D'Campion luchando en el fondo, iluminados por los dorados rayos de sol.

Acunando el tanque debajo de un brazo, Joe movía con fuerza las piernas y también usaba el brazo libre. Para un hombre acostumbrado a nadar con aletas, la lentitud de movimientos le resultaba angustiosa. Llegó a la arena, a una profundidad de cinco metros, y usó los pies para impulsarse. Casi estaba debajo del puente cuando las primeras balas empezaron a clavarse en el agua apuntando hacia él, dejando largos rastros de burbujas.

Desde su posición en el barco, Kurt se dio cuenta del peligro. El agua de la bahía era limpia y casi tan lisa como el cristal. El pistolero del puente vería a Joe con facilidad. Cuando Joe llegara a donde estaban los D'Campion, quedaría directamente debajo del proverbial rifle.

Atrapado, pero no dispuesto a ver ahogarse a los D'Campion o a su amigo con el cuerpo lleno de plomo, Kurt decidió hacer la única cosa que le parecía razonable: emplearse a fondo.

Agarró el bloque de C-4, puso el temporizador para cinco segundos y pulsó INTRO. Con un movimiento del brazo, lo arrojó hacia la casucha. El explosivo aterrizó cerca y la explosión hizo temblar el edificio, derribando al mismo tiempo parte del techo y una pared como si fuera un castillo de naipes.

Hassan no estaba dentro. Ya había salido y corría hacia los coches aparcados.

Con la breve pausa en los disparos causada por la distracción que siguió al estallido de la carga explosiva, Kurt aferró los aceleradores del barco y los empujó hacia delante y después hizo girar el timón. Como habían atracado marcha atrás por si tenían que huir a toda velocidad, la proa apuntaba hacia el mar abierto. Pero al hacer la maniobra con el timón, el barco respondió y fue directamente hacia el puente.

A siete metros de profundidad, Joe nadaba invertido, sosteniendo el tanque entre su cuerpo y los rastros de burbujas que señalaban la entrada en el agua de cada bala.

Se quitó la manguera de la boca y soltó una erupción de burbujas que, esperaba, ocultaría su verdadera posición. Las balas siguieron llegando, golpeando su alrededor como una lluvia de meteoritos. Una le rozó el brazo, haciéndole un fino corte en la piel que instantáneamente empezó a sangrar. Otra dio en la base del tanque, pero no entró.

Llegó hasta la sombra, junto a los D'Campion, y les dejó respirar del aire que llevaba.


En el puente, el tirador empezaba a frustrarse. Hassan y los demás se estaban marchando.

—Acaba con ellos antes de irte —había ordenado Hassan.

El tirador dio un paso atrás, cambió de cargador y puso el arma en automático. Apuntando hacia abajo por un agujero del puente, aferró el cañón. Las burbujas distraían, pero cada vez que su presa aspiraba por la manguera, las burbujas desaparecían el tiempo suficiente. Ajustó la puntería y se preparó para apretar el gatillo.

Una forma roja y gris saltó y aterrizó en el puntal que sostenía el puente. La vieja estructura tembló y se quejó.

Por un segundo, el pistolero pensó que el puente se caería, pero resistió y el polvo se asentó. El pistolero volvió a mirar por el agujero que le permitiría disparar.

La cara sonriente del estadounidense de pelo plateado lo miraba, armado con uno de los rifles APS.

—¡No! —ordenó el estadounidense.

El tirador intentó actuar de todos modos, y metió el cañón por el agujero con la mayor rapidez posible.

Pero no la suficiente. Se oyó un solo y raro disparo.

En algún rincón de la mente, el pistolero reconoció el sonido como la detonación de la pesada bala del rifle APS, que comúnmente se disparaba bajo el agua pero que en ese caso se había disparado en el aire. El pensamiento no fue más que un parpadeo, borrado por el impacto del proyectil de más de doce centímetros.

# 36

*Sur de Libia*

Dos días después del supuesto fin de sus vacaciones, Paul estaba haciendo de todo menos relajarse. Estudiaba los datos geológicos impresos, hacía un análisis informático de las ondas sonoras con un programa descargado el centro de operaciones de la NUMA y preparaba una nueva cafetera, todo al mismo tiempo. Estaba solo desde que el geólogo original de Reza había sido secuestrado o había escapado para unirse a los rebeldes hacía unas cuantas semanas.

—Mira esto —dijo Paul cuando finalmente el ordenador terminó de imprimir una interpretación de las ondas sonoras.

Gamay miró con cara de sueño.

—¿Qué es eso? ¿Más líneas garabateadas? Qué apasionante.

—Tu entusiasmo ya no es el que era —respondió Paul.

—Llevamos horas mirando esas cosas —dijo ella—. Un gráfico tras otro, llenos de líneas en zigzag, pasando los datos por filtros y programas de ordenador y comparándolos con líneas de garabatos de otras partes del mundo. A estas alturas tengo la impresión de que estás poniendo a prueba mi paciencia. Por no decir mi cordura.

—Prueba que no estás pasando con buena nota —dijo Paul, azuzándola.

—En ese caso puedo matarte y alegar demencia temporal. A ver, ¿qué es lo que me muestras?

—Esto es arenisca —explicó Paul, señalando una zona de la copia impresa—. Pero esto es una capa de líquido en el fondo de esa piedra arenisca. Todavía hay agua allí.

—Entonces ¿por qué las bombas no la sacan?

—Porque está en movimiento —dijo Paul—. Está bajando hacia su capa secundaria, más profunda, de roca y arcilla.

—Y eso ¿qué significa?

—Si no me equivoco —dijo Paul—, hay otro acuífero debajo del Acuífero Nubio.

—¿Otro acuífero?

Paul asintió.

—Más de dos kilómetros por debajo de la superficie. Esas formaciones indican que está literalmente repleto de agua. Pero esta distorsión sonora que aparece aquí, y aquí, sugiere que el agua está en movimiento.

—¿Como un río subterráneo?

—No estoy seguro —dijo Paul—, pero es con lo único que el ordenador ha podido comparar el patrón.

—¿Y a dónde va esa agua? —preguntó ella, animándose.

—No lo sé.

—¿Por qué se mueve?

Paul se encogió de hombros.

—Se mueve, nada más. Es lo único que nos pueden decir estos garabatos.

Un fuerte estruendo sacudió las ventanas y ambos levantaron la mirada.

—No truena en este desierto —dijo fríamente Gamay.

—Quizá fue un estampido sónico —comentó Paul—. Yo los oía todo el tiempo cuando vivía cerca de la base aérea.

Hubo otros dos ruidos similares, acompañados por gritos y un rápido tableteo de disparos lejanos.

Paul dejó el impreso y corrió a la ventana. Sobre el desierto vio otro fogonazo y una bola de fuego naranja engulló una de las torres de bombeo, que cayó de lado.

—¿Qué es eso? —preguntó Gamay.

—Explosiones —respondió él.

Unos segundos más tarde entró corriendo Reza.

—Tenemos que irnos —gritó—. Los rebeldes están aquí.

Paul y Gamay reaccionaron despacio.

—Rápido —añadió Reza, entrando en la habitación de al lado—. Tenemos que subir al avión.

Paul cogió los materiales impresos y él y Gamay siguieron a Reza. En cuanto hubieron reunido a todo el mundo, buscaron las escaleras. Al otro lado de la grava estaban poniendo en marcha el DC-3, y los motores despertaban tosiendo nubes de humo aceitoso.

—Hay sitio para todos nosotros —dijo Reza—. Pero tenemos que darnos prisa.

Subieron corriendo por la rampa al DC-3 y entraron en tropel por la puerta de carga. Se oyó otra explosión a sus espaldas: un cohete había dado en el centro de control.

—¡Al lado de delante! —gritaba Paul mientras otros subían al avión por la puerta que estaba cerca de la cola.

Reza contaba cabezas. Había veintiuna personas dentro, además del piloto. Todo el personal del centro, y Paul y Gamay.

—¡Vamos! —gritó.

El piloto empujó las palancas y el avión empezó a carretear por la pista, levantando velocidad, mientras allá atrás los fogonazos iluminaban el desierto.

Paul miró a Reza.

—Creo que dijiste que hasta los rebeldes tenían que beber.

—Quizá me equivoqué.

Los motores rugieron alcanzando toda su potencia, ahogando las conversaciones, y el avión adquirió velocidad con rapidez porque el aire nocturno incrementaba su fuerza. La aceleración fue brusca, pero un avión con carga completa significaba un largo despegue, y cuando estaban llegando al final de la pista el piloto tuvo que tomar una decisión.

Levantó el morro lo suficiente para elevar al avión del suelo y después volvió a bajarlo y guardó el tren de aterrizaje. Durante otros treinta segundos volaron a siete u ocho metros de altura, con el avión sostenido por lo que los pilotos llamaban efecto de tierra, un pequeño impulso ascendente que se produce cuando vuelan cerca de la superficie. Eso permitía que el avión flotara antes de alcanzar una gran velocidad y le daba tiempo para emprender el ascenso propiamente dicho. Debieron pasar por encima de un grupo de furgonetas con ametralladoras instaladas.

—Ahí vienen —gritó el piloto, ladeando el avión hacia la derecha y subiendo.

Nunca oyeron el ruido de las armas, cosa imposible por encima del rugido de aquellos enormes motores, pero de repente la cabina se llenó de confeti metálico y de brillantes chispas.

—Paul —gritó Gamay.

—Estoy bien —respondió él—. ¿Y tú?

Gamay se estaba palpando el cuerpo.

—No estoy herida —dijo.

El DC-3 volaba a toda prisa, elevándose lo suficiente para evitar problemas y acercándose a la oscuridad. Dentro, hombres y mujeres iban temblando, aunque ilesos. Todos menos uno.

—¡Reza! —gritó alguien.

Reza había intentado levantarse y entonces cayó hacia delante, en el pasillo.

Paul y Gamay fueron los primeros en acudir. Sangraba por una herida en el estómago y otra en una pierna.

—Tenemos que detener la hemorragia —dijo Paul.

Los gritos se sucedían.

—Tenemos que llevarlo a un hospital —dijo Gamay—. ¿Hay algún pueblo cerca?

Alrededor, todos los hombres dijeron que no con la cabeza.

—Bengasi —logró decir Reza—. Tenemos que ir a Bengasi.

Paul asintió. Noventa minutos. De repente, les pareció un tiempo desmesurado.

—Resiste —pidió Gamay—. Por favor, resiste.

## 37

*Isla de Gozo*
*Malta*

En el somero fondo de la bahía, Joe compartió el oxígeno del tanque con los D'Campion, y los tranquilizó y los mantuvo con vida hasta que Kurt y Renata encontraron la manera de llevarlos a la superficie.

Subirlos al barco fue un proceso engorroso, pero todavía más delicado fue cortar las cadenas, aunque pronto quedaron libres. Para entonces se había presentado un nuevo problema.

—Parece que nos estamos hundiendo —dijo Joe.

El barco había sufrido un cierto maltrato; el peor, cuando Kurt había embestido el puente.

—Todo el compartimento delantero está inundado —advirtió Renata.

—Por suerte la playa no queda lejos —contestó Kurt.

Apuntó hacia la orilla y usó el acelerador. El barco dañado chapoteó atravesando la laguna y varó en la arena un rato más tarde.

El grupo bajó al agua y vadeó los bajíos unos cuantos metros hasta llegar a la arena seca.

—Busquemos el camino de acceso —dijo Kurt—. Quizá podamos hacer señas a alguien que pase y nos lleve.

Caminaron por la playa, echando miradas a los combatientes derrotados.

—Están todos muertos —dijo Renata—. Incluso ese al que le disparé a las piernas.

—Este grupo tiene una manera retorcida y atrasada de ver *No Man Left Behind* —añadió Joe.

Kurt miró con mayor atención al hombre que Renata había herido en las piernas. Le salía espuma por la boca.

—Cianuro. Estamos ante fanáticos. Deben de tener órdenes tajantes de no dejarse capturar.

—Supongo que será fácil dar esa orden, pero no tan fácil cumplirla —comentó la señora D'Campion.

—Eso si hablamos de personas normales —dijo Kurt—. Pero quién sabe a qué tipo de organización nos enfrentamos.

—Terroristas —sugirió el señor D'Campion.

—Son verdaderos expertos en propagar el terror —intervino Renata—. Pero creo que su meta va más allá.

Kurt registró el cuerpo. No encontró nada que lo identificara, ni parafernalia religiosa, ni joyas, ni cicatrices iniciáticas que los grupos fanáticos usaban a veces para marcar a los suyos. De hecho, nada indicaba quiénes eran ni para quién trabajaban.

—Llama al gobierno maltés —le pidió a Renata—. A ver si logran que las fuerzas de defensa y los órganos de seguridad nos ofrezcan un poco de colaboración. Según el dicho, los muertos no hablan, pero la experiencia me dice que eso casi nunca es verdad. En las armas, la ropa, las huellas dactilares a veces hay rastros. Esos tíos no aparecieron de la nada. Deben de tener un pasado. Y por cómo combatieron, no creo que hayan sido estudiantes aventajados o niños de coro.

Renata asintió.

—Quizá logre sonsacar algo a los dos que fueron capturados cerca del *Sophie C.*

—Si todavía no se han envenenado —dijo Kurt.

Desde allí, el grupo emprendió la larga caminata cuesta

arriba, pasando por delante de los edificios turísticos abandonados, hasta el camino que circulaba por la cima del acantilado.

Unas horas más tarde, al anochecer, duchados y con ropa limpia, estaban sentados en la barroca sala de estar de la finca de los D'Campion. Sofás mullidos y sillones llenaban el nivel inferior. Obras de arte, estatuas y libros que ocuparían toda una biblioteca cubrían las paredes. En el centro de una pared crepitaba el fuego de una enorme chimenea de piedra.

El vestíbulo y la biblioteca eran un desastre: para intimidar a los D'Campion, los intrusos habían destrozado libros y destruido lámparas.

Nicole D'Campion intentó limpiar un poco hasta que el marido la detuvo.

—Deja eso, cariño. Antes de ordenarlo, necesitamos que la policía y la aseguradora lo vean.

—De acuerdo —dijo ella—. Es que no me parece natural dejar este desorden. —Se sentó y miró a Kurt, Joe y Renata—. Mi mayor agradecimiento por el rescate.

—Y el mío —añadió su marido.

—Creo, sin embargo, que la deuda es nuestra —respondió Kurt—. Fue quizá nuestra presencia en este lugar lo que los puso en peligro.

—No —dijo Etienne, cogiendo una licorera de un la bandeja de plata—. Esos hombres llegaron dos días antes que ustedes. ¿Coñac?

Kurt dijo que no.

Joe se animó.

—Yo podría tomar algo para calentarme los huesos.

Etienne sirvió el líquido dorado en un vaso con forma de tulipa. Joe le dio las gracias y después tomó un sorbo y disfrutó tanto del aroma como del sabor.

—Increíble.

—Tiene que serlo —dijo Kurt, mirando la licorera y después a su modesto amigo—. Si no me equivoco, es un Delamain Le Voyage. Ocho mil dólares la botella.

Joe se ruborizó de vergüenza, pero Etienne le quitó importancia.

—Es lo menos que puedo hacer por el hombre que me salvó la vida.

—Es cierto —dijo Nicole.

Claro que era cierto. Kurt estaba orgulloso de su amigo, siempre tan generoso aunque pocas veces tenía el reconocimiento que merecía.

Etienne devolvió la licorera de cristal de Baccarat a la bandeja y se sentó con el vaso en la mano a contemplar el fuego.

—Me toca a mí arruinar el momento —dijo Kurt—, pero ¿qué era exactamente lo que querían de ustedes esos hombres? ¿Que tienen esos objetos egipcios que llevan a tantas personas a matar?

Los D'Campion se miraron.

—Me revolvieron todo el estudio —dijo Etienne—. Me destrozaron la biblioteca.

Kurt tenía la impresión de que los D'Campion no querían hablar del tema.

—Discúlpeme, pero eso no es una respuesta —dijo—. Antes que hablar de la deuda contraída con nosotros, apelo a su sentido de humanidad. Hay miles de vidas en riesgo. Quizá dependan de lo que usted sabe. Así que tengo que ser honesto.

Etienne parecía dolido por el comentario. Estaba tan inmóvil como una piedra. Nicole jugueteaba con el dobladillo del vestido.

Kurt se levantó y se acercó a la chimenea, dándoles tiempo a pensar en lo que acababa de decir. Sobre la chimenea había un cuadro grande. Representaba una flota de barcos ingleses castigando una armada francesa anclada en una bahía.

Kurt estudió el cuadro en silencio. Teniendo en cuenta la historia y la situación presente, comprendió con rapidez qué era aquello: la batalla del Nilo.

*—El niño se quedó en la cubierta en llamas*
*de donde todos los demás habían huido;*
*las llamas que alumbraban los restos de la batalla*
*brillaban a su alrededor sobre los muertos.*

Kurt recitó el verso en voz baja, pero Renata lo oyó.

—¿Qué es eso?

—«Casabianca» —dijo—. El famoso poema de la inglesa Felicia Hemans sobre un niño de doce años, hijo del capitán de *L'Orient*. Ese niño se quedó en su puesto hasta el final de la batalla, cuando explotó el barco al llegar el fuego al polvorín.

Kurt se volvió hacia Etienne.

—Esto es la bahía Abukir, ¿verdad?

—Sí —dijo Etienne—. Conoce la historia. Y la poesía.

—Curioso cuadro para estar en la casa de un expatriado francés —añadió Kurt—. La mayoría, en nuestra nación, no conmemoramos las derrotas.

—Yo tengo mis razones —adujo Etienne.

En el ángulo inferior, el pintor había puesto su nombre: *Emile D'Campion*.

—¿Antepasado suyo?

—Sí —respondió Etienne—. Era uno de los *savants* de Napoleón. Enviado con la desafortunada expedición para descifrar los misterios egipcios.

—Si pintó esto, significa que sobrevivió a la batalla —señaló Kurt—. Supongo que volvió con algunos souvenirs.

Los D'Campion se miraron de nuevo. Finalmente habló Nicole.

—Cuéntales, Etienne. No tenemos nada que ocultar.

Etienne asintió, tomó el trago que quedaba y dejó el vaso.

—Es cierto que Emile sobrevivió a la batalla y lo conmemoró con este cuadro. Si se fija en el rincón opuesto a donde aparece su nombre, verá una pequeña lancha de remos que transporta a un grupo de hombres. Allí van él y algunas de las mejores mentes que tenía Napoleón. Estaban regresando al buque insignia *L'Orient* cuando empezó la batalla.

—Supongo que no llegaron a *L'Orient* —dijo Kurt.

—No —contestó Etienne—. Fueron obligados a refugiarse en otro barco. Ustedes lo conocerán como *William Tell*, en francés *Guillaume Tell*.

Kurt, que había dedicado media vida a estudiar las guerras navales, conocía el nombre.

—El *Guillaume Tell* era el barco del almirante Villeneuve.

—El contraalmirante Pierre-Charles Villeneuve era el segundo jefe de la flota. Ese día tenía a su cargo cuatro barcos. Pero cuando la batalla se puso fea para sus compañeros, se negó a entrar en combate.

Etienne se acercó y señaló un buque que estaba apartado de los demás.

—Este es el barco de Villeneuve —dijo—. Esperando y observando. De manera interminable, habrán pensado los demás. Por la mañana, la suerte de la batalla era adversa, pero en la bahía había cambiado la marea. Villeneuve levó anclas, desplegó las velas y se fue con esa marea hacia el mar, huyendo con sus cuatro barcos y mi tatarabuelo.

Dejó de mirar el cuadro y se volvió hacia Kurt.

—Como era de esperar, siempre he tenido mis profundos conflictos con el acto de Villeneuve. Aunque no habla muy bien del valor y del *esprit de corps* franceses, yo quizá no estaría aquí si Villeneuve no se hubiera alejado de la batalla y huido.

—Lo mejor del valor es la discreción —señaló Renata, entrando en la conversación—. Aunque estoy segura de que el resto de la flota no pensó lo mismo.

—No —dijo Etienne—, claro que no.

Kurt unió mentalmente todos los cabos, pensando en voz alta.

—Después de la batalla, Villeneuve vino aquí, a Malta, y finalmente fue capturado por los británicos cuando se apoderaron de la isla.

—Correcto —dijo Etienne.

—No suelo interrumpir las historias épicas de mar —intervino Joe—, pero ¿podemos volver a su antepasado y a lo que encontró en Egipto?

—Por supuesto —dijo Etienne—. Por su diario, tengo entendido que excavó varias tumbas y monumentos. Siempre en sitios donde los antiguos egipcios enterraban a sus faraones. Y por excavar quiero decir que los hombres de Napoleón se llevaban todo lo que podían: obras de arte, obeliscos, tallas. Con cinceles quitaban paneles enteros de las paredes, y recogían incontables vasijas y cacharros que iban enviando a la flota. Por desgracia, la mayor parte del botín estaba a bordo de *L'Orient* cuando voló en pedazos.

—La mayor parte, pero no todo —dijo Kurt.

—Precisamente —convino Etienne—. El último lote de tesoros, si así podemos llamarlos, estaba en su poder en esa lancha de remos con los otros marineros cuando se produjo una discusión. Emile tenía órdenes estrictas de entregar todo lo que encontrara al almirante Brueys en *L'Orient*, pero los ingleses ya habían atravesado las defensas y tres de sus barcos rodeaban el buque insignia francés.

Etienne miró a Renata.

—Volvió a entrar en juego la discreción —dijo, repitiendo las palabras de ella—. Se volvieron hacia los únicos barcos que no habían entrado en la batalla, y los últimos baúles con arte egipcio terminaron en manos de Villeneuve, librándose de la destrucción cuando él zarpó hacia Malta, adonde llegó dos semanas después de la batalla.

—Y esos baúles fueron puestos a bordo del *Sophie Celine* unos meses más tarde —dijo Kurt.

—Eso se cree —señaló Etienne—. Aunque el dato no es muy claro. En todo caso, esto es lo que nuestros violentos amiguitos exigían ver cuando aparecieron: cualquier cosa que Emile hubiera recogido en Egipto, sobre todo en Abidos, la Ciudad de los Muertos.

—Ciudad de los Muertos —repitió Kurt, mirando hacia el fuego y volviéndose después hacia Joe. Las mismas palabras que Joe había usado para describir a Lampedusa, que sin duda era una isla de los muertos. O casi muertos—. Esos objetos ¿no habrán tenido que ver con una niebla capaz de matar simultáneamente a miles de personas?

Etienne parecía asombrado.

—A decir verdad, se refieren a algo llamado la Niebla Negra.

Era lo que sospechaba Kurt.

—Pero hay algo más —dijo Etienne—. La traducción de Emile también habla de otra cosa. De algo llamado el Aliento de Ángel, que sin duda es una manera occidental de decirlo. Un término más correcto, el término egipcio, sería Niebla de Vida: una niebla tan fina que, se creía, venía de un reino situado en el más allá, en la ultratumba, donde el dios Osiris la usaba para devolver la vida a quien se le antojaba. En un sentido literal, ese Aliento de Ángel podía resucitar a los muertos.

## 38

—¿Podía resucitar a los muertos? —repitió Kurt, consciente de lo que acababan de encontrar; tenía que ser el remedio para combatir aquella Niebla Negra, lo que mantenía con vida y consciente al atacante de Lampedusa cuando todos los demás habían sido derrotados por la nube paralizante.

—Es el antídoto —dijo.

—¿Antídoto? —preguntó Etienne—. ¿Antídoto contra qué? No, desde luego, contra la muerte.

—Contra cierto tipo de muerte —respondió Kurt.

—No entiendo —dijo Etienne.

Kurt explicó lo sucedido en Lampedusa, los ciudadanos de la isla en coma, a punto de morir. Y cómo ellos habían encontrado a alguien que parecía inmune al agente que había envenenado el aire.

—¿Entonces quieren ese antídoto? —preguntó Nicole.

—No —dijo Kurt—. Ya lo tienen. Pero no quieren que nadie más lo descubra, porque inutilizaría su arma. Eso es exactamente lo que nosotros tenemos que hacer.

Kurt miró alrededor, apreciando los daños producidos en la vivienda de los D'Campion.

—A menos que sean ustedes mucho más valientes que yo, y también mejores jugadores de póquer, todo hace suponer que los objetos no están aquí.

—Nada de lo que había en aquel barco está aquí —explicó Etienne—. Entregamos al museo la mayor parte de lo que se recuperó. Esos hombres se llevaron el resto. También se llevaron el diario de Emile y todo lo que encontraron sobre Egipto, incluidos sus dibujos y sus notas.

—Y por lo que parece, limpiaron del todo el *Sophie C.*

—Es cierto —dijo Etienne—. A pesar de que les advertí de que el barco, al ser descubierto, había sido registrado de proa a popa, y que ya no quedaba en él nada de valor.

—¿Qué pasaría si no estuvieran todos los objetos en el barco? —preguntó Kurt—. Usted dijo que el dato no era muy claro. ¿A qué se refería?

Etienne se explicó.

—El manifiesto de embarque daba a entender que el *Sophie C.* llevaba una carga excesiva.

—¿Por qué?

—Creo que es obvio —respondió Etienne—. En cuanto llegó aquí Villeneuve, la noticia del desastre en Abukir corrió como un reguero de pólvora. Cualquier francés que tuviera objetos de valor que proteger, y la sensatez necesaria para hacerlo, tomó la decisión de regresar a Francia. O al menos de mandar allí su botín. Estoy seguro de que usted comprenderá la prisa que había. Gran parte de la riqueza de Malta había sido transferida a manos francesas durante la breve ocupación. Se cargaban los barcos hasta más no poder. Algunos artículos quedaban en el muelle o eran transferidos a último minuto a otro barco que tuviera capacidad a bordo y posibilidades de escapar. En todo ese caos —prosiguió Etienne— es posible que se hayan cargado los objetos en el *Sophie C.* sin dejar constancia. También es posible que nunca se hayan embarcado. O que hayan sido enviados en otro barco. En la bitácora del capitán de puerto figura, ese mismo día, la partida de otros dos barcos rumbo a Francia. Uno de ellos se fue a pique en la misma tormenta que hundió al *Sophie C.*, y el otro fue capturado por los británicos.

Joe los miró.

—Si los británicos hubieran encontrado los objetos, estarían en un museo junto con la piedra de Rosetta y los Mármoles de Elgin.

—Y si hubieran quedado en el muelle —dijo Kurt—, o escondidos en Malta, habrían reaparecido hace mucho tiempo. Creo que podemos descartar esas dos posibilidades. Por tanto, quizá lo más probable es que hayan ido en los barcos que naufragaron. Pero, como ha dicho usted, la limpieza del *Sophie C.* ha sido minuciosa.

—Podríamos buscar el otro barco —sugirió Renata.

Etienne negó con la cabeza.

—Yo lo he buscado —dijo—. Durante años.

—Encontrar un naufragio es fácil —explicó Joe—. Encontrar *el* naufragio es más difícil. El fondo del Mediterráneo está cubierto de barcos. Hace siete mil años que la gente navega por este enorme lago. El mes antes de que Kurt y yo encontráramos el trirreme, catalogamos cuarenta naufragios y etiquetamos otros veinte sitios como posibles.

—No tenemos el tiempo necesario para llevarlo a cabo —señaló Renata.

Kurt no escuchaba; miraba de nuevo el cuadro. Había algo raro, algo que no habían tenido en cuenta.

—La batalla de Abukir tuvo lugar en 1799 —señaló.

—Exacto —dijo Etienne.

—En 1799... —De repente, Kurt lo comprendió—. Usted dijo que la traducción de Emile hablaba de esa Niebla de Vida, pero lo de la piedra de Rosetta y la comprensión básica de los jeroglíficos egipcios no ocurrió hasta por lo menos quince años más tarde.

Etienne quedó un rato en silencio. Parecía desconcertado.

—¿Qué está insinuando? ¿Que Emile falsificó su traducción?

—Por nuestro bien, espero que no —dijo Kurt—. Pero si los objetos se hundieron con el *Sophie C.* varios años antes de que se tradujera la piedra de Rosetta, ¿cómo pudo alguien saber qué había escrito en ellos?

Etienne parecía a punto de decir algo, pero se guardó las palabras.

—No... No puede ser... —dijo finalmente—. Pero... Sé que se hizo.

# 39

La puerta del estudio de los D'Campion ya estaba rota cuando Etienne hizo entrar al grupo. Sin fijarse en los daños y en el desorden dejado por el saqueo, fue directamente hacia un aparador caído.

—Aquí —dijo—. De repente, entiendo algo con claridad. Algo que me ha intrigado durante años.

Kurt y Joe le ayudaron a levantar el pesado aparador y se apartaron mientras D'Campion se ponía a rebuscar en el contenido.

—Esto casi no lo tocaron —dijo, sacando unos papeles muy cuidados, echándoles un breve vistazo y apartándolos para seguir buscando—. Lo único que querían eran los objetos y el diario y las notas de Emile durante su permanencia en Egipto. Lo demás no les interesaba. ¿Y por qué? —añadió, más animado—. No leían francés. Qué imbéciles.

Kurt y Joe se miraron. Ninguno de ellos sabía leer en francés, pero se lo callaron.

Etienne siguió revolviendo el contenido del cajón y sacó una carpeta. Dentro había un montón de papeles viejos.

—Aquí está —dijo.

Hizo espacio en la mesa mientras Kurt levantaba una lámpara de pie y la encendía. Todos se acercaron y se inclinaron sobre el escritorio, mirando la carta manuscrita. La carta era obra nada menos que del almirante Villeneuve.

—«Mi estimado amigo Emile —dijo Etienne, traduciendo para el grupo—. Recibí con gran placer su última correspondencia. Después de mi deshonra en Trafalgar y del tiempo que pasé en manos de los británicos, nunca soñé con que tendría otra oportunidad de recuperar mi honor.»

—¿Trafalgar? —preguntó Renata.

Kurt explicó:

—Además de participar en la bahía Abukir, Villeneuve estuvo al mando de la flota francesa durante la batalla de Trafalgar, donde Nelson venció a las armadas conjuntas francesa y española, demostrando al mundo que nunca se podría derrotar a Inglaterra y quitando a Napoleón toda esperanza de invadir la isla.

Renata parecía francamente impresionada.

—Yo, en el lugar de Villeneuve, habría dejado de meterme con los británicos en general y con Nelson en particular.

Joe se rio.

—En realidad, mientras estaba cautivo en Inglaterra, asistió al funeral de Nelson —dijo Etienne.

—Quizá para asegurarse de que estaba muerto —comentó Renata.

Etienne retomó la carta y fue pasando el dedo por debajo del texto mientras lo traducía.

—«Ha dicho usted, con frecuencia, que le he salvado la vida al llevarlo a bordo de mi barco y huir de la desembocadura del Nilo. No exagero si digo que usted me ha devuelto el favor. Con este avance, podré presentarme de nuevo ante Napoleón. Me han advertido los amigos de que desea mi muerte, pero cuando le lleve esta arma suprema, esta Niebla de Muerte, me besará en ambas mejillas y me recompensará como lo recompensaré yo a usted. Es de extrema importancia que este secreto quede entre nosotros, pero le prometo por mi honor que tendrá su merecido premio como *savant* y como héroe tanto de la

Revolución como del Imperio. Tengo en mi poder la interpretación y la conversión parcial que usted ha hecho. Por favor, concluya ese trabajo y envíeme todo lo que tenga sobre el Aliento de Ángel para garantizar nuestra seguridad mientras caen nuestros enemigos. Espero encontrarme con el emperador en términos favorables durante la primavera. Deuda por deuda. 29 de termidor, año XIII. Pierre-Charles Villeneuve.»

—*Conversión* equivale a *traducción* —dijo Renata.

—¿Cuándo ocurrió todo eso? —preguntó Kurt.

Renata intentó recordar la extraña disposición del calendario republicano, que sustituyó el calendario gregoriano durante una década de gobierno napoleónico.

—El 29 de termidor del noveno año de la República fue...

Etienne se le adelantó.

—El 17 de agosto —dijo—. Del año 1805.

—Es decir, una década entera antes del revolucionario trabajo con la piedra de Rosetta —señaló Kurt.

—Es increíble —intervino Joe—. Me refiero a que algunos supondrán que no es creíble.

—Si aún tuviéramos el diario de Emile, eso se podría probar —dijo Etienne—. Dentro, junto con las traducciones propuestas, había dibujos y jeroglíficos. Hasta algo así como un breve diccionario. Nunca se me ocurrió relacionar las fechas.

A Kurt le parecía una buena posibilidad. La historia se escribía y reescribía constantemente. En otro tiempo, decir que Colón había descubierto las Américas era palabra santa. Ahora se enseñaba incluso a los niños que le habían ganado los vikingos y quién sabe cuántos más.

—Entonces ¿por qué no se llevó nunca el mérito? —preguntó Renata.

—Da la impresión de que Villeneuve no quería que dejara de ser un secreto de estado —dijo Kurt—. Si estaba relacionado con el descubrimiento de algún tipo de arma, lo que menos les interesaría era que se filtrase la verdad.

—Sobre todo teniendo en cuenta que entonces Egipto estaba bajo control de los británicos, que ya sospechaban de la amistad de Emile con un almirante francés —añadió Etienne—. De hecho... —Se puso a hojear otras cartas y elementos de correspondencia—. Por aquí tiene que estar... —dijo.

—¿Qué busca?

—Esto... —dijo Etienne, sacando otra bien conservada hoja de papel—. Es una denegación de permiso para viajar, entregada a Emile por los británicos. A principios de 1805, pidió permiso para regresar a Egipto y reanudar sus estudios. El gobernador territorial de Malta lo aprobó, pero el almirantazgo británico lo rechazó y le negó el pasaje a Egipto.

Kurt echo un vistazo a la carta, escrita en papel membretado oficial.

—«No podemos, en este momento, garantizar su traslado al interior de Egipto» —leyó—. ¿A dónde pedía que le permitieran viajar?

—No lo sé —dijo Etienne.

Renata soltó un suspiro.

—Qué pena. Ese viaje podría haber sido útil.

—¿Lo intentó de nuevo? —preguntó Kurt.

—No. Por desgracia, no tuvo la oportunidad. Tanto él como Villeneuve murieron poco después.

—¿Los dos? —preguntó Joe, desconfiado—. ¿Cómo?

—Emile, de causas naturales —dijo Etienne—. Sucedió aquí, en Malta. Falleció mientras dormía. Se cree que tenía alguna enfermedad cardíaca. El contraalmirante Villeneuve murió en Francia un mes más tarde, aunque su muerte fue bastante menos pacífica. Recibió siete puñaladas en el pecho. Se dictaminó que había sido un suicidio.

—¿Suicidio? ¿Con siete heridas en el pecho? —comentó Renata—. No es la primera vez que oigo hablar de informes sospechosos, pero este es ridículo.

—Sumamente difícil de creer —convino Etienne—. Se lo satirizó en la prensa. Sobre todo en Inglaterra.

—Villeneuve ¿no iba a encontrarse con Napoleón durante esa primavera? —preguntó Kurt.

Etienne asintió con la cabeza.

—Sí —dijo—. Y la mayoría de los historiadores creen que Napoleón algo tuvo que ver con la muerte del almirante. Ya fuera porque no confiaba en Villeneuve o porque simplemente no le perdonaba todos los fracasos.

A Kurt le pareció que cualquiera de los dos motivos podía ser la causa. Pero lo que más le preocupaba era la traducción de los jeroglíficos egipcios.

—Si a esas alturas Villeneuve tenía en su poder las traducciones, ¿a dónde habrán ido a parar después de su muerte? ¿Sabe usted qué pasó con sus efectos?

Etienne se encogió de hombros.

—No estoy seguro. Me temo que no hay ningún Museo de Almirantes Deshonrados de la Marina Francesa. Y al final de su vida, Villeneuve no tenía un céntimo. Vivía en una pensión en Rennes. Quizá el casero se quedó con todas sus cosas.

—A lo mejor Villeneuve entregó la traducción a Napoleón pero lo mataron igual —sugirió Renata.

—Lo dudo —dijo Kurt—. Villeneuve era un auténtico superviviente. A cada paso que daba, se mostraba astuto y cauteloso.

—Menos cuando salió a combatir a Nelson en Trafalgar —comentó Joe.

—En realidad —insistió Kurt—, hasta en eso fue calculador. Por lo que recuerdo, se había enterado de que Napoleón estaba a punto de sustituirlo y quizá detenerlo, encarcelarlo y hasta mandarlo a la guillotina. Frente a esa realidad, Villeneuve hizo lo único que le quedaba: ir a luchar, sabiendo que si obtenía la victoria sería un héroe y se volvería intocable. Y si perdía, quizá moriría o sería capturado por los británicos, en cuyo caso sería llevado sano y salvo a Inglaterra. Que fue lo que ocurrió.

—Una última y extrema jugada —dijo Joe—. Todo o nada.

—Una brillante maniobra —dijo Renata con una sonrisa—. Lástima que los británicos le arruinaran el plan enviándolo de regreso a Francia.

—No siempre se puede ganar —comentó Kurt—. Pero sabiendo lo bien que planeaba cada cosa, la astucia con que daba cada paso, dudo de que se reuniera con Napoleón y le entregara la única moneda de cambio que le quedaba. Lo más probable es que ofreciera apenas una idea y dejara los detalles escondidos en otro lugar, ya que eso era lo único que le garantizaba seguridad.

—Entonces, ¿por qué lo mató Napoleón? —preguntó Renata.

—Quién sabe —dijo Kurt—. Quizá no creyó lo que Villeneuve le contaba. Quizá estaba cansado de las actuaciones del almirante. Villeneuve ya lo había engañado tantas veces que al emperador se le había agotado la paciencia.

Joe hizo un resumen.

—Así que, en su prisa por deshacerse de Villeneuve, Napoleón lo mató sin darse cuenta de lo que el almirante le ofrecía, o sin creer en sus palabras. La traducción y toda mención de la Niebla de Muerte y la Niebla de Vida desaparecieron del mundo, hasta ahora. Hasta que este grupo del que nos estamos ocupando redescubrió el secreto.

—Eso es lo que pienso —dijo Kurt.

Renata hizo la siguiente pregunta lógica:

—Pero si Villeneuve nunca entregó la traducción a Napoleón, ¿dónde fue a parar?

—Eso es lo que tenemos que descubrir —respondió Kurt. Después se volvió hacia Etienne—. ¿Se le ocurre por dónde podríamos empezar a buscar?

Etienne se quedó pensando un momento.

—¿Por Rennes?

Sonó menos a afirmación que a pregunta, pero a Kurt tampoco se le ocurría una idea mejor, y asintió con la cabeza.

—Se nos acaba el tiempo —dijo—. Tenemos que separarnos e ir en diferentes direcciones. Al sur, a Egipto, a buscar pistas que permitan saber qué es y cómo se hizo esa Niebla de Vida, y al norte, a Francia, a buscar rastros que pueda haber dejado Villeneuve con respecto a la traducción de jeroglíficos realizada por Emile D'Campion.

—Nosotros podríamos ir a Francia —dijo Etienne.

—Lo siento —dijo Kurt—. No puedo seguir poniéndolos en peligro. Tú, Renata, estás más capacitada para esa tarea.

Renata miraba el teléfono, leyendo un mensaje que acababa de llegar.

—De ninguna manera —dijo, levantando la mirada—. Sé que solo estás tratando de ponerme a salvo. Pero hay algo más importante. Tengo nueva información: AISE y la Interpol han averiguado la identidad de los muertos que tomaron el cianuro. Venían de un regimiento, ya disuelto, de las fuerzas especiales egipcias. Un regimiento fiel a la vieja guardia y al régimen de Mubarak y presuntos autores de numerosos crímenes.

—Eso parece indicar que nuestro principal objetivo es Egipto —señaló Kurt.

—Y tenemos una pista —añadió Renata—. Hemos rastreado la señal de un teléfono por satélite utilizado por esos hombres cuando estaban en Malta. Las llamadas se hicieron desde aquí. Y desde el puerto después de tu pelea en el fuerte. Ese teléfono está ahora en El Cairo. Tengo órdenes de seguir a quien lo esté usando.

Kurt supuso que era Hassan, el hombre con quien había negociado.

—De acuerdo. Te acompañaré.

—Supongo que eso significa que me toca a mí ir a Francia —dijo Joe—. Está bien. Siempre he querido ir al campo. A probar el vino y el queso.

—Lo siento —dijo Kurt—. El verano en París tendrá que esperar. Vendrás con nosotros.

—Entonces, ¿a quién mandas?

—A Paul y a Gamay —respondió Kurt—. Sus vacaciones terminaron hace unos días. Es hora de que vuelvan al trabajo.

## 40

*Bengasi, Libia*

Habían estallado disturbios en la ciudad. Con la falta de agua, asomaba la amenaza de una guerra civil. La sala de emergencias estaba desbordada cuando llegaron. Algunos pacientes habían sido apuñalados, otros golpeados y algunos habían recibido disparos.

Paul y Gamay encontraron un rincón libre y se quedaron allí esperando hasta que apareció un miembro del servicio de seguridad libio que durante una hora los interrogó sobre lo que había sucedido en la estación de bombeo. Le hablaron de lo que estaban haciendo y de su colaboración con Reza para intentar descubrir qué le ocurría al acuífero.

El agente no parecía convencido. Se limitaba a asentir con la cabeza y a tomar notas mientras el resto de los trabajadores de la estación confirmaba el informe. El agente prestó especial atención a la descripción del ataque y de la huida.

Siguió a eso un tenso silencio, roto por unos gritos cuando hicieron entrar desde la calle a otro grupo de hombres heridos. El agente los miró con aprensión.

—¿Cuándo empezó todo esto? —preguntó Gamay, sorprendida por la cantidad de heridos que había en el hospital.

—Las protestas comenzaron en cuanto el gobierno cortó

el agua en algunos barrios de la ciudad. Esta tarde recurrieron a la violencia. Se ha dispuesto un estricto racionamiento, pero eso no bastará. La gente está desesperada. Y alguien la está incitando.

—¿Alguien? —preguntó Paul.

—Hay mucha intromisión en Libia en estos momentos —dijo el agente—. Está bien documentado que han entrado en nuestras ciudades espías y agentes egipcios. ¿Por qué? No lo sabemos. Pero cada vez hay más.

—¿Por eso no confía en nosotros? —preguntó Gamay—. ¿Cree que le hicimos algo a Reza?

—El mes pasado atentaron contra su vida —dijo el agente—. Y por buenos motivos: él es la clave para que vuelva a fluir el agua. Sabe más que cualquiera del sistema y de la geología. Sin él, estaríamos perdidos.

—Solo hemos tratado de ayudar —dijo Gamay.

—Ya veremos —apuntó el agente, sin revelar nada.

Cuando terminó el interrogatorio, salió finalmente del quirófano un cirujano que miró hacia donde estaban ellos. Se acercó con aire cansado, quitándose la máscarilla. Tenía ojeras y el aspecto demacrado de alguien que ha trabajado demasiadas horas y no sabe cuánto tiempo tendrá que seguir todavía.

—Por favor, denos buenas noticias —pidió Gamay.

—Reza está vivo y recuperándose —explicó el cirujano—. Le atravesó el muslo una bala, y un poco de metralla le rozó el hígado, pero ningún fragmento metálico le tocó órganos vitales. Por fortuna, o quizá por desgracia, nuestros equipos quirúrgicos se han vuelto expertos en tratar este tipo de heridas. Consecuencia de la guerra civil.

—¿Cuándo podremos hablar con él? —preguntó Gamay.

—Acaba de despertar. Habrá que esperar por lo menos media hora.

—Yo lo veré ahora —dijo el agente, levantándose y mostrando la placa de identidad.

—No es un buen momento —señaló el médico.

—¿Es coherente?

—Sí.

—Entonces permítame verlo.

El médico exhaló con moderada frustración.

—Está bien —dijo—. Acompáñeme. Tendrá que ponerse una bata.

Mientras el cirujano llevaba al agente al vestidor, sonó el teléfono de Gamay, que miró el nombre que aparecía en la pantalla.

—Es Kurt. Quizá preocupado porque no nos presentamos a trabajar hace dos días.

Paul echó una rápida ojeada alrededor y señaló el balcón.

—Tomemos un poco de aire.

Salieron, y Gamay pulsó el botón para descolgar el teléfono.

—¿Qué tal las vacaciones? —preguntó Kurt.

El aire nocturno era cálido y suave, matizado por el aroma del Mediterráneo. Pero se oía el ruido de helicópteros dando vueltas allí arriba y el lejano tableteo de armas de fuego.

—No han sido días muy relajados —respondió Gamay.

—Qué pena —dijo Kurt—. ¿Qué te parece una segunda luna de miel en medio del campo francés? Con todos los gastos pagados por la NUMA.

—Suena estupendo —replicó Gamay—. Aunque estoy segura de que hay una pega.

—Como siempre —dijo Kurt.

Paul escuchaba.

—Dile que tenemos que quedarnos aquí.

Gamay asintió.

—¿Podemos postergar la oferta para otra ocasión? Estamos metidos en algo. Algo que hay que seguir investigando.

—¿De qué se trata?

—De una gran sequía en el norte de África.

Kurt calló un instante.

—¿No es eso lo habitual en el Sáhara? —preguntó.

—Hablaba de otra cosa —dijo Gamay, comprendiendo que no había sido clara—. No de la sequía de cuando deja de caer agua de lluvia, sino de la sequía de cuando se agota el agua subterránea. Lagos alimentados por manantiales que se transforman en ciénagas. Pozos profundos de los que ha estado brotando agua durante décadas y de los que de repente solo sale un hilo de agua.

—Eso no parece normal —dijo Kurt.

—Ya está causando disturbios y quién sabe qué otras cosas.

—Lo lamento mucho —comentó Kurt—, pero de eso tendrán que ocuparse otros. Necesito vuestra ayuda en Francia. Hemos contratado un vuelo de Bengasi a Rennes. Necesito que ese viaje se produzca lo antes posible.

—¿Nos podrías contar por qué?

—Lo sabréis al subir al avión —dijo Kurt.

Gamay tapó el teléfono.

—Debe de estar ocurriendo algo importante. Normalmente Kurt no es tan hermético.

Paul miró hacia el sitio donde los había interrogado el agente libio.

—Esperemos que nos permitan salir de la ciudad.

Gamay tenía la misma preocupación.

—Quizá tengamos problemas con las autoridades. Es una larga historia, pero estaremos allí lo antes posible.

—Necesito que me tengáis al corriente —dijo Kurt—. Si no podéis salir, tendré que buscar a alguien más... Y rápido.

Kurt colgó y Gamay guardó el teléfono en el bolsillo.

—Siempre llueve sobre mojado —dijo.

—No aquí —observó Paul—. Esto es un desierto.

—Eso me han dicho —comentó ella con una sonrisa triste.

Para entonces, el agente libio había vuelto del quirófano. Salió al balcón y se acercó a ellos.

—Mis sinceras disculpas —dijo—. Reza no solo confirmó la historia que ustedes me han contado, sino que insiste en que le han salvado la vida y que le ayudaron mucho en la estación de bombeo.

—Me alegra saber que hemos sido exculpados —dijo Paul.

Un fogonazo iluminó un distante barrio de la ciudad. El estampido llegó unos segundos más tarde. Se había producido algún tipo de explosión.

—Sí, han sido exculpados —dijo el agente—, y Reza sigue con vida, pero el daño está hecho. Han atacado otras dos estaciones de bombeo, y el resto funciona de manera muy parcial. Reza seguirá aquí varios días más, y quizá tarde semanas en poder volver a trabajar. Cuando logre ponerse en pie, este país se habrá despedazado por tercera vez en los últimos cinco años.

—Quizá podamos hacer algo —intervino Paul.

El agente clavó la mirada en la distancia. El humo subía en el cielo nocturno, oscureciendo las luces.

—Les sugiero que se marchen ya, mientras puedan. Pronto se pondrá difícil para cualquiera salir de aquí. Y quizá se topen con funcionarios no tan abiertos de mente como yo. Funcionarios que buscarán chivos expiatorios. ¿Me entienden?

—Nos gustaría despedirnos de Reza —insistió Gamay.

—Y después de eso —añadió Paul—, aceptaríamos que nos llevaran al aeropuerto.

# 41

El vicepresidente James Sandecker estaba en una atestada sala de conferencias del edificio del parlamento italiano en el centro de Roma. Lo acompañaban varios asesores, incluido Terry Carruthers. Dispersos en la sala, había grupos similares de todos los países de Europa.

La sesión, que supuestamente debía elaborar un nuevo acuerdo comercial, se había visto dominada por los acontecimientos de Libia, Túnez y Argelia.

En un asombroso período de doce horas, tanto el gobierno tunecino como el argelino se habían desmoronado. Se estaban formando nuevas coaliciones y parecía que el poder pertenecía otra vez a los grupos que antes habían gobernado. No sorprendía que eso ocurriera con el telón de fondo de una creciente violencia y escasez de agua, pero sí sorprendía que ambos gobiernos hubieran esperado sobrevivir hasta que se produjo la repentina deserción de docenas de ministros y partidarios claves.

Sorprendía sobre todo el colapso argelino, dado que comenzó con la dimisión del primer ministro, que habló de traidores en su gobierno.

—Alguien está agitando la coctelera —comentó Sandecker a Carruthers.

—Leí la valoración que hizo la delegación de la CIA ayer

en África del Norte —dijo Carruthers—. No se esperaba nada de esto.

—Los hombres y las mujeres de la agencia hacen casi siempre un buen trabajo —apuntó Sandecker—, pero también ven fantasmas donde no los hay y a veces confunden elefantes que andan por la habitación con el decorado.

—¿Es muy grave la situación? —preguntó Carruthers.

—Argelia y Túnez están en problemas, pero Libia está peor y pendiendo de un hilo.

—¿Es por eso por lo que los italianos desatan una controversia y piden cambios en Libia?

Era una buena pregunta. Con Libia al borde de la guerra civil, había surgido una extraña propuesta, abanderada por el legislador italiano Alberto Piola, poderoso miembro del oficialismo aunque no primer ministro. Piola lideraba la delegación de comercio, pero en vez de hablar de negocios buscaba apoyo entre los asistentes para intervenir en Libia.

—Tenemos que instar al gobierno libio a que renuncie —insistía—. Antes de que se caiga en pedazos.

—¿Para qué servirá eso? —preguntó el embajador canadiense.

—Podremos sostener a un nuevo régimen que llegue al poder con el apoyo del pueblo —dijo Piola.

—¿Y cómo resolverá eso la crisis del agua? —quiso saber el vicecanciller alemán.

—Evitará un baño de sangre —respondió Piola.

—¿Y qué pasará con Argelia? —preguntó el representante francés.

—Habrá nuevas elecciones en Argelia —contestó Piola—. Y en Túnez. Los nuevos gobiernos de esos países decidirán qué hacer y cómo resolver el problema del agua. Pero es Libia el país que más probabilidades tiene de convertirse en punto de ignición.

Durante la mayor parte de la sesión, Sandecker había guardado silencio. Le sorprendía la imparable atención de

Piola al problema libio, sobre todo cuando Italia estaba todavía recuperándose de los acontecimientos de Lampedusa. Como le había enseñado la experiencia en la NUMA y en el gobierno, una crisis cada vez era más que suficiente.

Finalmente, Carruthers inclinó la cabeza sobre el hombro de Sandecker.

—Pide algo imposible —dijo en voz baja—. Aunque toda la sala esté de acuerdo, aún deberemos volver a nuestros países y convencer a nuestros líderes de validar lo que nos pide.

Sandecker asintió con discreción.

—Hace tiempo que Alberto está metido en política. Sabe eso tan bien como nosotros.

—Entonces ¿por qué lo pide?

Sandecker había estado toda la mañana tratando de entender qué buscaba Piola. Ofreció la conclusión que le parecía más probable.

—No es tan tonto como para pedir que se vote por algo que no va a ocurrir. Lo que hace es echar los cimientos y crear el marco idóneo para que se acepte algo que ya ha sucedido.

Carruthers se inclinó hacia atrás y miró al vicepresidente de un modo raro. Entonces pareció entender.

—¿Quiere usted decir...?

—El gobierno libio es un muerto vivo —dijo Sandecker—. Y por su manera de actuar, Alberto Piola parece haber estado esperando eso.

Carruthers volvió a hacer una señal afirmativa con la cabeza. Después tomó la iniciativa, acto del que Sandecker se sintió orgulloso.

—Me pondré en contacto con la CIA. A ver qué saben del elefante en esta sala.

Sandecker sonrió.

—Buena idea.

## 42

Kurt conducía un coche alquilado por las pobladas calles de El Cairo. Joe iba en el asiento trasero y Renata, con un iPad sobre las rodillas recibiendo información de un satélite, hacía de guarda de seguridad.

—Sigue por delante de nosotros —dijo ella.

—O al menos su teléfono —comentó Kurt, adelantándose a vehículos más lentos y avanzando por un tramo de la calle lleno de baches que parecían cráteres lunares.

Seguían la señal del teléfono por satélite usado en Malta. Creían que pertenecía a Hassan, pero no lo sabrían con certeza hasta que le echaran la vista encima.

—¿Cómo es que recibimos esta información? —preguntó Joe desde el asiento trasero—. Creía que las comunicaciones por satélite eran seguras.

—El satélite en cuestión es una unidad de comunicaciones egipcio-saudí que usan, se sabe, los servicios de inteligencia de ambos países. La puso en órbita la Agencia Espacial Europea. Antes del lanzamiento, estuvo en una instalación especial, donde la montaron sobre un cohete. Y antes de dar ese paso, agentes de un país europeo, que no mencionaré, hicieron un añadido no autorizado a su sistema de telemetría —explicó Renata.

—Buena razón para lanzar satélites propios —dijo Joe.

256

—O usar dos latas y una cuerda para compartir secretos —añadió Kurt.

—Quizá tendríamos que llamarlo y pedirle que se detenga —sugirió Joe.

—Entonces nunca sabremos a dónde va —dijo Renata.

—Buen argumento.

—En la próxima a la izquierda —dijo Renata, mirando la pantalla—. Ahora va más despacio.

Al doblar la esquina, Kurt entendió por qué. La calle estaba bordeada de tiendas y restaurantes. Las aceras, llenas de peatones que invadían la calzada. El tráfico se movía a paso de tortuga.

Avanzaron con cuidado, distraídos por los anuncios de neón, los puestos de fruta rebosantes y los quioscos llenos de bisutería dorada y productos electrónicos y alfombras. Unas calles más adelante llegaron a un puerto deportivo situado en la orilla oriental del Nilo.

En un sector, unas grúas descargaban cereales de varias barcazas mientras unos transbordadores recibían coches y pasajeros. Más abajo había una gran cantidad de barcos pesqueros y de recreo amarrados.

—Bienvenidos al río Nilo —dijo Kurt—. ¿Dónde está nuestro objetivo?

Renata estudió la pantalla y amplió el mapa por donde se movía el punto de luz.

—Parece que va hacia el río.

Señaló una pasarela que llevaba hasta la orilla mediante un tramo de escaleras cubiertas.

Kurt metió el coche en un aparcamiento al lado del puerto.

—Vamos —dijo.

Bajaron del coche y echaron a andar. Renata seguía con el iPad en la mano. Después de bajar con rapidez las escaleras, se detuvieron y Kurt miró por encima del estrecho muelle.

—Es él —señaló—. Es Hassan.

Hassan subió a bordo de una lancha motora de color gris

marengo como si no tuviera la menor preocupación, y se sentó en la parte trasera mientras soltaban amarras y se apartaban del muelle.

—Me parece que también nosotros vamos a necesitar una lancha —dijo Renata.

Fueron hasta la dársena y se acercaron a una lancha turística pintada con colores vivos, con un logo de taxi acuático en el costado y el añadido de una toldilla náutica Bimini que cubría una desvencijada estructura de mástiles en la zona de popa. Al lado estaba el piloto, fumando un cigarrillo.

Joe se acercó primero, y después de comprobar que el hombre hablaba inglés, explicó:

—Necesitamos alquilar una lancha.

El piloto consultó el reloj.

—Terminó la jornada de trabajo —dijo—. Es hora de volver a casa.

Kurt apareció con un fajo de billetes.

—¿Qué tal algún tiempo extra?

El hombre pareció hacer un cálculo apresurado mientras estudiaba los billetes.

—De acuerdo —dijo.

Arrojó el cigarrillo al río y los hizo subir a bordo.

Se instalaron bajo la toldilla y miraron hacia el agua mientras arrancaban.

—Vamos río arriba —dijo Kurt.

El conductor asintió, hizo girar la lancha y aceleró.

La lancha empezó a levantar velocidad, luchando contra la corriente, mientras Kurt, Joe y Renata representaban el papel de turistas. Pronto empezaron a hacer fotos y a señalar cosas diversas en las orillas del río y a disfrutar de la brisa. Kurt incluso sacó un par de pequeños prismáticos. Todo eso sin dejar de vigilar el rastreador.

La señal seguía subiendo por el río. Despacio.

—¿Hasta dónde quieren llegar? —preguntó el piloto—. ¿Hasta Luxor?

—Por ahora siga avanzando —dijo Kurt—. Un relajado y agradable paseo. Cuando nos cansemos, se lo diremos.

El piloto continuó la marcha. Pasaron junto a un remolcador que empujaba varias barcazas y a un transbordador cargado de turistas que por razones indescifrables hizo sonar varias veces la sirena.

A lo largo de la orilla, todo estaba hecho con hormigón. A ambos lados del río se levantaban bloques de viviendas, hoteles y edificios de oficinas. Al pasar por debajo del puente 6 de Octubre, el tráfico rugió sobre sus cabezas. Se multiplicaron las bocinas y la caída de humo de los tubos de escape.

—No es una excursión exactamente romántica —comentó Renata—. Yo esperaba falucas y botes de pesca de madera. Hombres lanzando redes en los bajíos.

—Es como esperar eso en el Hudson a su paso por Manhattan —dijo Kurt—. El Cairo es la ciudad más grande de Oriente Próximo. Aquí viven ocho millones de personas.

—Da un poco de pena —dijo ella.

—Más arriba es mucho más primitivo —prometió Kurt—. He oído que vuelve a haber cocodrilos en el lago Nasser. Aunque espero que no tengamos que ir tan lejos.

—¿Quieres romance? —preguntó Joe—. Mira eso.

A lo lejos, sobre la aglomeración urbana, asomaban las pirámides de Guiza. La bruma del atardecer pintaba el cielo de color naranja, y las propias pirámides eran de color salmón y bajo aquel resplandor parecían casi luminiscentes.

Lo que veía no hacía más que aumentar la tristeza de Renata.

—Siempre he querido ver de cerca las pirámides. Pero todos esos edificios casi lo impiden. Es como si hubieran construido la ciudad delante de las narices de la Esfinge.

Hasta Kurt estaba sorprendido.

—Cuando vine aquí de niño, subimos hasta la cima de Keops. Hasta donde se podía llegar. No había nada entre el río y las pirámides, salvo palmeras, campos verdes y cultivos.

Con frecuencia se preguntaba si llegaría el día en el que cada centímetro cuadrado del mundo estuviese tapado de hormigón. No le gustaría vivir en ese lugar.

—¿Cómo anda nuestro amigo? —preguntó, cambiando de tema.

—Sigue hacia el sur —susurró Renata—. Pero está cruzando el río. Yendo hacia la otra orilla.

Kurt silbó para llamar la atención del piloto.

—Llévenos hasta allí —dijo, señalando.

El piloto ajustó el rumbo y la lancha atravesó el río en diagonal como si fuera directamente hacia las pirámides. Al acercarse a la orilla occidental, en el horizonte empezaron a amontonarse viejas ruinas, pero apareció algo nuevo: una enorme obra a lo largo del río, que incluía grúas, excavadoras y hormigoneras.

Estaban reconstruyendo una extensa parte de la orilla.

Había edificios, zonas de aparcamiento y paisajismo casi terminados. Alrededor de la construcción se veían vallas cubiertas por grandes letreros que declaraban, tanto en árabe como en inglés, CONSTRUCCIONES OSIRIS.

La obra sobre tierra firme era impresionante, pero lo que más llamó la atención a Kurt fue lo que había dentro del río.

Desde donde estaban, vio un cauce abierto siguiendo la orilla. Tenía más de treinta metros de ancho y cerca de un kilómetro de largo. Observando la imagen del satélite en el iPad de Renata, vio que acompañaba la obra de punta a punta, como un canal. Un grueso muro de hormigón lo separaba del río, y por el otro extremo entraba un turbulento chorro de agua.

—¿Qué es eso? —preguntó Joe.

—Parece la correntada de algún barranco de Montana —respondió Kurt.

—Una central hidroeléctrica —explicó el piloto, levantando la voz—. Luz y Potencia Osiris.

Renata ya la estaba buscando en el iPad.

—Es cierto. Según internet, se desvía el agua del río y se la obliga a bajar por el canal y a pasar por turbinas sumergidas. Eso genera más de cinco mil megavatios por hora. Su sitio web insiste en que Construcciones Osiris tiene el orgullo de estar construyendo diecinueve plantas similares a lo largo del río, suficientes para cubrir todas las necesidades eléctricas futuras de Egipto.

—No está mal como idea para generar energía —dijo Joe—. Se evitan todos los problemas inherentes a las grandes presas y todos los daños ecológicos que, para producir electricidad, hacen a los sistemas fluviales.

Kurt no podía estar en desacuerdo. De hecho, tras un rápido vistazo supo que el sistema era similar al que la NUMA había utilizado para alumbrar la excavación del trirreme romano. Pero había algo que no encajaba. Kurt tardó un minuto en identificarlo.

—¿Por qué hay una cascada al final del túnel?

—Yo no veo ninguna cascada —dijo Renata.

—No hablo de las cataratas del Niágara —explicó Kurt—. Pero mira con más atención. Hay una diferencia en el nivel del agua que sale de ese canal y el nivel del agua del propio río. Parece que es de algunos metros, por lo menos.

Tanto ella como Joe se protegieron los ojos del sol para ver de qué hablaba Kurt.

—Tienes razón —dijo Joe—. El agua corre y sale de ese canal como si bajara por un aliviadero.

—¿No es eso lo que pasa con una presa? —preguntó Renata.

—Solo que aquí no hay ninguna presa —observó Kurt—. Por la ley de la dinámica de los fluidos, el agua del canal debería tener el mismo nivel que el agua del río. No solo eso: la velocidad del agua que sale de ese canal debería ser menor que la del agua del río, porque el agua del canal tiene que hacer girar esas gigantescas turbinas. En un proyecto como este, lo normal es tener un reflujo y no un borbotón al final.

—A lo mejor inventaron una manera de acelerar el agua de la que no tenemos conocimiento —apuntó Joe.

—Es posible —dijo Kurt—. En todo caso, no es problema para nosotros. —Se volvió hacia Renata—. ¿Dónde está ahora nuestro amigo?

—Quizá sí sea problema para nosotros —dijo Renata, levantando la mirada de la pantalla—. Ha atracado al lado de la zona de construcción y ha bajado a tierra. Parece que está a punto de entrar en el edificio principal.

Kurt levantó los pequeños prismáticos que llevaba consigo y miró hacia la obra. Incluso desde tan lejos se notaba que había fuertes medidas de seguridad. Se veía a unos guardas patrullando con perros y a otros revisando los coches que llegaban al acceso controlado.

—Parece más una base militar que una obra en construcción.

—Una verdadera fortaleza —dijo Joe—. Y nuestro amigo Hassan se ha refugiado dentro.

—Y ahora ¿qué hacemos? —preguntó Renata.

—Averigüemos todo lo que podamos sobre Osiris International —dijo Kurt—. Y si Hassan no sale pronto, tendremos que buscar la manera de entrar.

—Eso será mucho más difícil que meterse a hurtadillas en el museo de Malta —señaló Renata.

—Necesitamos una excusa oficial para estar allí —sugirió Kurt—. Algo gubernamental. ¿Podrán tus amigos de la AISE hacer la llamada que necesitamos?

Renata negó con la cabeza.

—Tenemos aquí tanta influencia como tu país en Irán. Ninguna.

—Supongo que, como siempre, estamos a expensas de nuestros propios recursos.

—Quizá no —respondió Joe, con una amplia sonrisa—. Conozco a alguien que quizá pueda ayudarnos. Un funcionario que me debe un favor.

—Ojalá sea un favor grande —dijo Renata.

—El más grande de todos —añadió Joe.

Renata seguía perpleja, pero de repente Kurt comprendió a qué se refería Joe. Casi se había olvidado de que Joe era poco menos que un héroe nacional en Egipto, uno de los escasos extranjeros a los que se había otorgado la Orden del Nilo. Quizá podría conseguir lo que pidiera.

—El mayor Edo —dijo Kurt, recordando al hombre que Joe había ayudado.

—Gracias a mí, fue ascendido a general de brigada —comentó Joe.

—¿Por eso te debe un favor? —preguntó Renata.

—Eso no es ni siquiera la mitad —respondió Kurt en nombre de Joe—. Estás mirando al hombre que salvó a Egipto al impedir el derrumbe de la presa de Asuán.

—¿Fuiste tú? —preguntó Renata.

El incidente había sido noticia de portada en todos los diarios del mundo.

—Tuve alguna ayuda —admitió Joe.

Renata sonrió.

—Pero ¿fuiste tú?

Joe asintió con la cabeza.

—Estoy muy impresionada, Joe —dijo Renata—. Eso quizá nos dé derecho a recibir alguna forma de ayuda.

Kurt creía lo mismo. Fue hacia la proa y le dijo al piloto:

—Gracias por su tiempo. Estamos preparados para volver al muelle.

La lancha dio media vuelta. Ahora lo único que tenían que hacer era encontrar al general de brigada Edo antes de que Hassan saliera del edificio.

## 43

Joe estaba sentado en un lujoso sillón de una ostentosa oficina céntrica. La decoración moderna, la luz tenue y la música suave despedían un aura de éxito. Algo muy alejado de la noche tormentosa, hacía años, cuando había conocido al mayor Edo en una humeante sala de interrogatorios.

Era una lástima.

—Debo entonces entender que ya no estás en el ejército —dijo Joe.

Edo tenía el pelo más largo, y su parecido con Clark Gable se había acentuado al cambiar el uniforme de fajina por un traje elegantemente cortado.

—Publicidad —observó Edo—. Así son ahora las cosas. Algo mucho más lucrativo. Y que me permite —movió las manos con un afectado ademán— ser «creativo».

—¿Creativo? —preguntó Joe.

—Te sorprendería saber con qué malos ojos ven eso los militares.

Joe suspiró.

—Me alegro por ti —dijo, tratando de parecer sincero—. Solo que estoy sorprendido. ¿Qué ocurrió? Lo último que supe es que te habían ascendido a general.

Edo se recostó en el sillón y se encogió de hombros.

—Cambios —dijo—. Grandes cambios. Primero, las protestas. Después toda la lucha, que se transformó en revolución. Cayó un gobierno. Asumió otro gobierno. Y entonces, por supuesto, empezaron de nuevo las protestas y también cayó ese gobierno. Purgaron a muchos militares. A mí me expulsaron sin derecho a pensión.

—¿Y decidiste iniciar una nueva carrera en publicidad?

—Mi cuñado hizo una fortuna trabajando en esto —dijo Edo—. Parece que todo el mundo quiere venderle algo a alguien.

Joe se preguntaba si habría todavía alguna manera de que Edo pudiera ayudarlos.

—Por casualidad ¿podrías conseguirnos una cita con los mandamases de Construcciones Osiris?

Edo se inclinó hacia delante y concentró su atención.

—¿Osiris? —preguntó con evidente preocupación—. Amigo, ¿en que estás metido?

—Es complicado —dijo Joe.

Edo abrió un cajón y sacó un paquete de cigarrillos. Se puso uno entre los labios, lo encendió y empezó a hacer ademanes con él mientras hablaba, sin volver a ponerlo nunca en la boca. Al menos algunas cosas no habían cambiado.

—Yo, en tu lugar, no me metería con Osiris.

—¿Por qué? —preguntó Joe—. ¿Quiénes son?

—Quiénes no son —respondió Edo—. Son todos los que antes tenían poder.

—¿Podrías ser un poco más concreto? —preguntó Joe.

—La vieja guardia —dijo Edo—. Los militares que fueron borrados del poder hace unos años. Los militares habían mandado en Egipto desde que los Oficiales Libres asumieron el control en 1952. Siempre habían llevado el timón. Nasser era militar. Sadat era militar. Mubarak también era militar. Habían gobernado durante todo ese tiempo. Más aún. Estoy seguro de que has oído hablar del complejo militar-industrial. En Egipto llevamos eso a un nuevo nivel. Los militares eran los dueños de la mayoría de los negocios, y decidían a quién dar los puestos de trabajo. Contrataban a amigos para recompensarlos y a enemigos para acallarlos. Pero desde la Revolución las cosas cambiaron. Se está haciendo un gran esfuerzo para que todo vuelva a ser como antes. De eso salió Osiris. Al frente está un hombre llamado Tariq Shakir, ex coronel de la policía secreta que tenía grandes ambiciones de llegar alguna vez a gobernar el país. Como sabe que le impedirá eso el pasado, con la ayuda de compañeros de la vieja guardia ha encontrado otro camino. Osiris es la empresa más grande de Egipto. Monopoliza todos los contratos. No solo del gobierno, sino de todo lo demás. Todo el mundo los mira con recelo. Hasta los políticos que están en el poder.

—Así que ese Shakir es hacedor de reyes, pero no rey —dijo Joe.

Edo asintió.

—Nunca se muestra en primer plano, pero ejerce un enorme poder tanto aquí como en el extranjero. ¿Has visto lo que pasa en Libia, Túnez y Argelia?

—Por supuesto —apuntó Joe.

—Los nuevos gobiernos de esos países están gobernados por amigos de Shakir. Sus aliados.

—He oído que son miembros de la vieja guardia en cada país —dijo Joe.

—Sí —convino Edo—. Ahora ves como todo coincide.

Joe tenía la clara impresión de que poco a poco se iban metiendo en cosas más profundas, casi como si en su anzuelo hubiera picado un pez pequeño que había sido comido por uno más grande al que a su vez se iba a tragar un gigantesco tiburón.

—Osiris tiene su propio ejército privado —explicó Edo—. Marginados de las unidades militares regulares, hombres de las fuerzas especiales, asesinos de la policía secreta. Todo el que resulte demasiado impresentable para pertenecer a las fuerzas profesionales puede meterse en Osiris.

Joe se frotó la frente.

—Es que tenemos que entrar en ese edificio —dijo—. Y no tenemos tiempo para esperar una invitación. Hay miles de vidas en peligro.

Edo hizo caer parte de la ceniza de la punta del cigarrillo, se levantó y empezó a caminar por la habitación. Joe creyó ver un cambio en su mirada, que ahora era más calculadora. Edo apoyó una mano en la pared y miró hacia el techo. Parecía sentirse encerrado por la oficina, casi como si fuera demasiado grande para caber entre aquellas paredes.

Se volvió hacia Joe chocando los talones.

—Ayudar a los enemigos de Osiris quizá termine con mi carrera en el mundo de la publicidad, pero tengo una deuda contigo. Egipto tiene una deuda contigo. —Apagó con energía el cigarrillo—. Además, estoy harto de este negocio. No sabes lo que es trabajar para tu cuñado. Es peor que el ejército.

Joe soltó una carcajada.

—Agradecemos tu ayuda.

Edo asintió.

—¿Cuál es, entonces, la idea que tenéis tú y tus amigos para entrar en el edificio de Osiris? Supongo que el ataque directo y el salto desde un helicóptero están descartados.

Joe señaló con la cabeza hacia la zona de recepción, donde Kurt y Renata habían estado enfrascados en el estudio de mapas y diagramas descargados en el iPad.

—Aún no estoy seguro. En eso han estado trabajando mis amigos. Yo también quiero saber cuál será el plan.

Edo los llamó por señas. Hicieron las presentaciones formales y después fueron al grano.

—Mis colegas me han enviado el esquema de la planta de Osiris —dijo Renata, adelantándose y dejando el iPad sobre el escritorio para que todos lo vieran—. Suponiendo que estos datos son precisos, creemos que hemos encontrado un punto débil.

Renata tocó la pantalla hasta que apareció una foto del lugar en alta resolución. La foto incluía el río y la zona circundante.

—La seguridad, por el lado de la calle, es multicapa y casi invencible; por tanto, solo podemos acercarnos desde el río. Necesitaremos una lancha, equipos de buceo para tres y un láser de frecuencia media: verde, si fuera posible, pero servirá cualquiera de esos que usan los militares.

Edo asintió con un movimiento de cabeza.

—Puedo conseguir esas cosas. ¿Qué más?

Tomó la palabra Kurt.

—Subiremos por el río hasta este punto, media milla al sur de la obra. Renata, Joe y yo nos meteremos en el agua y bajaremos con la corriente, conservando la orilla occidental. Después de entrar en el hidrocanal, esquivaremos la primera línea de turbinas y seguiremos hasta detenernos delante del segundo impulsor... Aquí.

—Parece fácil —comentó Edo.

—Estoy seguro de que habrá complicaciones —dijo Joe.

—Por supuesto —convino Kurt antes de volverse hacia Renata—. ¿Podrías mostrar el diagrama?

Renata tocó la pantalla y apareció un plano del hidrocanal.

—No creo que haya problemas para meterse allí —dijo Kurt—. Pero una vez dentro del hidrocanal tendremos que superar las turbinas. Como será de noche, lo normal es que funcionen a mínimo rendimiento, pero eso puede cambiar en cualquier instante. Y aunque hayan parado, las turbinas estarán rotando lentamente.

—Ponlas en la lista de lo que hay que evitar —dijo Joe.

—Exacto. Y la mejor manera de lograrlo es ir pegado a la pared interior. Alrededor de la primera línea de turbinas hay mucho espacio. Después de pasarlas, seguimos hacia el segundo impulsor. Allí la cosa se pone interesante.

Al estudiar el plano, Joe notó dos cosas. La segunda turbina era más grande. Y había dos protuberancias que salían de la pared y apuntaban hacia el borde del enorme disco giratorio. Parecían las aletas de una máquina de pinball. Las señaló con el dedo.

—Compuertas deflectoras —dijo Kurt—. Diseñadas para llevar más agua a las paletas de la turbina en momentos de máxima necesidad energética. Replegadas, se aprietan contra las paredes y parte del agua bordea las paletas. Pero cuando están abiertas, los bordes se alinean directamente con el capó de la turbina. No hay manera de evitarlas salvo saliendo del agua antes de llegar a las paletas. —Señaló una zona del plano—. Hay una escalera de mantenimiento soldada a este lado de la compuerta. Nos mantenemos pegados a la pared y al pasar por delante aferramos la escalera y trepamos.

—Parece bastante claro si las compuertas están replegadas —dijo Joe—. Pero ¿qué pasa si están abiertas? ¿Tienes datos de cómo afecta eso a la corriente?

—Abiertas al máximo, la corriente se duplica y el grado exacto de fuerza depende del caudal del río en aquel momento. Normalmente, en esta época del año es de unos dos nudos.

—Dos nudos no es un problema —dijo Joe—, pero cuatro sí.

Kurt asintió. Era ese el riesgo que asumían.

Joe sopesó las probabilidades. No había motivos para que la estación generara su máxima potencia en mitad de la noche. Los picos de consumo ocurrían durante la tarde.

—Suponiendo que no hayamos quedado hechos puré —añadió Kurt—, nuestro problema siguiente empieza en la superficie.

—Con toda seguridad tendrán cámaras —señaló Edo.

Esta vez respondió Renata.

—Las tienen. Aquí y aquí. Pero las dos apuntan hacia fuera, buscando a quienes quieran acercarse a la estructura. Después de pasar la primera línea de turbinas, solo tendremos que preocuparnos por una cámara. Está instalada aquí —dijo, señalando un nuevo punto—. Vigila toda la extensión del pasadizo que hay sobre la pared interior. El pasadizo que tendremos que utilizar.

—Para eso me habéis pedido el láser —observó Edo.

—Exacto —respondió Renata—. La luz del láser puede sobrecargar el sensor. De eso te encargarás tú. El mejor ángulo para apuntar estará en una playa corriente arriba, en la orilla de enfrente. La cámara intentará procesar la señal, y dentro no verán más que una pantalla en blanco.

Kurt prosiguió.

—Después de cegar la cámara, podremos salir del agua, avanzar por el pasadizo y entrar por esta puerta.

—¿Cuánto tiempo debo mantener activo el láser?

—Dos minutos —explicó Renata—. Es todo el tiempo que necesitamos.

—¿Y qué pasa con las alarmas y las cámaras de seguridad interiores? —preguntó Edo.

—Yo puedo desactivarlas cuando estemos dentro —prometió ella—. Controla tanto las alarmas como las cámaras un programa informático llamado Halifax. Nuestros técnicos me han enseñado a neutralizarlo. —Renata mostró el plano del interior—. Sabemos que Hassan entró por esta puerta —dijo—. La señal continuó siendo potente mientras iba por este pasillo y después supongo que se metió en este ascensor. Como la señal se fue debilitando y luego desapareció, tenemos que suponer que no subió, sino que fue al nivel inferior. Eso significa que estaría aquí, en la sala de control de la generación energética.

—¿Estáis seguros de que no os vais a meter en una trampa? —preguntó Edo—. No hace falta explicar que, una vez allí dentro, no habrá ninguna forma de ayuda posible.

—Lo sabemos —dijo Kurt—. Y no entiendo qué puede estar haciendo Hassan allí dentro, mirando los niveles de potencia de la presa. Pero su teléfono trasmitía desde allí hasta que se apagó, y desde entonces el satélite no ha recibido su señal. Y aunque él no ande por allí, Osiris algo tiene que ver con todo esto. Por tanto, no estará de más echar una ojeada.

—Sois todos muy valientes —dijo Edo—. ¿Qué tengo que hacer mientras estáis dentro del edificio?

—Esperar río abajo —respondió Kurt—. Si encontramos a Hassan, lo sacaremos. Y si no lo encontramos, haremos el recorrido turístico, nos saltaremos la tienda de regalos y volveremos a casa.

# 44

Unas horas más tarde estaban de vuelta en el Nilo, avanzando a contracorriente en una lancha motora que un amigo de Edo les había prestado. Llevaban equipo de buceo para tres y un láser con trípode.

Ya la noche había echado un manto de oscuridad sobre la región y el río estaba mucho menos poblado que durante el día. No había salido la luna, pero se derramaba en el río la luz de las ventanas de los hoteles y los altos edificios de apartamentos.

Al acercarse a la planta de Osiris, Kurt miró aguas abajo.

—La corriente, en el otro extremo del canal, ahora se ve mansa.

—Deben de estar generando menos potencia —sugirió Renata.

—Buena señal —añadió Joe.

—Todavía hay algo que no cuadra —respondió Kurt—. Pero si las aguas están tranquilas, nos resultará más fácil entrar en el canal y después salir a tierra.

Joe enfocaba el hidrocanal con gafas de visión nocturna.

—Parece que las compuertas están abiertas contra la pared. Un tanto a favor de la lógica.

Edo siguió con ellos río arriba antes de cambiar de rumbo y virar hacia la orilla occidental. Al colocar la lancha en la posición correcta, Kurt, Joe y Renata se prepararon para la inmersión.

Ya tenían puestos los trajes isotérmicos debajo de la ropa de calle, pero aún debían colocarse los compensadores de flotabilidad y ajustar los reguladores de presión. Los cilindros de oxígeno, de acero inoxidable, estaban gastados y opacos, de manera que no reflejarían mucha luz. Completaban su equipo las aletas hendidas, los sobres impermeables de los trajes y las luces de baja intensidad para el buceo que les permitirían seguirse mutuamente.

Solo les faltaba contar con unidades de autopropulsión para moverse con mayor rapidez y un sistema de comunicaciones subacuático. Tendrían que conformarse con hacer señales convencionales con las manos.

—Estamos en posición —dijo Edo.

Kurt asintió y entonces él y Joe se metieron en el agua y se aferraron al borde de la lancha. Renata consultó una vez más el iPad antes de hacer lo mismo

—¿Dudas? —preguntó Kurt.

—No —dijo Renata—. Solo quería saber si nuestro objetivo no había salido del edificio antes de tomarnos el trabajo de irrumpir en él.

—¿Debo suponer que el teléfono sigue fuera de cobertura? —preguntó Kurt.

Renata asintió con la cabeza.

—Entonces ¿qué esperamos? —dijo Kurt—. Vamos.

Acomodó la máscara de buceo, mordió el regulador y se apartó de la lancha.

# 45

Bucear de noche era difícil hasta en las mejores circunstancias. Más exigente era todavía flotar en un río oscuro lleno de corrientes cruzadas, bancos de arena y otros estorbos. Pero si se pegaban a la orilla occidental, era de esperar que alcanzaran la meta.

En la oscuridad líquida, Kurt solo usaba las piernas, con movimientos lentos y suaves, los brazos contra el cuerpo. Calculó que su velocidad, sumada a la de la corriente, era de unos tres nudos. A ese ritmo, en diez minutos estarían en la entrada del hidrocanal.

Kurt se permitió descender hasta que el agua que lo rodeaba fue negra como el alquitrán y solo se veía una ligera luz trémula en la superficie. A esa profundidad, nadie lo vería desde tierra, pero la pequeña cantidad de luz le permitiría orientar los sentidos.

Corrigió el rumbo hacia la izquierda y miró hacia atrás. En la oscuridad vio los relucientes diodos de las linternas que Joe y Renata llevaban ajustadas a las muñecas. Los dos habían acoplado su velocidad y nadaban en formación. La luz de Kurt apuntaba hacia ellos para que pudieran seguirla.

Más adelante apareció un débil resplandor. Eran los reflectores del proyecto de construcción que iluminaban la superficie del río.

Iban por buen camino.

Kurt se hundió un poco más para alejarse de la luz que se filtraba en el agua.

Siguió nadando, pasó por debajo de la primera ola de luces y vio el contrafuerte de hormigón que separaba el hidrocanal del resto del río. Necesitaba mantenerse pegado a la izquierda para no verse arrastrado hacia el otro lado por el rebufo o el reflujo.

Entró en el canal sin ningún problema. La corriente se mantenía constante, pero el entorno había cambiado por completo. Una segunda ola de luces moteaba el agua, y el débil resplandor le permitía ver la pared a la derecha y el fondo revestido de hormigón del canal.

Más adelante había construcciones romboidales en el fondo del canal diseñadas para añadir un poco de turbulencia a la corriente. Pasó por encima de ellas, se acercó a la pared interior y redujo la velocidad hasta dejarse llevar por la corriente. Contuvo el aliento, deteniendo un chorro de burbujas que se podrían ver en la superficie, hasta quedar bajo la sombra de la pared.

Apareció la primera línea de turbinas, asomando en la oscuridad como un barco que sale de la niebla. De un gris apagado, borrosas, le recordaron a Kurt los motores de un 747. Tenía cada una un diámetro de más de quince metros y docenas de apretadas paletas que brotaban de un buje central como en un ventilador. Oía los chasquidos de las paletas rotando perezosamente en la corriente.

Kurt se mantuvo pegado a la pared interior y pasó por el hueco que había entre la pared y la turbina más cercana. Miró hacia atrás y vio a Joe y Renata.

Al llegar a la parte media del canal, empezó la segunda etapa. Kurt redujo aún más la velocidad, dejándose llevar y moviendo las piernas solo para no alejarse de la pared. No quería pasar como una bala por delante de la escalera de mantenimiento, que era su único recurso para salir de allí.

Empezó a oírse otro ruido. La vibración era más profunda y más ominosa, como el zumbido de la hélice de un barco lejano.

Por delante de ellos estaba la turbina principal. Tenía casi el doble de diámetro que la primera y ocupaba la mayor parte del canal. Kurt oyó el sonido mucho antes de ver las paletas, y entonces apareció el borde delantero de la compuerta deflectora.

Como habían esperado, estaba replegada contra la pared. La pesada superficie de acero estaba pintada de un amarillo brillante para prevenir la corrosión. Y aunque parecía descolorida en el agua, contrastaba vivamente con la apagada pared de hormigón.

Al pasar al lado, Kurt buscó la escalera de mantenimiento, y al verla se acercó y la aferró con las dos manos. Los peldaños estaban hechos con varillas curvas —robustas y fáciles de agarrar— soldadas a las compuertas.

Kurt estiró la mano, se aflojó las aletas y dejó que se las llevara la corriente. Las vio desaparecer río abajo.

El flujo del agua del canal no era más rápido que la corriente del río, pero como el agua es más densa que el aire, la sensación era la de estar resistiendo un vendaval.

Vio que Joe y Renata se acercaban. Primero Renata se aferró a la misma parte de la escalera que Kurt. Joe hizo otro tanto unos peldaños más abajo. Como Kurt, ambos se desprendieron de las aletas y afianzaron los pies en la escalera para mayor estabilidad.

Joe indicó con el pulgar que todo iba bien. Kurt miró la máscara de Renata, a escasos centímetros de distancia. Ella estaba radiante. Hizo la señal de OK con los dedos.

Una rápida mirada a la esfera de color naranja del reloj Doxa le permitió saber que habían ganado tiempo. Ahora tendrían que esperar. Faltaban tres minutos para que Edo activara el láser y cegara la cámara del pasadizo, allá arriba.

Edo ya había varado la lancha, sacado el láser y preparado el trípode. Era un aparato civil, destinado al reconocimiento, pero no muy diferente de los que había usado en su carrera militar.

Con el dispositivo preparado, Edo localizó la cámara en concreto que necesitaban inutilizar. La enfocó con el zoom, ajustó la mirilla con forma de cruz y dio un paso atrás.

Consultó el reloj. Faltaban dos minutos. Solo quedaba apretar el botón.

Deseaba un cigarrillo, algo para pasar el tiempo. La orilla estaba vacía, pero algo invadía esa soledad: el ruido de un helicóptero que se acercaba.

Por el cielo avanzaba una luz hacia el edificio de Osiris. Edo la observó un instante para saber con certeza si era ese el rumbo del helicóptero. Cuando aterrizó, se preguntó quiénes podrían estar reuniéndose en Osiris en mitad de la noche.


Aferrados a la escalera en el hidrocanal diez metros por debajo de la superficie, ni Kurt, ni Joe, ni Renata se habían enterado de la aparición del helicóptero. Estaban ocupados en otros cambios: un fuerte ruido metálico seguido por un sensible aumento del caudal del agua.

Más arriba se estaba abriendo en la pared una compuerta circular. Tenía el tamaño de una enorme tubería de drenaje, y el volumen de agua introducido en el hidrocanal empezó a acelerar la corriente.

Los tres abrazaban la escalera, tratando de presentar la menor superficie y resistencia al agua. A pesar de eso, sentían la presión. Kurt se arriesgó a echar una mirada al reloj.

Un minuto.

Un segundo estruendo los sacudió con fuerza. Sintieron en el cuerpo la vibración de la escalera mientras toda la compuerta deflectora temblaba y empezaba a moverse.

Renata buscó la mirada de Kurt. Tenía los ojos desorbitados de preocupación. Para Kurt aquello no fue ninguna sorpresa: estaban ante un problema mucho mayor. La gradual apertura de la compuerta aceleraría aún más la corriente.

Aguas abajo, la enorme turbina giraba cada vez más rápido, dado que el espacio que la rodeaba se iba cerrando, y el zumbido aumentaba. Cuando las compuertas se asentaran contra el capó de la turbina, no podrían resistir la fuerza del agua, que los arrastraría y los metería entre las paletas.

Kurt señaló hacia arriba y Renata dijo que sí con la cabeza. Se desabrochó el compensador de flotabilidad y giró poniéndose del lado hacia la corriente, tratando de quitarse el arnés. La corriente cada vez más rápida le arrancó y se llevó el compensador, el tanque de oxígeno y la máscara. Él empezó a subir primero, utilizando una mano cada vez de manera lenta y metódica. Cada peldaño era un esfuerzo. Cada movimiento de pie o de mano, una batalla contra el peso del agua.

Cuando estaba llegando a la cima, Kurt miró hacia abajo. Renata y Joe lo seguían. Miró de nuevo el reloj. Diez segundos.

Se puso a contar.

Tres... Dos... Uno...

Hora de salir.

Emergió del agua y trepó hasta la parte superior de la compuerta deflectora. Era muy agradable haberse librado de la impetuosa corriente, pero el peligro no había desaparecido del todo, ni mucho menos. La compuerta solo tenía un metro de ancho, y el acero endurecido y la pintura amarilla estaban mojados y eran muy resbaladizos.

Kurt se quedó en cuclillas para mayor estabilidad. Por el lado que la compuerta desviaba el agua hacia la turbina, el nivel subía con rapidez; por el otro, varios metros más bajo, se había formado un espumoso remolino. El agua que empujaba las aspas brotaba con furia de la turbina, retumbando en el canal y en los edificios.

Tan fuerte era el estruendo que resultaba imposible oír los gritos, de manera que cuando salió Renata a la superficie

Kurt se limitó a hacer una señal con la mano. Como él, se había quitado el equipo de buceo. A continuación salió Joe, también sin los tanques. Los dos siguieron a Renata sobre la hoja de la compuerta hasta el pasadizo y después hasta la puerta de mantenimiento.

A lo lejos, Kurt vio un etéreo resplandor verde: el láser actuando sobre la lente de la cámara.

Buen trabajo, Edo.

—Qué poco oportuno que se hayan abierto así las compuertas —dijo Joe.

—A mí me sorprende más ese regulador de caudal —comentó Kurt—. No vi en los planos ningún túnel perimetral.

—Yo tampoco —dijo Joe—. Pero si no es por un túnel perimetral, ¿de dónde viene toda esa agua?

—De eso tendremos que preocuparnos más tarde. —Kurt consultó el reloj y se volvió hacia Renata—. Nos queda menos de un minuto hasta que Edo apague el láser.

Renata ya se había puesto a trabajar.

—Tiempo de sobra —dijo.

Abrió la cremallera del bolsillo del traje isotérmico y sacó un juego de ganzúas. Hizo algo rápido en la cerradura y entraron.

A tres metros de la puerta encontró el tablero del sistema de alarma. Quitó la tapa y enchufó un pequeño dispositivo en la ranura destinada al ingreso de datos. Por la pantalla del dispositivo pasó un torrente de números y letras mientras buscaba diez millones de posibles códigos hasta que desactivó la alarma. A los cinco segundos, las luces del tablero se pusieron verdes.

—Ya está —anunció Renata—. Neutralizadas las alarmas y detenidas las cámaras interiores, que en los próximos veinticinco minutos seguirán mostrando un bucle grabado. Durante ese tiempo deberíamos poder movernos con libertad.

—Para eso sirve el sistema de alarma que tanto me costó la primavera pasada —dijo Kurt.

—Recuérdame que compre un perro —añadió Joe—. Cuanta menos tecnología, mejor.

Renata asintió, guardó el dispositivo en el bolsillo y cerró la cremallera.

—Vamos —dijo Kurt.

Caminaron por el vestíbulo y pronto encontraron una escalera. Tres tramos más abajo, oyeron un sonido estridente.

—La sala del generador —observó Joe.

Kurt abrió un poco la puerta y miró dentro. Todavía estaban un piso por encima de la planta baja. La sala era enorme: la pared de enfrente estaba a muchas decenas de metros de distancia, y entre el suelo y el techo había por lo menos veinte. Dominaba el interior una hilera de carcasas circulares. Cada una medía unos diez metros de diámetro y por lo menos la mitad de altura.

—Parece el interior de la presa Hoover.

—Central eléctrica —dijo Kurt—, como indicaban los planos.

—¿Esperabas alguna otra cosa? —preguntó Renata.

—No estoy seguro —respondió Kurt—. Tenía la sensación de que, si Hassan se ocultaba aquí, habría algo más.

—A mí me parece natural —dijo Joe—. El agua hace girar la enorme turbina en el río, que está conectada con estas dinamos mediante engranajes reductores.

—De acuerdo —dijo Kurt—. También parece un sitio vacío. No solo no veo a Hassan: no veo a nadie. Quizá apagó el teléfono y se fue. ¿Habrá sabido que lo estábamos siguiendo?

—Lo dudo —contestó Renata.

Mientras cerraban con cuidado la puerta, Kurt se adelantó, agachando la cabeza. Joe y Renata lo siguieron.

En el otro extremo de la larga sala se abrió el ascensor. De él salió y echó a andar un grupo de hombres. Tres usaban uniforme negro, otros tres diversos atuendos que parecían vagamente árabes; el último llevaba un traje de calle oscuro y camisa blanca, sin corbata.

Por un momento se perdieron de vista; reaparecieron al otro lado de uno de los generadores. Casi al mismo tiempo, el zumbido que llenaba la sala cambió de tono y empezó a bajar.

—Alguien está apagando eso —señaló Joe.

—Si lo hubieran hecho hace cinco minutos, nos habrían ahorrado un montón de estrés —dijo Kurt.

Los quejumbrosos generadores fueron reduciendo la velocidad y finalmente se detuvieron. Las luces verdes que había encima de cada dinamo se volvieron ámbar y después rojas. El grupo de hombres fue hasta un punto cerca de la pared opuesta y allí se detuvo ante un panel de control.

—Han visto cómo generamos electricidad —dijo uno de ellos; su voz recorrió la sala y llegó a los tres infiltrados—. Ahora verán por qué no tienen más remedio que someterse a nuestras exigencias.

—Eso es ridículo —dijo uno de los árabes—. Hemos venido aquí para hablar con Shakir.

El hombre pronunciaba el inglés con un pronunciado acento. Por las señales de asentimiento y otros gestos, parecía evidente que hablaba en nombre de los otros dos.

—Y con él hablarán —respondió el hombre del traje—. Está deseando negociar con ustedes.

Por el acento, ese hombre parecía europeo, italiano o quizá español. Tenían que utilizar el inglés como idioma común.

—¿Negociar? —preguntó el árabe—. Se nos prometió ayuda. ¿Qué clase de artimaña es esta, Piola?

Kurt notó que Renata reaccionaba al oír ese nombre.

—No es ninguna artimaña —respondió Piola—. Pero antes de hablar es importante que ustedes sepan qué lugar ocupan. Para que no vayan a cometer ningún error tonto.

Al lado de ellos, uno de los uniformados escribió algo en un teclado. Cuando terminó, en la pared se deslizó hacia arriba un panel, como una puerta de garaje. Detrás había un oscuro túnel. Los únicos detalles que Kurt lograba ver era el apagado brillo de un par de rieles metálicos y la curvatura de un tubo de gran diámetro. Sobre los rieles esperaba un tranvía de nariz chata. A Kurt le recordó uno de esos trenes rápidos, sin conductor, cada vez más comunes en muchos aeropuertos.

—Si nos atenemos a la geometría, diría que es el mismo tubo que intentó arrancarnos de la escalera —dijo Joe.

Renata miraba alrededor, tratando de orientarse.

—No soy ingeniera hidráulica, pero ¿tiene algún sentido poner un túnel perimetral perpendicular al curso del río?

—No —se apresuró a responder Joe—, y yo sí soy ingeniero. El agua tiene que venir de algún otro sitio.

En la sala se estaba produciendo una nueva discusión. Esta vez los hombres no levantaban tanto la voz y hablaban con demasiada rapidez para entender lo que decían.

—Quizá discuten si subir al tranvía —comentó Joe—. Que conste que yo no lo haría.

—Por desgracia —dijo Kurt—, eso es lo que tendremos que hacer nosotros. —Abrió la cremallera de su bolsillo sumergible, sacó una Beretta 9 milímetros y empezó a bajar por la escalera—. Vamos.

## 46

Dentro del centro de seguridad de la planta hidroeléctrica de Osiris habían detectado que tenían una cámara averiada. Un guarda de seguridad que estaba de servicio había recorrido todas las opciones para reinicializar la cámara y probado de todo, desde cambiar los ajustes de contraste y de brillo hasta encenderla y apagarla varias veces. Como el esfuerzo no dio resultado, llamó al supervisor.

—¿Qué te parece? —preguntó.

—Parece que el sensor está quemado —dijo el supervisor—. Todavía se ve un poco de imagen por los bordes, pero todo lo demás está dañado. ¿Tú lo cambiarías?

—Siempre que tengamos un nuevo sensor —dijo el técnico antes de ir al armario de herramientas, donde hurgó en las cajas apiladas en las estanterías hasta descubrir lo que buscaba—. Es este.

—¿Cuánto tiempo tardarás?

—No más de veinte minutos.

—Pon manos a la obra —dijo el supervisor, acomodándose en el sillón de mando delante de la pantalla—. Esperaré aquí. Avísame cuando esté lista para probarla.

El técnico cogió las herramientas y estaba a punto de marcharse cuando la cámara volvió a encenderse.

—Qué raro —dijo el supervisor.

Hizo todas las comprobaciones. De repente, todo pareció funcionar con normalidad. Pero ¿hasta cuándo?

—Mejor cambiarlo de todos modos —dijo—. Si el sensor está defectuoso, puede fallar en cualquier momento.

El técnico asintió y se fue. El supervisor miró el reloj que había en la pared. Le quedaba poco más de una hora de trabajo, hasta que entrara el tercer turno.


A menos de dos kilómetros del recinto de Osiris, Edo ya estaba recogiendo sus cosas. Dobló el trípode y lo guardó, cerró las tapas de las lentes del emisor láser y de la unidad de observación y metió todo en una caja. Colocó la caja en el asiento del pasajero para poder arrojarla por la borda si alguien lo detenía.

Dio un empujón a la lancha para devolverla al río y subió a ella. Encendió el motor y aceleró a un cuarto de la velocidad. No había necesidad de llamar la atención ni motivos para darse prisa.

El plan era esperar río abajo, a una milla de la planta de Osiris. Estaría fondeado cerca de la orilla occidental, con todas las luces encendidas. Suponiendo que los tres infiltrados huyeran ilesos, bajarían por el río, lo localizarían con facilidad y nadarían hasta popa.

Creía que era un plan sencillo. Los planes sencillos eran los mejores. Poco era lo que podía salir mal. Pero el lado cauto de la mente le decía: poco no es lo mismo que nada.

Sacó una pistola de fabricación rusa de la sobaquera y metió una bala en la recámara. Esperaba no tener que usarla, pero le gustaba estar preparado.

# 47

Joe y Renata siguieron a Kurt escaleras abajo, avanzando con rapidez y sin hacer ruido. En fila, atravesaron la sala del generador y llegaron a la abertura en la pared cuando empezaba a cerrarse.

—Entremos —sugirió Kurt, zambulléndose en la oscuridad; Joe y Renata lo siguieron, y los tres estaban en el túnel cuando la puerta terminó de cerrarse.

El cierre de la puerta era hermético y la oscuridad, casi completa. A lo lejos se marchaba el tranvía, y las luces iban tocando el techo y las paredes.

Al lado de ellos, sobre los rieles, había otro tranvía vacío.

—¿Miro si puedo poner esto en marcha? —preguntó Joe—. ¿O vamos a pie?

Kurt miró hacia donde se perdían las vías. El otro coche seguía alejándose y no mostraba signos de detenerse.

El ruido de su motor retumbaba en las paredes. Esa extraña acústica impedía calcular bien la distancia, pero también haría más difícil que los hombres que iban en el tranvía se dieran cuenta de que los estaban siguiendo.

—Subamos al coche —dijo Kurt—. Ya he hecho suficiente ejercicio por hoy.

Joe trepó y buscó los mandos. Mientras subía Renata, Kurt fue a romper los faros.

—Podemos usar el interruptor —dijo Joe—. Es solo una sugerencia.

Kurt se detuvo.

—Como sugerencia no está mal.

Joe movió algunas palancas y por las dudas sacó un fusible. Pulsó el botón de arranque. En el tablero de mandos se encendieron tres pequeños indicadores, pero no ocurrió nada más. Como en un carrito de golf, el motor alimentado por batería siguió apagado hasta que apretó el acelerador.

—Viajeros, al tren.

Kurt se sentó con Renata en la parte trasera, mientras Joe empujaba el acelerador y los motores eléctricos arrancaban. Con un ligero zumbido, el coche avanzó en la oscuridad, viajando despacio y manteniendo una distancia de muchas decenas de metros con el primer tranvía.

El túnel nunca se torcía, y el tubo de la izquierda era un compañero inseparable.

—¿Para qué será, entonces, esta tubería? —preguntó Renata en voz baja—. Es evidente que se aleja del río.

—Podría funcionar como... desagüe —respondió Joe, bajando también la voz.

—Es un poco grande para una ciudad del desierto donde no llueve mucho —dijo Renata.

—Quizá el sistema de la ciudad canaliza todo hacia un sitio que después utiliza esta tubería.

—No es un tubo de desagüe —explicó Kurt—. Salía agua de él cuando íbamos por el canal y pasamos por delante, y aquí hace semanas que no llueve.

—Entonces ¿de dónde viene el agua? —preguntó Joe.

—No tengo ni idea —dijo Kurt.

—Quizá de otro proyecto de Osiris del que no sabemos nada —sugirió Renata.

—Quizá —dijo Kurt antes de cambiar de tema—. El hombre del traje. Al que los árabes llamaban Piola. Me pareció que reconociste el nombre. ¿Sabes quién es?

—Creo que sí —dijo Renata—. Alberto Piola es uno de los líderes de nuestro parlamento. Un declarado crítico de la interferencia estadounidense en Egipto, y sobre todo en Libia. Un asunto delicado para él y para muchos de mis compatriotas, porque Libia fue colonia nuestra.

—¿Qué puede estar haciendo aquí? —preguntó Kurt—. Sobre todo ahora, cuando medio continente parece estar cayéndose a pedazos.

—Si no oí mal, está aquí para negociar algo. Qué será eso, vete a saber.

—Pienso —dijo Kurt— que está aquí para negociar algún tipo de tributo a Osiris.

—¿Tributo? —preguntó Renata.

—A ver qué te parece este razonamiento —propuso Kurt—. Según lo que nos contó el ex comandante Edo, Osiris ha salido de la nada y se ha transformado en una potencia. Shakir, el hombre que la dirige, se considera una persona muy influyente. Estaba conectado con la vieja guardia. Y la vieja guardia, expulsada de repente hace un par de años, está en ascenso en todos esos otros países con una rapidez que nadie podría haber pronosticado. Y a eso se suma la ayuda de una repentina escasez de agua que nadie logra explicar.

Kurt miró a los compañeros, que escuchaban con atención.

—Antes de que secuestráramos a Paul y a Gamay de sus vacaciones, estuvieron trabajando con un hidrólogo libio. Leí el informe mientras volábamos hacia aquí. Asuntos geológicos, sobre todo. Pero según las pruebas que Paul improvisó, hay un acuífero profundo debajo de Libia que alimentaba la capa freática superior. De repente, esa agua se puso en movimiento y en vez de crear una presión positiva empezó a crear una presión negativa y casi inutilizó las bombas. Y aquí estamos, bajo las arenas Egipto, al lado de una tubería por la que podría pasar un camión y que saca toneladas de agua por segundo y las descarga en el Nilo.

—¿Sugieres que Osiris está causando la sequía para fomentar convulsiones políticas? —preguntó Renata.

—Si hay una causa humana, no veo que ningún otro tenga motivos. O medios.

—¿Y Piola?

—Él quiere influir en Libia. Eso cuesta dinero. Y está aquí para pagar o para cobrar. De todas formas, anda metido en esto. Y las sequías le convienen.

Joe miró con atención la tubería.

—No sé cuánta agua habría que sacar de un acuífero para producir lo que Paul sugirió —dijo Joe.

—Es una tubería grande —comentó Kurt.

—Por supuesto —convino Joe—. Pero no lo suficiente.

—¿Y si hubiera diecinueve como esta? —preguntó Kurt—. Según su página web, Osiris tiene diecinueve plantas hidroeléctricas a lo largo del Nilo. ¿Qué pasaría si todas sacan agua del acuífero?

Joe asintió.

—Propulsadas por el propio río. Ingenioso.

—Entonces todo está relacionado. La Niebla Negra, la sequía... Todo nos lleva de vuelta a Osiris.

Diez minutos más tarde, el paisaje finalmente empezó a cambiar.

—Una luz al final del túnel —susurró Renata.

Kurt tenía la sensación de que no era exactamente el final del túnel, pero sí al menos una parada en el trayecto.

Durante más de veinte minutos habían viajado en una total oscuridad, con excepción del débil brillo que salía del tablero de instrumentos y de los faros del tranvía que iba delante.

—Parece que van cada vez más despacio —señaló Joe.

—No nos acerquemos demasiado —dijo Kurt—. Si se detienen, no quiero que oigan el ruido de nuestros frenos.

Joe puso el tranvía a paso de hombre. El vehículo que los precedía siguió reduciendo la velocidad hasta entrar en una vía muerta y salir del túnel.

Se detuvieron a poco menos de cien metros de la abertura y los tres siguieron a pie.

Al llegar al borde del túnel, Kurt asomó la cabeza y miró.

Lo que vio lo sorprendió. Se volvió para mirar a sus amigos.

—¿Y bien? —cuchicheó Joe—. ¿Estamos solos?

—Si no contamos a un par de tíos de dos metros y medio de altura con cabezas de chacal y lanzas en la mano —dijo Kurt—. Anubis.

—¿Te refieres al dios egipcio?

—Sí.

Kurt se apartó para que los otros pudieran ver los detalles de la sala, una abovedada caverna con paredes de piedra de color arena iluminada por una serie de luces conectadas a un serpenteante cable negro. En una zona se veían jeroglíficos y arte egipcios, mientras que en otra se habían desmoronado. Las dos grandes estatuas flanqueaban la entrada a un túnel tallado a mano en la pared de enfrente.

—¿Dónde estamos? —preguntó Renata.

—Más que dónde, quizá habría que preguntar cuándo —dijo Joe—. Empezamos en una moderna planta hidroeléctrica y terminamos en el antiguo Egipto. Tengo la sensación de que hemos retrocedido unos cuatro mil años en el tiempo.

Tanto la tubería como el túnel parecían ir en línea recta hacia el oeste. Recordó que según las fotos de la planta hidroeléctrica de Osiris, no había hacia el oeste nada más que calles atestadas, llenas de escaparates y almacenes y oficinas. Después, edificios de apartamentos y casas pequeñas hasta el desierto, donde...

—Quizá no estés demasiado lejos —dijo Kurt.

—De algo sin precedentes —añadió Joe.

—Teniendo en cuenta la velocidad del tranvía y el tiempo que pasamos en el túnel, yo diría que estamos unos ocho o nueve kilómetros al oeste del río. —Kurt se volvió hacia Renata—. Me parece que se va a cumplir tu deseo.

—¿Qué deseo?

—Ver las pirámides de cerca —contestó él—. Según mis cálculos, estamos exactamente debajo.

# 48

—¿Debajo de las pirámides? —preguntó Renata.

—O al menos de la meseta de Guiza —dijo Kurt.

—¿A que profundidad?

—Imposible saberlo, pero parecía que íbamos bajando durante parte del viaje, y Guiza está por lo menos setenta metros por encima del nivel del río. Podríamos estar a una profundidad de unos doscientos metros.

—Entonces no vamos a ver las pirámides, ¿verdad?

Kurt echó una mirada alrededor. Fuera del túnel y los rieles, el único camino para salir de la sala era el sendero guardado por las dos estatuas de Anubis.

—No, a menos que alcancemos al resto de los viajeros.

—Me sorprende que no haya ninguna vigilancia —dijo Renata.

—La vigilancia está en la torre y mira hacia fuera. Nosotros ya estamos en el corazón de la fortaleza.

El túnel se veía mal iluminado por bombillas de baja potencia cada veinte metros. En algunos sitios parecía una fisura natural, en otros había sido sin duda tallado en la roca con herramientas primitivas y en ciertos tramos, más adelante, había sido apuntalado por métodos modernos.

Después de un sector descendente, el túnel se nivelaba y seguía en línea recta. En las paredes había huecos tallados que recordaban las catacumbas de Roma. En ellos, en vez de cuerpos humanos, había animales momificados. Cocodrilos, gatos, aves y sapos. Cientos y cientos de sapos.

—Los egipcios momificaban de todo —dijo Joe—. Principalmente cocodrilos, por su relación con Sobek, uno de sus dioses. Gatos, porque protegían contra los espíritus malignos. También aves. Hay una enorme cripta en una cueva oscura al lado de las pirámides, quizá encima de nosotros, llamada Tumba de las Aves. Cientos de aves modificadas. No humanos.

—¿Y ranas? —preguntó Kurt, examinando una rana toro o un sapo a medio envolver—. ¿Había un dios rana o algo parecido?

Joe se encogió de hombros.

—No que yo sepa.

Siguieron avanzando y pronto llegaron a la entrada de una sala muy iluminada. Kurt se acercó. Tenía la sensación de estar en la platea alta de un teatro, a un lado del escenario. En la caverna que se abría hacia abajo había espacio suficiente para organizar un pequeño congreso. La sala contaba con iluminación moderna, pero todo lo demás tenía un origen antiguo.

Las paredes eran lisas y estaban cubiertas de jeroglíficos y pinturas. Una representaba a un faraón cuidado por Anubis, otra mostraba a un dios egipcio de piel verde levantando a un faraón muerto. En un tercer panel aparecían hombres con cabeza de cocodrilo nadando en el río y sacando ranas o tortugas.

—Tú eres nuestro egiptólogo experto —dijo Kurt mirando a Joe—. ¿Qué vemos aquí?

—El tío de piel verde es el mismo que vimos en las tablillas del museo. Es Osiris, dios del inframundo. Él decide quién sigue muerto y quién vuelve a la vida. También tiene algo que ver con que las cosechas cobren vida y después se aletarguen al final de la estación.

—Osiris resucitando a los muertos —comentó Kurt—. Muy oportuno.

—Los hombres-cocodrilo representan a Sobek —explicó Joe—. Sobek también tiene algo que ver con la muerte y la resurrección. Salvó a Osiris una vez que lo traicionaron y lo cortaron en pedacitos.

Kurt asintió y observó con atención el resto de la escena. En el centro había una larga hilera de sarcófagos. Al final se veía una pequeña versión de la Esfinge cubierta por pan de oro y lapislázuli iridiscente. En el extremo más cercano, casi directamente debajo de ellos, había un foso con casi un metro de agua y cuatro cocodrilos grandes.

Uno de ellos rugió y silbó con furia cuando se acercó demasiado un intruso.

—Por alguna razón me gustaban más los momificados —dijo Kurt.

—Desde luego eran más pequeños —añadió Joe.

Parecía que el foso tenía suficiente profundidad para que los cocodrilos no pudieran salir, ya que pasaron despreocupadamente a su lado dos hombres que siguieron hasta un túnel que había al final de la sala.

—¿Estás seguro de que este no es el interior de una de las pirámides? —preguntó Renata.

Joe negó con la cabeza.

—He estado tres veces en Guiza —explicó—. En la visita no recuerdo haber pasado por aquí.

—Es increíble —dijo Kurt—. He oído hablar de cuevas y aposentos debajo de las pirámides, pero casi siempre en esos programas de televisión que insisten con que todo eso fue construido y después abandonado por los extraterrestres.

—¿Cómo pudo alguien construir algo así? —preguntó Renata—. ¿Cómo hicieron para trabajar aquí en la oscuridad?

Joe se agachó y tocó el suelo, de donde recogió un poco de piedra pómez, que parecía recubrir gran parte de la cueva.

—Esto es carbonato sódico —explicó—. Los egipcios lo

llamaban «natrón». Es un agente desecante que favorece el proceso de momificación, pero que combinado con ciertos tipos de tierra produce un fuego sin humo. De esa manera creaban fuego suficiente para trabajar en las tumbas y en las minas. Este sitio quizá sea ambas cosas.

—¿Una tumba y una mina?

Joe asintió con la cabeza.

—Pero hay algo raro —añadió—. El natrón suele aparecer donde entra agua que después se seca.

—Quizá la estén bombeando —sugirió Renata.

—¿Por qué convertir esto en una tumba? —preguntó Kurt.

—Con eso matarían dos pájaros de un tiro. Poniendo aquí la tumba, podían excavar la sal y el natrón, y después traer los muertos y utilizar los materiales del lugar para momificarlos.

—Imaginemos eso —comentó Renata—. Una tumba perdida con más oro y arte que la de Tutankamón, y de la que nadie sabe nada.

—Porque la encontró Osiris International —dijo Kurt—. Este sitio debe de tener alguna relación con la Niebla Negra.

—Quizá encontraron aquí lo que D'Campion y Villeneuve buscaban.

—Eso tiene sentido —observó Kurt—. Y cuando encontraron el secreto y descubrieron que funcionaba, taparon el sitio, cavaron ese túnel y se aseguraron de que no se viera a nadie entrando ni saliendo de aquí.

Desde abajo llegó el ruido de un pequeño motor. Kurt se ocultó entre las sombras mientras un quad para dos salía de uno de los túneles. Tenía un par de asientos, una jaula antivuelco y una tabla plana en la parte trasera.

Delante iban sentados dos hombres con traje de fajina negro. Detrás, sobre la tabla, dos pasajeros con batas blancas. Los dos apoyaban una mano en la barra antivuelco de la jaula y con la otra sostenían una nevera portátil como si trataran de que no se moviera.

El vehículo atravesó el suelo por debajo de ellos, pasó por delante de la Esfinge dorada y se metió por otro túnel.

—A menos que estos tíos anden llevando cajas de cerveza a algún estadio de béisbol subterráneo, yo diría que esto es un tinglado farmacéutico —dijo Kurt.

—Yo pienso lo mismo —convino Renata.

Kurt estaba a punto de seguirlos cuando oyó unas voces que retumbaban en la cámara mortuoria. Por delante de la Esfinge, y después por delante de la hilera de ataúdes de piedra, pasó un grupo de hombres hacia el foso de los cocodrilos.

Allí se detuvieron y pronto se les unieron dos hombres más.

—Hassan —susurró Kurt.

—¿Quién es el que está con él? —preguntó Joe.

—Tengo la sensación de que es Shakir —dijo Kurt.

## 49

—Los tres tenéis la oportunidad de reconstruir Libia —dijo Shakir a sus invitados.

—¿En calidad de qué? ¿De sátrapas tuyos? —preguntó uno de ellos—. ¿Y qué hacemos después? ¿Nos sometemos a tus exigencias? ¿Quieres dominarnos como dominaron Egipto los ingleses? Y para ti, Piola, ¿qué es esto? ¿Un nuevo intento de colonialismo?

—Escucha... —empezó a decir Piola.

Shakir lo hizo callar.

—Alguien os dominará —dijo a los tres libios—. Mejor que sea otro árabe y no los estadounidenses o los europeos.

—Mejor que podamos decidir nosotros mismos —repuso el libio.

—¿Cuántas veces tengo que explicarlo? —preguntó Shakir—. Sin agua, moriréis todos. Si fuera necesario, permitiré que eso suceda y repoblaré tu nación con egipcios.

Los tres hombres callaron. Después de un rato, dos de ellos se pusieron a deliberar.

—¿Qué hacéis? —preguntó su líder.

—No podemos ganar este combate —respondieron—. Si no cedemos, otros lo harán. En esa situación hipotética, perderemos todo el poder, no solo una parte.

—Yo, en tu lugar, los escucharía —dijo Shakir—. Hablan con sensatez.

—No —bramó el líder de los tres—. Me niego.

Se volvió hacia Shakir con furia en los ojos. Pero Shakir, sin alterarse, apuntó hacia el hombre con un pequeño tubo y pulsó un botón en la parte superior. Disparó un pequeño dardo que dio en el pecho del líder de la resistencia libia.

El hombre mostró sorpresa en el rostro y después perdió la expresión. Cayó de rodillas. Sus acólitos reaccionaron con asombro, pero después levantaron las manos. No querían sumarse a esa lucha.

—Sabia decisión —dijo Shakir—. Os mandaré de vuelta a vuestro país, donde esperaréis nuevas órdenes. Cuando caiga el gobierno, Alberto propondrá a alguien que tome las riendas. Por mala que haya sido vuestra relación anterior, le daréis a esa persona todo vuestro apoyo.

—¿Y después? —se atrevió a preguntar uno de ellos.

—Y después seréis recompensados —dijo Shakir—. Volverá a fluir el agua, a mayor nivel que antes, y os alegraréis de haber obedecido.

Se miraron y después miraron al líder, desplomado en el suelo.

—¿Y él?

—No está muerto —insistió Shakir—. Solo sufre los efectos de mi arma más reciente. Una nueva versión de la Niebla Negra que causa parálisis. Esta es una versión menos potente. Induce un coma sin hacer perder la conciencia. Algo que los médicos llaman «síndrome de cautiverio». Ve, oye y siente como cualquier persona normal, pero no puede reaccionar, ni responder, ni siquiera gritar.

Shakir se inclinó sobre su derrotado adversario y le dio un golpecito en la frente.

—Todavía estás ahí, ¿verdad?

—¿Se le irá el efecto?

—Con el tiempo —dijo Shakir—. Pero será demasiado tarde para él.

Shakir hizo chasquear los dedos y los guardas se acercaron a recoger al hombre caído. Sin la menor vacilación, lo levantaron y lo arrojaron por encima de la pared de piedra al foso de los cocodrilos.

Los cocodrilos reaccionaron de inmediato. Varios de ellos embistieron. Uno mordió un brazo, otro una pierna. Cuando parecía que lo iban a destrozar, apareció a toda velocidad un tercero que le clavo las fauces en el torso y se lo llevó a una parte más profunda del foso.

—Los tenemos hambrientos —dijo Hassan con una sonrisa.

Los otros libios lo observaban horrorizados.

—Los cocodrilos no conocen la misericordia —apuntó Shakir—. Yo tampoco. Acompañadme.

El grupo se puso en marcha, alejándose del foso rumbo al túnel más cercano.


Kurt, Joe y Renata observaron la carnicería desde arriba. De que estaban ante un sociópata extremo no les quedaba la menor duda.

—No acabemos como ese hombre —sugirió Joe.

—No me interesa convertirme en bocado de nadie —dijo Kurt, coincidiendo—. Los que iban en la parte trasera del vehículo parecían personal médico. Deben de tener un laboratorio por aquí. Necesitamos encontrarlo.

—Se metieron en el túnel en sentido contrario —dijo Joe.

Kurt ya se había levantado.

—A ver si podemos encontrarlos sin meternos en problemas.

## 50

El supervisor de seguridad de la planta hidroeléctrica de Osiris estaba sentado ante la mesa de control, mirando el reloj. Las imágenes en la pantalla del ordenador parpadeaban y cambiaban en su habitual rotación monótona, y el supervisor tenía que reprimir el impulso de mirar hacia otro lado. Zona principal, zona secundaria, exterior norte, exterior sur, y después todas las imágenes internas. No había trabajo más aburrido en la tierra que mirar una pantalla de seguridad. Siempre era igual.

Mientras daba vueltas a esa idea, el supervisor se sintió de repente más despierto. En algún sitio había recibido una pequeña chispa de adrenalina.

Siempre lo mismo.

De repente cayó en la cuenta de que las imágenes no tenían que ser siempre iguales. Tendría que haber visto al técnico pasando por lo menos por delante de tres cámaras mientras iba hacia la pasarela del hidrocanal a reemplazar el sensor quemado.

Cogió una radio y pulsó el interruptor.

—Kaz, te hablo desde la base. ¿Dónde estás?

Tras una pequeña pausa, respondió la voz de Kaz.

—Estoy en la pasarela, reemplazando la cámara.

—¿Qué camino hiciste para llegar ahí? —preguntó el supervisor.

—¿A qué te refieres?

—¡Contéstame!

—Atravesé la sala y utilicé la escalera este —dijo Kaz—. ¿Por qué otro camino podría haber venido?

Nunca había aparecido en la pantalla.

—Vuelve a la escalera —dijo el supervisor—. Date prisa.

—¿Por qué?

—Haz lo que te digo.

El supervisor empezó a tamborilear con los dedos. De repente se sentía muy despierto, con el cuerpo acelerado por la adrenalina.

—De acuerdo, ya estoy en la escalera —dijo el técnico—. ¿Qué pasa?

El supervisor buscó entre las cámaras hasta que pudo poner en la pantalla la escalera este. La imagen se dividió en cuatro cuadrantes, con una cámara apuntando a cada piso. Nada había cambiado.

—¿En qué nivel estás?

El supervisor no lo veía. Inmediatamente supo que había un grave problema, algo peor que una simple avería.

—No, no te veo —dijo el supervisor—. ¿Está dañada la cámara?

—No —dijo Kaz—. Parece que está en buenas condiciones.

El supervisor encajó todas las piezas. Una cámara del hidrocanal en cortocircuito. La entrada de vídeo inhabilitada y bloqueada. Tenían un fallo de seguridad. Había entrado un intruso.

Tocó el botón de alarma silenciosa que alertaría a los guardas y activó todos los canales de radio.

—Necesito que se cierre y se registre todo el edificio —dijo—. Cada centímetro cuadrado. Tenemos un posible intruso, o intrusos, y no podemos confiar en las cámaras ni en los sistemas automáticos. Habrá que recorrer y registrar en persona cada palmo de la estructura.

Lejos del centro de seguridad de la planta hidroeléctrica, los intrusos habían encontrado el quad con la jaula antivuelco y sorprendido a los guardas vestidos de negro sentados en ella. Los habían reducido con facilidad y los estaban llevando por un túnel lateral cuando descubrieron el laboratorio.

Había una puerta exterior de vidrio con una junta de goma alrededor del borde que no estaba cerrada con llave. Kurt entró por ella, seguido por Joe y Renata. Los dos trabajadores con bata de laboratorio levantaron la mirada asustados.

—No se muevan —dijo Joe con una pistola en la mano.

El hombre quedó paralizado, pero la mujer se abalanzó hacia una alarma o interfono. Renata la derribó y la dejó sin sentido.

—Me asombra que la gente se mueva después de decirle que no lo haga —dijo Joe.

Kurt se volvió hacia Renata.

—Recuérdame tenerte cerca la próxima vez que me meta en una pelea de bar.

Frente a ellos, el hombre seguía con las manos en alto, practicando una política de no enfrentamiento.

—Supongo que eres un científico —dijo Kurt.

—Biólogo —dijo el hombre.

—¿Estadounidense? ¿Cómo te llamas?

—Brad Golner.

—Trabajas para Osiris —dijo Kurt—. Allá en el mundo real, en un departamento farmacéutico.

—Me contrataron para trabajar en el laboratorio de El Cairo. Hay otro laboratorio en Alejandría —dijo—. Zia trabaja conmigo.

Señaló a la mujer inconsciente.

—Pero los proyectos especiales se elaboran aquí, ¿verdad? —preguntó Kurt.

—No tenemos alternativa. Hacemos lo que nos dicen.

—Pasaba lo mismo con los nazis —apuntó Kurt—. Supongo que sabes por qué estamos aquí y qué buscamos.

Despacio, Golner movió afirmativamente la cabeza.

—Por supuesto. Les mostraré lo que quieran.

El biólogo llevó a Kurt por el laboratorio, que desentonaba totalmente con el viejo complejo de túneles. Estaba muy iluminado y lleno de equipos modernos, incluidas centrifugadoras, incubadoras y microscopios. El suelo, las paredes y el techo estaban recubiertos por un brillante plástico antiséptico, fácil de esterilizar si se producía algún accidente. Ya en el centro del laboratorio, se dirigieron hasta una esclusa neumática con paredes de cristal que encerraba una zona más pequeña.

Golner se acercó a la esclusa y levantó la mano hacia el teclado.

—Cuidado —dijo Kurt, acercándose por detrás y clavándole la pistola en la espalda—. A menos que quieras sobrevivir sin el hígado.

El biólogo volvió a levantar las manos.

—No quiero morir.

—Veo que eres el primer no fanático que encontramos en este viaje.

Delante de la esclusa, Kurt se volvió para mirar a Joe y a Renata.

—Tenéis que desnudar a los guardas —dijo—, y poneros los uniformes de fajina. Me parece que vamos a tener que irnos de aquí rápidamente.

Sus compañeros dijeron que sí con la cabeza y llevaron a Zia y a los dos hombres al fondo de laboratorio.

Kurt miró al biólogo.

—Despacio —ordenó.

El hombre tecleó un código y la esclusa se abrió con un leve silbido. Entró, seguido por Kurt.

Kurt esperaba encontrar estantes refrigerados, iluminados desde atrás y llenos de pequeños frascos y tubos de ensayo quizá etiquetados con algún símbolo de riesgo biológico. Sin embargo, entraron por una segunda puerta a un ambiente grande, en plena cueva, con suelo de tierra. Dentro hacía un calor sofocante y todo estaba más seco que una pasa, iluminado por unas lámparas rojas abrasadoras. Parecía la superficie de Marte.

En la sala de control principal, lejos del laboratorio, Shakir, Hassan y Alberto Piola miraban una hilera de pantallas que cubrían toda una pared. Las pantallas mostraban la red interconectada de bombas, pozos y tuberías que sacaban agua del profundo acuífero y la descargaban en el Nilo.

En otra pared, tablas y diagramas representaban un proyecto diferente, para el que los hombres de Shakir habían tenido que cartografiar el laberinto de túneles que tenían alrededor.

—Me asombra este lugar —dijo Piola—. ¿Qué extensión tienen los túneles?

—No lo sabemos bien —respondió Shakir—. No hemos terminado de explorarlos. Los faraones sacaban de aquí oro y plata, y después sal y natrón. Nos falta investigar todavía cientos de túneles, por no hablar de las fisuras y las recámaras del sistema de cuevas.

Piola nunca había estado allí. Había aceptado la mayoría de las promesas de Shakir de buena fe... junto con una buena cantidad de dinero en metálico.

—¿Y todo esto estaba inundado cuando lo encontraron?

—Sí, los niveles inferiores —dijo Shakir—. Empezamos a quitar el agua y descubrimos dibujos antiguos donde se indicaba que el agua brotaba de manera periódica. Así encontramos el acuífero, que aquí está muy cerca de la superficie, pero que se va hundiendo hacia el oeste.

La mirada de Piola se volvió más intensa.

—¿Así que el acuífero cubre todo el Sáhara?

—Mejor digamos que el Sáhara cubre el acuífero —insistió Shakir—. Pero, sí, hasta la frontera de Marruecos.

—¿Cómo puedes estar seguro de que no lo descubrirán o accederán a él otras naciones si perforan un poco más?

—No es fácil localizarlo, por razones geológicas —explicó Shakir—, aunque tarde o temprano lo harán. —Se encogió de hombros como si eso no tuviera importancia—. A esas alturas los habremos dominado, y gobernaremos un imperio que se extenderá desde el mar Rojo hasta el Atlántico. Marruecos también caerá. Mi control abarcará todo el norte de África, y tú y tus amigos tendréis acceso a todo... a un precio justo, claro.

—Claro —dijo Piola con una sonrisa. Ocultaba sus intereses en varias empresas de explotación petrolera, que se volverían muy lucrativas cuando empezaran a recibir contratos—. ¿Y cómo encontraste esta tumba? —preguntó—. Los arqueólogos seguramente habrán andado buscando algo parecido durante todo el último siglo.

—Sin duda —dijo Shakir—. Solo que sobre este sitio casi no existe documentación. Nos enteramos de él cuando un arqueólogo de la dirección del consejo de antigüedades nos trajo varios fragmentos de papiros. Eso nos llevó a buscar objetos que se habían llevado los franceses y los británicos, pero la clave la encontramos en el fondo de la bahía Abukir. Allí se relataba cómo Akenatón sacó los cuerpos de los viejos faraones de sus tumbas y los llevó a sitios nuevos, donde podrían ser iluminados por el sol naciente. Eso indignó a los sacerdotes de Osiris, que se vengaron de Akenatón robando de la cámara mortuoria los sarcófagos de los doce reyes y trayéndolos aquí antes de que llegaran los hombres de Akenatón.

—¿Y cómo descubrieron la Niebla Negra?

—Los indicios estaban en las tablillas de la bahía Abukir —explicó Shakir—. Los escritos nos llevaron al secreto de la Niebla. En ellos se decía que los sacerdotes de Osiris iban en barco una vez al año al País de Punt a buscar todo lo necesario para fabricar el suero. Lo tuvimos que modificar, por supuesto, pero eso nos llevó a descubrir maneras de mejorarlo.

—¿Por ejemplo?

Shakir soltó una risita.

—Alégrate de que no se me haya soltado la lengua y haya terminado contándotelo, Alberto. En ese caso habría tenido que arrojarte a los cocodrilos.

Piola levantó una mano.

—No importa. Espero que tu demostración haya bastado para convencer a nuestros amigos de que la resistencia solo los llevará a la muerte.

—Estoy seguro de que ha sido suficiente —dijo muy confiado Shakir—. Ahora la pregunta es esta: ¿qué pasará a continuación? Libia es díscola. Vendría muy bien que pudieras forzar en tu parlamento una votación para establecer un protectorado sobre el país cuando se haya desmembrado. Una operación conjunta egipcio-italiana nos permitiría imponer el orden.

—Necesitamos más votos —dijo Piola—. No podré conseguirlos sin ofrecer algo a cambio. Necesito otro cargamento de Niebla para reemplazar el que fue destruido en Lampedusa. Si logramos forzar a otros diez ministros, tendremos una votación favorable. Quizá hasta podremos formar un nuevo gobierno conmigo como primer ministro.

—Se está preparando una nueva partida —explicó Hassan—. Pero de nada servirá si Libia rechaza nuestra ayuda. Aunque parece que se tambalea, se niega a caer.

Shakir asintió.

—Necesitamos agravar su situación.

—¿Es posible hacerlo? —preguntó Piola—. Tengo entendido que se han cortado las principales fuentes de suministro de agua, pero algunas de las estaciones más pequeñas todavía producen algo. Y hay una enorme planta desalinizadora cerca de Trípoli que ha estado funcionando a pleno rendimiento.

—Haré que alguien la inutilice —dijo Shakir—. Y podemos sacar más agua del acuífero haciendo funcionar las bombas todo el tiempo y no por rachas. En veinticuatro horas, los libios no tendrán ni siquiera un vaso de agua que compartir, y mucho menos un vaso de agua por el que luchar.

—Eso los destrozará —admitió Piola.

Hassan dio su aprobación.

—Y eso nos dará una excusa para invadir el país. Es mucho mejor que vean a tus soldados trayendo agua a familias sedientas que invadiéndote con armas en la mano.

Shakir asintió con la cabeza. Habría miles de muertos más. Quizá decenas de miles. Pero el resultado final sería el mismo. Egipto dominaría Libia. Representantes egipcios controlarían Argelia y Túnez. Y Shakir los controlaría a todos.

—De acuerdo —dijo Piola—. Volveré inmediatamente a Italia.

Antes de que alguien pudiera intervenir, sonó un teléfono. Contestó Hassan. Habló brevemente y después cortó. Tenía una expresión seria.

—Llamaron de Seguridad de la planta hidroeléctrica —dijo—. Se ha producido un fallo. Han estado buscando a un intruso sin éxito. Pero acaban de descubrir que falta uno de los tranvías. Lo encontraron en el túnel, a treinta metros del punto de acceso a Anubis.

Shakir frunció los labios.

—Eso significa que el intruso no lo tienen ellos. Lo tenemos nosotros.


Kurt salió al paisaje marciano, resistiendo olas de calor de las relucientes lámparas rojas.

—Esta es nuestra incubadora —dijo Golner.

—¿Incubadora de qué? —Al mirar alrededor, Kurt no vio más que tierra desecada y centenares de montículos que sobresalían adoptando un orden geométrico preciso—. ¿Que cultivan aquí?

—No cultivamos nada —dijo el biólogo—. Todo esto está durmiendo. Hibernando.

—Muéstrame.

Golner llevó a Kurt hasta un lugar preciso, se apartó del sendero y se puso en cuclillas junto a uno de los montículos. Con una pala de jardinero apartó la tierra suelta y desenterró un terrón del tamaño de una pelota. Quitó la tierra de la esfera y después empezó a sacarle una capa.

Kurt casi esperaba ver salir a una criatura alienígena retorciéndose. Pero dentro de la capa lo que había era una rana hinchada o sapo a medio momificar.

—Esta es la rana toro africana —explicó el biólogo.

—Vi centenares de ellas en las catacumbas.

—Esta está viva —dijo el biólogo—. Solo que aletargada. Hibernando, como dije.

Kurt se quedó pensando. En climas más fríos, los animales hibernaban en el invierno, pero en África aletargarse era una manera de sobrevivir a las sequías.

—¿Hibernando? —repitió Kurt—. ¿Porque la enterraste en el barro y pusiste calor?

—Exacto. El exceso de calor y la falta de humedad llevan a las ranas a entrar en modo de supervivencia. Se entierran en el barro y desarrollan capas de piel nuevas, que se secan y las aíslan como un capullo. Sus cuerpos se aletargan y su corazón casi deja de latir y permanecen sepultadas, solo con los orificios nasales abiertos para poder respirar.

Kurt estaba asombrado.

—¿De esto viene la Niebla Negra? ¿De ranas toro aletargadas?

—Me temo que sí.

—¿Cómo es el proceso?

—En respuesta a la sequedad —explicó Golner—, las glándulas de los cuerpos de las ranas producen un cóctel de enzimas, una compleja mezcla de sustancias químicas que inducen inactividad en el nivel celular. Solo la parte más básica del cerebro permanece activa.

—Como un cerebro humano en estado comatoso.

—Sí —dijo el biólogo—. La situación es casi idéntica.

—Entonces, lo que tú y tu equipo hicisteis fue extraer de las ranas ese cóctel químico y modificarlo para que actuara sobre la biología humana.

—Ajustamos las sustancias químicas para que surtieran efecto en especies de mayor tamaño —explicó Golner—. Por desgracia, eso reduce su durabilidad. A temperaturas bajo cero se conserva por tiempo indefinido. Pero a temperatura ambiente pierde su eficacia a las ocho horas. Al liberarlo en el aire, se disipa en dos o tres horas, reducido a simples componentes orgánicos.

—Por eso no encontraron rastros del producto en Lampedusa —insistió Kurt.

Golner asintió.

—Es un arma de vida muy corta —señaló Kurt.

—No pretendía ser un arma. Al menos al principio. Era un tratamiento. Una manera de salvar vidas.

Kurt no creía eso, pero dejó que el hombre siguiera explicando.

—¿De qué manera?

—Los médicos inducen todo el tiempo comas farmacológicos. En víctimas de traumatismos, en víctimas de quemaduras y en quienes han sufrido tremendas heridas. Es para permitir que el cuerpo se cure. Pero son fármacos muy peligrosos. Dañan el hígado y los riñones. Este fármaco sería natural y por tanto menos dañino.

Parecía al mismo tiempo un creyente devoto y alguien que intentaba convencerse.

—Lamento tener que decirlo, Brad, pero te han dado gato por liebre.

—Ya lo sé —respondió Golner—. Tendría que haberme

dado cuenta. Todo el tiempo hacían preguntas relacionadas con su aplicación. ¿Se la podía disolver en el agua? ¿Se la podía soltar en el aire? No había ninguna razón médica para hacer esas preguntas. Solo las armas se distribuyen de esa manera.

—Entonces ¿por qué seguisteis trabajando en eso?

—Algunos compañeros que hicieron preguntas desaparecieron enseguida —dijo Golner.

Kurt comprendió.

—He visto cómo trata Shakir a quienes lo contradicen. Mi intención es acabar con eso.

—No será fácil —dijo Golner con tristeza—. Pronto se automatizará todo el proceso. Ni siquiera me necesitarán a mí. —Volvió a meter la rana toro en el agujero de la tierra—. Acompáñame.

Atravesaron otra esclusa neumática y salieron a un laboratorio de investigación típico. Limpio, oscuro y tranquilo, repleto de refrigeradores y mesas sobre las que giraban lentamente pequeñas centrifugadoras.

Brad Golner revisó la primera y después la segunda.

—El nuevo lote aún no está listo —dijo, yendo de una centrifugadora a uno de los refrigeradores de acero inoxidable. Abrió la puerta y de dentro brotó un fresco vapor. Metió la mano y sacó unas ampollas del congelador, las puso en una caja de espuma de poliestireno y colocó alrededor compresas frías.

—Se dispone de unas ocho horas hasta que supera la temperatura crítica. Después, no sirve para nada.

—¿Cómo tengo que usarlo?

—¿Usarlo? ¿A qué se refiere?

—Para reanimar a los habitantes de Lampedusa —dijo Kurt—. Los que Shakir puso en coma.

Golner negó con la cabeza.

—No —se apresuró a decir—. Esto no es el antídoto. Esto es la Niebla Negra.

—Necesito el antídoto —explicó Kurt—. Estoy tratando de despertar a la gente, no de dormirla.

—No lo hacen aquí —dijo Golner—. No nos permiten hacerlo. De lo contrario, tendríamos demasiada información. Nos convertiríamos en una amenaza.

Para Shakir, otra manera de mantener a su gente desprevenida y sumisa, pensó Kurt.

—¿Sabes en qué consiste?

Golner volvió a negar con la cabeza.

—Quizá no lo sepas —dijo Kurt—. Pero puedes tener alguna idea al respecto.

—Tendría que ser alguna forma de...

Antes de que el biólogo pudiera terminar la frase, la puerta que tenían a la espalda se abrió de golpe. El resplandor rojo del ámbito marciano de incubación se derramó en la zona de almacenamiento. Kurt supo que no eran Joe ni Renata. Se zambulló hacia un lado, agarrando a Golner y tratando de ponerlo a salvo.

Su rapidez no fue suficiente. Resonaron varios disparos. Una bala rozó el brazo de Kurt y otras dos dieron de lleno en el pecho del biólogo.

Kurt lo arrastró y lo metió detrás de una de las mesas de las centrifugadoras. Golner casi no podía respirar. Parecía que intentaba decir algo. Kurt acercó el oído.

—... Las pieles... metidas en un envase hermético... sacadas cada tres días...

Golner se puso tenso, como si hubiera sentido una nueva ola de dolor, y entonces su cuerpo se relajó y dejó de moverse.

—Kurt Austin —tronó una voz mucho más fuerte en la puerta abierta.

Kurt siguió en el suelo, detrás de la mesa. Así no lo veían, pero la madera de la mesa no podría detener una bala. Esperaba recibir el disparo en cualquier momento. Pero no ocurría. Quizá los hombres no querían disparar en medio de aquel laboratorio lleno de toxinas.

—Estoy en desventaja —gritó Kurt.

—Y así seguirás —respondió la voz.

Kurt echó una ojeada desde la esquina de la mesa. Vio un trío de siluetas en la puerta. Supuso que la del centro era Shakir, pero con el resplandor rojo del ámbito de incubación iluminándolos por la espalda, los tres hombres parecían en realidad el diablo y sus secuaces, que habían llegado para cobrar alguna deuda pendiente.

# 51

—Tú debes de ser el gran Shakir —gritó Kurt.

—¿El gran? —dijo su adversario—. Bueno... Sí. Me gusta cómo suena eso.

Kurt todavía no podía verlo con claridad; solo percibía que era alto y delgado, y estaba flanqueado por dos hombres con rifles.

—Ahora puedes levantarte —dijo Shakir.

—Prefiero no hacerlo —contestó Kurt—. Sería un blanco demasiado fácil.

Kurt todavía tenía una pistola. Pero estaba tendido en el suelo. Y con, por lo menos, dos rifles apuntándole, no vencería en un tiroteo aunque lograra disparar una o dos veces.

—Confía en mí —dijo el hombre—. Donde estás, podemos acribillarte con facilidad. Ahora, arroja el arma hacia nosotros y levántate despacio.

Simulando coger la pistola, Kurt deslizó las ampollas refrigeradas en el bolsillo impermeable y cerró la cremallera. Cuando sacó la mano para que todos la vieran, empuñaba la pistola. La dejó en el suelo de hormigón y la empujó por el suelo. El arma fue resbalando hasta que Shakir la detuvo con la bota.

—Arriba —dijo Shakir, acompañando la orden con un ademán.

Kurt se levantó despacio, sin saber por qué no le habían disparado. Quizá querían saber cómo había descubierto ese lugar.

—¿Dónde están tus amigos? —preguntó Shakir.

—¿Amigos? —respondió Kurt—. No tengo amigos. Es una historia muy triste. Todo empezó en mi infancia...

—Sabemos que llegaste con otras dos personas —dijo Shakir, interrumpiéndolo—. Las mismas con las que has estado trabajando.

Kurt no sabía dónde podían estar Joe y Renata. Se alegró de que no fuera en poder de Shakir. Debían de haber percibido que corrían peligro y se habían ocultado en algún sitio. En el improbable caso de que estuvieran siguiendo sus órdenes y tratando de ponerse a salvo, Kurt quería despistar a Shakir.

—La última vez que los vi andaban buscando el servicio. Demasiado café. Ya sabes cómo va eso.

Shakir se volvió hacia el hombre que tenía a la izquierda.

—Revisa las bombas, Hassan —dijo—. No quiero que nada las afecte.

—Ah, sí —dijo Kurt—. Tú y tus bombas. Gran idea eso de falsificar la planta hidroeléctrica y usarla para ocultar lo que están haciendo. Eso, de todos modos, no funcionará durante mucho tiempo. Cualquiera con un poco de cerebro y conocimientos básicos de ingeniería que eche una ojeada a tu hidrocanal ve que sale más agua de la que entra.

—Sin embargo, nadie nos ha dicho nada. Y tú, hasta ahora, no te habías dado cuenta.

Kurt se encogió de hombros.

—Dije alguien con cerebro. Hay por ahí personas mucho más listas que yo.

Shakir le indicó por señas que se adelantara.

—No importa —dijo—. Todo esto terminará pronto. Y entonces dejaremos de bombear el agua. Y la planta hidroeléctrica cumplirá su función original. Y nadie se enterará de que había servido para otra cosa. Para entonces, llevarás mucho tiempo muerto. Y Libia, igual que el resto del norte de África, formará parte de mis dominios.

Kurt se adelantó de mala gana.

—Las manos.

Kurt las bajó y juntó las muñecas. Shakir hizo una seña a Hassan, que se acercó, se las ató con una brida y apretó con fuerza.

—¿Por qué hacen todo esto? —preguntó Kurt mientras lo llevaban atravesando el sitio de incubación.

—Por el poder —dijo Shakir—. Por la estabilidad. Habiéndolo ejercido durante décadas, y habiendo visto el caos que genera su ausencia, yo y otros que piensan como yo hemos decidido volver a poner las cosas en su lugar. Deberías agradecer que tu país prefiera tratar conmigo y con quien acate mis órdenes antes que con un hatajo de facciones en pugna. Eso facilitará mucho las cosas.

—¿Las cosas? —dijo Kurt cuando estaban llegando a la esclusa neumática—. ¿Como matar a cinco mil isleños en Lampedusa? ¿O dejar que miles de libios que nada tienen que ver contigo mueran de sed o por causa de la violencia de otra guerra civil?

—Lampedusa fue un lamentable accidente —dijo—. Lamentable sobre todo porque te hizo entrar en mi mundo. En cuanto a Libia, la muerte masiva funcionará como impulso. Cuanto peor sea, más rápido terminará. La guerra siempre ha exigido derramamiento de sangre —dijo Shakir con regocijo—. Eso lubrica las ruedas del progreso.

Atravesaron la esclusa. Al otro lado esperaban más guardas con uniforme negro. Uno de ellos se adelantó, agarró a Kurt de las muñecas, lo arrastró hasta un quad y lo arrojó sobre la parte trasera. Había dos guardas en la parte delantera.

—Llévalo a...

Las palabras de Shakir fueron ahogadas por el repentino gruñido del motor cuando el guarda que iba en el asiento del conductor hizo girar la llave y pisó el acelerador.

Al moverse la ruedas, Kurt casi fue arrojado del vehículo.

El quad se metió por el túnel, dejando a un grupo estupefacto.

—¡Son ellos! —oyó Kurt que gritaba alguien.

Retumbaron disparos en la cueva y saltaron chispas de las paredes, pero las balas no acertaban a la presa. Kurt se aferraba al quad y se agachaba todo lo posible mientras seguían las descargas hasta que dieron la vuelta a la primera curva.

Kurt miró hacia delante y vio a Joe y Renata vestidos con los uniformes que les habían quitado a los hombres de Shakir. Renata llevaba el pelo recogido debajo de una gorra.

—¿Qué te parece el rescate? —gritó Joe.

—Un gran comienzo —dijo Kurt mientras volaban por el túnel.

Y solo era el comienzo, porque unos segundos más tarde se encendieron, detrás de ellos, las luces de otros dos quads similares.

—¡Agarraos fuerte, muchachos! —gritó Renata—. Les voy a mostrar cómo se conduce en las montañas de Italia.

Renata tenía pie de plomo y manos rápidas al volante. Derrapó en una curva, rebotó en una pared y después derrapó en otra curva antes de meterse en una larga recta.

Los vehículos que los seguían tomaron las curvas con más precaución y cuando llegaron al nuevo túnel habían perdido un terreno considerable. Respondieron con más disparos.

Kurt agachó la cabeza, pero los baches del camino impedían afinar la puntería. Hacía falta mucha suerte para acertar, y eso les garantizaba cierto grado de seguridad.

—¿Cómo lo hicisteis? —gritó Kurt—. Creía que os habíais ido hace rato.

—Nos estábamos cambiando de ropa cuando oí un alboroto —dijo Joe—. Miré y vi que ese tal Shakir estaba dando órdenes a todos esos hombres con ropa de fajina negra. Así que nos metimos en la fila.

—Eres un genio —dijo Kurt—. Me parece que te debo otro favor.

Corrían ahora por un túnel más estrecho, que los apretaba por ambos lados. Un bache grande los hizo saltar por el aire, y por un instante la barra antivuelco golpeó contra el techo bajo.

Unos segundos más tarde habían llegado a un callejón sin salida.

—¡Cuidado!

Renata pisó el freno y el quad patinó hasta detenerse. Puso marcha atrás y retrocedió hacia sus perseguidores y entonces viró y se metió por un túnel lateral que había visto al pasar. Pisó de nuevo el freno, hizo girar el manillar y aceleró. El quad arrancó metiéndose en el nuevo túnel y atravesando un campo de escombros.

Resultó ser un enorme espacio abierto, quizá explotado durante décadas. Además, no tenía ninguna otra salida.

—Tenemos que retroceder —gritó Renata mientras las luces de los faros recorrían la inhóspita pared.

Dio media vuelta mientras las luces de los vehículos que los perseguían aumentaban en la entrada.

—De esta no saldremos con vida —dijo Joe.

Renata se detuvo un lado y apagó los faros. Siguió inmóvil mientras el primer quad aparecía por la entrada y bajaba ruidosamente por la pendiente cubierta de piedras. Las luces siguieron en línea recta mientras Renata, Kurt y Joe permanecían escondidos en la oscuridad.

Apareció el segundo quad. En cuanto se produjo un hueco, Renata pisó el acelerador y apuntó a la salida. A medio camino, encendió los faros.

El eje de transmisión protestaba cada vez que los neumáticos giraban en el vacío o mordían algo de repente. Entraron en el túnel y empezaron a deshacer el camino por el que habían llegado.

Los vehículos que los perseguían no se daban por vencidos y se metieron con rapidez en el túnel y empezaron a acortar de nuevo la distancia.

—Joe —gritó Kurt—. Desátame.

Joe se volvió y aferró los brazos de Kurt. Sosteniéndolos con la mayor fuerza posible, metió un cuchillo por debajo de la brida y tiró. El plástico se rompió y Kurt recuperó la libertad.

Entonces abrió la cremallera del bolsillo impermeable de la parte frontal del traje isotérmico y sacó la caja de ampollas refrigeradas. La abrió y sacó una.

—¿Es eso lo que me parece?

—Niebla Negra —dijo Kurt.

Se oyeron más disparos.

—Y ahora, ¿qué?

—Llegó la hora de la siesta para quienes nos persiguen.

Kurt arrojó la ampolla hacia atrás, apuntando a la pared lo más lejos posible del vehículo. La ampolla se hizo añicos y esparció el contenido por el túnel, eclipsando por un momento el resplandor de los faros de los quads que los perseguían.

Al atravesar la Niebla, los faros del vehículo delantero cambiaron bruscamente de rumbo y chocaron contra la pared. El quad rebotó y volcó. El que venía detrás se incrustó contra él, arrojando de los asientos a los pasajeros, que quedaron esparcidos por el túnel y ya no se levantaron.

Renata siguió pisando el acelerador y pronto se alejaron de los vehículos accidentados.

—Qué práctico, ese producto —comentó Joe.

—No podemos usarlo todo —dijo Kurt—. Necesitamos llevarlo al laboratorio para que lo analicen.

—¿Por eso está envasado en frío?

—El hombre me dijo que duraba ocho horas antes de perder las propiedades.

—Qué amable —afirmó Joe.

—No era un mal tío —señaló Kurt—. Solo que no controlaba la situación.

Más adelante, el túnel se bifurcaba. En el ramal curvo de la izquierda apareció el reflejo de unas luces.

—El tráfico siempre se pone denso cuando menos falta hace —dijo Renata.

Se metió por el túnel de la derecha, que también se bifurcaba y los condujo a otro túnel mucho más ancho. Ese túnel también tenía varios ramales, unos que subían y otros que bajaban.

—Esta debe de ser la arteria central —dijo Joe.

—Yo sugiero que, siempre que podamos, vayamos hacia arriba —señaló Kurt—. Supongo que en algún sitio esta mina tendrá una salida.

—¿Dices que no volvamos a la tubería? —preguntó Renata.

—Ahora va a estar vigilada —respondió Kurt—. Si no encontramos otra salida, pasaremos aquí una eternidad, como los faraones, los cocodrilos y las ranas.

# 52

Edo estaba en la cubierta de la pequeña embarcación, observando las aguas del Nilo con las gafas de visión nocturna. Hacía horas que Joe y sus amigos habían partido hacia el edificio de Osiris.

El helicóptero había despegado del complejo hacía cuarenta y cinco minutos. El caudal de agua que salía por el extremo del hidrocanal había aumentado hasta transformarse en un torrente, pero ellos seguían sin aparecer.

La preocupación de Edo aumentaba a medida que pasaban los minutos. Pensaba en su amigo, es cierto, pero como militar no desconocía los peligros de un ataque fracasado. Uno se volvía vulnerable a un contraataque.

Si capturaban a alguno de ellos, lo torturarían hasta hacerlo confesar. Tarde o temprano aparecería el nombre de Edo. Eso lo pondría en situación de peligro. Peligro de muerte, arresto, prisión. Y aunque no fuera algo tan nefasto, tendría que volver por lo menos al punto de partida: a depender de su cuñado, a un trabajo que detestaba y que le impedía ser libre.

Curiosamente, ese destino parecía mucho peor que los demás.

Decidió que había llegado la hora. Empezó a hacer llamadas. Llamadas que debía haber hecho en el momento de la visita de Joe. Al principio, los amigos no le prestaron atención.

—Tienes que entender —le contó a uno que ahora pertenecía a la agencia antiterrorista egipcia— que todavía me entero de cosas. Todavía tengo contactos que no se atreven a hablar con personas como tú. Me cuentan que Shakir va a atacar a los europeos. Que provocó el incidente de Lampedusa. Que él y Osiris están detrás de todo lo que pasa en Libia. Tenemos que intervenir, porque de lo contrario Egipto como nación no sobrevivirá.

Los hombres con los que hablaba era muy distintos: ex comandos, miembros actuales del ejército, amigos que habían entrado en la política. A pesar de eso, sus respuestas eran muy parecidas.

Claro que Shakir y Osiris son un peligro, decían, pero ¿qué esperas que hagamos?

—Necesitamos entrar en la planta —decía Edo—. Si logramos demostrar lo que están haciendo, el pueblo nos acompañará y los militares volverán a salvar el país.

A eso seguía un cerrado silencio, pero poco a poco esos hombres empezaron a entender su postura.

—Debemos actuar ya —insistía Edo—. Antes de que salga el sol. Por la mañana será demasiado tarde.

Uno por uno, empezaron a apoyarlo.

Un coronel a cargo de un grupo especial de comandos comprometió su ayuda. Varios políticos insistieron en que acompañarían su decisión. Un amigo que todavía trabajaba en seguridad interna aceptó enviar a un grupo de agentes con el equipo de comandos.

Edo estaba emocionado por el apoyo. Si todo funcionaba, si lograba sumar las tropas a su movimiento, se transformaría en un héroe del nuevo Egipto. Si lograba también detener el baño de sangre en Libia, su nombre cobraría fama también en todo el norte de África. Sería una leyenda. Podría, incluso, llegar a ser el próximo líder de su país.

—Comunícate conmigo cuando tus hombres estén preparados —dijo Edo—. Yo mismo me pondré al frente.

En las profundidades del nido de túneles subterráneos, a ocho kilómetros de la planta hidroeléctrica, Tariq Shakir apenas lograba contener su indignación. Estaba furioso por el fracaso que acababa de presenciar, avergonzado delante de sus propios hombres y dispuesto a desquitarse con alguien. El blanco más fácil era Hassan.

Shakir estaba tentado de pegarle un tiro allí mismo, pero lo necesitaba para coordinar la búsqueda.

—Tienes que encontrarlos.

Hassan entró en acción, organizando la búsqueda y pidiendo refuerzos. Los quads que estaban allí al lado se alejaron con rapidez por el túnel. Cuando llegaron más hombres, Hassan los mandó en la misma dirección.

Unos minutos más tarde, el conductor de uno de los quads regresó y dijo algo a Hassan antes de partir de nuevo.

—¿Y bien? —exigió Shakir—. ¿Qué noticias hay?

—No encuentran rastros de los intrusos, pero aparecieron dos de nuestros quads accidentados. No se sabe por qué chocaron. Cuando dos integrantes del equipo se acercaron a investigar, se desplomaron.

—La Niebla Negra. Tienen la Niebla Negra —dijo Shakir—. ¿Dónde ocurrió eso?

—A cinco kilómetros de aquí, en el túnel 19.

Shakir consultó el mapa.

—El 19 no tiene salida.

Hassan asintió; era lo que le había informado el conductor.

—Todo indica que nuestros quads venían hacia aquí cuando chocaron. A poca distancia de ese sitio, el túnel se bifurca. Dado que los intrusos no pasaron por aquí, deben de haber subido hasta la sala principal.

—La sala principal —señaló Shakir— es como el tronco de un roble grande. De ella salen por lo menos cincuenta túneles. Y docenas más de cada uno de los ramales.

Hassan asintió de nuevo.

—Ahora podrían estar en cualquier sitio.

Shakir se levantó, corrió hacia Hassan, lo agarró del cuello y lo golpeó contra la pared de la cueva.

—Tres veces has tenido la oportunidad de matarlos. Tres veces has fallado.

—Shakir —suplicó Hassan—. Escúchame.

—Que tus hombres los busquen. Que participen todos.

—No los encontraremos nunca —gritó Hassan.

—¡Tienes que hacerlo!

—Será un derroche de mano de obra —exclamó Hassan—. Conoces tan bien como yo lo extensos que son esos túneles. Como le has contado a Piola, hay literalmente miles de túneles y de espacios, cientos de miles de pasillos, muchos de los cuales ni siquiera figuran en nuestros mapas.

—Contamos con doscientos hombres para salir a buscarlos —dijo Shakir.

—Y cada grupo actuará solo —señaló Hassan—. Las radios aquí abajo no funcionan. No podrán comunicarse entre ellos ni con nosotros. No habrá manera de coordinar la búsqueda ni de medir el avance.

—¿Me estás diciendo que dejemos escapar a los intrusos? —rugió Shakir.

—Sí —replicó Hassan.

A pesar de la ira ciega, Shakir sintió que había que escuchar a Hassan.

—¡Explícate!

—La mina solo tiene cinco salidas —dijo Hassan—. Dos de las cuales están ocultas debajo de estaciones de bombeo dirigidas por los nuestros. Las otras tres se pueden vigilar con facilidad. Antes que perseguirlos por el laberinto, conviene colocar grupos bien armados en cada abertura y esperar a que aparezcan por una de ellas. Poner uno de nuestros helicópteros misilísticos en el aire. Poner dos o tres, si quieres.

Ante la sensatez del plan, Shakir soltó a su lugarteniente.

—¿Y si resultara que hay más salidas? ¿Portales que aún no hemos encontrado?

Hassan negó con la cabeza.

—Hemos estado levantando un mapa de esta zona durante todo el año pasado. Las probabilidades de que encuentren alguna vía de escape que no hayamos descubierto son muy escasas. Lo más probable es que se pierdan y mueran antes de dar con una salida. Si descubren algún pozo conectado con la superficie que a nosotros se nos haya escapado, acabarán en el Desierto Blanco, donde serán presa fácil para nuestras unidades de reconocimiento. Y si llegan a alguna de las salidas conocidas, nuestros hombres estarán allí esperando para abatirlos.

—No —corrigió Shakir—. Quiero que se los masacre. Y después quiero ver con mis propios ojos sus cuerpos acribillados.

—Daré la orden —insistió Hassan, alisándose la chaqueta.

—De acuerdo —dijo Shakir—. Pero te aconsejo, Hassan, que no vuelvas a fallarme. No te gustarán las consecuencias.

# 53

Renata siguió conduciendo como si estuviera en el autódromo de Sebring hasta que el túnel empezó a estrecharse y el camino se fue llenando de obstáculos. Redujo la velocidad y trató de avanzar, pero el espacio entre el techo y los escombros era cada vez más escaso, hasta que el quad no pudo pasar.

Renata miró hacia atrás y empezó a retroceder.

—Tranquila —dijo Kurt, viendo que ella estaba a punto de pisar el acelerador marcha atrás—. Me parece que los hemos perdido.

Un vistazo al túnel que acababan de recorrer lo confirmó. No los seguía ninguna luz. Renata apagó el motor y la oscuridad y el silencio se fundieron en una sola cosa.

—No son ellos los únicos perdidos —dijo, abatida—. No vamos a encontrar nunca la salida. Ni siquiera sé dónde estamos en relación con el punto de partida.

—No estamos perdidos —dijo Kurt en tono jovial—. Lo que tenemos por el momento es una carencia localizativa y un déficit direccional.

Renata lo miró un segundo y después se echó a reír.

—¿Localizativa? —preguntó Joe.

—Buena palabra —respondió Kurt—. Búscala.

Renata soltó el freno y dejó que el quad retrocediera por la pendiente hasta la zona más llana del túnel.

Joe saltó del vehículo.

—Voy a ver qué hay detrás de la pila de piedras.

Con el quad detenido, Kurt bajó y caminó hasta la parte delantera del vehículo.

—Hiciste un trabajo fantástico. ¿Dónde aprendiste a conducir así?

—Me enseñó mi padre —dijo Renata—. Tendrías que ver por qué caminos de montaña andaba incluso antes de tener carnet de conducir.

Kurt sonrió.

—Quizá puedas enseñarme cuando hayamos terminado todo esto.

Para entonces, Joe había llegado a la cima de la pila de piedras. Estaba acostado boca abajo, apuntando con la linterna hacia la cavidad que se extendía más adelante.

—Hay aquí algo interesante —dijo.

—¿Has descubierto o no la salida? —preguntó Kurt.

—Me parece que hemos encontrado la flota de coches —respondió Joe.

Kurt frunció el ceño.

—¿De qué estás hablando?

—Ven aquí —dijo—. Te gustará verlo con tus propios ojos.

Kurt y Renata subieron por la pila y se agacharon junto a Joe. Al sumar la luz de sus linternas, vieron una sala grande, abierta, llena de extraños automóviles. Las máquinas tenían capós largos y chatos, pero no techo, y se asentaban sobre enormes ruedas y neumáticos casi tan altos como el capó y el baúl. Por los lados tenían sujetos bidones y herramientas, y entre el asiento delantero y el trasero había, instaladas, pesadas ametralladoras.

—¿Qué son? —preguntó Renata—. ¿Humvees?

Tenían un ligero parecido.

—Más bien antepasados de los Humvees —dijo Joe—. Parecen de la Segunda Guerra Mundial.

Kurt fue el primero en adelantarse. Agachando la cabeza, bajó de la pila de piedras hasta el siguiente tramo de la cueva.

—Echemos un vistazo.

El espacio abierto tenía el tamaño de un pequeño hangar. Dentro había estacionados siete de aquellos extraños vehículos. En algunos sitios, las paredes habían sido reforzadas con hormigón. Y por todo el espacio, de manera esporádica, columnas de acero sostenían el techo apoyadas arriba y abajo en piezas chatas.

Aquellos vehículos tenían un aire agresivo. El capó inclinado y los enormes neumáticos dejaban claro que estaban hechos para circular lejos de las carreteras y para andar por arena blanda. Sin moverse, parecían rápidos. El blindaje de la parte trasera tenía una rejilla de ventilación para permitir que el aire enfriara el motor.

Kurt se agachó junto a uno y frotó con el dedo el polvo que cubría la superficie lateral. La pintura era de color leonado, el pardo normal del desierto. Al raspar más, aparecieron unos números y después una pequeña bandera. Verde, blanca y roja, con un águila plateada en el centro. Era la tricolor italiana. El águila plateada indicaba que era una bandera de guerra.

—Son italianos —dijo Kurt.

—¿De veras? —preguntó Renata, sorprendida.

Una segunda bandera atrajo la atención de Kurt. Sobre el centro de un fondo negro había un extraño dibujo: un manojo de varas envolviendo un hacha. En la parte superior del hacha había una cabeza de león.

Renata se agachó a su lado y apuntó también con la linterna.

—La bandera de los fascistas —dijo, al reconocerla—. Esto perteneció a Mussolini.

—¿Personalmente? —preguntó Kurt.

—No —dijo Renata—. Quiero decir que formaban parte de una unidad del ejército. Como señaló Joe, de la Segunda Guerra Mundial.

—Saharianas —gritó Joe desde el otro lado del vehículo.

—*Gesundheit* —exclamó Kurt.

—No fue un estornudo —dijo Joe—. Así llamaban a esas camionetas. Eran para reconocimiento de largo alcance. Se las usaba en todo el norte de África. Desde Tobruk hasta El Alamein y en todos los sitios intermedios.

—¿Qué hacen aquí, tan al este? El ejército italiano nunca llegó tan cerca de El Cairo.

—Quizá estos vehículos formaban parte de un equipo de avanzada —dijo Joe—. Para eso estaban diseñados: para exploración y reconocimiento.

Recorrieron el sitio buscando otras pistas, y encontraron repuestos, bidones vacíos, armas y herramientas.

—Aquí —dijo Renata.

Kurt y Joe la encontraron en un rincón, detrás de dos de los coches. Delante de ella había un cuerpo tendido, vestido con ropa de fajina del ejército italiano de la época. Yacía sobre un polvoriento petate.

Desecado por el ambiente desértico, aquel rostro estaba increíblemente descarnado y una mano esquelética, cubierta todavía por piel correosa, se apoyaba en la culata de una pistola. Junto al cuerpo había una pequeña pila de cenizas y papeles parcialmente quemados.

Kurt rebuscó entre ellos y descubrió uno con una parte legible. Estaba escrito en italiano, así que se lo entregó a Renata.

—Órdenes —dijo ella—. Parece que los estaba destruyendo.

—¿Entiendes algo de lo que dice?

—«Asedia y subvierte —dijo ella, alumbrando el papel descolorido con la linterna—. Crea caos antes de...» No puedo leer más.

—Órdenes a un combatiente.

Renata devolvió los papeles quemados a Kurt y cogió un pequeño libro que había junto a la pila de ceniza. Lo abrió. Un diario personal. La mayoría de las páginas habían sido arrancadas. Las que quedaban estaban en blanco, salvo por una nota de despedida a una mujer llamada Anna-Marie.

—«Casi no queda agua. Llevamos aquí tres semanas. No tenemos noticias, pero debemos suponer que los ingleses han rechazado a Rommel. Algunos de los chicos quieren, de todos modos, salir a luchar, pero yo los envíe a casa. ¿Por qué habrían de morir inútilmente? Los soldados, por lo menos, se rinden. A nosotros, si nos detienen, nos fusilarán por espías.»

—No entiendo por qué creían que los fusilarían —dijo Joe—. A mí me parece un soldado común y corriente.

—Quizá porque estaban muy por detrás de las líneas enemigas —dijo Kurt.

—¿Cómo hizo entonces para enviar a casa a sus soldados? —preguntó Joe—. ¿Y por qué dejó aquí los coches?

Renata ojeó el resto de los papeles. No encontró nada que diera respuesta a esa pregunta.

—¿Dice alguna otra cosa?

—La letra es casi indescifrable —dijo Renata—. «Los Spitfire pasan por encima todos los días... Hasta ahora no me han encontrado, pero no tengo esperanzas de huir sin ser detectado. He volado el túnel. Los ingleses no se quedarán con nuestros corceles. Mala suerte. Podríamos haber marcado la diferencia. Tendríamos que haber traído menos combustible y más agua. Se me cierra la garganta. Sangro por la nariz y por la boca. Usaría la pistola para acabar con esta agonía, pero eso es pecado mortal. Ojalá pudiera dormir y no despertar. Pero, cada vez que se me cierran los ojos, no hago otra cosa que soñar con agua fría. Me despierto tan sediento como siempre. Moriré aquí. Moriré de sed.»

Renata cerró las notas.

—Esa fue la última entrada.

Kurt respiró hondo. El misterio de la base oculta y de los viejos vehículos todoterreno tendría que esperar. Ellos contaban con sus propios problemas, y Kurt sintió que la carta del soldado los había desarmado.

—La buena noticia —anunció— es que, para haber metido aquí esos vehículos, debe de haber una salida cerca. La mala es que, aparentemente, nuestro valiente amigo la destruyó para que los ingleses no la encontraran.

—Si diéramos con esa salida, quizá podríamos construir un túnel y salir —dijo Renata.

—Quizá —comentó Kurt—. Pero no estoy seguro de que sea esa la mejor idea.

Los otros dos lo miraron como si estuviera loco.

Kurt señaló con la cabeza el cuerpo del soldado italiano.

—Estaba preocupado por los Spitfire. Nosotros no nos tenemos que preocupar por nada similar. Si te fijas, nuestros perseguidores parecen haber abandonado la cacería. Y para eso solo veo dos razones. Que no hay salida de aquí o que sí la hay y Shakir y sus hombres nos esperan en ella, relamiéndose como el lobo junto a la madriguera del conejo.

Joe ofreció una solución.

—Lo que sobra aquí son armas, municiones y explosivos. Si pudiéramos hacer funcionar una de estas cosas y usar los explosivos para abrirnos paso, quizá podríamos atravesar el bloqueo. Si nos esperan al otro lado, seguramente creerán que vamos a salir en uno de esos quads y no en un vehículo blindado y artillado.

—Sería muy agradable sorprenderlos con eso —dijo Kurt—. Pero ya les hemos hecho bastante daño. Saben que tenemos la Niebla Negra. No les queda alternativa. Tu amigo Edo nos dijo que cuentan con un ejército privado. Eso puede significar tanques, helicópteros, aviones... ¿quién sabe? Ni siquiera con uno de estos coches blindados a nuestra disposición tendremos posibilidades.

Joe asintió, pensativo.

—Además, pienso en la situación libia —prosiguió Kurt—. Ciudades enteras que sufren de sed. Cientos de miles sin agua. Muchos de ellos sufrirán y morirán exactamente como murió este soldado.

—No es que haya muertes buenas —dijo Renata—. Pero morir por falta de agua es atroz. Los órganos dejan de funcionar, los ojos se apagan, pero el cuerpo no se rinde y trata de aferrarse a la vida.

Kurt asintió.

—Si regresamos por donde vinimos, llevando algunos de estos explosivos, quizá podamos volar la tubería o apagar las bombas.

A Joe pareció gustarle la idea. Pero siempre estaba dispuesto a seguir a Kurt adonde fuera.

—Lo cierto es que no esperarán una acción de ese tipo.

—¿Y cómo haremos para llevar las muestras a un laboratorio? —preguntó Renata.

—Brad Golner —dijo Kurt— habló de que había otro laboratorio. Por tanto, aunque logremos encontrar la salida, abrirla con explosivos y huir de Shakir, todavía tendremos que llevar la toxina al equipo médico antes de que se degrade.

Renata añadió otra idea.

—Aunque lleguemos a tiempo al laboratorio, no hay ninguna garantía de que el examen de la Niebla permita al equipo encontrar un antídoto. En el mejor de los casos, aislarán el compuesto tóxico e iniciarán una serie de pruebas. Creo que, a menos que se produzca un milagro, tardarán por lo menos unos meses en tener una respuesta.

—Y según tus cálculos anteriores, a las víctimas de Lampedusa les quedan solo unos días —señaló Kurt.

Renata hizo una señal afirmativa.

—Algunos quizá ya estén muertos.

Kurt tenía la misma sospecha. Los jóvenes y los viejos, los débiles y los enfermos. Siempre eran los primeros.

—¿Volvemos entonces a meternos en la leonera? —dijo Joe, resumiendo la situación—. ¿A tomarlos por sorpresa?

Kurt asintió.

—Podéis contar conmigo —dijo Joe.

—Es un intento desesperado —dijo Renata—. Pero parece que es el único posible.

Kurt lo veía más como un riesgo calculado.

—Tenemos una ventaja —comentó—. Si la mayoría de sus hombres nos esperan allá arriba, abajo solo habrán dejado el personal mínimo.

—Dame unas horas y tendremos dos ventajas —dijo Joe.

—¿Dos ventajas?

—El elemento sorpresa y una sahariana propia.

Kurt sonrió. Si hubiera dicho esas palabras alguien que no fuera Joe Zavala, se le habría sugerido que no perdiera el tiempo. Pero Joe era un virtuoso con todo lo mecánico. Si alguien podía hacer funcionar de nuevo la sahariana, ese alguien era Joe.

## 54

*En algún lugar por encima del mar Mediterráneo*

La partida de Paul y Gamay se retrasó casi veinticuatro horas debido al cierre del aeropuerto por la intensificación de la violencia. Los pilotos estaban tan impacientes por irse como los Trout. El avión ya había repostado y en menos de una hora había recibido el permiso para despegar. Estaban ahora sobre el Mediterráneo, volando a treinta y siete mil pies de altura.

A pesar de ser un avión corporativo, el Challenger 650 tenía una cabina grande, que daba al aparato un aspecto rechoncho en tierra, pero que para los altos, como Paul, era una bendición cuando subían a bordo.

—Me gusta más que aquel viejo y destartalado DC-3 —proclamó.

—No sé qué decirte —dijo Gamay—. Aquel viejo avión tenía cierto encanto rústico.

—Más que rústico, vetústico —la corrigió Paul.

Sentados frente a frente en asientos de cuero de color crema, Gamay y Paul disfrutaban de la gruesa alfombra atigrada, tan suave que invitaba a quitarse los zapatos.

Abrieron los ordenadores portátiles, los colocaron sobre las mesitas plegables y se conectaron al sitio web encriptado de la NUMA.

—Yo trabajaré sobre la historia de Villeneuve —dijo Paul—, y veré si puedo encontrar algún depósito con sus efectos, o alguna pista sobre el destino de los papeles que le envió D'Campion.

Gamay asintió.

—Y yo trabajaré sobre la correspondencia entre los dos hombres que Kurt subió al sitio de la NUMA. Con un poco de suerte, recuperaré el francés que estudié en la universidad. Si no, utilizaré el programa de traducción automática.

La tranquilidad de la cabina y el vuelo de tres horas les permitirían trabajar mucho. A mitad de camino, Gamay, con las piernas dobladas sobre el asiento y con el pelo recogido, parecía estar empollando para un examen final.

Paul levantó la mirada del ordenador.

—Para un hombre que tuvo una vida tan interesante y que desempeñó un papel tan fundamental en la historia como el almirante Villeneuve, no hay mucha información.

—¿Qué has encontrado?

—Venía de una familia de aristócratas —dijo Paul—. Por lógica, tendría que haber acabado en la guillotina junto con María Antonieta y los demás. Pero, aparentemente, apoyó la Revolución desde el principio y le permitieron conservar su puesto en la Marina francesa.

—Quizá era una persona encantadora —comentó ella.

—Es muy probable. Después del desastre de la bahía Abukir, fue capturado por los británicos, devuelto a Francia y acusado de cobardía. Pero lo defendió nada menos que Napoleón, que lo llamó afortunado. En vez de enfrentar una corte marcial, Villeneuve fue ascendido a contraalmirante.

Gamay se recostó en el asiento.

—Un sorprendente cambio de suerte.

—Sobre todo si se piensa que él solo, sin ayuda de nadie, dejó a Napoleón empantanado en Egipto, lo que hizo inevitable su derrota.

—Me pregunto si tanta suerte no tendrá algo que ver con esa «arma» —dijo Gamay—. Como sabes, la bahía Abukir linda con la ciudad de Rosetta. He encontrado en las cartas de D'Campion varias referencias a artefactos que recogieron en ese lugar. Algunos tenían, en apariencia, inscripciones trilingües, como la propia piedra de Rosetta. Uno de los primeros intentos de traducción por parte de D'Campion menciona los poderes de Osiris para quitar y devolver la vida. ¿Habría Villeneuve prometido esa arma a Napoleón la primera vez que lo liberaron?

Paul se quedó pensando.

—Siempre las promesas. Lograr el ascenso a contraalmirante y después meterse como jefe de la flota en otro desastre antes de volver con Napoleón, afirmando que por fin había hecho un gran avance.

—El niño que gritaba «¡Que viene el lobo!» —señaló Gamay.

—Supongo que para entonces Napoleón ya no quería ni enterarse.

Gamay asintió.

—Pero Villeneuve no podía contenerse. Sus cartas hablan de destino y de desesperación. De la oportunidad de reescribir su propia historia personal. Pero en la última carta del archivo de los D'Campion, Villeneuve habla con más miedo: piensa que Napoleón ya no cree en sus afirmaciones.

—¿Cuándo la envió?

—El 19 de germinal del año XIV —dijo Gamay—. Es decir, según el ordenador... el 9 de abril de 1806.

—Menos de dos semanas antes de que fuera asesinado.

—Se sabe que Napoleón actuaba de manera impulsiva —añadió Paul—. Y que mostraba un desdén absoluto por cualquiera que intentara refrenarlo. Cuando desistió de invadir Inglaterra, decidió avanzar hacia el este e invadir Rusia, solo para conquistar a alguien. Eso terminó, por supuesto, en un verdadero desastre. Pero parece que para actitudes como la de Villeneuve, blandiendo siempre su arma, Napoleón tenía una paciencia limitada.

Gamay consultó el reloj.

—Pronto aterrizaremos. ¿Por dónde crees que debemos empezar?

Paul suspiró.

—No hay ninguna biblioteca con papeles de Villeneuve, ni museo o monumento a su memoria. Casi lo único que he encontrado son recortes de periódicos de hace unos veinte años que mencionan a una mujer llamada Camila Duchene. Esa mujer trató de vender algunos papeles y material gráfico que afirmaba haber descubierto en la casa paterna, obras que supuestamente habían pertenecido a Villeneuve y a algún otro noble.

—¿Qué pasó con ellas? —preguntó Gamay.

—Se las ridiculizó por falsas —dijo Paul—. No se sabía que Villeneuve fuera dibujante. Pero, curiosamente, los antepasados de Camila eran los propietarios de la pensión donde Villeneuve vivió las últimas semanas antes de su muerte.

Cambió el ruido de los motores y el avión empezó a descender. Se oyó la voz del piloto por los altavoces.

—Nos estamos acercando a Rennes. Aterrizaremos en unos quince minutos.

—Eso nos da quince minutos para buscar algún rastro de madame Duchene —señaló Paul.

—Exactamente lo que pensaba.

## 55

Paul y Gamay estaban en tierra montados en un coche de alquiler poco después de la salida del sol. Consultando una base de datos sobre registros de propiedad, Gamay encontró la dirección de Camila Duchene e hizo de copiloto mientras Paul conducía por calles que parecían tener la mitad del ancho necesario y el doble de curvas.

A la dificultad de guiarse por recodos, vueltas y tortuosidades se sumaba la molestia de ir en un coche en el que apenas entraba con calzador, circulando entre bancos de niebla. Cuando se cruzaron con un camión, Paul se acercó tanto al arcén que se llevó por delante unos arbustos mal colocados.

Gamay le clavó la mirada.

—Haciendo un poco de paisajismo —dijo Paul.

Finalmente llegaron cerca del centro de la ciudad. Paul dejó el coche en el primer estacionamiento que encontró.

—Caminemos la distancia que falta —propuso.

Gamay abrió la portezuela.

—Buena idea. Será más seguro para todos. Incluida la flora.

Con la dirección en la mano, subieron por un callejón de adoquines hacia lo que parecía un pequeño castillo. Cerraban el paso dos torres curvas de piedra unidas por una pared también de piedra. Servía de entrada un pasaje abovedado en el centro de la pared.

—*Portes mordelaises* —dijo Gamay, leyendo el letrero de la entrada.

Pasaron por debajo del arco, sintiendo que entraban en una ciudad medieval; quizá no se equivocaban. Habían llegado a una de las zonas más antiguas de Rennes, y las *portes mordelaises* estaban entre las pocas cosas que quedaban de las viejas murallas que habían rodeado la ciudad.

Siguieron subiendo por el callejón hasta llegar a la dirección que buscaban. Era un poco temprano, pero al llegar a la puerta Paul sintió olor a pan recién horneado. Al menos había alguien despierto en la casa.

—No sabía que tenía tanta hambre —dijo Paul—. Hace doce horas que no como.

Se abrió la puerta y apareció en ella una mujer de unos noventa años. Iba vestida con elegancia, envuelta en un chal. Frunció los labios estudiando a los dos estadounidenses.

—*Bonjour* —dijo—. *Puis-je vous aider?*

—*Bonjour* —respondió Gamay—, *êtes-vous madame Duchene?*

—*Oui* —contestó ella—. *Pourquoi?*

Gamay había ensayado un discurso en francés acerca de las cartas del almirante Villeneuve. Lo pronunció lentamente.

Madame Duchene ladeó la cabeza, escuchando.

—Su francés es bastante bueno —dijo en inglés— para una estadounidense. Son estadounidenses, ¿verdad?

—Sí —respondió Gamay, consciente de que a veces, en Europa, los viajeros estadounidenses no tenían muy buena reputación.

En vez de echarlos, madame Duchene sonrió y los invitó a entrar.

—Adelante, adelante —dijo—. Iba a hacer unos crepes.

Gamay miró a Paul, que sonreía de oreja a oreja.

—Juro que naciste con buena estrella.

El aroma de la cocina de madame Duchene era celestial. Al del pan que ya había horneado, se le sumaba el de albaricoques, arándanos y vainilla.

—Siéntense, por favor —dijo madame Duchene—. No tengo muchas visitas, así que esta es un placer.

Se sentaron a una pequeña mesa mientras la mujer volvía a la encimera. Empezó a cascar huevos, a echar harina y a amasar desde cero. Hablaba mientras trabajaba, mirando de vez en cuando a Paul y a Gamay.

—Mi primer marido era estadounidense —contó—. Un soldado. Tenía quince años cuando lo conocí. Llegó con el ejército para echar a los alemanes... ¿Arándanos?

—Madame Duchene —interrumpió Gamay—. Sé que puede parecer raro, pero tenemos mucha prisa...

—Eso de los arándanos suena muy bien —dijo Paul, que recibió otra vez la mirada. Mucho más severa esta vez. Paul no parecía afectado.

—No hay que precipitarse —susurró mientras madame Duchene seguía trabajando—. En algún momento tenemos que comer. En algún sitio. Que puede ser este.

Gamay puso los ojos en blanco.

—Los arándonos les harán bien —añadió madame Duchene sin darse la vuelta—. Les alargarán la vida.

—No si tu mujer te mata antes —masculló Gamay entre dientes.

Paul sonrió.

—Cuénteme algo más sobre su marido —preguntó a su anfitriona.

—Bueno, era alto y guapo. Como usted —dijo ella, volviéndose y mirando a Paul—. Tenía la voz de Gary Cooper. Aunque no tan profunda como la suya.

Gamay suspiró. Si a otra mujer se le ocurría coquetear con su marido, consideró que no había nada más seguro que una señora francesa de noventa años haciendo crepes. Por otra parte, también ella estaba famélica. Y sabiendo que Paul podía ser francamente simpático, quizá la invitación serviría para sonsacarle mejor la historia.

La mujer la contó después del desayuno.

—Mi abuelo tenía las cartas —dijo madame Duchene—. Nunca hablaba de ellas... Algo relacionado con la vergüenza de que apuñalen a alguien en tu casa solariega... Y Villeneuve no era famoso en el sentido en que a la gente le gustara recordarle.

—Pero usted trató de venderlas, ¿verdad? —comentó Gamay.

—Hace años. Problemas económicos. Estábamos perdiendo todo. Después de la muerte de mi marido, todo se cayó en pedazos. En esa época estaba de moda todo lo histórico. Todo lo relacionado con la era napoleónica. Si uno tenía un cuchillo para la mantequilla usado alguna vez por él, se le podían sacar diez mil francos.

—¿Y eso le recordó que tenía las cartas? —preguntó Paul.

—*Oui* —dijo ella—. Pensé que si se podían vender en una subasta estaríamos salvados. Pero no, no fue posible. Nos acusaron de falsificación y fraude, y nadie nos concedió el beneficio de la duda.

—Nosotros tenemos otras cartas que Villeneuve escribió a D'Campion —dijo Paul—. Si la caligrafía coincide, podría servir para demostrar que sus cartas son auténticas.

Madame Duchene sonrió, y las arrugas añadieron belleza a sus ojos.

—Me temo que no servirá de mucho —señaló—. Las he donado.

Gamay sintió que se le caía el alma a los pies.

—¿A quién?

—A la biblioteca. Junto con un montón de libros. Y los cuadros.

Paul consultó el reloj.

—¿Puede estar abierta ya la biblioteca?

Madame Duchene se levantó y miró el reloj de la pared.

—En cualquier momento —dijo—. Por favor, esperen, que les preparo algo para almorzar.

La biblioteca de la que hablaba Camila Duchene, un edificio de cuatro pisos, se especializaba en libros raros y en historia francesa. Asomaba entre la niebla gris matutina junto al canal que atravesaba el centro de Rennes. El canal, río en otra época, tenía el cauce protegido por muros de contención desde hacía siglos para impedir las inundaciones y poder construir alrededor. Como en muchos ríos de las viejas ciudades de Europa, ya no quedaba mucha contención natural a su paso por el centro de la ciudad.

Dentro de la biblioteca, Gamay y Paul descubrieron que el personal era reservado, pero atento. Después de verificar la identidad de los Trout, les asignaron un supervisor para que los ayudara. El supervisor los llevó a un sector cerca de la parte trasera del edificio y les mostró los artículos donados por madame Duchene.

—No se les dio mucha importancia a los papeles —explicó—. Tampoco se valoraron demasiado las pinturas. Se las consideró recreaciones poco profesionales de escenas de batallas. Nadie cree que hayan sido obra de Villeneuve, porque él no era pintor y porque no están firmadas.

—Entonces ¿por qué se conservan? —preguntó Gamay.

—Porque esas son las condiciones bajo las cuales fueron donadas —explicó el supervisor—. Tenemos que conservarlas durante un mínimo de cien años o devolvérselas a madame Duchene o a sus herederos. Y como no se pudo desacreditar por completo su procedencia, parecía que lo más prudente era aceptarlas y no dejar que terminaran en ningún otro sitio.

—No hay nada como descubrir que algo que uno regaló en una venta de garaje vale una fortuna.

—¿Venta de garaje? —repitió el supervisor, mostrando el

tipo de arrogancia académica que los franceses parecían haber perfeccionado al máximo.

—Donde uno se deshace de todas las cosas inservibles —explicó Paul—. La gente hace eso todo el tiempo en Estados Unidos.

—No lo dudo.

Gamay trató de contener la risa y siguió hojeando los libros. Uno de ellos era una obra de referencia sobre el griego tolemaico, el tipo especial de griego que aparece en muchas de las inscripciones trilingües de Egipto. Parecía un dato prometedor, dado que Villeneuve y D'Campion supuestamente estaban trabajando en traducciones. El otro era un tratado sobre la guerra escrito por un autor francés del que nunca había oído hablar. Recorriendo las páginas, no encontró entre ellas notas ni papeles sueltos.

—¿Qué me dice de las cartas —preguntó Gamay—, y de los escritos?

El supervisor sacó otro libro. Ese era delgado y tenía una cubierta moderna que recordaba a un álbum de fotos. Dentro, entre varias láminas de plástico, había papeles de hacía más de doscientos años cubiertos de desvaídos garabatos de tinta producidos por una estilográfica o incluso por una pluma de ganso.

—Tenía cinco cartas —explicó el supervisor—, un total de diecisiete páginas. Están todas aquí.

Gamay cogió una silla, se sentó y encendió una lámpara. Con un bloc de notas al lado, empezó a leer las cartas. Era un proceso lento, dado que estaban en francés y escritas en el estilo de la época, que parecía evitar todo lo que parecieran oraciones breves y concisas.

Mientras Gamay se ponía a traducir, Paul preguntó:

—¿Puedo ver las pinturas?

—Por supuesto —dijo el supervisor.

Avanzaron un poco más por el pasillo y el supervisor utilizó una llave para abrir la puerta de un armario grande. Dentro había, enmarcadas, una docena de pinturas de diferentes tamaños metidas en una estructura de ranuras verticales.

—¿Fueron todas ejecutadas por Villeneuve?

—Solo tres —dijo el supervisor—. Y le recuerdo que no hay pruebas de que hayan sido obra suya.

Paul entendió la advertencia, pero quería, de todos modos ver qué podría haber hecho Villeneuve.

El supervisor sacó las tres primeras pinturas, sencillamente enmarcadas en madera dura, las colocó en un caballete y volvió a buscar las otras dos. Todos los marcos parecían viejos y gastados.

—¿Son los marcos originales? —preguntó Paul.

—Por supuesto —contestó el supervisor—. Quizá tengan más valor que las pinturas.

Paul encendió una luz y estudió las obras. Estaban hechas al óleo, con pinceladas gruesas de colores abigarrados.

La primera mostraba tres cuartas partes de un barco de guerra de madera. La perspectiva no era muy exacta y el barco parecía casi bidimensional.

La segunda representaba una escena callejera, un polvoriento callejón nocturno invadido por una niebla oscura. Las puertas, con extrañas manchas, estaban herméticamente cerradas. No había ninguna persona a la vista. En la esquina superior derecha vio tres triángulos en lo que parecía una lejana llanura.

La tercera mostraba a varios hombres en una lancha, remando con fuerza.

Después de estudiar un minuto las pinturas, Paul entendió qué había querido decir el supervisor con poco profesionales. Desde la recepción gritaron el nombre del supervisor.

—Ya voy, Matilda —respondió. Miró a Paul—. Vuelvo enseguida.

Paul asintió. Al quedarse solo, regresó a donde estaba Gamay.

—¿Encuentras algo en las cartas?

—La verdad es que no —dijo ella—. Ni siquiera sé si se las puede llamar cartas. Tienen fechas, pero no están firmadas. No están dirigidas a nadie. Y hasta con mi nivel de francés veo que son farragosas y circulares.

—¿Como un diario? —sugirió Paul.

—Más como la obra de un loco enfadado —apuntó Gamay—. Alguien que habla solo y vuelve todo el tiempo sobre los mismos viejos rencores.

Gamay señaló la carta en la que había estado trabajando.

—Esta parece una diatriba contra Napoleón y su decisión de convertir la República en un imperio personal.

Buscó un poco más atrás en el libro y señaló otra carta.

—En esta llama a Napoleón *un petit homme sur un grand cheval*, un hombre pequeño sobre un caballo grande.

—Parece una buena manera de que te apuñalen varias veces —comentó Paul.

—Digamos que sí —admitió ella, antes de mostrar otra carta—. Esta sugiere que Napoleón está «destruyendo el carácter de Francia» y que es «un tonto». Añade: «Le prometo mis servicios y él me responde endureciendo el corazón. ¿No sabe lo que le ofrezco? La verdad será revelada y tendrá la forma de la Ira de Dios».

—¿«Ira de Dios»?

Gamay asintió con la cabeza.

—Por hacer cosas malas. Como engañar a una anciana para que te prepare el desayuno jugando con sus sentimientos por su queridísimo difunto marido.

—Valió la pena —señaló Paul—. Para mí, la mejor comida en semanas. Pero no estoy pensando en eso. Quiero mostrarte algo.

Llevó a Gamay a donde estaban las pinturas.

—Mira.

Gamay las estudió un instante.

—¿Qué debo buscar?

—La Ira de Dios.

—A menos que sea el nombre de ese barco, no sé a qué te refieres.

Paul señaló la escena callejera.

—Ira —dijo— al estilo del Viejo Testamento. Eso es Egipto. Ves las pirámides como pequeños triángulos en el fondo lejano. Las puertas tienen marcas rojas. Quizá se trate de sangre. Sangre de cordero. Y la calle se está llenando de lo que yo creía que tenía que ser polvo. Pero no es polvo. Es la última plaga enviada a Egipto cuando el faraón se negó a soltar a los israelitas. Una plaga que llegaría y mataría al primogénito de todos los egipcios que no mancharan con sangre el quicio de la puerta.

Señaló la parte inferior.

—Mira aquí. Ranas. Creo que esa fue la segunda plaga. Y aquí. Langostas. También una plaga.

Los ojos de Gamay se agrandaron al entender lo que quería decir Paul. Cogió el libro de cartas y empezó a leer en voz alta.

—«*La vérité sera révélée à lui comme la colère de Dieu*», la verdad le será revelada como la Ira de Dios.

—¿Habrá estado pintando lo que escribía? —preguntó Paul—. ¿O viceversa?

—Es posible —dijo ella—, pero tengo una idea.

Gamay volvió a buscar en el libro de las cartas y se puso a leer una.

—«En el buque está el poder, el barco es la clave de la libertad.»

Señaló la pintura del barco de guerra y después buscó otra carta.

—Esta fue la más coherente —dijo—. Y basándonos en las fechas, es la última de la serie. Por el contexto, supongo que la escribió para D'Campion, aunque tampoco lleva fecha ni destinatario.

Gamay pasó los dedos por el texto y empezó a leer.

—«¿Qué arma podría ser así?, pregunta. No es otra cosa que superstición, insiste. Al menos, eso es lo que sus agentes me cuentan. Sin embargo, me pide que le demuestre todo lo que sé. Aunque quiere que le llevemos todo lo posible, ya no está dispuesto a pagar por eso. Dicen que yo tengo una deuda. Una deuda que hay que pagar. Ya sé que para mí es peligroso incluso intentarlo, pero ¿a qué otro sitio puedo acudir? Y ahora en verdad temo lo que el emperador pueda hacer con esta arma en la mano. Quizá no le baste el mundo entero. Quizá sea mejor que la verdad nunca salga a la luz. Que siga contigo en tu pequeña lancha remando hacia la protección del *Guillaume Tell*.»

Gamay levantó la mirada y señaló la tercera pintura.

—Una pequeña lancha remando con gran esfuerzo.

—¿Qué piensas? —preguntó Paul.

—Tenía que ocultar lo que le envió D'Campion —dijo Gamay—. Pero necesitaba tenerlo a mano. En algún sitio que estuviera a su alcance.

Paul adivinó el resto.

—Pinturas ejecutadas a toda prisa por un hombre que nunca había pintado nada. ¿Crees que de algún modo ocultó la verdad en la pintura?

—No —dijo ella—. No en la propia pintura.

Gamay cogió la pintura de la plaga de Egipto y le dio la vuelta. En la parte trasera había un cartón pesado y áspero pegado al marco. Apoyó la pintura boca abajo y sacó una navaja suiza de la cartera.

—Mantén esto firme para poder hacer un corte.

—¿Estás loca? —susurró Paul—. ¿No temes la Ira de Dios por hacer cosas malas?

—Eso no me preocupa —dijo ella—. Estamos tratando de salvar vidas.

—¿Y qué me dices de la Ira del Supervisor?

—Ojos que no ven, corazón que no siente —contestó ella—. Además, ya te habrás dado cuenta. Esas pinturas le importan un bledo. Si tuviera la ocasión, probablemente estaría dispuesto a vendérnoslas por dos centavos.

Paul sostuvo el marco mientras Gamay abría la hoja más afilada de la navaja.

—Rápido —dijo.

Gamay empezó a separar el cartón del cuadro, tratando de que no se clavara demasiado la punta de la hoja. Cuando llegó al fondo, metió la mano dentro del marco.

—¿Y bien?

Pasó la mano por el interior del bastidor y miró dentro del hueco.

—Nada —dijo—. Miremos en los otros.

Ahora con Paul como voluntarioso cómplice, separó el refuerzo de la pintura del barco. Echó una rápida ojeada y tampoco encontró nada allí.

—Me parece que el barco de guerra no era la clave —dijo Paul.

—Muy gracioso.

Finalmente, Gamay se puso a trabajar en la pintura de la lancha que llevaban los remeros.

—Date prisa —ordenó Paul—. Viene alguien.

El ruido de tacones resonaba en el suelo embaldosado, acercándose. Gamay cerró rápidamente la navaja.

—Date prisa.

El supervisor apareció al final del pasillo y Paul quitó la pintura de las manos de Gamay y la volvió a colocar en la ranura.

En vez de soltar alguna exclamación o ensayar alguna reprimenda o escandalizarse, el supervisor se mostraba increíblemente inexpresivo.

Solo entonces entendió Paul que estaba trastabillando y que su cuerpo se inclinaba rígidamente hacia delante, sin siquiera mirarlos. Y cayó boca abajo con una navaja clavada en la espalda.

Detrás apareció otro hombre. Ese hombre era más joven,

con llagas a medio curar en la frente y en las mejillas. Arrancó el cuchillo de la espalda del supervisor y lo limpió con frialdad. Otros dos hombres aparecieron y lo flanquearon.

—Pueden dejar lo que están haciendo —dijo el hombre de las llagas—. Desde ahora nos ocuparemos nosotros.

# 56

—¿Quién es usted? —preguntó Paul.

—Puede llamarme Escorpión —respondió el hombre.

Parecía orgulloso de su nombre. A Paul le costaba imaginar por qué.

—¿Cómo nos encontró?

Paul comprendió que no tenía mucho sentido hacer esas preguntas, pero trataba de ganar tiempo. Nunca había visto a ese tal Escorpión. Aunque adivinaba con facilidad para quién trabajaba, parecía imposible que esos hombres supieran quiénes eran él y Gamay.

—Tenemos el diario de D'Campion —dijo el hombre—. Menciona muchas veces a Villeneuve. A partir de eso, no costó mucho elegir Rennes y buscar a Camila Duchene.

—Si le han hecho daño... —amenazó Gamay.

—Por fortuna para ella, ustedes llegaron antes que nosotros. Parecía más conveniente seguirlos a ustedes que acosar a una anciana. Deme ahora el libro de las cartas.

Paul y Gamay se miraron con tristeza. Poco podían hacer. Paul se colocó delante de Gamay para permitirle coger la navaja suiza, aunque de poco serviría contra las navajas dentadas con hoja de veinte centímetros que aquellos hombres tenían en la mano.

—Tome —dijo, cerrando el álbum y empujándolo hacia

delante. El libro se deslizó por el liso tablero de la mesa y se detuvo al lado de Escorpión, que lo agarró, le echó una ojeada y se lo metió debajo del brazo.

—¿Por qué no se van antes de que llegue la policía? —sugirió Gamay.

—No hay ningún policía en camino —le aseguró Escorpión.

—Nunca se sabe —advirtió Paul—. Alguien puede haberlos visto...

—¿Qué le estaba haciendo a esa pintura? —exigió Escorpión, interrumpiendo a Paul.

—Nada —dijo Paul. Antes de que la palabra le saliera de la boca, Paul supo que se había apresurado a responder. Nunca había sido un buen mentiroso.

—Muéstremela.

Paul aspiró hondo y metió la mano en el armario. Mientras sacaba el marco, se dio cuenta de que se había equivocado de pintura. Era la del barco de guerra. Quizá fuera mejor así, pensó.

Al hacerla girar para apoyarla en la mesa y empujarla hacia Escorpión, Paul vio que tenía un arma en las manos. Torció el cuerpo y arrojó la pintura enmarcada como si fuera un disco volador. Al recibir el golpe en el estómago, Escorpión se dobló por la mitad.

Continuando el ataque, Paul arremetió y pateó al hombre mientras estaba caído en el suelo.

—¡Corre! —gritó mirando a Gamay.

El gran tamaño de Paul tenía muchas ventajas y muchas desventajas. Debido a su altura, casi nunca había intervenido en peleas a puñetazos. Pocos eligen a un adversario de dos metros de altura para enredarse en una pelea. Pero, como consecuencia, la pelea cuerpo a cuerpo no era su fuerte.

Por otra parte, cuando usaba el peso podía descargar un buen puñetazo o una buena patada. El golpe de la bota levantó a Escorpión y lo arrojó hacia atrás, contra los dos amigos. Los tres hombres parecían especialmente sorprendidos por la agresión, y no sabían bien cómo atacar a ese hombre tan grande y enfadado.

Paul no les dio tiempo a pensar. Dio media vuelta y echó a correr en dirección contraria. Al doblar una esquina vio a Gamay buscando una puerta a lo lejos.

—¡A por ellos! —gritó Escorpión.

Paul alcanzó a Gamay cuando estaba llegando a la puerta. Solo entonces supo que ella llevaba la pintura de la lancha.

—Me parecía que andabas más despacio de lo normal —dijo.

—No podía dejarlo —dijo ella con su mejor tono de alta sociedad.

—Ojalá podamos conservarlo —añadió Paul, abriendo la puerta.

Habían llegado a una escalera, que por su austeridad parecía una salida de incendios. Paul empujó la pesada puerta de acero.

—¿Hacia arriba o hacia abajo? —preguntó Gamay.

—Supongo que hacia abajo llegamos al sótano, así que subamos.

Corrieron escaleras arriba, llegaron al siguiente nivel e intentaron abrir la puerta. Estaba cerrada con llave.

—Sigue —gritó Paul.

Continuaron subiendo, acicateados por el ruido de una puerta que acababa de abrirse abajo.

Gamay empujó la puerta que había junto a un cartel que decía N3.

—Cerrada con llave —anunció—. ¿No tienen que estar abiertas todo el tiempo?

Subieron otro nivel y vieron una ventana por la que entraba luz a raudales.

—Esto es el tejado —dijo Gamay.

Paul intentó abrir, pero también esa puerta estaba cerrada con llave. Gamay respondió usando el marco de la pintura para romper el cristal de la ventana. Quitó los restos, trepó y se metió por el hueco.

Paul la siguió y saltó al tejado del museo. Una pequeña parte, a su alrededor, era chata y alquitranada, pero el resto estaba inclinado y cubierto de tejas.

—Tiene que haber otra manera de bajar.

Al otro lado de las tejas había otra pequeña zona chata con un pequeño cobertizo encima. Tenía exactamente el mismo aspecto que la escalera por la que acababan de subir.

—Por allí —dijo.

Fue primero Gamay, mientras Paul miraba alrededor buscando un arma improvisada. No vio nada útil y echó a correr detrás de ella. El tejado verde tenía una fuerte pendiente por cada lado, y las tejas estaban gastadas y alisadas por décadas de lluvia francesa.

Paul y Gamay treparon hasta la zona chata, en la punta, donde se encontraban las dos pendientes. No era más ancha que un balancín, y si daban un paso en falso caerían rodando.

Atravesaron la parte central, saltaron a la zona plana y corrieron hasta la puerta. Estaba cerrada, pero rompieron rápidamente la ventana.

Los perseguidores ya estaban en el tejado, a sus espaldas.

—Sigue —ordenó Paul—. Yo los frenaré.

—Nada de eso —dijo Gamay—. Estuviste muy bien dentro, pero los dos sabemos que no eres una versión gigante de Bruce Lee. Seguiremos juntos.

—De acuerdo —accedió Paul—, pero démonos prisa.

Gamay le entregó la pintura, apoyó las manos en el antepecho de la ventana y soltó un grito. Al darse la vuelta, Paul vio que alguien, desde dentro, le había agarrado las manos y la estaba arrastrando. Él le aferró las piernas y tiró. El tira y afloja duró un segundo, y de golpe soltaron a Gamay, que tenía sangre en la boca.

—¿Estás bien? —preguntó Paul.

—Recuérdame, cuando lleguemos a casa, que me ponga la vacuna antitetánica.

—Eso es necesario si te muerden —dijo Paul—. No si muerdes tú.

—No importa —contestó ella.

Ahora estaban atrapados. Paul recogió un trozo de teja del tamaño de una mano, pero como arma no era gran cosa. El hombre que estaba dentro de la segunda escalera empezó a golpear ruidosamente la puerta.

—Ahora ¿qué hacemos?

—El canal —dijo Paul—. Saltemos.

Volvieron al tejado, pero esta vez descendieron por la pendiente. Gamay tenía el equilibrio de una cabra montés, pero Paul sentía que su altura era ahora un estorbo. Descubrió que le costaba agacharse lo suficiente para no tener la sensación de que se caía hacia delante.

Empezó a deslizarse de espalda. Gamay hizo lo mismo y fueron llegando al borde. Estaban a cuatro pisos de altura y tenían que salvar un hueco de casi tres metros.

—Hay mucha más distancia de lo que creía —dijo Paul.

—Me parece que no tenemos alternativa —explicó Gamay.

—Quizá ellos no se atrevan a seguirnos.

Detrás de ellos, los hombres estaban trepando al tejado.

—Creo que sí. Salta tú primero.

Gamay arrojó la pintura, que aterrizó en el sendero de piedra al lado del canal.

—Danos la pintura —gritó uno de los perseguidores—. Es lo único que queremos.

—Nos lo dices ahora —dijo Gamay.

—¿Preparada? —preguntó Paul.

Gamay asintió.

—Vamos.

Gamay se agachó y saltó, usando las piernas con gran eficacia. Voló, moviendo los brazos como un molino, pasó cerca del muro del canal y se zambulló en las oscuras aguas.

A continuación saltó Paul, que cayó al lado de ella.

Salieron a la superficie con segundos de diferencia. El agua era gélida, pero producía una sensación maravillosa. Nadaron hasta el muro, donde Paul empujó a Gamay ayudándole a subir hacia el camino, y después trepó él. Gamay acababa de poner la mano sobre el marco de la pintura cuando se oyó el primero de tres chapuzones en el canal a su espalda.

—Esos tíos no saben cuándo abandonar —dijo Gamay.

—Nosotros tampoco.

Con los hombres nadando hacia ellos, Paul y Gamay echaron a correr. Les cerró el paso otra siniestra pareja al final de la calle.

—Atrapados de nuevo.

Amarrada en el canal había una pequeña lancha con motor fueraborda. Era eso o nada.

Paul saltó dentro, casi haciendo zozobrar la embarcación. Gamay saltó a continuación y desató el cabo.

—¡Vamos!

Paul tiró de la cuerda de arranque y el motor cobró vida vomitando una nube de humo azul. Aceleró, y del viejo motor brotaron más bocanadas de humo, pero la hélice mordió el agua y la estrecha lancha salió a toda velocidad.

Paul miraba al frente con atención, cuidando de no tocar ninguna de las docenas de lanchas y barcazas amarradas en la orilla del agua. Había empezado a sentirse seguro cuando de la niebla que quedaba detrás salió hacia ellos otra pequeña lancha que empezó a acortar la distancia.

# 57

—¡Más rápido! —gritó Gamay.

El motor fueraborda iba al máximo, pero la lancha no batía ningún récord de velocidad.

Paul movía el acelerador, tratando de coger velocidad. Encontró la mariposa del cebador y la abrió a medias. Era una mañana fría y húmeda, y pensó que eso podría ayudar. Pero el motor empezó a petardear.

—Eso no es ir más rápido —comentó Gamay.

—No creo que esta lancha pueda ir a mayor velocidad —dijo Paul. Volvió a cerrar la mariposa y se centró en sortear lanchas y otros impedimentos amarrados a ambos lados del canal como una carrera de obstáculos.

La pequeña embarcación que los seguía hacía lo mismo, acortando la distancia mientras tanto. Al seguir una larga curva hacia la derecha, la proa de la lancha de los perseguidores chocó contra la parte trasera de la de Paul y Gamay. El golpe los hizo saltar y rozaron el muro de piedra.

Al enderezarse el río, los otros se acercaron y se pusieron al lado. Uno de los hombres levantó un cuchillo para lanzárselo a Paul, pero Gamay blandió un remo que había encontrado y aporreó al atacante en la cabeza, tirándolo al agua, pero el segundo —que ella reconoció como Escorpión— agarró la punta del remo y tiró.

Gamay casi fue arrastrada al otro bote. Soltó el remo y cayó de espaldas mientras Escorpión lo arrojaba a un lado.

Las lanchas se volvieron a separar y ella vio al hombre sacar el cuchillo.

—Acércanos —gritó Escorpión a su compatriota.

—Dales duro —ordenó Gamay—. Como si fuera la hora punta.

Paul aceptó el consejo y las dos lanchas se encontraron un par de veces, golpeándose con los bordes metálicos y rebotando. Una barcaza que venía de frente las obligó a separarse y se abrieron hasta las orillas del canal. Pero en cuanto pasó, los perseguidores viraron yendo de nuevo a su encuentro.

Esa vez las lanchas chocaron y se trabaron con torpeza. La más grande y más rápida ganó la batalla por el control y forzó a la más pequeña hacia el muro del canal, que raspó escupiendo una catarata de chispas.

Al apartarse del muro, Escorpión saltó a popa y cogió la pintura que estaba a los pies de Gamay. Ella agarró el borde del marco y trató de retenerlo, pero el hombre tiró con fuerza y el marco cedió.

Gamay se quedó con un trozo de astillado roble rojo en la mano mientras Escorpión caía hacia atrás dentro de su lancha con el resto de la pintura. Su socio orientó con rapidez la lancha hacia el centro del canal y aceleró.

—¡Me lo ha quitado! —chilló Gamay.

Se invirtieron los papeles y por un momento Paul viró con la mayor brusquedad posible. Las lanchas volvieron a chocar, pero no quedaron enganchadas y el impacto quitó a Paul la mano del acelerador.

Cuando logró aferrarlo de nuevo, el motor petardeaba. Lo forzó al máximo, pero solo logró llenarlo de combustible y ahogarlo. Con terrible desazón, vio que la velocidad de la lancha se reducía.

Cogió la cuerda de arranque y tiró de ella con ferocidad.

—¡Rápido! —gritó Gamay.

La otra lancha se alejaba con rapidez. Paul tiró por segunda vez de la cuerda, y por tercera vez. El motor fueraborda arrancó entre explosiones y empezaron a adquirir velocidad, pero la otra lancha les llevaba mucha ventaja y pronto la perdieron de vista en la niebla.

—¿Los ves? —preguntó Paul.

—No —dijo Gamay, esforzándose por divisarlos.

Unos minutos más tarde encontraron la lancha. Estaba vacía y abandonada, flotando junto a la orilla del río.

—Se fueron —dijo Paul, expresando lo obvio—. Los hemos perdido.

Gamay soltó una palabrota entre dientes y después miró a Paul.

—Tenemos que llamar a la policía y mandar una ambulancia al museo.

—Y que vean también a madame Duchene —añadió él.

Paul guio la lancha hasta que encontraron un descanso y una escalera en la orilla del canal. Subieron por ella y corrieron al primer negocio que encontraron abierto. Enseguida Gamay habló por teléfono y la policía se puso en marcha.

Ahora solo les quedaba esperar.

# 58

*El Cairo*

Tariq Shakir estaba sentado en la oscurecida sala de control, esperando noticias. No había informes por radio ni zumbido de walkie-talkies, solo el teléfono fijo y los datos que llegaban por el túnel de las tuberías hasta la planta hidroeléctrica de Osiris. Por esos cables llegaban las noticias de que su plan estaba a punto de cumplirse.

En Libia convocaban reuniones de emergencia. La prensa miraba con buenos ojos al hombre de confianza de Shakir, líder de la oposición. Eso se había comprado con dinero, pero el gobierno en el poder empezaba a cosechar un creciente rechazo. Eso tenía un inestimable valor. En todas las ciudades se producían disturbios. Los líderes políticos seguían prometiendo más agua, pero el zumbido de las bombas en la caverna subterránea de Shakir le decían que eso no ocurriría nunca. Dudaba de que el gobierno actual llegara a durar otras veinticuatro horas.

Mientras tanto, al otro lado del Mediterráneo, Alberto Piola estaba de regreso en Roma, celebrando reuniones en mitad de la noche y procurándose el apoyo de políticos italianos. Informaba de que estaban preparados para reconocer el nuevo gobierno libio en cuanto estuviera oficializado y prometer su apoyo a una iniciativa egipcia de estabilización y ayuda. Los franceses harían lo mismo, y tanto el golpe argelino como el libio serían pronto legitimados.

Lo único que le preocupaba eran los agentes estadounidenses de la NUMA y la espía italiana. Habían escapado de sus garras hacía cinco horas. Todavía no los habían visto.

Una llamada a la puerta le hizo perder el hilo de los pensamientos.

—Adelante —ordenó.

Se abrió la puerta y entró Hassan.

—Espero buenas noticias —dijo Shakir.

—Escorpión acaba de regresar de Francia. Sus hombres interceptaron a la pareja estadounidense. Tuvieron que dejar algunos cadáveres, pero trajeron lo que buscaban los estadounidenses.

—¿Tiene valor?

—Limitado —admitió Hassan—. Las notas de Villeneuve parecen escritas por un loco. Las ilustraciones no son mejores. Según Escorpión, los estadounidenses parecían creer que había algo oculto en las pinturas, pero ellos y sus hombres las hicieron trizas y no encontraron nada dentro, ni notas ocultas ni mensajes secretos. Si Villeneuve o D'Campion descubrieron la verdad sobre la Niebla Negra o el antídoto, eso se perdió para la historia.

Shakir estaba contento pero no convencido del todo.

—¿Qué pasó con los estadounidenses?

—No se sabe. Pueden haber escapado.

—Da la orden de que nuestros hombres los eliminen —dijo Shakir.

—Pienso que eso nos expondrá a innecesarios...

—Pensar no es tu función —sermoneó Shakir—. Ahora ¿qué sabes de nuestros intrusos? ¿Hay alguna señal?

—Todavía no —respondió Hassan—. Ya te he contado que es muy improbable que encuentren la salida.

—Que tus hombres sigan en alerta máxima —dijo Shakir—. No me gusta esta espera. Preferiría...

Parpadearon las luces en la sala de control, poniendo fin a los sermones de Shakir. Las pantallas de los ordenadores temblaron un instante como si fueran a apagarse, pero después se recompusieron. Shakir se quedó escuchando. El ruido de las bombas había cambiado ligeramente.

Los técnicos, sentados ante las consolas, también oyeron ese cambio. Se pusieron a teclear, tratando de descubrir qué estaba ocurriendo. En las pantallas empezaron a aparecer señales amarillas de advertencia.

—¿Qué sucede? —exigió Shakir.

—Perdimos potencia durante un segundo. La información se ha desviado ahora por un cable secundario.

—¿Por qué habrá ocurrido? —demandó saber Shakir.

—Los cables principales sufrieron un cortocircuito o saltó el disyuntor —explicó uno de los técnicos.

—Sé como funciona la electricidad —dijo Shakir—. ¿Qué causó el problema?

Le respondió un golpe sordo que sacudió el esqueleto de la cueva. Esa vibración solo podía ser una cosa. Una explosión.

Sin prestar atención a los técnicos, Shakir salió a la sala.

La mitad de las luces se habían apagado. Solo funcionaban los sistemas de emergencia. Algo retumbaba a lo lejos, como si avanzara hacia ellos un camión pesado. Shakir miró hacia el túnel. Se acercaba algo, algo grande. Aquello parecía arrastrarse en la oscuridad, llenando el túnel de pared a pared. Mientras intentaba divisarlo se encendió una batería de faros que lo cegó.

Eran faros antiguos, de color amarillo. Que no se parecían a los de sus coches. Algunos de sus hombres corrieron a interceptar el vehículo y fueron abatidos por el tableteo de una pesada ametralladora.

Cuando el arma apuntó en su dirección, Shakir se refugió en la sala de control. Los fogonazos iluminaron la caverna a sus espaldas y proyectiles de gran calibre arrancaron trozos de la pared.

—Trae aquí a tus hombres —gritó a Hassan—. Los intrusos no han seguido tu guión. En vez de irse han regresado.

Hassan corrió hasta la consola y volvió a coger el teléfono.

—Sección Uno —chilló—, soy Hassan. Regresen todos. Sí, inmediatamente. Nos están atacando.

Mientras hablaba, los disparos del vehículo desconocido destrozaron las ventanas que separaban la sala de control del resto de la cueva. Hassan se puso a cubierto y se arrastró por el suelo bajo una lluvia de cristales.

Dos de los hombres de Shakir intentaron responder a los disparos pero fueron rápidamente abatidos.

—Ese no es uno de nuestros vehículos —dijo Hassan—. Es una máquina militar.

—¿De dónde ha salido? —preguntó Shakir.

—No tengo ni idea.

Shakir escapó corriendo por la puerta lateral y se perdió en el túnel secundario que llevaba a la cámara mortuoria central.

Hassan fue hasta la puerta lateral en el momento en el que un pelotón se posicionaba para defender la sala de control. Sacó el arma que llevaba, una pistola 9 milímetros. No tenía ninguna intención de interponerse en el camino de aquello que estaba destrozando la cueva, pero sabía que daría mejor impresión si corría a ponerse a cubierto con un arma en la mano.


Allá en el túnel, la intención de Kurt, Joe y Renata era la opuesta. Aquello terminaría ya, ese día y en ese sitio.

Joe había aplicado a una de las AS-42 saharianas una muy postergada puesta a punto. La tarea había sido más fácil de lo que esperaba. Para empezar, los motores del pasado eran exactamente eso: motores, a diferencia de los vehículos modernos, que estaban abarrotados de sistemas de aire acondicionado, control de emisiones y todo tipo de artilugios y dispositivos. Cuando Joe abrió el capó de la AS-42, lo único que encontró fue un bloque de motor y un sistema de alimentación de combustible. Eso facilitaba las cosas. Y el aire seco del desierto significaba corrosión cero en todos los componentes metálicos. Y lo más importante de todo, la base clandestina atesoraba todas las herramientas y repuestos necesarios.

El único problema era el combustible y hacer arrancar la AS-42. Cada gota de gasolina traída por los italianos se había evaporado hacía décadas, sin importar en qué recipiente la hubieran guardado. Y aunque se hubiera conservado, tampoco habría servido de mucho.

Pero el quad tenía un tanque de combustible que se podía aprovechar con facilidad. También tenía una batería de ciclo profundo que se podía transferir a la vieja máquina. Cuando arrancó el motor de la sahariana, Joe sintió orgullo. Como era de esperar, el profundo rugido del motor levantó los ánimos de los tres. Ahora irían a la batalla en algo parecido a un tanque mientras que los demás irían a pie.

Mientras Joe trabajaba en el vehículo, Kurt y Renata se ocuparon del trabajo menos grato de limpiar la entrada del túnel principal. Usaron el quad para arrastrar las piedras más grandes y después palearon el resto hasta que quedó espacio suficiente para meter por allí la discreta AS-42.

Con dolor de espalda y molestias en las piernas, emprendieron una segunda tarea: la de verificar y cargar las armas. El vehículo que Joe había reparado y puesto en marcha llevaba una ametralladora pesada Breda Modello 37, que disparaba proyectiles grandes con peines de veinte cartuchos. Además, llevaba un cañón antitanque de veinte milímetros instalado sobre una plataforma en la parte trasera. Kurt había encontrado abundante munición para cada arma, pero gran parte estaba inservible. Guardó en el vehículo todo lo que le pareció en buen estado y cargó también dos metralletas Beretta modelo 1918, cuyo extraño diseño hacía que el cargador sobresaliera de la parte superior y no de la inferior como en la mayoría de las armas automáticas.

Como último recurso, Kurt todavía tenía dos ampollas de

Niebla Negra. Para protegerse si fuera necesario, sacaron del escondite italiano tres máscaras de gas.

Armados, emprendieron el viaje de regreso. No les costó mucho orientarse hasta la sala principal, pero descubrir por qué túnel había que seguir desde allí fue más difícil. Después de varios errores, llegaron a la bifurcación donde habían volcado los dos quads.

Prudentemente, Hassan había apostado allí unos guardias que no esperaban un enfrentamiento y Kurt los eliminó con la Breda antes de que ellos se dieran cuenta de lo que les había pasado.

Desde allí siguieron hacia el eje central del sistema de cuevas, descubriendo sobre la marcha los muy aislados cables de alta tensión, que en un empalme volaron con explosivos encontrados entre los pertrechos italianos. Esperaban un apagón total, pero solo se atenuó la luz.

—Todavía llega corriente de algún sitio —dijo Joe.

—Eso no tiene que preocuparnos —comentó Kurt—. Tengo la sensación de que acabamos de anunciar nuestra llegada. A partir de ahora tenemos que improvisar. Tenemos que encontrar a Shakir antes de que se escape.

Avanzaron retumbando por el túnel principal, se encontraron con un segundo grupo de hombres de Shakir y vieron al propio Shakir delante de la sala de control. Kurt abrió fuego, no para matarlo sino para obligarlo a volver al centro de control, con la esperanza de atraparlo. No había contado con que había una segunda salida.

Después de detenerse delante de la sala de control, Kurt saltó del vehículo con la metralleta Beretta en la mano. Al entrar en la sala vio dos ingenieros agachados debajo de una consola, pero no había rastros de Shakir.

—Se ha largado —le gritó a Joe—. Debe de haberse ido por la puerta trasera.

—Veré si puedo dar la vuelta y cortarle la retirada —dijo Joe.

Kurt le dio el visto bueno y lo miró avanzar atronando la AS-42. Para impedir que Shakir volviera sobre sus pasos, entró en la sala de control. Sin dejar de apuntar a los ingenieros, se detuvo junto a la consola. En las pantallas vio el contorno del norte de África junto con la red de bombas y tuberías que Shakir estaba utilizando para vaciar el acuífero.

—¿Inglés? —preguntó Kurt.

Uno de ellos dijo que sí con la cabeza. Kurt les apuntó con la Beretta.

—Es hora de apagar eso.

Viendo que ellos no actuaban, Kurt disparó una ráfaga hacia el suelo, junto a ellos. Los dos se levantaron de un salto y fueron hasta la consola, donde empezaron a bajar interruptores. Kurt estaba familiarizado con las bombas y los indicadores de presión, que estaban presentes en todas las operaciones de rescate y recuperación de barcos en las que había participado. Al estudiar la configuración en la pantalla, instantáneamente vio una oportunidad.

—He cambiado de idea —dijo—. No apaguen eso.

Los hombres lo miraron.

—Quiero invertir el proceso.

—No sabemos qué ocurrirá si invertimos el funcionamiento de las bombas —señaló uno de los hombres.

—Podemos averiguarlo —dijo Kurt, levantando un poco la metralleta para reforzar la orden.

Los técnicos volvieron a trabajar y Kurt miró con satisfacción cómo bajaba el flujo en las pantallas. Las cifras de las bombas de lo largo del Nilo bajaron primero a cero y después, tras una breve pausa, volvieron a subir, esta vez resaltadas en rojo con un signo de menos al lado.

Poco después, las flechas de cada tubería cambiaron de dirección y mostraron el agua circulando en sentido opuesto, del Nilo a las tuberías y —al menos eso esperaba Kurt— luego a los acuíferos.

Mientras Kurt estaba en la sala de control, Joe puso en marcha la AS-42. El viejo caballo de guerra avanzó despacio. El motor funcionaba bien, pero los neumáticos estaban hechos papilla. Era como rodar sobre una golosina esponjosa. De todos modos, allí abajo no tenían que romper ningún récord de velocidad. Solo andar despacio y acabar con toda la resistencia, cosa que Renata hacía con mortal eficiencia usando la pesada ametralladora Breda.

En un cruce en T del túnel, empezó a girar con torpeza. Más adelante, varios hombres de Shakir se habían apostado detrás de uno de los quads, y abrieron fuego acribillando el frente de la sahariana.

Joe metió marcha atrás y se apartó de la línea de fuego. La nariz del vehículo había quedado llena de agujeros, pero, por fortuna, el motor estaba detrás.

—Saca uno de esos proyectiles antitanque —le dijo a Renata.

Renata sacó de una caja de munición un explosivo pequeño, del tamaño de una granada. Se suponía que había que dispararlos con armas del estilo de las bazucas, pero ninguno de los tubos que habían encontrado coincidía con su tamaño. Joe los había traído por si tuvieran que volar algo.

—¿Qué quieres que haga con él? —preguntó Renata.

—Arrójalo hacia el otro lado de la sala —gritó—. Cuando yo pase por delante y ellos me estén tirando, asómate y dispáralo. Tienes que acertar.

—No suelo fallar tan a menudo —aseguró ella.

—Muy bien.

Renata bajó del vehículo con el explosivo en una mano y la metralleta Beretta colgando del hombro. Se deslizó hasta la curva, arrojó el explosivo por el túnel adyacente hacia los hombres de Shakir y se retiró.

Joe encendió el motor y metió primera. El vehículo arrancó de golpe, avanzando de forma irregular con los neumáticos dañados. Pasó por el cruce en un segundo mientras recibía todavía media docena de balazos. Joe se agachó instintivamente. Más adelante, se volvió para mirar.

Como estaba planeado, Renata se adelantó, apuntó y disparó. Un estruendo ensordecedor resonó en la cueva, levantando una nube de polvo. Cuando el polvo se asentó, el quad estaba volcado al final de la sala. Alrededor había varios hombres caídos; los demás habían desaparecido. Parecía que Shakir y sus hombres habían salido corriendo.

—Voy al laboratorio —gritó Renata—. A ver si hay allí algo útil.

Atravesó corriendo la sala, tapada de polvo marrón de la cabeza a los pies. Un eficaz camuflaje.

Joe la vio irse, colocó el vehículo en posición y arrancó por el túnel, conduciendo con una mano y disparando con la Breda con la otra cada vez que veía un grupo de hombres de Shakir.


Kurt vio que algo parpadeaba en la pantalla.

—¿Qué es eso? —exigió.

—Ascensor —dijo uno de los técnicos. Señaló hacia la puerta lateral—. Por aquel túnel. Va hasta la sala de bombas que hay arriba.

La pantalla mostraba que bajaba desde una altura de más de cien metros por encima de ellos.

—¿Ascensor? —masculló Kurt—. Ojalá alguien me lo hubiera contado. ¿Es posible detenerlo?

Los hombres negaron con la cabeza.

—No veo que estén armados —dijo Kurt—, así que los dejaré marchar. Les recomiendo coger el primer tren.

Los hombres se levantaron y uno trató de darle las gracias a Kurt.

—¡Fuera! —les gritó.

Atravesaron la sala corriendo hacia la cámara mortuoria y el pasillo de acceso. Cuando Kurt estuvo seguro de que no volverían, fue hacia la puerta lateral.

Vio que Joe regresaba por la sala en el vehículo blindado italiano.

—Un nuevo problema —gritó Kurt, llamando al amigo por señas.

—¿Qué pasa?

—Hay un ascensor en el pasillo.

—¿Ascensor?

—Parece que sí —respondió Kurt—. Necesitamos inutilizarlo antes de que llegue abajo.

—¿No deberíamos usarlo?

—Lo están usando los hombres de Shakir. Están llegando refuerzos desde la superficie.

—Entiendo —dijo Joe.

Kurt iba a subir al vehículo pero se detuvo.

—¿Dónde está Renata?

Joe señaló con la mano.

—Fue en busca del laboratorio.

—Voy a alcanzarla —avisó Kurt—. Encontrémonos aquí. Parece que hemos puesto en fuga a esos hombres.

Mientras Kurt se alejaba corriendo, Joe pisó el acelerador y se internó más en el pasillo, buscando el ascensor. No tenía interés en volar nada para salir rápidamente de allí, pero si tenía que hacerlo no lo dudaría.

# 59

Shakir y Hassan atravesaron la sala corriendo y salieron a un ámbito grande y abierto con la Esfinge dorada, el barco antiguo y la colección de sarcófagos. Mientras pasaban corriendo junto al barco, chapotearon al pisar la capa de agua de un centímetro de espesor.

—Se está inundando el complejo —dijo Shakir.

—Eso no tiene sentido —respondió Hassan—. Las bombas siguen funcionando. Las oigo.

El agua borboteaba saliendo de las zonas más hundidas. Shakir sabía exactamente qué había ocurrido.

—Han invertido el flujo del agua. En vez de vaciar el acuífero, lo están presurizando.

—Si eso es cierto, tenemos un problema —dijo Hassan—. Esta habitación estaba inundada cuando la descubrimos. Volverá a inundarse. Tenemos que salir de aquí.

Shakir estaba indignado.

—Eres un verdadero cobarde, Hassan. ¡Son solo tres! Tenemos que matarlos y corregir el funcionamiento de las bombas.

—Pero van en una especie de tanque.

—Es un coche blindado —dijo Shakir, que lo había observado con atención—. No sé de dónde lo sacaron, pero no es indestructible. Solo necesitamos una trampa y mejores armas. Vete al arsenal, saca algunos lanzagranadas y tráelos aquí.

Hassan miró alrededor.

—Vamos —le dijo al soldado que estaba con ellos.

Mientras los dos se alejaban, Shakir se apostó cerca del centro de la habitación. Vio que otro de sus hombres iba hacia el túnel de salida.

—¡Quédate a combatir! —gritó.

El hombre no le hizo caso, y corrió por la rampa hacia el túnel de acceso. Shakir levantó la pistola y disparó varias veces, alcanzando al hombre cuando estaba llegando arriba. El desertor se desplomó por el borde de la rampa y cayó al foso de los cocodrilos hambrientos, que no tardaron ni un segundo en atacarlo.

Hassan usó la clave para abrir la puerta del arsenal. Dentro había hileras de rifles de asalto, cajas de munición y, contra la pared del fondo, un conjunto de lanzagranadas de fabricación rusa. Entregó uno al soldado que lo acompañaba.

—Llévaselo a Shakir —dijo.

El hombre no discutió la orden y salió corriendo.

Hassan se quedó un momento revisando otro lanzagranadas y, después, cuando tuvo la certeza de que estaba solo, se acercó a un teléfono fijo conectado, mediante la sala de control, al puesto de la superficie. Esperaba que no estuviera cortado.

Tras unos segundos de estática se oyó la voz del jefe del puesto.

—Ponme con Escorpión —ordenó Hassan.

Escorpión cogió el teléfono.

—Voy hacia el ascensor con dos pelotones.

—No vengas con ellos —dijo Hassan—. Y búscame en la tercera salida, en el túnel de la vieja mina de sal —añadió—. Trae un Land Rover. Tendremos que viajar con rapidez.

Escorpión no cuestionó la orden. Hassan cortó. Alrededor de sus tobillos el agua formaba remolinos. Se filtraba en la cueva a través de miles de grietas que había en el suelo. No tenía el más mínimo deseo de ahogarse allí. Fue hasta la puerta, miró por el túnel que llevaba a la cámara mortuoria y echó a correr en dirección contraria.

Había que sobrevivir para luchar otro día.


Shakir esperaba en la cámara mortuoria. El primer soldado llegó corriendo con un lanzagranadas al hombro, pero ¿dónde estaba Hassan?

Antes de que pudiera interrogar al subordinado, desde el lado opuesto apareció corriendo otra figura.

Era la mujer italiana. Iba hacia el túnel del laboratorio. Parecía cubierta de polvo. Debido a la mala iluminación, cuando Shakir la vio ya se había adentrado bastante en el lugar. Pero eso fue su perdición.

Shakir esperó agazapado. La mujer sería una perfecta moneda de cambio. Los estadounidenses eran blandos. Por una mujer hermosa no tardarían nada en rendirse.

Cuando ella se estaba acercando al centro de la habitación, los cocodrilos rugieron dentro de su charca de contención, peleándose por el inesperado alimento que habían recibido un rato antes.

El ruido la distrajo y Shakir arremetió, la sujetó y le quitó de la mano la metralleta.

La mujer reaccionó con rapidez, volviéndose hacia él y descargándole un puñetazo en la mandíbula, pero Shakir solo se rio. La arrojó de lado contra el borde del primer sarcófago, aturdiéndola. Ella trató de levantarse y echar a correr, pero él le hizo la zancadilla y después la levantó de un tirón y la abofeteó.

—No te levantes —ordenó.

Ella intentó hacerlo de nuevo, pero él le dio una patada en las costillas, quitándole el aire, y después le puso un pie encima. Esa vez amartilló la pistola y le apuntó al cráneo.

Renata se quedó quieta.

Le esperaba una bala, pensó. Con suerte, una bala bien colocada. Pero él tenía otros planes.

—No te preocupes —dijo—, pronto te mataré. Solo quiero que lo presencien tus amigos. De cerca y en persona.

Se volvió hacia el soldado del lanzagranadas.

—Trepa a la Esfinge. Desde allí podrás hacer buena puntería.

—¿Y Hassan?

—Supongo que se le ha acabado el valor.

## 60

Joe condujo hasta la sala del ascensor y encontró una armazón metálica que, saliendo de un pozo vertical tallado arriba en la roca, se prolongaba hasta el suelo. El enrejado metálico era amplio y robusto, y Joe supo que la caja estaba preparada para llevar cargas, equipo pesado y grandes grupos de hombres, como los que había visto en numerosas operaciones mineras en todo el mundo.

El ascensor no había llegado, pero los engranajes estaban funcionando. Teniendo en cuenta que vendrían en él veinte o treinta hombres armados, Joe tenía que impedir que llegara abajo.

Por desgracia, como en la mayoría de los casos, ese ascensor estaba controlado desde arriba, donde un pesado tambor, mediante cables de acero, hacía subir y bajar la cabina sobre rieles. Lo único que Joe podía hacer era embestir la armazón metálica con la esperanza de torcer los rieles y trabar el descenso.

Acomodó la sahariana y aceleró el motor. Iba a arremeter cuando notó que aquello se estaba inundando; el agua avanzaba tanteando el suelo a su alrededor.

—Parece que hay una filtración —dijo entre dientes.

Al darse cuenta de que quizá necesitarían el ascensor para huir, Joe abandonó la idea de lanzarse contra el ascensor y rápidamente adoptó el plan B.

Estacionó la AS-42, subió al lugar del artillero y levantó una placa acorazada protectora. Montó entonces tanto el cañón antitanque de 20 milímetros como la pesada ametralladora Breda.

Apareció la sombra del ascensor y después la parte inferior de la caja, que se deslizó hasta encajar en el fondo. No había puertas, solo una jaula con suelo enrejado. Dentro había por lo menos veinte soldados de Shakir.

Joe no tenía ningún interés en abatir a tiros a un grupo de hombres atrapados, pero si uno solo se ponía nervioso apretaría los dos gatillos y no dejaría de disparar hasta que los cargadores de las armas quedarán vacíos.

El ascensor tocó el suelo con un sonoro estruendo.

—Yo, en vuestro lugar, volvería a la superficie —gritó Joe con los dedos en ambos gatillos, mirando por una estrecha ranura de la placa acorazada. Los faros de la sahariana brillaban con intensidad, cegando a los hombres de la jaula.

Las puertas exteriores del ascensor estaban abiertas. Los hombres, dentro, aferraban las armas, pero iban tan apretados que no podían levantarlas.

—¡No tenéis por qué morir hoy! —chilló Joe.

Las puertas interiores empezaron a abrirse. Joe esperaba que intentaran fugarse y terminaran masacrados, pero ninguno se movió.

Le devolvieron la mirada, bizqueando ante la intensidad de los faros. Finalmente, sin mediar palabra, uno de los hombres pulsó un botón. Las puertas se cerraron, los cables de acero se tensaron y el ascensor empezó a subir.

Joe fue levantando el cañón de la ametralladora, siguiendo la caja del ascensor hasta que desapareció en el pozo. Se adelantó un poco y miró cómo subía el suelo enrejado. Treinta segundos más tarde se convenció de que no planeaban volver. Saltó de nuevo al asiento del conductor.

Según había calculado Kurt, la superficie estaba a un poco menos de ciento cincuenta metros. Un viaje de como mínimo dos minutos. Cuatro minutos ida y vuelta. Sabía que les quedaba por lo menos ese tiempo.

Aceleró y puso rumbo a la sala de control. Al llegar, avanzaba sobre una capa de agua de treinta centímetros.

A mitad de camino encontró a Kurt, inmovilizado por un grupo de hombres de Shakir. Joe apuntó con el cañón antitanque y disparó. Los pesados proyectiles arrancaron trozos de roca de la pared y el grupo se dispersó.

Kurt trepó al vehículo.

—Justo a tiempo —dijo—. ¿Cómo anduvieron las cosas con el ascensor?

—Los reprendí con dureza y los hice subir de nuevo —explicó Joe.

—¿Crees que regresarán?

Joe miró alrededor. La caverna olía a humo por las explosiones y los disparos. Casi no había luz y se estaba llenando de agua con rapidez.

—¿Tú lo harías?

—Ni hablar —contestó Kurt, sentándose.

—Parece que no alcanzaste a Renata —dijo Joe.

Kurt negó con la cabeza.

—Me atraparon esos individuos. Vayamos a buscarla y salgamos de aquí. De lo contrario tendremos que escapar nadando.

Joe pisó el acelerador y la sahariana arrancó empujando una pequeña ola y dejando una estela en la oscuridad. En una zona baja del túnel estuvo a punto de arrastrarlos el agua, pero la toma de aire quedaba en una parte alta de la carrocería y lograron vadear la corriente y salir por el otro lado.

—¿De dónde viene toda esta agua? —preguntó Joe.

—Del Nilo —respondió Kurt—. Invertí el funcionamiento de las bombas. Ahora el sistema de Shakir obliga el agua a volver a alta presión desde el río hasta el acuífero. Supongo que el agua está borboteando por aquí.

—Y llenando los lagos secos de Libia y de Túnez —dijo Joe.

Kurt sonrió de oreja a oreja.

—Espero que aparezcan géiseres en el centro de Bengasi.

Siguieron avanzando, y pasaron junto a dos cuerpos que flotaban en el agua... hombres de Shakir.

—Renata vino en esta dirección —aventuró Kurt.

Un poco más adelante, el nivel del agua llegaba la mitad del vehículo.

—Esta cosa ¿no será anfibia? —preguntó Kurt.

Joe dijo que no con la cabeza.

—Treinta o cuarenta centímetros más y nos hundimos.

Retumbando, salieron del túnel a la cámara mortuoria central.

—El laboratorio queda al otro lado —dijo Kurt.

Kurt miró con atención mientras salían al espacio abierto. No había nadie a la vista, pero más adelante brotó algo que llamó su atención.

Con el rabillo del ojo, Kurt vio una estela de humo y fuego que se acercaba como un rayo. No hubo tiempo para reaccionar ni siquiera para gritar. La granada propulsada dio contra la pared, pocos metros por delante y a un lado. Abrió un enorme cráter en el suelo inundado, aplastó la parte delantera de la AS-42 y volcó el vehículo.

Kurt no perdió la conciencia, pero le zumbaban los oídos y sentía la cabeza a punto de estallar. Se encontró que había caído en el agua.

Miró hacia el asiento del conductor.

—¿Estás bien?

—Se me han quedado atrapadas las piernas —dijo Joe—. Pero no creo que tenga nada roto.

Joe se esforzaba por soltarse. Kurt apoyó del hombro contra el metal doblado del salpicadero y empujó.

Joe se soltó y cayó en el agua junto a Kurt.

—Tuvimos suerte —dijo con evidente dolor—. Si nos hubiera dado directamente, nos habría matado.

—Parece que el sitio aún no ha sido abandonado del todo —dijo Kurt.

—No, claro que no —gritó una voz desde el otro lado del vehículo destrozado.

Kurt la reconoció. Era la voz de Shakir.

# 61

Kurt y Joe se apretaron contra los restos de la AS-42, asentada ahora sobre sesenta centímetros de agua y cada vez más hundida. El cañón antitanque estaba inutilizado y la metralleta Beretta de Kurt no se veía por ningún lado.

—Poco importa que nos mates o dejes de matarnos —gritó Kurt—. Este sitio se va a inundar y saldrá agua por todos los agujeros. Eso va a llamar la atención. Estás acabado, Shakir. Tu plan ha fracasado.

La primera respuesta fue una carcajada.

—Encontraré la manera de cortar el agua y deshacer todo lo que habéis hecho —respondió Shakir—. Esto no es más que una molestia.

—No es cierto —gritó Kurt—. Usé tu ordenador para enviar un mensaje a mis superiores. Cuando llegues a la superficie el mundo ya sabrá quién eres y qué has hecho. Sabrá que eres el causante de la sequía. Sabrá de Piola y de los otros que están a tus órdenes, y sabrá que la toxina que utilizas para dormir a la gente sale de las glándulas de la rana toro africana. ¡La próxima vez que digas a alguien que lo puedes matar y resucitarlo, se te va a reír en la cara!

Cuando una serie de disparos rebotaron en la parte inferior de la AS-42, Kurt se dio cuenta de que había metido el dedo en la llaga.

—No creo que hacerte el pistolero loco sea una gran idea —dijo Joe.

—Nos separa un vehículo blindado —señaló Kurt.

—Quizá esté apuntando al tanque de combustible.

—Buena observación —dijo Kurt—. Pero si acierta estaremos empapados.

El agua ya llegaba a la cintura de Kurt y cada minuto subía tres o cuatro centímetros. Kurt pensó en nadar para ponerse a resguardo, pero entonces vio algo que le hizo cambiar de idea. Allá adelante algo largo, chato y verde se deslizaba por encima de lo poco que quedaba de su muro de contención.

—Tenemos un nuevo problema —anunció.

Joe también lo había visto.

—Difícil decisión —dijo—. Que te disparen o que te coman.

El agua inundaba todo el espacio, empezando por la zona baja del foso de los cocodrilos.

—Quizá creas que vas a escapar —gritó Kurt, dirigiéndose a Shakir—, pero no te dejarán pasar los cocodrilos.

—No se van a tomar la molestia de atacarme —respondió Shakir—, porque estarán demasiado ocupados devorándote a ti.

Kurt miró por un hueco que había entre los metales retorcidos. Shakir estaba de pie sobre la tapa de un sarcófago en el centro de la habitación. A sus pies había algo.

—Pronto te mojarás —dijo Kurt—. Pero te propongo un trato. Tú sales con tus hombres por el túnel de acceso y nosotros regresamos y tomamos el ascensor. Podemos matarnos en cualquier otro momento en un sitio más seco.

Apareció otro cocodrilo por encima del muro y después otros dos. Desaparecieron en el agua y Kurt dudaba de que tardaran en encontrar el vehículo volcado y los dos bocadillos que se escondían detrás.

—Te propongo un trato mejor —dijo Shakir—. Tú y tu amigo os levantáis con las manos sobre la cabeza y yo os ejecuto inmediatamente.

—¿Por qué es ese un mejor trato? —gritó Kurt.

—Porque el alternativo consiste en que te quedes donde estás y oigas como meto una bala en cada una de las rodillas de la mujer italiana antes de arrojarla al agua.

—Tenías que haber preguntado —dijo Joe.

Kurt, frustrado, movió la cabeza.

—Al menos sabemos dónde fue a parar.

—Me matará de todos modos —gritó Renata—. Tenéis que iros. Ya. Lo más importante es que sobreviva la verdad.

Kurt retorció el cuerpo y volvió a mirar entre los restos de la parte delantera del vehículo.

—Está subido a uno de los sarcófagos. Renata está tendida delante de él. Pero la granada vino del otro lado. ¿Ves a alguien por allí?

Joe asintió.

—Hay alguien subido a la Esfinge. No debe de tener más proyectiles. De lo contrario, estaríamos fritos.

Kurt miró hacia su amigo. Joe sangraba por un corte encima de un ojo y se apretaba las costillas.

—La verdad es que no estamos sobrados de opciones.

—No —dijo Joe—. A mi modo de ver, podemos luchar y morir. Rendirnos y morir. O esperar aquí a que suba el agua y ahogarnos. Si antes no nos comen vivos.

Mientras hablaba, Joe sacó la ametralladora Breda de donde estaba montada.

—Adivino que quieres luchar —dijo Kurt.

—¿Tú no?

Kurt negó con la cabeza.

—Yo en realidad voy a rendirme —dijo guiñando un ojo.

El rostro de Joe delató sorpresa, pero Kurt abrió las manos y mostró las dos ampollas de Niebla Negra. Cabían perfectamente una en cada mano.

—¿Podrás acertarle al tío que está subido a la Esfinge? —preguntó Kurt.

Joe se fijó si no estaba encasquillada la Breda.

—Me quedan diez balas. Creo que una de ellas tiene el nombre de ese tío.

Se sobresaltaron al oír un disparo y un grito.

—¡Eso fue solo una herida! —gritó Shakir—. La próxima le destrozará la rótula.

Con una ampolla en cada palma, Kurt apoyó las manos detrás de la cabeza y se acomodó para levantarse.

—Tira eso directamente —dijo Joe—. No pierdas el tiempo calculando efectos.

Kurt sonrió y se levantó despacio, casi esperando que le dispararan en el momento de asomarse por detrás del vehículo volcado. Estiró el cuerpo y miró a Shakir a los ojos. Renata estaba arrodillada delante de él.

—Tu amigo también —gritó Shakir.

Con las manos detrás de la cabeza como le había ordenado, Kurt miró a Joe y después a Shakir.

—Tiene una pierna rota. No puede levantarse.

—¡Dile que salte sobre la otra!

Joe asintió. Estaba preparado para disparar.

—¡Díselo tú mismo! —gritó Kurt. Levantó el brazo derecho y arrojó la primera ampolla hacia el sarcófago de piedra sobre el que estaba subido Shakir. No acertó por milímetros y la ampolla chocó inocuamente contra el agua, saltando como una piedra.

Shakir vio el proyectil pasar y se estremeció, esperando una explosión. Al ver que no se producía, levantó el arma y le disparó a Kurt.

Kurt ya había pasado la segunda ampolla a la mano derecha y la había arrojado, esta vez con un movimiento horizontal. La ampolla dio en la tapa de piedra del sarcófago del faraón debajo de los pies de Shakir. Se rompió, y el contenido subió siguiendo el borde curvo del sarcófago.

La Niebla envolvió a Shakir, que se tambaleó hacia atrás mientras se le nublaba la visión. Supo al instante lo que había ocurrido, pero de poco le servía: la Niebla lo estaba dominando. Disparó una vez más hacia donde estaba Kurt y el culatazo lo hizo caer de espaldas al agua.

Al otro lado del vehículo destrozado, Joe había montado la pesada ametralladora sobre el parachoques delantero. Abrió fuego hacia el blanco subido a la Esfinge. El disparo de la Breda retumbó en la cámara mortuoria como un cañonazo.

El soldado instalado sobre la Esfinge se metió detrás del borde de la estatua al oír los primeros disparos. Pero la siguiente ráfaga dio en el adorno acampanado de la cabeza de la estatua y la llenó de agujeros.

El soldado se dio cuenta del error demasiado tarde. La Esfinge estaba hecha con yeso y cubierta de oro batido y piedras semipreciosas. El arma que usaba Joe estaba hecha para perforar blindajes. Las balas atravesaban el adorno como quien agujerea un papel.

Al recibir una, el soldado cayó de rodillas. La siguiente lo remató y se desplomó de lado y resbaló por la espalda de la Esfinge. Se estrelló en el agua y salió flotando boca abajo hasta la superficie.

# 62

Kurt miró alrededor, escuchando. La cámara había quedado en silencio. El tiroteo había terminado. Entonces algo alteró la quietud del agua a los pies de la Esfinge: apareció sigilosamente uno de los cocodrilos, que cazó con las fauces el cuerpo del soldado muerto y se puso a dar vueltas, dibujando una espiral de muerte.

—Hay que rescatar a Renata —dijo Joe.

Kurt ya se había puesto en movimiento, había sacado una máscara de gas del vehículo destrozado y se la estaba ajustando sobre la cara.

Después de haber pasado media vida en el agua, Kurt seguía asombrado de lo difícil que resultaba correr una vez que el agua pasaba de la rodilla. Avanzó con ímpetu y descubrió a Renata flotando e inconsciente. La levantó, se la echó sobre el hombro y trepó al sarcófago de piedra. Desde allí vio el dilema. Los cocodrilos hambrientos habían salido del foso. Ahora daban vueltas por las someras aguas de la cámara mortuoria buscando alimento. Contó cuatro, pero eso no garantizaba que no hubiera más.

Allí detrás, Joe había trepado al lado de la AS-42 y por el momento estaba seguro. Pero el agua seguía subiendo. Al no percibir ningún peligro entre los dos, Kurt lo llamó por señas.

Con una máscara de gas puesta, Joe caminó con esfuerzo hasta el sarcófago más cercano y trepó a él. Desde allí fue saltando de uno a otro hasta llegar a donde estaba Kurt.

—Tenemos un punzante dilema —anunció Joe.

Kurt percibió el velado humor a través de la máscara.

—Espero que no —dijo.

En el agua, Shakir flotaba boca arriba, cabeceando en poco más de un metro de agua. A su lado estaba la última ampolla de Niebla Negra.

—Cúbreme —dijo Kurt.

Saltó y vadeó hacia Shakir y el recipiente de cristal con la toxina dentro. Sabía que podrían sacar ventaja de los dos. Shakir incluso podría ser más importante si lograban que hablara.

Recogió la ampolla del agua con una mano y con la otra agarró a Shakir. Remolcando a Shakir, la marcha era aún más lenta que antes.

—¡Date prisa! —gritó Joe, levantando la Breda y disparando por encima de la cabeza de Kurt.

Kurt trataba de ir más rápido, pero la flotabilidad le reducía la tracción, y si intentaba correr, resbalaba. Llegó con esfuerzo al sarcófago, salió del agua y trato de subir a Shakir.

Apareció una ola, y detrás un cocodrilo de cuatro metros de largo que aprisionó una pierna de Shakir con las fauces. Kurt no pudo retenerlo y en un instante el cocodrilo sacudió y sumergió el cuerpo.

El agua revuelta se tiñó de verde y de rojo y se cubrió de espuma mientras varias fieras más se disputaban el cuerpo, y entonces una de ellas se alejó seguida por todas las demás.

—Me parece que se va a encontrar con el dios de la ultratumba ya —dijo Joe.

—Algo me dice que a Osiris no le va a gustar lo que hizo con este sitio —comentó Kurt.

—No es que no se mereciera esto —dijo Joe—, pero ahí se va nuestra única oportunidad real de encontrar el antídoto.

Kurt observaba el agua que lamía el borde del sarcófago por debajo de sus pies.

—Si no nos cuidamos, acabaremos como él —avisó—. Esta islita no nos va a proteger. He visto a cocodrilos en el Amazonas saltar del agua más de un metro para atrapar pájaros en un árbol. He visto cosas peores en la orilla de abrevaderos, donde practicaban caza mayor.

Joe estuvo de acuerdo.

—¿Qué te parece si nos vamos ahora, mientras están comiendo?

—Yo llevo a Renata. Tú coge la ametralladora. Vamos hasta la rampa y después hacia la planta de Osiris. Yo arrojaré hacia atrás el contenido de la ampolla. Tú dispara a todo lo que aparezca por delante. Y salgamos con la mayor rapidez posible.

—De acuerdo —dijo Joe—. Tengo la sensación de que esa última parte es esencial.

Kurt se echó a Renata por encima del hombro y le rodeó las piernas con el brazo izquierdo. Llevaba la ampolla en la mano derecha.

—Parece que no hay nadie —dijo Joe.

Solo para asegurarse, hizo unos pocos disparos al agua. Saltó y empezó a vadear. Joe estaba seguro de que se lo comerían vivo antes de llegar al túnel. Disparó a algo que había la izquierda. Era un zapato. Giró hacia la derecha pero no vio nada.

Kurt saltó detrás y rompió la punta de la ampolla con el pulgar y empezó a echar el contenido en el agua que iban dejando detrás.

Miró al oír otro disparo de Joe. Esa vez algo surcó el agua en dirección contraria. Kurt vio que se agazapaba a su espalda e iniciaba la embestida.

—¡Joe! —gritó.

Volvió a retumbar la Breda, dos disparos, y entonces se encasquilló. El cocodrilo siguió avanzando y se estrelló contra las piernas de Kurt.

El impacto lo derribó de espaldas, pero las fauces del animal nunca se abrieron, y cuando Kurt volvió a la superficie vio que se alejaba flotando por el charco como un inofensivo juguete. Nunca sabría si había sido por efecto de la Niebla Negra o de la puntería de Joe.

Joe llegó antes a la rampa, pero en cuestión de segundos los tres habían salido a un lugar seco.

Descansaron un instante, mientras el agua seguía subiendo.

—Regresemos a casa —propuso Kurt.

Joe desatascó la Breda y después siguieron por el túnel de acceso, pasando por delante de las ranas momificadas hasta la sala de Anubis con la tubería y el tranvía. Allí quedaba un coche y subieron a él, lo hicieron arrancar y emprendieron el viaje de regreso a la planta de Osiris.

Cuando finalmente llegaron a la planta hidroeléctrica, la puerta del generador ya estaba abierta de par en par. Al salir del tranvía fueron recibidos por una docena de militares egipcios uniformados. Había rifles apuntándoles y Joe dejó el arma en el suelo y levantó las manos. Kurt también levantó las manos, haciendo equilibrio con Renata en el hombro.

Se les acercó un hombre de mirada penetrante. En el uniforme llevaba el Águila de Saladino, mostrando que era comandante, como lo era Edo en el momento en el que Joe lo había conocido.

El comandante estudió la figura decúbito prono de Renata y después miró de arriba abajo a Kurt y a Joe.

—¿Son estadounidenses?

Kurt asintió con la cabeza.

—¿Zavala y Austin?

Los dos repitieron el movimiento de cabeza.

—Acompáñenme —dijo—. El general Edo quiere verlos.

## 63

Edo llevaba su viejo uniforme, que todavía le quedaba bien después de haber vuelto durante dos años a la vida de civil.

—¿Te reenganchaste desde que nos fuimos? —preguntó Joe.

—Es solo para impresionar —dijo—. Vine al frente de estos hombres. Pensé que tenía que vestirme como me lo exigía el papel.

—¿Encontraste mucha resistencia?

—No aquí —insistió Edo—. Los hombres que trabajan en la planta son civiles, pero despachamos a varios grupos de las unidades especiales de Osiris que salieron por ese túnel. Y Shakir no encajará esto sin responder. Nosotros tenemos algunos aliados tanto en el gobierno como en el ejército, pero él también.

—Yo no me preocuparía por Shakir —dijo Joe—. El único problema que causará ahora es una indigestión cocodrílica.

Kurt añadió los detalles, y contó cómo había sido la muerte de Shakir y destacó los tesoros que habían encontrado al final del túnel, tesoros que ahora volvían a estar bajo el agua.

Edo escuchó en un estado de fascinación.

—Una gran victoria —concluyó.

—Incompleta —dijo Kurt. Mostró la ampolla vacía—. Encontramos el veneno, pero no el antídoto. Además, Hassan escapó. Cuando haya unido a los partidarios de Osiris, habrá que combatirlo tanto políticamente como en la calle.

—Hassan es un zorro astuto —dijo Edo—. Ha sobrevivido a más purgas de las que uno se imagina. Pero esta vez nos ha dejado un rastro. Según algunos de los hombres que hemos capturado, se lo vio aparecer por una de las salidas de la mina con un hombre con el rostro lleno de cicatrices y vendado. Me dijeron que se lo conoce por el nombre de Escorpión.

Kurt y Joe intercambiaron miradas.

—¿Se sabe a dónde iban?

Edo negó con la cabeza.

—No. Pero por uno de sus pilotos nos hemos enterado de algo más. Os lo voy a mostrar.

Los condujo hasta un mapa situado en la pared.

—Este diagrama muestra las estaciones de bombeo que Osiris ha estado usando para desviar el agua del acuífero hacia el Nilo. Hay diecinueve estaciones primarias y algunas docenas de bombas secundarias que ayudan a mantener la presión. Hasta donde sabemos, todas son automáticas. Menos esta.

Edo señaló un punto en el mapa al oeste de El Cairo, en la zona árida conocida como Desierto Blanco.

—Según los pilotos que capturamos, volaban regularmente a este sitio para entregar alimentos, agua y otros suministros.

—¿Es entonces una estación dotada de personal?

Edo asintió.

—Pero ¿qué clase de personal? Según los pilotos, había tanto civiles como asiduos de Osiris. Científicos que recibían cada tres días cajas especiales, herméticamente selladas.

Kurt recordó lo que el biólogo Brad Golner le había dicho mientras agonizaba.

—Tiene que ser el laboratorio donde fabrican el antídoto. Tendremos que ir a investigar —dijo Kurt.

—Mis hombres se están diversificando mucho —comentó Edo—. Habrá que esperar hasta que tengamos el respaldo total del ejército.

—Danos un helicóptero, nada más —pidió Kurt.

—No tengo ninguno —respondió Edo—. Pero hay uno posado en el techo. Si no te importa volar con los colores de Osiris International.

## 64

Con Renata al cuidado de un equipo médico, Kurt, Joe y Edo levantaron vuelo en un helicóptero Aérospatiale Gazelle pintado con los colores y el logo de Osiris.

Edo era el piloto al mando, Joe iba en el asiento del copiloto y Kurt estudiaba las ardientes arenas que pasaban por debajo. Atravesaron kilómetros de tierra desértica, interminables dunas y formaciones rocosas talladas por el viento, famosas por su belleza etérea. A Kurt le llamaron la atención un par de vehículos que había en el desierto, pero una rápida inspección le demostró que estaban abandonados.

Más adelante, reconoció la huella larga y delgada de una tubería que atravesaba el desierto. Concluía junto a un edificio gris de hormigón y desaparecía hundiéndose en el desierto como una serpiente.

—Allí está —dijo—. El sitio donde la tubería sale de la arena.

Edo se acercó y empezó a descender. No había ningún vehículo estacionado junto al discreto edificio y tampoco se veía ningún comité de bienvenida.

—Parece abandonado —dijo Joe.

—No hay que estar demasiado seguros —respondió Edo—. Quizá nos esperan dentro.

—Yo veo un helipuerto —señaló Kurt.

—Aterrizaremos en él.

El Gazelle produjo una pequeña tormenta de polvo durante el enderezamiento, pero el remolino amainó cuando los rotores empezaron a perder velocidad.

Kurt ya estaba en el suelo, agazapado con un rifle de asalto en la mano por si acaso alguien los atacaba en el momento más vulnerable. Observó con atención puertas y ventanas, listo para disparar, pero no apareció ningún adversario.

Joe y Edo pronto se sumaron a él. Kurt señaló con la mano. Había oído un golpeteo, como el de una persiana rota por una tormenta.

Tomó posición flanqueado a cierta distancia por Joe y Edo para que nadie pudiera alcanzarlos a los tres con una sola ráfaga. Encontraron una puerta que había quedado abierta. Oscilaba movida por la brisa y se golpeaba contra la jamba, pero no cerraba porque tenía corrido el cerrojo.

Mientras Edo abría la puerta de un tirón, Kurt y Joe apuntaron con los rifles hacia el interior del edificio y dirigieron las potentes linternas hacia el tramo inferior del pasamanos de la escalera, iluminando la habitación.

—Vacía —anunció Joe.

Kurt entró por la puerta. El edificio era increíblemente utilitario. Paredes con ladrillos de cenizas, suelo de hormigón. Un grupo de serpenteantes tuberías conectaba la línea principal con un trío de bombas secundarias como las que había descrito Edo. Pero algo desentonaba, en el otro extremo de la habitación.

—Mira esto.

Joe siguió el rayo de luz de la linterna de Kurt y le sumó el de la suya. Las dos luces convergieron en una jaula metálica y un potente sistema de montacargas.

—Se parece al ascensor de la caverna subterránea.

—Estamos por lo menos a cincuenta kilómetros al oeste de aquel sitio —respondió Kurt—. Pero tienes razón. Es el mismo sistema.

Kurt encontró el interruptor y el ascensor se puso en marcha.

—Vayamos hasta el fondo.

Los tres subieron a la cabina. Joe cogió la caja de mando medio suelta. Las puertas se cerraron y el ascensor empezó a bajar.

Cuando volvieron a abrirse las puertas, los tres estaban a muchas decenas de metros por debajo de la superficie, en una sala llena de más bombas y tuberías.

—Estas bombas son mucho más grandes que las del nivel superior —señaló Edo—. Se parecen al sistema instalado en la planta hidroeléctrica de Osiris.

Kurt comentó que las tuberías se enterraban en el suelo.

—Deben de estar sacando una enorme cantidad de agua de este acuífero.

—O metiéndola ahora, gracias a ti —dijo Joe.

Dejaron las bombas y se pusieron a buscar el laboratorio que habían esperado encontrar. Por una puerta, vieron el tablero de control de la red. En el monitor se mostraba con claridad que las bombas seguían funcionando al revés, como las había programado Kurt.

—Me sorprende que no hayan invertido su funcionamiento antes de huir —comentó Joe.

Kurt había estado pensando lo mismo. Trató de ejecutar un comando en el teclado. El sistema le pidió una contraseña. Tecleó números al azar y se le denegó el ingreso. Apareció una ventana de diálogo que decía BLOQUEO DEL SISTEMA / SE REQUIERE LA CLAVE DE SEGURIDAD DE OSIRIS.

—Esta es una estación remota —dijo Kurt—. La dirección de bombeo se estableció en el centro principal de mando. No deben poder anular esa orden desde aquí a menos que alguien con suficiente autoridad teclee la contraseña correcta.

Estuvieron de acuerdo y siguieron explorando la estación.

—Mira esto —dijo Joe.

Kurt se apartó del tablero de mando. Joe y Edo estaban

delante de una puerta sellada como las que tenía el laboratorio al lado de la cámara mortuoria. A un lado brillaba un teclado con una mortecina luz roja.

—Esto es lo que buscamos.

—¿Cómo hacemos para entrar? —preguntó Joe.

—Estoy pensando —dijo Kurt, adelantándose y tecleando el mismo código que le había visto usar a Golner en el laboratorio debajo de las pirámides.

El teclado se oscureció un instante. En la pantalla apareció el nombre Brad Golner, pero la puerta no se abrió. El teclado volvió a ponerse rojo.

—No ha estado mal —señaló Joe.

—Parece que sus datos están en el sistema, pero que no tiene autorización para entrar aquí —dijo Kurt.

Mientras hablaba, el teclado se puso verde y, con un zumbido, empezó a abrirse la puerta. Por ella salieron dos hombres y una mujer. Tenían puestas batas de laboratorio. El primer hombre del grupo era bajo y tenía unas pobladas cejas que le asomaban por encima de las gafas como un seto.

—¿Brad? —preguntó, buscando alrededor.

—Me temo que no está con nosotros —dijo Kurt.

Miraron, paralizados, el uniforme de Edo, encontrando rápidamente la respuesta que buscaban.

—Están con el ejército.

—¿Por qué se ocultaron aquí? —preguntó Edo.

Ellos se miraron. Por la expresión de oprimidos que tenían, era evidente que los habían obligado a trabajar con intimidaciones y amenazas.

—Cuando los hombres de esta estación oyeron que estaban atacando el edificio de Osiris, se pusieron muy nerviosos —dijo el de las cejas pobladas—. Pedían instrucciones y novedades, pero nadie respondía. Entonces las bombas empezaron a funcionar al revés, y no podían deshacer ese cambio. Por radio oyeron noticias del ataque. Se dejaron llevar por el pánico y huyeron. Querían destruir el laboratorio, pero nosotros nos encerramos en él. Sabemos para qué han usado nuestro trabajo. No queríamos que se destruyera el antídoto.

—Entonces ¿lo hacen aquí? —preguntó Kurt.

El hombre asintió.

—¿Cómo funciona?

—Sale de las ranas toro —dijo el hombre.

—Es algo que tienen en la piel —señaló Kurt.

—Sí. ¿Cómo lo sabe?

—Brad Golner trató de contármelo —contó Kurt—. Shakir lo mató antes de que pudiera terminar de explicármelo. Pero se sentía igual que tú. Quería reparar la situación. Y nos dio toda la información que pudo antes de morir. Dijo que envasaban las pieles de las ranas en recipientes herméticos y después las enviaban.

El técnico asintió.

—Cuando la piel en la que la rana se encierra se expone finalmente a la lluvia, libera un agente neutralizador que comunica al sistema nervioso de la rana que debe despertar. Para la rana es el fin de la hibernación. Para los seres humanos, tuvimos que modificar la señal, pero le aseguro que funciona de la misma manera.

—¿Qué cantidad de antídoto tienen?

—Una cantidad grande —dijo el hombre.

—¿Suficiente para cinco mil personas?

—¿Para Lampedusa? —preguntó el técnico—. Sí, sabemos lo que ocurrió. Tiene que haber antídoto suficiente para cinco mil pacientes.

—Espero que para cinco mil uno —dijo Kurt. Se volvió hacia Edo—. ¿Puedes llevarlos a ellos y el antídoto a El Cairo?

—¿Eso significa que nosotros nos quedamos? —preguntó Joe.

Kurt asintió con la cabeza.

—No creo que estemos solos mucho tiempo.

Edo entendió. Se volvió hacia los técnicos.

—¿Necesitan algún equipo especial para envasar el antídoto?

—No —dijo el jefe—. A temperatura ambiente el antídoto es estable.

—Entonces saldremos lo antes posible —anunció.

Los técnicos empezaron a cargar cajas de plástico en un carro. Las cajas iban llenas de ampollas individuales con el antídoto.

Edo miró a Kurt y a Joe.

—Me encargaré de que vuestra amiga Renata reciba la primera dosis.

—Gracias —dijo Kurt.


Kurt y Joe miraron desde las sombras del edificio cómo Edo y los científicos despegaban con las reservas de antídoto y las materias primas para fabricar más. Por petición de Kurt, el helicóptero ascendió a una altitud mayor de la normal antes de poner rumbo al este, a El Cairo.

—¿Crees que Hassan habrá visto eso? —preguntó Joe.

Kurt movió afirmativamente la cabeza.

—Si no está a más de diez kilómetros de aquí, es imposible que se lo haya perdido. Espero que piense que este sitio ha quedado vacío otra vez.

—¿De veras crees que Hassan va a venir?

—Si fueras Hassan y te quedaran solo dos fichas, y esas dos fichas estuvieran en este edificio, ¿qué harías?

Joe se encogió de hombros.

—Personalmente, me retiraría a la Costa Azul francesa. Pero me parece que Hassan no es de los que disfrutan de las vacaciones.

—No va a abandonar la tarea —dijo Kurt, convencido—. Y la única opción que le garantizará algo de influencia es invertir el funcionamiento de las bombas y seguir con la sequía. Si logra hacer eso, quizá pueda convertir esta derrota en algo parecido a una victoria. Pero no cuenta con que los dos lo estamos esperando. Busquemos ahora un sitio donde escondernos.

Entraron en el edificio, bajaron en el ascensor y estudiaron la situación.

—Siempre que nos hemos cruzado con ellos han tenido a un hombre con buena cobertura —dijo Kurt.

—Escorpión —añadió Joe.

—Si Hassan lo trae aquí, lo más probable es que quiera tenerlo a cubierto como en otras ocasiones —dijo Kurt.

—El único sitio de verdadero peligro es el ascensor —comentó Joe—. Pero desde algún lugar del andamiaje que lo rodea se puede controlar toda esta sala.

Kurt levantó la mirada y empezó a trepar por el andamiaje, que se prolongaba hasta la roca, arriba, pero había espacio suficiente alrededor para ocultarse y no ser aplastado por el ascensor.

—Envía la cabina hasta arriba —dijo, colocándose en un sitio donde podía afirmar los pies—. No tenemos que ser maleducados y hacerlos esperar.

Joe pulsó el botón de subida y la maquinaria se puso en marcha. La caja del ascensor inició su largo y lento recorrido, pasando a solo unos centímetros de Kurt.

—Yo iré a ocultarme en la sala de control —dijo Joe—. Si piensa invertir el funcionamiento de las bombas, tendrá que empezar por allí.

# 65

Escorpión conducía el Land Rover por el mismo desierto que le habían obligado a atravesar bajo el sol abrasador. Importunaban sus pensamientos breves recuerdos del dolor y de la rabia que lo habían sostenido durante aquella caminata. De vez en cuando veía espejismos con forma de hombre, que desaparecían como fantasmas.

Su mente saltó a los estadounidenses, los hombres de la NUMA que casi habían destruido la organización en cuestión de días. Los perseguiría. Aunque hubiera desaparecido Osiris y el último esfuerzo desesperado de Hassan hubiera fracasado, los perseguiría, si fuera necesario hasta el fin de su vida.

Hassan iba sentado en el asiento del pasajero, observando en silencio el monótono paisaje. De vez en cuando soplaba una ráfaga de viento, arrojando contra el vehículo todoterreno finos granos de arena, mientras desde arriba el sol cocía la tierra.

Al aparecer la estación de bombeo, Escorpión detuvo el Rover.

—¿Por qué paraste? —preguntó Hassan.

—Mira.

Hassan sacó un par de prismáticos y enfocó aquel edificio bajo. Sus ojos viejos no eran tan agudos como los de Escorpión, pero con los prismáticos veía perfectamente el Gazelle posado en el helipuerto.

—Es el nuestro —dijo.

—¿Qué hace allí?

Resultaba demasiado bueno para ser cierto pensar que otros habían escapado y llegado a ese sitio. Sacó un transceptor de la guantera y marcó la frecuencia de Osiris. Estaba a punto de llamar cuando vio que los técnicos de laboratorio salían del edificio de hormigón con un carrito, del que fueron sacando cajas de plástico que cargaron en el helicóptero. Los dirigía un hombre con ropa de fajina del ejército egipcio.

Al terminar la tarea, los cuatro subieron al helicóptero y los rotores empezaron a girar. El Gazelle despegó y empezó a elevarse mientras iba hacia el este.

—Se han llevado el antídoto —dijo Hassan—. Pero al menos se han ido.

—Pronto volverán —comentó Escorpión.

—Solo necesito unos minutos para reprogramar las bombas e impedirles contrarrestar la orden. Sigamos.

Escorpión metió primera y avanzaron de nuevo.


En la cámara subterránea, Kurt esperaba. Durante un largo rato el único sonido que llegaba era el zumbido de las bombas. Joe se había ocultado en la sala de control.

Cuando arrancó la maquinaria del ascensor, el ruido fue sorprendentemente fuerte. Kurt levantó la mirada. En la penumbra vio que el ascensor se movía. Era una pequeña caja allá arriba que bajaba con sorprendente velocidad. A medio camino, pasó junto a una luz incrustada en la cara de la pared. Por un momento fugaz, la iluminación mostró el fondo y el lado de la caja del ascensor. Kurt se apretó contra la roca, tratando de no moverse en la oscuridad, mientras la caja pasaba su lado y seguía otros diez metros antes de detenerse al llegar al suelo.

Kurt había cambiado el fusil de asalto por una pistola, en ese caso una Beretta Cougar 45 automática.

Se abrieron las dos puertas delanteras con un ligero ruido metálico. Salieron dos hombres. Kurt reconoció enseguida a Hassan. Supuso que el otro hombre sería Escorpión. Ambos iban armados, como si esperaran encontrarse con problemas. Hassan llevaba una pistola de nariz chata, y Escorpión un rifle de precisión de cañón largo.

—Parece que estamos solos —dijo Hassan, enfundando la pistola.

—Eso quizá no dure mucho —comentó Escorpión.

Hassan estuvo de acuerdo.

—Busca un sitio para cubrirme en caso de que regresen nuestros amigos militares. No me llevará mucho tiempo.

Escorpión miró alrededor, estudiando el lugar. Llegó a la misma conclusión que Kurt y Joe: solo se podía cubrir ese ámbito desde la armazón que rodeaba el pozo del ascensor. Con el rifle al hombro, trepó al andamiaje exacamente por donde había subido Kurt.

Desde su posición en la oscuridad, Kurt podría haberlos matado a los dos, pero esperaba atraparlos vivos. Sin embargo, apretaba ligeramente el gatillo mientras apuntaba a la cabeza de Escorpión.

Hassan atravesó la sala mientras Escorpión tomaba posición en el andamiaje cuatro metros por debajo de Kurt. Desde allí podía vigilar toda la habitación y ver la sala de control. Nunca miraba hacia arriba. Aunque lo hiciera, no podría ver a Kurt porque todavía estaba adaptando la vista a la oscuridad después de conducir por las cegadoras arenas del Desierto Blanco.

Se acomodó y sacó el rifle del hombro y lo sostuvo de manera casi despreocupada.

Hassan se detuvo en la puerta de la sala de control, miró alrededor y entró. Se movió con cautela y después desapareció de la vista.

Escorpión esperó. La tarea del francotirador era quedarse inmóvil y esperar. Pero le seguía funcionando la cabeza. Se le entrometían pensamientos del pasado. Voces. Oía a Shakir insistiendo en que atravesara a pie el desierto. Oía al estadounidense, el que se llamaba Austin, exigiéndole que arrojara el rifle sobre la bahía de la costa de Gozo. Había estado a punto de hacer un disparo.

Se dijo que tendría que haber disparado, que tendría que haberlo matado entonces, si no antes. Quizá en el fuerte tendría que haberlo matado a él y no a Hagen. Pero no eran esas sus órdenes. La tercera vez no esperaría.

En la quietud parecía que sus sentidos se intensificaban. El zumbido de las bombas era sedante. Pero ya tendría que estar cambiando. ¿Qué esperaba Hassan?

Escorpión parpadeó, tratando de adaptar la mirada. Veía llamaradas verdes en la oscuridad, producto del deslumbramiento del sol del desierto. Sacudió la cabeza y se centró en la tarea que tenía por delante. Debía proteger a Hassan. Debía mantener la agudeza.

Acalló la mente y miró hacia la sala de control. Finalmente vio que del fondo salía una figura que se sentaba ante los controles. La imagen al principio era borrosa, pero poco a poco logró enfocarla. No era Hassan. Era Austin.

¿Cómo?, pensó. ¿Cómo era posible?

El helicóptero, decidió. Claro que sí. Austin había vuelto a engañarlos. Había llegado primero y había esperado en la sala de control. Y Hassan quizá ya estaba muerto.

Escorpión apretó el rifle, sintiendo que la sangre normalmente fría le empezaba a hervir. Fijó la mira en el pelo plateado de Austin y exhaló. Cuando el cuerpo se detuvo, Escorpión apretó el gatillo.

El disparo retumbó con fuerza, pegando en el centro de la espalda de Austin y matándolo instantáneamente. El cuerpo se derrumbó hacia delante en la silla.

Escorpión aspiró hondo y miró con atención, buscando

al socio de Austin. Tenía que estar cerca. Movió el rifle a un lado y a otro.

Mientras escudriñaba el resto del lugar, la puerta de la sala de control se abrió de golpe y otra figura arrojó por ella la silla, que rodó por el suelo de piedra. Escorpión vio que había cometido un error. No había matado a Austin. Había matado a Hassan.

Apuntó a la figura que empujaba la silla, pero antes de poder disparar alguien le saltó encima.

Escorpión dio media vuelta y vio que quien lo estaba aferrando era Austin. Levantó el rifle, pero el cañón chocó contra la pared y no pudo apuntar. El espacio era demasiado estrecho. Arremetió, golpeando a Austin con la cabeza, y soltó el rifle mientras sacaba un cuchillo.

Escorpión acababa de matar a Hassan y luchaba ahora como un poseso. Kurt apuntaba con la pistola, sosteniéndola cerca del cuerpo. Escorpión tenía el cuchillo en la mano y lo lanzó hacia Kurt.

Kurt disparó, acertando a Escorpión en el brazo que empuñaba el cuchillo. Escorpión cayó de espaldas, soltándolo. Se aferró al andamiaje con la mano herida. El cuchillo cayó al suelo con gran estrépito.

—¡Ríndete! —exigió Kurt.

Escorpión no le hizo caso y sacó otra arma del bolsillo, una manopla metálica con puñal triangular en el frente. Hassan se lo había regalado al ascenderlo. La forma del puñal representaba el poder renacido de los faraones y de las pirámides. A todos los asesinos de Osiris se les regalaba uno.

Escorpión se la colocó en la mano y cerró el puño.

—¡No! —gritó Austin.

Escorpión embistió y Kurt disparó de nuevo, hiriéndolo en el otro hombro. Escorpión se tambaleó, conservando apenas el equilibrio. Atacó otra vez y Kurt le disparó en la pantorrilla.

Resistía por pura determinación. Si pudiera alcanzar a Austin, se trabarían en un abrazo mortal.

Kurt veía la obsesión en el rostro de Escorpión.

—¿No te rindes nunca? —gritó.

Escorpión sonrió.

—¡Nunca!

Acometió otra vez, pero Kurt le disparó sin vacilar, acertándole en el muslo sano. Escorpión no logró saltar. Cayó por el pozo del ascensor, chocando contra la parte superior de la caja y rebotando hasta el suelo de la caverna.

Murió mirando hacia arriba en la oscuridad.

# 66

Cuando Kurt y Joe regresaron a El Cairo, la parte clandestina de Osiris International se estaba desintegrando. Se había encontrado una base de datos que mostraba el lado criminal de sus acciones. Comisiones ilegales, sobornos, amenazas. Nombres de agentes secretos. Activos en el extranjero.

El lado comercial seguiría funcionando, pero —según Edo— probablemente lo nacionalizarían, ya que la mayoría de los inversores habían resultado ser delincuentes.

Kurt estaba preocupado por Renata y la encontró en un hospital, consciente y recuperándose, aunque un poco confundida.

—Soñé con cocodrilos —dijo.

—No fue un sueño —respondió Kurt.

Le explicó cómo funcionaba el antídoto y cómo lo habían encontrado y se quedó con ella hasta que llegó un equipo médico italiano y se la llevó al aeropuerto para trasladarla a Italia y ponerla en observación.

Después se comunicó con los Trout, que le relataron los problemas que habían tenido en Francia.

—Gamay hasta empezó a romper las pinturas de Veilleneuve —dijo Paul— porque creyó que podía haber secretos guardados dentro de una de ellas. En dos de las obras no había nada. Pero entonces alguien llamado Escorpión nos arrebató la tercera.

—Agradezco vuestro esfuerzo —dijo Kurt—, pero tengo que preguntar qué os hizo pensar que la traducción de D'Campion podía estar escondida en una pintura.

—En las cartas de Villeneuve había algo que hacía sospechar que estaba dejando una pista a su viejo amigo.

—¿En las cartas?

—En la carta final —explicó Gamay—. Villeneuve hablaba del miedo que le producía lo que Napoleón podría hacer si se apoderaba de la Niebla Negra. «Quizá convenga que no se haya conocido nunca la verdad. Que quede en su poder, en su pequeña lancha que rema hacia el refugio del *Guillaume Tell*.» Cuando Paul y yo miramos las pinturas que supuestamente había hecho Villeneuve, una de ellas representaba una pequeña lancha tripulada por varios hombres que remaban con entusiasmo. Pensamos que la traducción podía estar oculta dentro.

—Pero los hombres que nos atacaron se llevaron la pintura antes de que pudiéramos estudiarla con atención —añadió Paul.

—Yo no noté que hubiera allí algo oculto antes de que nos la sacaran —dijo Gamay—. Era una idea tonta.

Kurt la oía, pero en realidad no le prestaba atención. Estaba ensimismado.

—Repíteme lo que decía la carta.

Gamay volvió a leer la cita.

—«Quizá convenga que no se haya conocido nunca la verdad. Que quede en su poder, en su pequeña lancha que rema hacia el refugio del *Guillaume Tell*.»

—«Que quede en su poder —repitió Kurt—, en su pequeña lancha.» —De repente, todo cobraba sentido—. Gamay, eres un genio —dijo.

—¿Genio? ¿En qué? —preguntó ella.

—En todo —dijo Kurt—. Tenéis que ir a Malta. A ver a los D'Campion. Pídele a Etienne que te muestre la pintura que hizo su antepasado que representaba la batalla de la bahía Abukir. Cuando la veas, lo entenderás.

## 67

*Isla de Gozo, Malta*
*21.00 horas*

Los Trout fueron a ver a los D'Campion en su finca. Nicole los llevó al salón.

—Perdón por el desorden —se disculpó—. Todavía estamos limpiando.

Etienne los esperaba junto a la ensombrecida chimenea.

—Bienvenidos —dijo—. Los amigos de Kurt Austin y Joe Zavala son nuestros amigos. Y aunque tengo entendido que los ha enviado Kurt, no creo haber entendido el motivo.

—Quiere que usted nos muestre una pintura —dijo Gamay—. Una que aparentemente admira mucho.

—La que pintó Emile —respondió Etienne.

—La bahía Abukir —dijo Gamay.

Etienne se apartó. Detrás de él, sobre la chimenea, estaba la pintura.

—¿Le importa que la descolguemos? —preguntó Paul.

Por el rostro de Etienne pasó una sombra de preocupación.

—¿Para qué?

—Tenemos razones para creer que Emile ocultó detrás la traducción, pensando en enviársela a Villeneuve. Era algo que ningún señor francés sacaría. Eso hacía que se la pudiera poseer sin peligro.

—Me cuesta creerlo —dijo Etienne.

—Hay una sola manera de averiguarlo.

Con gran cuidado, descolgaron la pintura. Para separar el forro, detrás de la pintura, utilizaron una hoja de afeitar. Gamay metió con precaución la mano por debajo del refuerzo y con la punta de los dedos tocó un papel doblado. Sacó un pergamino tieso y amarillento. Lo puso sobre la tapa de vidrio de la mesa del comedor y lo abrió con extrema precaución.

Resultaban evidentes los jeroglíficos. La traducción estaba escrita debajo. *Niebla Negra. Aliento de Ángel. Niebla de Vida*. En la esquina había, garabateada, una fecha.

—«Frimario XIV» —dijo Etienne—. Diciembre de 1805. —Levantó la mirada—. Todo ese tiempo... —dijo—. Estuvo aquí todo ese tiempo.

—Podría haber tardado algunos cientos de años más —dijo Gamay—, pero la contribución de Emile al conocimiento de la antigüedad quedará ahora registrada. La fecha de la pintura y la correspondencia con Villeneuve demostrará que él fue el primero en traducir jeroglíficos egipcios. Y este hallazgo pasará a la historia como algo único. Se le recordará como el *savant* más importante de Napoleón.

# 68

Durante veinticuatro horas, Alberto Piola casi no pudo apartarse del televisor. Las imágenes de policías y unidades militares regulares pululando por la planta hidroeléctrica de El Cairo eran constantes. Imágenes de vídeo del helicóptero de un noticiero volando por encima de la planta mostraban un torbellino donde la tubería de desagüe absorbía el agua para canalizarla de vuelta hacia los acuíferos. En el suelo se veían cientos de soldados. El aparcamiento estaba lleno de jeeps, tanques y camiones.

Circulaban rumores que relacionaban Osiris con el desastre de Lampedusa y las sequías del norte de África. Al enterarse de la muerte de Shakir y Hassan, Piola tuvo un arrebato de esperanza, creyendo que su vínculo con Osiris podía haber muerto con ellos. Pero en el fondo sabía que no era así. Empezó, por tanto, a preparar su fuga.

Abrió la caja fuerte de la pared y sacó una pistola 9 milímetros y dos montones de billetes por valor de unos veinte mil euros. Del escritorio de su secretaria sacó el juego de llaves del anodino Fiat que ella conducía. Nadie lo buscaría en un coche de esas características.

Salió de la oficina y caminó por el vestíbulo, tratando de

mantener la calma. Estaba llegando a la escalera cuando aparecieron miembros de los carabinieri. Dio media vuelta y caminó en sentido contrario.

—Signore Piola —gritó uno de los policías—. Alto, no se mueva. Tenemos orden de detenerlo.

Piola se volvió y disparó.

Los disparos dispersaron a la policía y obligaron a los civiles a ponerse a cubierto. Piola aprovechó el caos para salir de allí. Entró en una antesala y se abrió paso a empujones buscando la puerta. Aporreó en la cara a un hombre que no se apartó con suficiente rapidez y se volvió para hacer un disparo a la policía que entraba detrás.

Llegó a la puerta al final de la antesala, la abrió de un empujón y entró en la sala de conferencias.

—¡Muévanse! —gritó a todos—. ¡Fuera de mi camino!

Mientras corría con la pistola en alto, la multitud se iba abriendo a su paso como el mar Rojo, todos menos un hombre pelirrojo con el pelo cortado al rape y barba de chivo. Ese hombre se le acercó por el lado y le dio un fuerte empellón.

Piola chocó contra la pared, rebotó y cayó al suelo. Los euros volaron como confeti, pero no soltó la pistola. Se levantó blandiéndola, dispuesto a disparar. No pudo hacerlo porque se la hizo saltar de la mano el mismo hombre que lo había derribado.

Piola reconoció la cara del agresor: James Sandecker, el vicepresidente estadounidense. Un instante después, esa misma persona le encajó un derechazo que volvió a tumbarlo.

El golpe lo aturdió lo suficiente para que la policía tuviera tiempo de llegar y reducirlo. Se lo llevaron esposado, quejándose ruidosamente. Lo último que vio, antes de salir, fue a James Sandecker masajeándose los nudillos y sonriendo.

Ya sin Piola en la sala, Sandecker se sentó en el extremo de la mesa de conferencias. Todos parecían conmocionados, pero en el rostro de Sandecker se instaló una firme sonrisa de satisfacción.

El ayudante, Terry Carruthers, llegó con un cubo de hielo para que pudiera meter la mano en él.

—Si no hay dentro una botella de champán, no te molestes.

Carruthers dejó el cubo.

—Me temo que no, señor.

Sandecker se encogió de hombros.

—Qué pena.

Metió la mano en el bolsillo de la chaqueta, sacó un puro nuevo y lo encendió con el viejo Zippo.

Carruthers reaccionó como era de esperar.

—No se permite fumar aquí, señor.

Sandecker se recostó en la silla.

—Eso he oído —dijo, soltando por encima de la mesa un anillo de humo casi perfecto—. Eso he oído.

## 69

Unos días después de que invirtieran el funcionamiento de las bombas en Egipto, el agua del Nilo había vuelto a llenar el acuífero y había fracturado las capas rocosas debajo de Libia y liberado miles de millones de litros de agua atrapados. Esa agua llegaba a la superficie en centenares de sitios y rellenaba lagos, pozos y reservas de agua potable.

En la destrozada estación de bombeo libia, el agua salía a chorros por la tubería dañada, y caía como lluvia al suelo reseco. Aún no la habían sellado cuando Reza —que caminaba con bastón— llegó para verla. En vez de protegerse del chorro, disfrutaba con él, y lo grabó y envió los vídeos a Paul y a Gamay Trout, junto con su más profundo agradecimiento.

Libia se estabilizó con rapidez en cuanto el agua empezó a circular de nuevo y el gobierno establecido conservó el control; arrestaron a muchos de los que habían participado en el frustrado golpe. Los gobiernos de Túnez y Argelia fueron también rápidamente reestructurados. En cuanto se dispuso del antídoto a la Niebla Negra, los ministros que habían sido forzados a cambiar de voto volvieron a su posición original de apoyo al gobierno.

Egipto sufría una nueva convulsión: la gente se manifestaba en las calles mientras los nuevos líderes alimentaban la agitación. Edo fue restituido en el ejército y se le ascendió a general de división.

En Italia, los últimos supervivientes de Lampedusa fueron dados de alta en los hospitales donde habían sido tratados. La mayoría volvieron a casa y siguieron haciendo la vida de siempre, y al grupo que había intentado inmigrar le permitieron quedarse en Sicilia y se le concedió la ciudadanía italiana.

Una de las supervivientes de la Niebla Negra aprovechó para darle las gracias personalmente a Kurt Austin, rodeándole con los brazos los anchos hombros y besándolo mientras estaban en la popa de un pequeño barco de pesca frente a la pintoresca isla griega de Miconos.

—Creo que no hay ninguna recompensa más agradable —dijo Kurt.

Él tenía puesto un bañador negro y Renata estaba preciosa con su bikini rojo. A ambos se los veía bronceados y relajados como nunca, compartiendo una botella de champán Billecart-Salmon Brut Réserve.

Renata dio un paso atrás y se acomodó en una hamaca que Austin había colgado en cubierta.

—Todavía me pregunto cómo hicieron los egipcios para descubrir el secreto de la Niebla hace tantos siglos —dijo ella entre sorbos de champán.

—Siglos de observación —dijo Kurt—. Según el texto que tradujo Emile D'Campion, los sacerdotes de Osiris notaron que los cocodrilos jóvenes que comían ranas toro entraban en un estado hipnótico. Mediante la experimentación, descubrieron que las ranas podían inducir en las personas el mismo trance letárgico. Con la mayor reserva, se pusieron a criar ranas dentro de los templos y a usar los extractos en sus ceremonias.

—¿Cómo aprendieron a despertar después a la gente?

—Todavía no queda muy claro —respondió Kurt—. Pero terminaron descubriendo que la clave estaba en la piel de las ranas. La misma enzima que despertaba las ranas se liberaba en el humo. Una vez que los seres humanos lo inhalaban, su sistema nervioso volvía a la normalidad. Aunque, por lo que hemos leído, tardaban meses en llegar a una recuperación total.

Renata suspiró.

—Creo que tengo que dar las gracias a que los biólogos que trabajaban para Osiris hayan mejorado el proceso.

Kurt asintió.

—Y lo mejor de todo es que están investigando mucho los posibles usos de ese extracto. Como comentó el biólogo del laboratorio de Shakir, lo prueban en víctimas de traumatismos para inducirles comas farmacológicos y no tener que usar fármacos más agresivos. También se ha propuesto su uso en el programa espacial para dormir a los astronautas durante los largos viajes por el espacio a Marte y más allá.

—Eso me lleva a pensar qué otras cosas sabrían los egipcios que todavía nos falta descubrir.

—Ahora que han vaciado el agua de la tumba subterránea, los arqueólogos se preparan para realizar un estudio adecuado. Estoy seguro de que descubrirán nueva información y nuevos hechos de suficiente importancia histórica como para mantenerlos ocupados durante muchos años.

Renata alzó la copa y tomó un sorbo de champán antes de levantarse y apoyarse en Kurt.

—¿Qué sabes de las saharianas? —preguntó—. ¿Lograste descubrir cómo llegaron allí?

Kurt asintió con la cabeza.

—El soldado que encontramos y los otros seis condujeron los vehículos por el desierto una noche sin luna. Tenían que esperar y hostigar la retaguardia inglesa cuando Rommel y el resto de las fuerzas del Eje lanzaran un ataque frontal, pero Rommel fue rechazado en El Alamein antes de que pudiera llegar a El Cairo.

—Así que esperaron en vano.

Kurt asintió.

—Quizá sobrevivieron por esa única razón. Resultó que los conductores eran soldados regulares italianos, pero los combatientes eran expatriados italianos que vivían en El Cairo. En esa época, la ciudad tenía una gran población italiana, incluida la mujer del embajador británico. Por eso la carta comentaba que los hombres, si los detenían, podían ser fusilados por espías.

—¿Existe alguna posibilidad de que encuentren la familia de Anna-Marie? —preguntó Renata—. Me imagino que querrán saber qué ocurrió.

Kurt terminó la copa de champán y la apoyó en la cubierta. El barco apenas se mecía en las aguas tranquilas.

—Mientras hablamos, historiadores de tu país la buscan a ella y a los parientes de los soldados.

Renata suspiró.

—Ojalá la encuentren. Él hizo lo correcto al enviar a casa a sus hombres. ¿Por qué tendrían que morir ellos por un hombre como Mussolini? ¿Por qué cualquiera?

—No puedo estar más de acuerdo —dijo Kurt—. Sobre todo porque, de lo contrario, esos vehículos blindados no habrían estado allí, esperándonos. En caso de haber participado en la batalla, los británicos los habrían masacrado.

—¿Qué hacemos ahora? —preguntó Renata, acariciándole un brazo—. ¿Nos quedamos aquí para siempre y bebemos champán, nadamos en el agua cálida y dormimos al sol?

Kurt miró hacia el mar turquesa.

—No se me ocurre nada mejor.

Detrás de ellos, inadvertido, colgado de la barandilla, Zavala arrojó su equipo de buceo a la cubierta.

—Cuidado con ese espumante. Mañana tendrás que bucear. Los restos de ese naufragio fenicio que encontraste allí abajo no esperan a nadie.

—Tienes que prometerme que no te acercarás a mi bodega —dijo Kurt.

—Supongo que lo dices en broma. —Zavala puso cara de pocos amigos—. Estás hablando con un hombre que jamás tocaría esa agua de mariquitas.

—¿Qué bebes? —preguntó Renata.

Zavala sonrió.

—Querida mía, hablas con un hombre, un hombre de verdad, que bebe tequila puro con limón y sal en el borde del vaso, y que fuma puros.